HEYNE BÜCHER



**Fantasy**

Herausgegeben von Friedel Wahren

Von **Tom Holt** erschienen in der Reihe
**HEYNE SCIENCE FICTION & FANTASY:**

*Wer hat Angst vor Beowulf?* · 06/5059
*Der Fliegende Holländer* · 06/5079
*Wir haben Sie irgendwie größer erwartet* · 06/5107
*Der Ziegenchor* · 06/5191
*Der Garten hinter der Mauer* · 06/5192
*Liebling der Götter* · 06/5193
*Wenn die Zeit aber nun ein Loch hat …* · 06/5326
*Im Himmel ist die Hölle los* · 06/5359 (in Vorb.)
*Faust und Konsorten* · 06/5426 (in Vorb.)

*Weitere Romane in Vorbereitung*

## TOM HOLT

# Wenn die Zeit aber nun ein Loch hat...

*Roman*

Aus dem Englischen übersetzt
von
Kalla Wefel

**Deutsche Erstausgabe**

WILHELM HEYNE VERLAG
MÜNCHEN

HEYNE SCIENCE FICTION & FANTASY
Band 06/5326

Titel der Originalausgabe
OVERTIME
Übersetzung aus dem Englischen von
Kalla Wefel
Umschlagbild: Andreas Reiner

Redaktion: Friedel Wahren

Die Erstausgabe erschien bei Orbit Books, a Division of
Little, Brown and Company (UK) Limited

Printed in Germany 1995
Umschlaggestaltung: Atelier Ingrid Schütz, München
Technische Betreuung: M. Spinola
Satz: Schaber Satz- und Datentechnik, Wels
Druck und Bindung: Elsnerdruck, Berlin

ISBN 3-453-08531-0

# 1. KAPITEL

Caen.

Wenn es wirklich halb vier war, dann mußte das Caen sein. Von hier oben aus konnte es sich seines Wissens nach allerdings auch um Lisieux oder Pont L'Evêque handeln, möglicherweise sogar nur um einen ungewöhnlich großen Verschiebebahnhof, denn Geographie gehörte nicht gerade zu seinen Stärken; dennoch schienen die Karte, die Funkbaken und das große, ausgestreckt daliegende Gebilde direkt unter ihm ausnahmsweise einmal genau übereinzustimmen. *Ich verwette glatt meine gesamte Barschaft darauf, daß das Caen ist.* Fast zu Hause! Bei dem Spritmangel und den ganzen anderen Unwägbarkeiten war das auch nur gut so.

Selbst nach seinen Maßstäben war die letzte Nacht alles andere als geruhsam verlaufen. Mit Flakfeuer kam er leicht zurecht; er nahm es nicht persönlich, sondern eher wie Regen oder Turbulenzen, etwas, das aus heiterem Himmel kam, ein Naturereignis also, das keine angeborene Böswilligkeit besaß. Jagdflugzeuge hingegen waren etwas anderes. Sie jagten ihm Angst ein, denn sie handelten mit Vorsatz. Da Guy nicht allzusehr auf seine eigenen Fähigkeiten vertraute und sein Überleben unter diesen Umständen eher auf Zufalls- oder religiöse Faktoren zurückführte, war er darüber hinaus fest davon überzeugt, daß sie ihn eines Tages erwischen würden. Die heutige Nacht war das beste Beispiel dafür: Fast hätten sie ihn erwischt. Nun, dafür hatte Peter dran glauben müssen.

»Stimmt's, Peter?« murmelte Guy. Peter antwortete nicht; der Navigator auf dem Sitz neben ihm war tot und folglich nicht mehr in der Lage, sich zu äußern – obwohl er selbst in seinen Glanzzeiten kein sonderlich mitreißender Unterhalter gewesen war.

Guy war sich nicht sicher, wann Peter gestorben war oder was ihn überhaupt getötet hatte. Die Moskito war zu verschiedenen Gelegenheiten gleich mehrmals von einer beträchtlichen Anzahl Geschossen getroffen worden – dabei war es nicht sehr hilfreich gewesen, daß Peter, nicht unbedingt eine Kapazität auf dem Gebiet der Navigation, sie direkt über die Nachtjägerbasis bei Aachen hingelotst hatte –, genausogut konnte es natürlich auch Flakfeuer gewesen sein, oder Peter hatte einfach nur ein schwaches Herz gehabt. Nichtsdestotrotz war er eindeutig tot, was ein weiterer guter Grund war, umgehend nach Hause zu fliegen. Niemand will gern den Eindruck erwecken, intolerant oder dergleichen zu sein, aber Guy zog es nun einmal vor, nicht allzuviel Zeit in der Gesellschaft von Toten zu verbringen, denn soweit er wußte, konnte deren Zustand ansteckend sein.

Guy war sich durchaus bewußt, daß hinter ihm gerade ein fast umwerfend schöner Sonnenaufgang stattfand und sich diese Tatsache eigentlich positiv auf seine Moral hätte auswirken müssen. Das war aber offenbar nicht der Fall. Ein warmes Bad, das würde es jetzt bringen, oder etwas Alkoholisches oder auch nur eine Zigarette, aber bestimmt kein Sonnenaufgang. Er versuchte, die Melodie zu pfeifen, die ihm gestern abend eingefallen war, doch seine Lippen waren zu durchfroren. Von wegen Morgenstund' hat Gold im Mund – so ein Quatsch!

»Wenn du willst, kannst du mich hier rauslassen.«

Guy zuckte zusammen. Sollte sich das hier als eine Geistergeschichte herausstellen, dann war er absolut nicht in der Stimmung dazu. Er wartete kurz ab, dann sah er sich um. Zwar gab es trotz der ersten Sonnenstrahlen nicht allzuviel zu sehen, dennoch wirkte Peter auffallend tot; zum Beispiel der nach vorn baumelnde Kopf. Vielleicht hatte er nur die Bordverständigungsanlage und den Funk miteinander verwechselt.

»Wie bitte?« erkundigte sich Guy vorsichtshalber.

»Hier wär's gut.«

»Aha«, murmelte Guy. Falls das hier alles wirklich passierte, dann hätte er nach seinem Dafürhalten jetzt absolut das Recht gehabt, umgehend abzuspringen und es darauf ankommen zu lassen, womöglich den Deutschen in die Hände zu fallen, und sich einen Teufel um die Kosten des Flugzeugs zu scheren. Schließlich besaß die Regierung noch etliche von derselben Sorte, und dieses hier war völlig durchlöchert. »Hast du etwas gesagt?« hakte er verunsichert nach.

»Ja, hier wär's gut. Danke fürs Mitnehmen.«

»Bist du einigermaßen auf dem Damm, Peter?« erkundigte sich Guy ängstlich.

»Mir geht's gut. Eigentlich heiße ich gar nicht Peter.«

Für eine ganze Weile herrschte Totenstille. Schon bald dürften sie Frankreich verlassen haben und über dem Ärmelkanal sein. Kein großes Vergnügen, wenn man über dem Kanal abspringen muß und nicht schwimmen kann.

»Ich finde es unglaublich pfiffig, wie ihr mit diesen Dingern klarkommt.«

»Wie bitte?« fragte Guy.

»Obwohl ihr damit schon bald noch sehr viel besser klarkommt«, sagte Peters Körper. »Zum Beispiel wird man in etwa zwanzig Jahren wissen, wie man in diese Dinger Heizungen einbaut, dann wird das viel angenehmer sein. Hast du vor, nach dem Krieg mit der Fliegerei weiterzumachen?«

»Nein«, antwortete Guy. »Hör mal, Peter, bist du ganz sicher, daß ...«

»Mein Name ist John«, unterbrach ihn Peters Körper. »John de Nesle. Ehrlich gesagt kann ich diesem Jahrhundert nicht sonderlich viel abgewinnen, aber diese Flugzeuge beeindrucken mich doch sehr. Wenn mein guter alter Vater das sehen könnte, bekäme er einen Anfall.«

»Peter …«

»Trotzdem könnt ihr von Glück reden, daß sich die Zeiten geändert haben«, fuhr Peters Körper unbeirrt fort. »Ich meine, als ich noch ein junger Bursche war, da bezeichnete man so etwas als Hexerei, und man wurde an einen Pfahl gebunden und so schnell verbrannt, daß die Füße nicht mal mehr den Boden berührten. Wo ich herkomme, begegnete man technologischen Neuerungen mit dem größten Mißtrauen. Hör mal, ich will dich ja nicht langweilen, aber könntest du mich hier einfach rauslassen? Ich glaube, wir sind schon ziemlich nahe an der Küste, und ich möchte nicht zu spät kommen.«

Guy empfand ein höchst unbehagliches Gefühl im Bauch; seine Mutter hatte ihn immer wieder darauf hingewiesen, daß er einen nervösen Magen habe. »Peter!« brauste er auf. »Würdest du bitte das Maul halten? Allmählich gehst du mir nämlich auf die Nerven.«

»Ist ja gut, und es tut mir auch aufrichtig leid«, sagte Peters Körper. »Ich weiß, ich plappere ziemlich viel, das sagen alle, aber so bin ich nun mal. Hier irgendwo wär's jedenfalls gut.«

»Hör mal …«

»Du weißt doch hoffentlich, wie man mit solch einem Ding landet, oder?«

Guy blickte finster zur Seite. »Klar weiß ich, wie man … Sag mal, wer bist du eigentlich?«

Der tote Körper bewegte sich nicht. Dank des durch den eindrucksvollen Sonnenaufgang hervorgerufenen Lichts sah Guy in Peters Kopf ein großes Loch klaffen. Artilleriegeschoß oder etwas Ähnliches. Der Kopf hing vornüber. Eindeutig tot.

»John de Nesle«, antwortete Peters Körper. »Und würdest du jetzt bitte dieses Ding landen und mich endlich rauslassen?«

»Wie sollte ich dich rauslassen können? Schließlich bist du tot.«

»Wer ist tot?« fragte Peters Körper beleidigt. »Wenn du vom Landen keine Ahnung hast, sag's doch einfach, dann erledige ich das. Mit welchem Griff bedient man den Steuerhebel?«

*Verrückt zu werden, ist gar nicht so schlimm, wie ich immer befürchtet habe,* sagte sich Guy. *Dabei dachte ich immer, es täte weh. Ich sollte einfach so tun, als wäre nichts geschehen, und lieber die Bordverständigungsanlage ausschalten, und ...*

»Ej, was machst du da eigentlich?!« schrie er entsetzt auf, als die Moskito plötzlich in den Steilflug ging.

»Tut mir leid. Ich nehme an, ich habe das Ruder in die falsche Richtung gezogen«, entschuldigte sich die Stimme in seinem Ohr. »Wie geht's nach unten?«

»Du läßt sofort deine Finger von den Hebeln! Du hättest uns beinahe beide getötet. Mich getötet!« verbesserte sich Guy rasch. Kurz darauf hatte er das Flugzeug wieder in seiner Gewalt.

»Nichts dagegen, solange du uns nur runterbringst«, entgegnete Peters Stimme.

Als Guy einen einigermaßen eben aussehenden Acker entdeckte, auf dem weder Bäume noch Sträucher standen, steuerte er darauf zu und setzte zur Landung an. Das war dumm.

»Entschuldige, wenn ich dir eben einen Schreck eingejagt haben sollte. Ehrlich gesagt kenne ich mich mit diesen altmodischen Flugzeugen nicht so richtig aus. Bei den Maschinen, mit denen ich bewandert bin, braucht man lediglich ein paar Knöpfe zu drücken. Übrigens, müßtest du nicht allmählich das Fahrwerk ausfahren?«

»Das versuche ich ja.«

»Ach so. Also meinst du, es klemmt?«

»Ja.«

»Wahrscheinlich hat es auch was abgekriegt. Flakfeuer, Kugeln oder irgendwas von der Sorte. Soll ich es mal versuchen?« schlug Peters Körper vor.

»Nein.«

»Dann eben nicht.«

Zwar hatte das Fahrwerk mit dem Ganzen eindeutig nichts zu tun, doch unter diesen Umständen konnte Guy sogar dessen trotzige Reaktion verstehen. *Ach, was soll's?* sagte er sich. *Durchgedreht, wie ich jetzt bin, hätte ich sowieso keinen Spaß mehr am Leben.*

»Betest du gerade?« erkundigte sich Peters Körper.

»Ja. Scheint ganz angebracht zu sein, findest du nicht?«

»Mir ist das völlig schnuppe. Ich meine, ob man an etwas glaubt oder nicht, muß jedem selbst überlassen sein, aber das tut jetzt nichts zur Sache. Was ich mich gerade gefragt habe: ob du nicht lieber irgendwas mit diesen verflixten Rädern anstellen solltest. Immerhin könnten wir verunglücken.«

Guy runzelte die Stirn. »Ist der Tod eigentlich immer so komisch?« erkundigte er sich zurückhaltend.

»Du meine Güte, was für eine Frage! Woher soll ich das denn wissen?«

»Na ja ...« Guy blickte auf die Erde hinab. Sie schien kein Stückchen näher gekommen zu sein. Er nahm an, daß es wahrscheinlich völlig normal war, wenn man sich in solch einer Situation einbildete, daß sich alles in Zeitlupe abspielte. »Du solltest es aber wissen«, fügte er hinzu.

»Und weshalb?«

»Weil du der Todesengel bist oder wie du dich selbst nennen magst«, antwortete Guy. »Ich werde sterben, und deshalb bist du in mein Leben getreten. Irgendwelche Wahnvorstellungen meinerseits, nehme ich an.«

»Geht's dir gut?«

»Nein, natürlich nicht. Schließlich muß ich gleich sterben!«

»Na, na«, sagte Peters Körper mißbilligend. »Jetzt entspann dich erst mal ein wenig; ich will mal sehen, was sich machen läßt. Ich habe schon die ganze Zeit geahnt, daß du von Landungen nicht besonders viel verstehst. Anstatt die Nerven zu verlieren, hättest du mir das lieber gleich sagen sollen.«

Etwa eine halbe Minute später gab es einen heftigen Stoß, und einen Augenblick lang stellte sich Guy vor, daß der Sicherheitsgurt reißen und er aus der Kanzel geschleudert werden würde. Aber nichts davon geschah. Das Flugzeug hörte auf zu rütteln und kam schließlich zum Stillstand. Auf dem Boden.

»Alles klar«, seufzte die Stimme in seinem Ohr erleichtert. »Wir sollten jetzt lieber aussteigen. Tut mir leid.«

»Was tut dir leid?«

»Ich fürchte, ich habe dein Flugzeug kaputtgemacht. Wie ich, glaube ich, schon gesagt habe, kenne ich mich mit diesen altmodischen Modellen nicht so gut aus. Mir schwant, die Tanks sind bei der Landung aufgerissen worden. Wollen wir jetzt aussteigen?«

»Ganz, wie du meinst. Nur hätte ich nie gedacht, daß so etwas noch wichtig ist, wenn man tot ist.«

»Mag ja sein, aber das will ich lieber gar nicht erst herausfinden. Tschüs.«

Das Kanzeldach wurde nach hinten geklappt, und Guy sah, wie jemand seitlich hinaussprang. Interessanterweise war Peters Körper immer noch da.

»Nun komm schon!« schrie eine Stimme außerhalb des Flugzeugs. Guy zuckte die Achseln, löste den Sicherheitsgurt und kletterte hinaus. Seine Glieder waren völlig steif, und die Beine taten ihm weh. Fast hätte er sich beim Sturz auf den steinharten Boden selbst umgebracht.

»Nun komm schon!« forderte ihn die Stimme erneut auf.

Schließlich rappelte sich Guy hoch und lief benommen in die Richtung der Stimme. Kurz darauf gab es eine Explosion, durch deren Wucht er kopfüber nach vorn geschleudert wurde.

Als er wieder zu sich kam, sah er einen großen jungen Mann neben sich stehen; einen merkwürdigen Typen, der ausgefallene Kleidung trug.

»Bist du wohlauf?« fragte der seltsame Kerl, dessen Stimme sich wie die von Peters Körper anhörte.

»Ich denke schon.«

»Gut. Komm hoch.« Der merkwürdige Typ streckte ihm die Hand entgegen und half ihm auf die Beine. Dann lächelte er verlegen und sagte: »Das mit deinem Flugzeug tut mir wirklich leid.«

Nicht weit entfernt stand die Moskito oder das, was von ihr noch übrig war, in Flammen. Da sie in erster Linie aus Holz bestand, brannte sie wie Zunder, so daß es entsprechend hell war.

»Das macht nichts«, besänftigte ihn Guy. »War sowieso nicht meins. Gehört nämlich der königlichen Regierung.«

»Na schön. Trotzdem wirst du es jetzt nicht einfach haben, nach Hause zu kommen, stimmt's?«

»Was meinst du mit ›nach Hause kommen‹?« erkundigte sich Guy verdutzt und rieb sich die Augen – seltsam, sie juckten richtig. »Ich bin doch tot, oder?«

»Könntest du mal endlich damit aufhören?« beschwerte sich der junge Typ. »Davon wird mir ganz unheimlich.« Er blickte sich nach allen Seiten um, entdeckte eine Kirchturmspitze und nickte. Der Anblick der Kirchturmspitze schien ihm Gewißheit gegeben zu haben. »Wir sind etwa acht Kilometer von Benville entfernt. Darf ich dir irgend etwas zu trinken anbieten?«

»Etwas zu trinken?« stutzte Guy.

»Sicher. Ich weiß zwar nicht, wie's dir geht, aber ich fühle mich noch ganz schön mitgenommen. Ich wohne hier gleich um die Ecke.«

Guy dachte darüber nach. Er dachte sogar angestrengt darüber nach, und das in einem bemerkenswert kurzen Zeitraum. Letztendlich war es wohl der vom Flugzeug herüberdringende Geruch verbrannten Fleischs, der Guy zu einem Entschluß verhalf. »Ja danke. Aber sag mal, ich glaube, ich habe eben deinen Namen nicht richtig verstanden.«

»John de Nesle«, sagte der komische Typ. »Und du bist ...?«

»Goodlet. Guy Goodlet.«

»Aha, und wo liegt Goodlet?«

»Wie bitte?«

De Nesle schüttelte den Kopf. »Schon gut, das kannst du mir auch später erzählen. Komm, erst mal müssen wir ein Rathaus oder etwas Ähnliches finden.«

»Bedien dich, ich habe dir etwas zu essen gebracht«, sagte das Mädchen.

In der Dunkelheit der Zelle rührte sich der Gefangene. »Ich will nichts«, grummelte er auf seine typisch mürrische Art. »Hau schon ab.«

»Jetzt stell dich nicht so an«, rügte ihn das Mädchen. »Das hier ist Hühnersuppe, dein Lieblingsessen«, fügte sie sanft hinzu.

Der Gefangene machte mit seinen in Ketten gelegten Händen eine abfällige Geste. »Zwei Punkte: Erstens ist das nicht mein Lieblingsessen, und zweitens verwendest du immer zuviel Salz.«

»Das hättest du vorher sagen müssen.«

»Wenn du zuviel Salz reintust, dann wird durch die Flüssigkeit, die unvermeidlich am Strohhalm vorbeitröpfelt und in die kniffligen Teile der Maske läuft, alles ganz rostig. Wenn ich irgend etwas nichts ausstehen kann, dann ist das Rost.«

»Ist ja gut, und es tut mir auch wirklich leid«, entschuldigte sich das Mädchen verärgert.

Der Gefangene schüttelte den Kopf. »Ich fürchte, ich muß mich bei dir entschuldigen. Bin heute etwas mies drauf. Wie ist eigentlich das Wetter draußen?«

»Es regnet.«

»Wirklich?« Obwohl das Mädchen sein Gesicht nicht sehen konnte, war es sich sicher, daß der Gefangene lächelte. »Regen habe ich immer geliebt«, sagte er.

»Im Ernst?« erkundigte sich das Mädchen verwundert.

»O ja. Alle anderen in meiner Familie standen total auf Sonne, aber ich habe immer schon Regenwetter bevorzugt. Welchen Tag haben wir heute?«

»Donnerstag.«

»Was du nicht sagst!« Der Gefangene seufzte, bis sich das Mädchen sicher war, daß ihm von der Sehnsucht nach alten Zeiten das Herz gebrochen sein mußte. »Nun ja ... Hühnersuppe, hast du gesagt? Lecker.«

Das Mädchen stellte den Teller auf den Boden. »Das nächste Mal werde ich bestimmt weniger Salz reintun«, versprach es.

»Nein, nein, das ist schon gut so«, widersprach der Gefangene. »Und was gibt's zum Nachtisch? Wasser? Wunderbar, ich liebe Wasser.« Instinktiv faßte er sich an den Gürtel, aber da war nichts. »Du mußt schon entschuldigen, doch anscheinend habe ich kein Geld dabei«, sagte er verlegen, und das mittlerweile zum ungefähr zehntausendstenmal.

»Das geht schon in Ordnung«, antwortete das Mädchen lächelnd. »Bis bald.«

Der Gefangene nickte freundlich, und die Tür wurde geschlossen. Leise seufzend setzte er sich auf den Fußboden und stierte auf die Holzschale, den Tonkrug und den Strohhalm. Nach einer ganzen Weile rang er sich dazu durch, etwas von der Hühnersuppe zu essen, die wie gewöhnlich abscheulich schmeckte. Dennoch mußte man ja irgendwie bei Kräften bleiben – wozu, war ihm allerdings nicht ganz klar; man tat es einfach mit derselben Selbstverständlichkeit, wie man stets versuchte, sich gegenüber dem Personal freundlich zu verhalten.

Eine Ratte kroch ihm am linken Bein hoch und hockte sich bei ihm aufs Knie, ihre scharfe Nase schnupperte in Richtung der Suppe.

Der Gefangene sah sie an. »Hallo, mein kleines Rättchen, willst du was abhaben? Bedien dich, aber ich kann dir gleich sagen, daß ich jegliche Verantwortung dafür ablehne.« Kaum hatte er die Schüssel auf den Fußboden gestellt, kroch ihm die Ratte am Bein hinunter und hievte die Schnauze in die restliche Brühe. Nach einigen Schlucken blickte sie beleidigt zu ihm auf, schüttelte den Kopf und schlich sich davon. Kurz darauf war aus einem entlegenen Winkel der Zelle heraus das leise und dennoch unmißverständliche Geräusch einer sich erbrechenden Ratte zu vernehmen.

»Jetzt sag bloß nicht, ich hätte dich nicht gewarnt«, schimpfte der Gefangene mit ihr, dann trank er genüßlich das Wasser.

»Keine Angst, ich habe einen Passierschein dabei«, sagte de Nesle.

Guy blickte ihn verdutzt an. Bei dem hellen Tageslicht an diesem sommerlichen Morgen hatte er bereits feststellen können, wie dieser komische Kauz gekleidet war: Die Hose besaß ein rotes und ein gelbes Bein; die spitz zulaufenden Lederschuhe waren rot und mit gewundenen Goldschnallen besetzt; dann trug er etwas, das verdächtig nach einem weißen Seidenhemd mit langen Ärmeln aussah, und darüber eine Art Kricket-Pullover, der aus kleinen, sehr schmalen und ineinandergreifenden Metallringen gefertigt war.

»Jetzt wart doch mal einen Augenblick!« flüsterte Guy aufgeregt, aber de Nesle lächelte nur. Dieser komische Kerl hatte auch ein seltsames Gesicht – sehr schmal und mit einer langen spitzen Nase. Selbst sein Haar war merkwürdig geschnitten – an den Seiten und hinten kurz, oben dicht und lockig. Es erinnerte Guy an irgend etwas.

»Überlaß das nur mir«, besänftige ihn de Nesle, und während er dies sagte, bog er bereits um die Ecke.

Zu seiner eigenen Verwunderung folgte Guy ihm; die ganze Geschichte und auch sein eigenes Verhalten wirkten auf ihn äußerst befremdend, aber wahrscheinlich war das so, wenn man tot war.

Der kräftig gebaute deutsche Soldat, der vor dem Rathaus von Benville Wache schob, blickte auf und nahm bereits das Gewehr ab. Doch mittendrin brach er diesen Vorgang ab und schien sich zu entspannen.

»Guten Morgen«, sagte de Nesle. »Moment, ich habe einen Passierschein.« Er griff in die Innenseite des Metallpullovers und holte einen gefalteten Pergamentpapierfetzen hervor, den er aufschlug und dem Wachposten zeigte. Der deutsche Soldat las das Dokument zweimal durch, dachte darüber nach, zuckte schließlich mit den Achseln und salutierte.

»Tausend Dank. Dieser britische Pilot hier gehört übrigens zu mir«, klärte de Nesle den Wachposten auf.

Der Deutsche nickte, und Guy folgte dem merkwürdigen Kerl ins Rathaus.

»Bekomm jetzt bloß keinen falschen Eindruck von mir, ich selbst bin kein Deutscher, falls du das gedacht hast. Wenn man so will, ist das hier ein Passierschein für alle Gelegenheiten. Hier, schau selbst.«

De Nesle gab Guy den Zettel, auf dem stand:

DIESER MANN IST EIN DEUTSCHER GENERAL.

Guy dachte kurz darüber nach, dann griff er nach seinem Revolver.

»Nein, nein«, beruhigte ihn der merkwürdige Typ. »Entschuldigung, ich habe völlig vergessen, daß ich dich erst einmal überzeugen muß. Hier, jetzt schau noch mal drauf.«

Guy blickte erneut auf das Stück Pergamentpapier in seiner Hand, auf dem jetzt stand:

DIESER MANN IST *KEIN* DEUTSCHER GENERAL.
DIESER MANN IST JOHN DE NESLE.

»Tut mir leid«, entschuldigte sich Guy und gab ihm den Passierschein zurück, »aber mit der Zeit wird man immer mißtrauischer und ...«

»Das geht schon in Ordnung«, unterbrach ihn de Nesle. Dann steckte er den Zettel wieder ein und orientierte sich. »Ich glaube, da geht's lang.«

Der Weg führte die beiden eine Treppe hinauf, die in einen schmalen Flur mündete, von dem etliche Büros abgingen. Alles sah wie in einem x-beliebigen Rathaus irgendwo auf der Welt aus. Zwar war niemand zu sehen, aber es war ja auch noch sehr früh am Morgen. De Nesle sah sich genau an, was auf den Türen stand.

»Du hast dich eben mit dem Wachposten auf englisch unterhalten, trotzdem hat er dich verstanden«, fiel Guy plötzlich ein.

»Diese Gabe habe ich nun mal«, antwortete de Nesle achselzuckend. »Aha, das Büro da vorn sieht ganz so aus, als müßte es hinhauen.«

Er blieb vor einer Tür stehen, auf der *Privée: défense d'entrer* stand. Dann drückte er die Klinke, doch die Tür war verschlossen.

»Ja, hier klappt's«, stellte er beiläufig fest, rüttelte dreimal an der Tür, murmelte etwas vor sich hin und drückte erneut die Klinke. Die Tür öffnete sich. Er trat ins Zimmer und verschwand.

Aus Gründen, die Guy wohl selbst am besten verstand, folgte er ihm.

Wie allgemein bekannt ist, stehen einem jederzeit gern erfahrene Frauen und Männer mit ihrem Fachwissen zur Seite, wenn man das Glück hat, viel Geld zu besitzen, und wenn man nicht mehr Steuern bezahlen möchte, als unbedingt notwendig. Weniger bekannt ist, daß Finanzberatung auf vier Ebenen stattfindet: auf der gewöhnlichen oder sogenannten Steuerberaterebene, auf der hoheren oder auch Spezialistenebene, auf der Luxus- oder internationalen Beraterebene und auf der Nonplusultra- oder Beaumont Street-32a-Ebene.

In der Londoner Beaumont Street 32a läßt man sich erst gar nicht dazu herab, sich irgendeinen Namen oder gar ein Firmenzeichen zuzulegen. Werbung kommt auch nicht in Frage; die Firma tut sogar alles, ihre Existenz vor der Öffentlichkeit zu verbergen. Denn trotz der brutal hohen Honorare, die dort verlangt werden, würde die Beaumont Street 32a bei allgemeiner Bekanntheit binnen kurzem mit derart vielen Anfragen überhäuft werden, daß sie nicht mehr länger funktionieren könnte.

Die Auswahlkriterien für einen potentiellen Kunden der Beaumont Street 32a kann man getrost als verboten streng bezeichnen. Reichtum jenseits aller Träume von Habgier reicht gewiß nicht aus. Genausowenig Diskretion. Geburt, Stand, politischer Rang und ähnliche solche eher vergänglichen Faktoren haben keinerlei Bedeutung. Worauf man in der Beaumont Street 32a bei einem potentiellen Kunden achtet: daß er mit der Zielsetzung der Firma in absolutem Einklang steht. Zukünftige Mandanten müssen es geradezu lieben, Geld anzuhäufen, und es mehr als alles andere auf der Welt hassen, sich wieder davon zu trennen.

Sobald man in die Vorauswahl gekommen ist, wird man heimlich überprüft und dann von einem Mitarbeiter direkt angesprochen. Wenn man nach einem rigorosen Verhör das ausreichende Format bewiesen hat, wird man in die Nummer 32a eingeladen, um sich dort anzuhören, was einem die Firma zu bieten hat.

Ein zukünftiger Mandant, der nicht beim Namen genannt werden muß, saß gerade im Empfangsraum. Genauer gesagt saß er auf einer umgedrehten Apfelsinenkiste und trank aus einem Becher, der bereits am Rand zersplittert war, billigen Pulverkaffee. Die Firma hat sich nie dazu herabgelassen, sich eine protzige Fassade zu geben, nur um ihre potentiellen Freier damit beeindrucken zu können.

Die drei Mitarbeiter saßen um ihn herum auf dem Fußboden. Alle waren eigentümlich gekleidet und von ebenso merkwürdigem Aussehen, aber der anonyme Mandant war bestimmt nicht so reich geworden, weil er andere nach ihrer äußeren Erscheinung beurteilt hatte.

»Die Idee der Steuerparadiese ist Ihnen doch sicherlich geläufig, nicht wahr?« erkundigte sich der Seniorpartner – er sprach Englisch so fließend wie alle anderen Weltsprachen, allerdings mit einem merkwürdigen Akzent, der noch am ehesten italienisch war.

Der Mandant nickte.

»Liberia, Isle of Man und dergleichen sind Ihnen also bekannt, oder?« fuhr der Seniorpartner fort.

»Selbstverständlich.«

»Unsere Investitions- und Finanzberatungsstrategie basiert in erster Linie auf dem Konzept des Steuerparadieses, jedoch mit einem einzigartigen zusätzlichen Faktor, den nur wir bieten können. Und deshalb«, fügte er lächelnd hinzu, »ist unser Honorar auch so ungewöhnlich hoch.«

Der Mandant grinste hämisch. »Fahren Sie fort.«

»Traditionell baut die Steuerparadiesstrategie darauf, daß Geldsummen von einem steuerlich bevorzugten Land in das andere transferiert werden. Wir nennen das die umständliche Methode, die nach unserer Meinung etliche Mängel aufweist. Wir bevorzugen die direkte Methode. Nach unserer Erfahrung, und die ist alles andere als unerheblich, bietet diese Methode keinerlei Nachteile.« Der Seniorpartner lächelte verschmitzt. »Mit Ausnahme unseres Honorars natürlich, das man in der Tat als unverschämt hoch bezeichnen kann.«

»Wenn Sie sagen, Sie bevorzugen die direkte …«

»Das ist wirklich ganz einfach«, unterbrach ihn der Seniorpartner. »Wenn die traditionelle Methode darin besteht, Geld von einem Land zum anderen zu bewegen, mit anderen Worten, Geld durch den Raum zu transferieren, dann transferieren wir Geld durch die Zeit. Oje! Sie haben offenbar Kaffee verschüttet.«

»Durch die Zeit …?«

»Richtig, durch die Zeit«, bestätigte der Seniorpartner. »Überlegen Sie doch mal. Zum Beispiel gab es im dritten Jahrhundert vor Christus in Kasachstan keine Steuern oder dergleichen. Andererseits gab es auch keine Banken und außer Grunzochsen nichts, worin man hätte investieren können. Nach unserem Dafürhalten werfen Grunzochsen kurzfristig eine sehr niedrige Rendite ab. Die freie Welt des Zwanzigsten Jahrhunderts hingegen bietet zwar einerseits unendlich viele Investitionsmöglichkeiten, andererseits aber auch irrsinnig hohe Steuern. Das nächstliegende ist es deshalb, eine Zeit und einen Ort zu finden, die zwischen dem Kapitalertrag und der Steuerintervention einen goldenen Mittelweg darstellen. Wir haben einen solchen goldenen Mittelweg gefunden, und wir können Ihr Geld schon morgen dorthin transferieren, wenn Sie uns darum bitten. Gegen ein entsprechendes Honorar natürlich.« Der Seniorpartner kicherte in sich hinein. »O ja.«

»Moment mal«, ergriff der Mandant argwöhnisch das Wort. »Sie meinen damit, Sie können Geld wirklich durch die Zeit hindurch zurückschicken? Sozusagen im nachhinein investieren oder so etwas?«

»Nein, nein, lange nicht so kompliziert«, winkte der Seniorpartner ab. »Lassen Sie es mich so ausdrücken« – er beugte sich vor und lächelte freundlich –, »ich nehme an, Sie wissen, was man unter Termingeschäften versteht. Wir datieren sie in die Vergangenheit zurück.«

»In die Vergangenheit? Ich verstehe«, log der Mandant.

»Weil wir mit der – sagen wir mal – obersten Instanz eine einzigartige Vereinbarung haben, steht uns der Zugang zu Zeitreisen offen. Wir können Ihr Geld nehmen und damit in der Zeit zurückreisen, es in Ihrem Namen investieren und alles so arrangieren, daß Ihnen die Einkünfte in jedweder Form zukommen – und zu jeder Zeit, die Sie wünschen. Wir bieten eine Rendite von siebenunddreißig Prozent.«

Der Mandant pfiff durch die Zähne. »Nicht schlecht«, staunte er.

»Wir könnten Ihnen sogar noch bessere Bedingungen anbieten«, bemerkte der Seniorpartner leichthin. »Sehr viel bessere sogar. Aber« – er beugte sich noch weiter vor – »wir haben uns diesen speziellen Ort wegen seiner einmaligen steuerlichen Vorteile ausgewählt. Die Einlage und der Gewinn sind hundertprozentig steuerfrei.«

Daraufhin herrschte zunächst einmal Stille – totale Stille, die durch Ehrfurcht und Staunen hervorgerufen worden war. Ein wenig war es wohl so wie bei Sir Galahads Entdeckung des Heiligen Grals, nur daß es Galahad, verglichen mit dem Seniorpartner, an dem notwendigen Ernst gemangelt hatte.

»Steuerfrei?« wiederholte der Mandant schließlich.

»Absolut«, bestätigte der Seniorpartner. »Sie müssen wissen, daß derlei von uns getätigte Investitionen karitativen Status genießen.«

Der Mandant blickte ihn verdutzt an. »Sie meinen, Sie haben dort Zugriff auf eine Art wohltätige Stiftung, die Ihnen Geld gibt?«

»Keine wohltätige Stiftung«, widersprach der Seniorpartner gelassen. »Dennoch genießen Investitionen dort einen solchen Status. Wir investieren das Vermögen all unserer Mandanten in das zwölfte Jahrhundert nach Christus, und zwar über die Tempelritter, um damit den dritten Kreuzzug zu finanzieren.«

Nach langem Schweigen sagte der Mandant: »Ich dachte immer, der dritte Kreuzzug war eher ein Krieg.«

»Genaugenommen, ja«, entgegnete der Seniorpartner. »Andererseits handelte es sich um einen sehr speziellen Krieg, von wegen gottgewollt und diesem ganzen Unsinn. Als solcher eignete er sich zur Verbreitung des christlichen Glaubens, was ja, wie Sie wissen, bereits als Wohltätigkeit galt. Wenigstens wurde das damals von allen so gesehen«, fügte er grinsend hinzu. »Und letztendlich zählt nur das.«

»Einen Augenblick mal«, sagte der Mandant. »Ich dachte immer, der dritte Kreuzzug war eine riesige Pleite.«

»Da haben Sie allerdings recht«, stimmte ihm der Seniorpartner zu, und man konnte sich des Gefühls nicht erwehren, daß nun etwas Trauer in seiner Stimme mitschwang. »Da haben Sie wirklich recht, eine totale Katastrophe sogar. Ein einziges Chaos. Der letzte Mist. Die Kreuzritteranführer Richard Löwenherz, Philipp der Zweite von Frankreich und Kaiser Friedrich der Erste hatten sich bereits kräftig in der Wolle gehabt, bevor sie überhaupt den Nahen Osten erreicht hatten. Ihre Heere wurden geschlagen, und die Folge war ein hoher territorialer Reinverlust im Heiligen Land, der den islamischen Streitkräften zugute kam. Dabei gingen natürlich auch die meisten Investoren gleich mit drauf. Deshalb ist es nur allzu verständlich, daß wir das Vermögen unserer Mandanten immer auf dem absoluten Höhepunkt des Kreuzzugsfiebers zurückziehen, elfhundertneunundachtzig nämlich, und es dann stets elfhundertsechsundachtzig reinvestieren. Und so weiter. Bis in alle Ewigkeit.«

»Ich verstehe. Das klingt wirklich sehr… sehr gerissen.«

Der Seniorpartner strahlte glücklich übers ganze Gesicht. »Wenn *Sie* so etwas sagen, kann man uns kein größeres Kompliment mehr machen.«

So kam es, daß eine große Geldsumme den Besitzer wechselte und dem bereits erlesenen Kundenstamm der Beaumont Street 32a ein weiterer Mandant hinzugefügt werden konnte – einem Kundenstamm, dem bereits solch erlauchte Persönlichkeiten wie die Rothschilds,

Ludwig der Vierzehnte, Elvis Presley und (interessanterweise) Julius Cäsar angehörten oder angehört hatten.

Dennoch ist es eine uralte Lebensweisheit, daß ein wirklich gerissener Anlageberater die besten Investitionsmöglichkeiten seinen Mandanten niemals mitteilt und sie lieber für sich behält. Natürlich bildete die Beaumont Street 32a diesbezüglich keine Ausnahme.

Zwar mochte die Beaumont Street 32a ihre Finger in allen möglichen finanziellen Machenschaften stecken haben, mit Leib und Seele engagierte sie sich aber nur in der Musikbranche.

»So, das wäre endlich geschafft«, seufzte John de Nesle. »Mach's dir gemütlich.«

Guy schaute sich in dem Raum um, der sich von allen anderen Büros, die er jemals in einem Rathaus von innen gesehen hatte, erheblich unterschied.

Die Decke war sehr hoch – Guy mußte den Kopf sogar in den Nacken legen, um sie sehen zu können – und aus großen Eichenbalken konstruiert, die offenbar mit Schnitzereien versehen waren, die ihrerseits aber zu weit für ihn entfernt waren, als daß er mit bloßem Auge erkennen konnte, was sie darstellen sollten. An den Wänden hingen Bildteppiche mit prächtigen Farben, auf denen Jagd-, Kriegs- und Liebesszenen dargestellt wurden, die Guy (obwohl er kein Kunsthistoriker war) dem Spätmittelalter zurechnete. Dort, wo noch zwischen den Wandteppichen ein paar freie Flächen hindurchlugten, war nacktes gelbes Felsgestein zu sehen.

Der Boden, auf dem er stand, war mit Steinfliesen gepflastert und mit etwas bestreut, das Guy für Binsen hielt. Das Mobiliar war spärlich, aber erlesen; an einem Ende des Raums – das Zimmer war übrigens rund – befand sich ein massiver Tisch mit zwei Bänken auf jeder Seite, und an den Tischenden standen zwei große Stühle mit hohen vergoldeten Rückenlehnen, auf denen holzgeschnitzte bunte Wappenschilde angebracht waren.

Ein brennendes Feuer in der Mitte des Raums spendete ein wenig Licht, und Guy konnte erkennen, daß ihm der Blick auf die geschnitzten Balken durch den Rauch verborgen wurde, der unter der Decke Schwaden zog und durch die relativ kleine und offensichtlich falsch konstruierte Öffnung im Dach nach außen zu dringen versuchte. Über den Wandteppichen hingen etwa fünfzehn bis zwanzig birnenförmige Schilde, auf denen wappenähnliche Zeichen gemalt waren; die Farben wirkten frisch und hell, und die Zeichnungen zeugten von großer Kunstfertigkeit, trotzdem waren die Schilde zerkratzt und leicht lädiert, als wären sie erst kürzlich in irgendwelchen Kämpfen wirklich eingesetzt worden. Neben den Schilden befand sich eine ganze Auswahl an Helmen, Rüstungen und riesigen Schwertern, allesamt auf Hochglanz poliert, so daß sie im roten Feuerschein funkelten. Außerdem hingen an den Wänden einige ausgestopfte Hirschköpfe, an deren Geweihe jemand (fast zwangsläufig) Hüte aufgehängt hatte. Doch selbst diese Hüte wirkten absonderlich; weder ein Homburg noch eine Melone befand sich darunter. Der Feuerschein wurde durch etwa zwanzig bis dreißig kleine Öllampen aus Ton ergänzt, die allerdings nach Guys Dafürhalten doppelt soviel Rauch wie Licht entwickelten und zudem äußerst unangenehm rochen. Ganz unverblümt gesagt, stank es dort einfach ekelhaft; was dem Eigentümer offenbar auch nicht entgangen war, da er erst kürzlich irgendwelche süßlich riechende Weihrauchstäbchen angezündet hatte, wodurch nach Guys Meinung allerdings eher das Gegenteil bewirkt worden war. Außer de Nesle, ihm selbst und drei großen Hunden, die tief und geräuschvoll vor der Feuerstelle schliefen, war niemand im Raum.

»Herzlich willkommen in meiner bescheidenen Hütte«, sagte de Nesle. Dann öffnete er den Deckel einer massiven Eichenkiste, die wie eine große Schiffstruhe aussah, und holte einen Krug heraus, der in dem gebrochenen Licht beinahe so wirkte, als wäre er aus purem Gold gefertigt. Den Krug stellte er auf ein ähnlich golden aussehendes Tablett mit zwei goldenen Bechern, schloß den Deckel der Truhe und setzte dann das Tablett darauf ab. Danach nahm er den Krug und füllte ihn mit einer Flüssigkeit aus einem Faß, das in einer dunklen Ecke des Raums auf einem Bock stand. Er drehte den Zapfhahn zu, roch an der Oberfläche des Kruginhalts und schenkte die beiden Becher ein. Die Flüssigkeit, die aus dem Krug kam, war braun und undurchsichtig und sah wie starker Tee aus.

Schließlich reichte er Guy einen Becher, den letzterer fast fallen ließ. Der Becher war nämlich erstaunlich schwer, und Guy fragte sich allmählich, ob das Gefäß womöglich tatsächlich aus Gold gefertigt war.

»Auf deine Gesundheit«, prostete de Nesle ihm zu. Dann nahm er einen kräftigen Schluck und verzog dabei das Gesicht so sehr, daß Guy sich nicht mehr ganz sicher war, ob er der Aufforderung zu trinken nachkommen sollte.

»Ähm … was ist das?« fragte er.

»Met«, antwortete de Nesle »Würdest du mich bitte kurz entschuldigen? Ich erwarte nämlich jeden Augenblick einen Anruf.«

John de Nesle hob einen der Wandteppiche an, und eine niedrige Türöffnung kam zum Vorschein. Er verschwand dahinter, und der Wandteppich fiel wieder herunter.

Da er aus dem Geschehen um ihn herum einfach nicht klug wurde, blieb Guy dort stehen, wo er war, und blickte sich langsam im Raum um. Doch es fiel ihm dazu lediglich ein, daß er vorher nie auf die Idee gekommen wäre, das himmlische Königreich könnte von dem Filmregisseur D. W. Griffith entworfen und ausgestattet worden sein; sonderlich hilfreich war dieser Gedanke allerdings auch nicht. Er schaute in den Becher, entdeckte eine Wespe, die sich, mit einem Flügel zu ihm zeigend, im Kreis drehte, und hielt nach einem Blumentopf Ausschau, entdeckte aber keinen.

*Das ist ja alles ganz nett hier, trotzdem mache ich mich jetzt lieber auf die Socken,* sagte er sich schließlich. *Ich sollte diesen recht friedlich aussehenden deutschen Wachposten suchen und mich ergeben.* Er ging in Richtung der Tür, durch die er eben hereingekommen war, aber sie war nicht mehr da; an ihrer Stelle hing nun ein Teppich, auf dem eine unbekleidete hübsche Maid dargestellt war, die in einem angedeuteten Tümpel ihr Spiegelbild betrachtete. Als er den Teppich an einer Ecke anhob, war dahinter nur ein Stück der Wand zu sehen.

Guy Goodlet war kein Mensch, der zu überstürzten Handlungen neigte; er zog es stets vor, zunächst einmal alles genau abzuwägen und erst dann die Initiative zu ergreifen. Zudem hatte er generell Spaß daran, Probleme mit sich und seiner Intelligenz auszudiskutieren. Bei dieser Gelegenheit machte die Intelligenz ihrem Namen jedoch alle Ehre, denn sie hielt klugerweise den Mund und blickte lieber beschämt beiseite.

Er stellte den Becher wieder ab, knöpfte den Verschluß des Halfters auf und zog den Revolver heraus. Dann steuerte er auf die Türöffnung zu, durch die kurz zuvor de Nesle verschwunden war.

Ein Lieblingsspruch von Papst Wayne dem Dreiundzwanzigsten (2567–2578 A. D.) lautete, daß etwa fünfundneunzig Prozent des menschlichen Lebens so wichtig wie Kartoffelbrei sind; man kann gut darauf verzichten, wenn man nur will.

Natürlich handelt es sich dabei um eine grobe Vereinfachung eines weiten Feldes der Theochronologie; doch wie die meisten der australischen Päpste des sechsundzwanzigsten Jahrhunderts war Wayne weniger wegen seines logischen Denkens ausgewählt worden, sondern vielmehr aufgrund seiner unbestrittenen Redegewandtheit.

Was Seine Heiligkeit damit zusammenzufassen versuchte, war eine der Grundthesen der Theochronologie, seit dem dreiundzwanzigsten Jahrhundert auch als der ›Bloomington-Effekt‹ bekannt. Bloomington beobachtete, daß ein Mensch – egal, wie häufig er in der Zeit umherwandert – früher oder später unausweichlich an den Ort und Zeitpunkt zurückkehren muß, von dem aus er gestartet ist, um die Kontinuität in der Geschichte aufrechtzuerhalten; sonst könnten Menschen ja einfach spurlos verschwinden und nie mehr zurückkehren, was schlichtweg nicht sein kann.

Als Folge des Bloomington-Effekts läßt sich nun schließen, daß jede Zeit, die man mit einer Zeitreise verbringt, wie eine Art Auszeit beim Basketball ist – mit anderen Worten: Jede Zeitspanne, die ein Individuum damit verbringt, sich in einem oder mehreren Jahrhunderten zu bewegen, wirkt sich nicht auf die für ihn vorgesehene Lebenserwartung aus. Beispielsweise kann man die eigene Zeit an seinem fünfundzwanzigsten Geburtstag verlassen, hundert Jahre in der Vergangenheit oder in der Zukunft oder in beidem verbringen und dann in die eigene Zeit zurückkehren, und man ist immer noch keinen Tag älter. Auf diese Weise verbleibt die Materie – die Atome und Moleküle, aus denen der Körper besteht – in der Zeit und an dem Ort, wo sie eigentlich hingehört, und man hat nicht gegen die grundlegenden Gesetze der Physik verstoßen (weil man im Grunde nie weggewesen ist). Kurz gesagt, hat die Abwesenheit einer Person auf die Umwelt ungefähr dieselbe Auswirkung wie ein Traum.

Es war sehr dunkel. Zwar waren überall diese tönernen Öllampen verteilt, doch spendeten sie ungefähr so viel Licht wie eine dieser Leselampen in einer billigen Pension oder wie ein im Todeskampf liegendes Glühwürmchen. Jedenfalls prallte Guy erst einmal gegen drei Pfeiler, bevor er einen zweiten Durchgang entdeckte.

Dort befand sich eine massive kleine Tür, die mit riesigen Eisennägeln übersät war und einen Spaltbreit offen stand, durch den ein heller, fast silberner Lichtkegel hereindrang. Guy drückte sachte gegen die Tür und ging hindurch. Entgegen seinen recht finsteren Erwartungen quietschten die Scharniere nicht.

Schließlich sah er de Nesle, der an einem sehr breiten und niedrigen Schreibtisch saß – oder, besser, nur dessen Rücken. Neben ihm stand eine helle Lampe – ein modernes elektrisches Exemplar –, und auf dem Schreibtisch waren irgendwelche weiße Kästen, die an der Stirnseite Glasfenster hatten. Auf diesen Glasfenstern formten sich grüne Lichtpunkte zu winzig kleinen Buchstaben, die sich veränderten, sobald de Nesle auf etwas drückte, das für Guy wie eine Schreibmaschinentastatur aussah. All das war höchst merkwürdig und hatte mit ihm, so hoffte Guy inständig, nichts, aber auch gar nichts zu tun.

»Nimm sofort die Hände hoch!« forderte er de Nesle auf.

Eigentlich sollte sich das viel bedrohlicher anhören, doch hatte er die Wörter eher gepiepst als wirklich gesprochen. Immerhin war es ihm gelungen, gleichzeitig den Hahn des Revolvers zu spannen, so daß er jetzt die größte Hoffnung eher auf die Feuerkraft als auf seine persönliche Ausstrahlung setzte.

»Dreh dich nicht um!«

»Und warum nicht?« fragte de Nesle in Richtung dieses merkwürdigen Glasfensters, ohne die Finger von der Tastatur zu nehmen.

»Ich habe gesagt, du sollst die Hände hochnehmen«, forderte Guy ihn erneut auf, wobei seine Stimme nun immerhin ein wenig, wenn auch nicht viel überzeugender klang.

»Worum geht's denn?« wollte de Nesle wissen. »Hat dir der Met nicht geschmeckt?« Er hob die Hände und fragte: »Darf ich mich jetzt umdrehen?«

»Von mir aus«, grummelte Guy. »Aber denk dran: Wenn es sein muß, schieße ich.« Plötzlich fiel ihm etwas ein, und er fügte hinzu: »Ich nehme doch an, daß man dich mit Kugeln verletzen kann, oder?« Zwar hatte er sich vergeblich bemüht, möglichst viel Ironie in die Stimme zu legen, doch hatte sich die Frage eher wie eine ernsthafte Bitte um Information angehört.

John de Nesle, der noch immer am Schreibtisch saß, blickte ihn jetzt an. »Das ist eine gute Frage. Verletzen kann man mich damit bestimmt, und deshalb wäre ich dir zutiefst dankbar, wenn du dich etwas vorsähest, wohin du mit dem Ding zielst. Ich will ja nicht unhöflich erscheinen, aber deine Hand zittert ziemlich, und ich habe ...«

»Das laß mal meine Sorge sein«, unterbrach ihn Guy, wobei er so böse wie möglich dreinblickte. Rückblickend hatte er zwar schon jetzt das Gefühl, daß er dies viel besser hätte machen können – *esprit d'escalier* –, aber er war und blieb nun mal ein Spätzünder.

»Ob man mich durch Kugeln wirklich töten kann, das weiß ich allerdings selbst nicht so genau«, fuhr de Nesle fort. »Diesbezüglich gehen die Meinungen weit auseinander. Die eine Richtung behauptet, daß ich, gleich nachdem ich gestorben bin, sofort wieder ins Leben zurückkehre. Eine andere Richtung stimmt mit dieser Auffassung – daß ich wieder ins Leben zurückkehre – zwar überein, aber etwa fünf Minuten vor Eintritt des Todes, weil ich dann genügend Zeit hätte, um sicherzustellen, der wie auch immer gearteten Lebensgefahr rechtzeitig aus dem Weg zu gehen. Die dritte Richtung, der sich auch meine Mutter angeschlossen hat, geht davon aus, daß ich wahrscheinlich tot bliebe. Gott sei Dank mußte das noch nie wirklich getestet werden, was mir, ehrlich gesagt, auch am liebsten ist. Aber was ist denn nun?«

»Was soll denn sein?« erkundigte sich Guy.

»Na, du bedrohst mich doch«, klärte ihn de Nesle auf.

»Ich habe immer das Gefühl, daß Leute, die mit Waffen auf einen zeigen, auch etwas von einem wollen, du nicht? Also, was kann ich für dich tun?«

»Als erstes will ich von dir wissen, wie ich hier rauskomme.«

»Oje, ich fürchte, das wird nicht ganz einfach«, seufzte de Nesle mit betrübter Miene. »Ich würde dich ja gern begleiten, aber ich erwarte leider diesen äußerst dringenden Anruf. Glaubst du, du könntest allein ...?«

»Nein.«

John de Nesle dachte kurz darüber nach. »Wenn ich es mir genau überlege, schaffst du das wahrscheinlich nicht allein. Tut mir leid, falls ich mich etwas grob angehört haben sollte, aber sobald man mich bedroht, reagiere ich etwas gereizt.«

Allmählich verstand Guy gar nichts mehr. »Hör mal, was wird hier eigentlich gespielt?«

John de Nesle antwortete grinsend: »Ich muß schon sagen, du stellst wirklich die absurdesten Fragen. Darf ich davon ausgehen, daß du es in Wirklichkeit gar nicht wissen willst?«

»Also gut«, resignierte Guy. »Laß mich hier raus, und dann ist alles in Ordnung. Du mußt mich nicht mal begleiten, zeig mir einfach die Tür.«

»Ich rate dir aber ...«

»Ich pfeife auf deine Ratschläge.«

De Nesle zuckte die Achseln. »Ganz, wie du möchtest. Wenn du hier raus willst, mußt du nur durch die Tür hinter dir gehen.«

Guy runzelte argwöhnisch die Stirn, da er vermutete, durch eine List dazu gezwungen zu werden, den Kopf nach hinten umzudrehen. In solch prekären Situationen galt es, den Blickkontakt aufrechtzuerhalten. Deshalb langte er mit der freien Hand nach hinten und entdeckte tatsächlich einen Türknauf.

»Diese Tür?«

»Ja. Trotzdem riete ich dir ...«

Guy öffnete die Tür, trat rückwärts hindurch und verschwand. Die Tür, auf der *Privat – Zutritt nur für Personal* stand, schloß sich hinter ihm.

»So ein Mist!« fluchte de Nesle.

Er blickte auf die Uhr, eine Rolex Oyster, die er unter dem Ärmel dieses stählernen Kettenhemds trug, runzelte nachdenklich die Stirn und nahm schließlich das Mikrofon des Anrufbeantworters in die Hand.

»Guten Tag, hier spricht John de Nesle«, sagte er mit jener gezwungenen Leichtigkeit ins Mikrofon, wie sie zu solchen Anlässen von den meisten Menschen vorgeschützt wird. »Leider kann ich Ihren Anruf zur Zeit nicht entgegennehmen. Nach dem Pfeifton hinterlassen Sie bitte die genaue Zeit, zu der Sie angerufen haben, und ich werde es dann so arrangieren, zu genau diesem Zeitpunkt hier zu sein. Danke.«

Er stellte den Anrufbeantworter an, holte unter dem Schreibtisch ein Schwert hervor und ging durch die Tür.

Guy befand sich auf einer Party.

In Wirklichkeit handelte es sich eher um einen Empfang. Während er Sekundenbruchteile vor seinem Erscheinen, den Revolver schwingend, rückwärts hinausging, glaubte Guy, verschiedensprachige Stimmen und das typische, fast hyänengleiche Kreischen von Diplomatenfrauen zu hören, die über die Witze von Handelsattachés lachten.

Er erstarrte.

Die Männer, die er sah, trugen allesamt Smokings, die Frauen elegante Abendkleider. In den Händen hielten sie Weingläser. Kellnerinnen trugen Tabletts mit kleinen Fischstücken und winzigen Wurstspießen. Eine Kapelle spielte nicht auf.

Eine Frau schrie vereinzelt auf. Als Engländer und Angehöriger einer bestimmten Gesellschaftsschicht, der dazu erzogen worden war, daß es nur ein Verbrechen gab, das einem selbst Gott nicht verzieh, nämlich in der

Öffentlichkeit aufzufallen, fühlte er sich entsprechend unwohl. Zwar versuchte er zu lächeln, mußte aber feststellen, daß er erhebliche Probleme mit der Gesichtsmotorik hatte, und blickte verlegen auf den Revolver, der auf den dritten Westenknopf eines korpulenten großen Gentlemans zeigte, der nach Guys fester Überzeugung ein Chargé d'affaires war, also Chef einer diplomatischen Mission.

Mehr als ein »Ähm« brachte Guy nicht heraus.

»M'sieur?« erkundigte sich der Chargé d'affaires, und bei dem Tonfall, in dem er dies – und zudem noch auf französisch – gesagt hatte, verzogen sich Guys Eingeweide. Guy war kein Sprachgenie, und allein der Gedanke, sich zu entschuldigen oder in einer fremden Sprache ›Tut mir leid, aber ich dachte, das hier sei der Kostümball‹ sagen zu müssen, war zuviel für ihn. Die Zunge klebte ihm derart fest am Gaumen, daß er keinen Pieps, geschweige denn einen vernünftigen Satz hätte hervorbringen können.

Er war kurz davor, sich zu erschießen, da dies die einzig akzeptable Möglichkeit für ihn war, sich aus dieser peinlichen Situation zu befreien, als hinter ihm eine vertraute Gestalt auftauchte. Die Gestalt trug eine rot-gelbe Hose und ein Kettenhemd, in einer Hand hielt sie ein Schwert, in der anderen ein rissiges Stück Pergamentpapier, das sie dem Zeremonienmeister übergab.

*»Monsieur le Président de la République«*, verkündete der Zeremonienmeister.

Kurz ließen sich die vornehmen Gäste zu einem begeisterten Raunen hinreißen und bildeten dann eine ordentliche Reihe. Zu seiner großen Erleichterung stellte Guy fest, daß ihn alle völlig vergessen hatten.

De Nesle trat vor, übers ganze Gesicht strahlend, um den Gästen die Hände zu schütteln. Als er an Guy vorbeikam, zischte er aus dem Mundwinkel heraus: »Geh durch die Tür zurück, durch die du hereingekommen bist, und zwar schnell!« Und stolzierte dann weiter, als wäre nichts geschehen.

Guy brauchte keine zweite Einladung. Obwohl auf der Tür *Défense d'entrer* stand, trat er hindurch und fand sich in John de Nesles eigentümlichem Arbeitszimmer wieder. Er ließ sich in einen Sessel fallen und begann am ganzen Körper zu zittern.

»Ich habe dich ja gewarnt.«

De Nesle stand plötzlich über ihm und lächelte ihn beruhigend an. Ein kleiner Teil von Guys Verstand spielte ernsthaft mit dem Gedanken, ihn mit dem Revolver zu bedrohen, wurde aber von der Mehrheit überstimmt. Deshalb legte er die Waffe auf den Tisch, doch anstatt etwas zu sagen, gab er nur einen kurzen Wimmerlaut von sich.

»Keine Angst«, fuhr de Nesle fort, »ich habe denen gesagt, du seist ein neuer und noch etwas übereifriger Sicherheitsbeamter.«

Guy fielen sogar wieder ein paar Worte ein – zwar wären sie nicht seine allererste Wahl gewesen, aber immerhin waren sie da –, und er fragte: »Bist du etwa der Präsident der Republik?«

»Um Himmels willen, wo denkst du hin?« widersprach de Nesle. »Politik interessiert mich nicht die Bohne, und wenn doch, dann nur am Rande. Ich denke, du solltest lieber noch einen Becher trinken, findest du nicht?«

Dieses Mal hatte Guy das Gefühl, sich zu weigern wäre unhöflich; außerdem brauchte er bei seiner trockenen Kehle dringend etwas zu trinken, ob die Wespe nun tot war oder nicht. Zu seiner freudigen Überraschung zauberte de Nesle aus einer Schreibtischschublade jedoch eine Flasche Brandy hervor und schenkte damit zwei kugelförmige Gläser fast bis zum Rand voll.

»Du mußt schon entschuldigen, daß ich dir eben Met angeboten habe«, fuhr de Nesle fort. »Ich hatte völlig vergessen, daß ihr Met gar nicht mehr trinkt, und an den Geschmack von dem Zeug muß man sich wirklich erst gewöhnen. Zum Wohl.«

De Nesle nahm einen kräftigen Schluck, und Guy folgte seinem Beispiel. Der Brandy war sehr gut.

»So, dann wollen wir mal.« De Nesle setzte sich auf den Schreibtischrand und fuhr sich grinsend mit dem Glasrand über den schmalen Oberlippenbart. »Es tut mir wirklich leid, falls ich dir Umstände bereitet haben sollte.«

»Nicht der Rede wert«, hörte sich Guy aus reinem Reflex sagen.

»Unsinn«, widersprach de Nesle. »Wenn du nicht so nett gewesen wärst, mich mitzunehmen – ach, laß mich mal eben sehen, ob der Anruf für mich angekommen ist.« Er drückte einen Knopf, der sich an einer merkwürdigen Kiste befand, die mit dem Telefon verbunden war, und fuhr dann fort: »Nichts, so ein Mist. Nun, wenn du jedenfalls nicht so nett gewesen wärst, mich mitzunehmen, dann hättest du dir diesen ganzen Ärger hier erspart.« Vertrauensvoll flüsternd fügte er hinzu: »Allerdings fürchte ich, du wärst ins Meer gestürzt, weil du kaum noch Sprit gehabt hast. Kannst du eigentlich schwimmen?«

»Nein.«

»Na dann brauche ich ja kein allzu schlechtes Gewissen mehr zu haben. Trotzdem war es rückblickend ein wenig frech von mir, zumal dein Freund … na ja, tot gewesen ist. Unter solchen Umständen war das schon etwas geschmacklos von mir. Aber in der Not frißt der Teufel Fliegen, wie man so schön sagt.«

»Aha.«

»Jetzt ist erst mal am wichtigsten, daß ich dich dahin zurückbringe, wo du hinwillst. Ich bin mir zwar nicht sicher, ob mir das überhaupt erlaubt ist – die da oben werden furchtbar sauer, wenn ich mich in Dinge einmische, die mich in Wirklichkeit nichts angehen –, aber wenn man nicht mal mehr jemandem aus der Patsche helfen darf, was soll das dann alles noch? sage ich immer. Wo möchtest du denn am liebsten hin?«

Guy atmete tief durch. »Wäre London zuviel verlangt?«

»Auf keinen Fall«, antwortete de Nesle. »Irgendeine bestimmte Stelle in London, oder soll ich dich einfach direkt am Trafalgar Square absetzen?«

»Sicher, am Trafalgar Square wäre hervorragend.«

»Na prima. Und wann?«

»Wie?«

»Wann möchtest du dort ankommen?«

Guy runzelte leicht die Stirn. »Na ja, vielleicht jetzt sofort, wenn das kein Problem ...«

De Nesle zog eine Augenbraue hoch und zeigte auf einen Kalender an der Wand. »Bist du dir sicher?«

Guy schaute auf den Kalender. Es war einer von diesen mechanischen Dingern, und die kleinen Walzenräder mit den Ziffern, die Tag, Monat und Jahr anzeigten, drehten sich mit einer Geschwindigkeit wie die Trommeln eines einarmigen Banditen, so daß man sie nicht lesen konnte.

»Das hat nicht viel zu bedeuten. Weißt du, wir sind im Chastel de Temps Jadis, und hier kommt es ganz darauf an, was man aus der Zeit macht.«

In Guys Hinterkopf meldete sich ein ausgesprochen dämlicher Gedanke zu Wort und verkündete allen, die ihm zuhörten, daß er womöglich gar nicht so dämlich sei, wenn er nur einmal in Ruhe ausgesprochen werden würde.

Guy gehorchte und fragte: »Willst du mir etwa damit sagen, daß das so etwas wie eine ... eine Zeitmaschine ist?«

De Nesle grinste. »Nun, genaugenommen lautet die Antwort auf deine Frage: nein. Aber du bist nahe dran. Mal ehrlich, in Wirklichkeit ist es dir doch viel lieber, wenn ich es dir nicht erkläre, stimmt's?«

Guy nickte.

»Gut.« De Nesle blickte ihn zustimmend an. »Aber zurück zu deinem Problem. Ich nehme an, du meinst von heute an den sechsten Juli neunzehnhundertdreiundvierzig, richtig?«

»Ja, wenn's geht...«

»Nichts einfacher als das.« De Nesle stand auf und drückte auf der Schreibmaschinentastatur einige Tasten. Auf der Glasscheibe flackerten erneut diese grünen Lichtpunkte auf und erloschen dann wieder, gleich darauf war dort zu lesen: 06.07.1943; #8765 A7.

De Nesle ging zu der Tür, die wenige Minuten zuvor zu dem diplomatischen Empfang geführt hatte, und stieß sie auf.

»Folge mir.«

Im selben Augenblick wurde die andere Tür geöffnet, und ein Mädchen kam herein. Sie stellte eine Tasse auf dem Schreibtisch ab, deren Inhalt wie Kaffee aussah, sammelte die beiden Weinbrandschwenker ein, lächelte Guy strahlend an und ging wieder hinaus.

»Ähm ... einen Moment noch!« rief Guy de Nesle hinterher.

Als Julius der Dreiundzwanzigste als der hundertundneunte Gegenpapst eingesetzt wurde, erhoben seine unterlegenen Rivalen etliche Einwände, die in erster Linie auf den beiden unbestrittenen Tatsachen beruhten, daß er früher unter dem Namen Julius der Zweite Papst von Rom gewesen und folglich mittlerweile längst tot war.

Julius behandelte diese Einwände mit der ihnen gebührenden Verachtung. Als er erst einmal seinen Palast Chastel des Larmes Chaudes bezogen hatte, gab er eine päpstliche Bulle heraus, in der klargestellt wurde, daß er alles andere als tot sei – wie könne es sonst wohl angehen, daß er allmorgendlich dreißig Längen im päpstlichen Swimmingpool zurücklege –, und wenn er sich dazu entschieden habe, jeden Tag aus seinem Zuhause des sechzehnten Jahrhunderts anzureisen, dann täte er genaugenommen nur das, was für Millionen von Pendlern auf der ganzen Welt gang und gäbe sei. Und was den zweiten Einwand angehe, so liege der exakte Zeitpunkt, zu dem er pendle, genau eine Woche vor seiner Wahl auf den Heiligen Stuhl, so daß er noch gar kein Papst gewesen sei, und es wäre ein grundlegender Verstoß gegen die Naturgesetze, wenn die Regeln, nach denen er zum Gegenpapst gewählt worden sei, rückwirkend keine Gültigkeit mehr hätten. Dann ließ er dieses Bulletin von seiner gegenpäpstlichen Leibgarde verbreiten, die sämtliche enttäuschten Mitbewerber persönlich aufsuchten, um jeden einzelnen von ihnen in aller Ruhe davon zu unterrichten – gewöhnlich gegen drei Uhr morgens und mit großen Äxten in den Händen. Wie selbst Julius' Feinde einräumen mußten, verstand er etwas davon, seinen Verlautbarungen den gebührenden Nachdruck zu verleihen.

Als er sich im Chastel des Larmes Chaudes sicher wähnte, machte er sich erst einmal daran, die dringendsten Aufgaben zu erledigen, nämlich das Chaos zu bereinigen, das ihm sein Vorgänger, der glücklose Wayne der Siebzehnte, aus dessen Amtszeit hinterlassen hatte. Von den Problemen, mit denen er konfrontiert wurde, stellte Johann der Zweite de Nesle sicherlich das größte dar.

»Ich meine, dieser Mann ist wirklich eine Nervensäge«, stellte er gegenüber seinem Hofgeistlichen fest, einer zeitlosen Gestalt namens Wappenkönig Mountjoy. »Er ist völlig außer Kontrolle geraten und rast wie ein Irrwisch durch die Jahrhunderte. Er denkt einfach nicht nach.«

»Eigentlich steht es ihm ja auch gar nicht zu nachzudenken, oder?« merkte Mountjoy an.

»Wie dem auch sei. Was mir jedenfalls schlaflose Nächte bereitet, ist die Vorstellung, daß er eines Tages womöglich tatsächlich Erfolg haben könnte. Also finde diesen Mistkerl. Weißt du, was sonst geschieht? Ich nehme nicht an, daß du dir das schon mal vorgestellt hast.«

Mountjoy hatte diese lästige Angewohnheit, an den Rändern zu flackern, wenn er um eine Antwort verlegen war. »Bei allem Respekt, aber das ist doch nicht sehr wahrscheinlich, oder?«

»Und warum nicht?« fragte Julius finster dreinblickend zurück. »Wie du weißt, sind schon merkwürdigere Dinge geschehen. Ich meine, eigentlich dürfte niemand von uns hier sein.«

Mountjoy rematerialisierte nun vollständig. »Das war doch ein einmaliger Vorfall, der sich niemals wiederholen kann.«

»Meinst du?« Julius schüttelte den Kopf. »Zunächst einmal hätte so etwas niemals geschehen dürfen, trotzdem ist es passiert. Wäre es nach mir gegangen, hätte ich die Zeit zurückgedreht und ihm eine anständige Abreibung verpaßt. Das hätte diesen begriffsstutzigen Herrn Soundso wieder zur Räson gebracht. Jetzt haben wir den Salat... aber wir weichen vom Thema ab. Dieses Hin- und Hergerase durch die Zeit muß endlich aufhören.«

»Nun, ich...«

Julius wollte seinem Hofgeistlichen einen finsteren Blick zuwerfen, mußte aber feststellen, daß er durch eine verschwommene und immaterielle Silhouette hindurch nur noch die Wand anstarrte. »Nun mach schon«, forderte er ihn lustlos auf. »Spuck's endlich aus.«

»Bei allem gebührenden Respekt, aber findet Ihr wirklich, daß es Eure Aufgabe ist, de Nesle zu gestatten, ob er so weitermachen darf oder nicht? Müßte eine solche Entscheidung nicht von...?«

»Allerdings«, unterbrach ihn der Gegenpapst, »doch nach meiner Ansicht besitze ich als sein mit allen Befugnissen ausgestatteter Vertreter die uneingeschränkte Vollmacht, ihn zu... Hör endlich auf, dauernd zu verschwinden, wenn ich mit dir rede. Ich verliere dann immer den Faden. Danke.«

»Die *uneingeschränkte* Vollmacht?«

Julius runzelte die Stirn. »Ja, verdammt noch mal, warum nicht? Warum sollte ich Johannes de Nesle nicht auslöschen dürfen?«

»Auf dem vierundsiebzigsten Laterankonzil wurde ...«

»Hör mir auf mit dem vierundsiebzigsten Laterankonzil!«

»Die päpstliche Bulle *Non tibi solo* ...«, sagte ein glitzernder Nebelfleck.

»Das gehört nicht zur Sache«, unterbrach ihn der Gegenpapst. »Und wenn du das nicht erledigen willst, dann kann ich das durchaus verstehen. In der Abteilung für Rentenbescheide ist immer eine Stelle für dich frei.«

Mountjoy rematerialisierte mit einem fast hörbaren Klicken. »Ich verstehe.«

»Du denkst doch jetzt hoffentlich nicht, daß ich dir drohen will, oder?«

»Nein, woher denn?«

»Ich meine, ich habe gehört, die sollen da unten in letzter Zeit die Ausstattung ein ganzes Stück verbessert haben. Soviel ich weiß, soll sogar jemand die Fenster geputzt haben.«

»Trotzdem ...«

»Na prima, wir verstehen uns. Du meine Güte, ist es wirklich schon so spät? Ich muß mich beeilen.«

## 2. KAPITEL

Äh, wer war das?« fragte Guy so beiläufig wie möglich.

»Wie bitte?« De Nesle grinste.

»Na, diese … ähm … Dame, die eben hier reingekommen ist.«

»Ach so, *die*. Das war meine Schwester Isoud. Wollen wir uns jetzt auf den Weg machen?«

»Jaja, sicher«, antwortete Guy, ohne sich von der Stelle zu rühren. »Deine Schwester also …«

De Nesle ließ sich erneut auf der Schreibtischplatte nieder und griff nach der Kaffeetasse. Er nahm einen Schluck und zog eine Grimasse. »Igitt, sie hat schon wieder Zucker reingetan. Typisch meine Schwester. Sie kocht abscheulichen Kaffee, der Teufel soll sie holen. Aber immerhin noch besser, sie am Hals zu haben als die Pest. Nun, wenn ich die Lage richtig beurteile, dann hast du es plötzlich gar nicht mehr so eilig, nach Hause zu kommen, wie?«

Guy riß abrupt den Kopf hoch, doch erkannte er schnell, daß es nur wenig Zweck hatte zu lügen, und er nickte.

»Du zögst es vor«, fuhr de Nesle mit leicht belustigtem Unterton fort, »den Rest deines Lebens als edler Ritter an der Seite von La Beale Isoud zu verbringen, in ihrem Namen Heldentaten zu vollführen und dich darum zu bemühen, ihrer würdig zu sein, stimmt's?«

»Na ja«, murmelte Guy verlegen und nickte dann. »An so etwas Ähnliches hatte ich eben gedacht, ja.«

De Nesle lächelte. »Die Dummen sterben einfach nicht aus. Meine Schwester hat genügend Ritter, die sich über die ganze Geschichte verteilen, um damit die Schlacht von Azincourt wiederholen zu können. Bestimmt erinnerst du dich daran, was den Rittern von Azincourt zugestoßen ist, nicht wahr?«

»Nun ...«

»Isoud ist die reizloseste meiner Schwestern«, fuhr de Nesle ungerührt fort. »Meine Schwester Mahaud hat mehr Bewunderer, als es Elche gibt – jedenfalls nach dem letzten Stand. Übrigens ist Mahaud nicht einmal die Schönste von den dreien. Ysabel, das ist meine schönste Schwester.«

»Mhm ...«

»Erfreulicherweise sind Mahaud und Ysabel beide glücklich verheiratet und leben in vergangener Zeit. Darüber hinaus haben beide zugenommen, und das nicht zu knapp. Dabei ist Isoud im Vertilgen von Kohlehydraten auch alles andere als eine Niete; selbst wenn sie so aussieht, als könnte sie bereits vom Luftzug einer zuklappenden Tür weggepustet werden, braucht man ihr nur mal einen Teller mit gegrilltem Huhn vorzusetzen, und man glaubt schnell an das, was über die schmale Trennungslinie zwischen der menschlichen Rasse und den niederen Lebewesen behauptet wird. Und der Anblick von Isoud, wenn sie an einem Maiskolben herumnagt, ist schlichtweg ... Du mußt schon entschuldigen, aber anscheinend habe ich schon wieder den Faden verloren.«

»Ich ...«

De Nestle stützte das Kinn auf die Hand und musterte Guy eine Weile, dann fuhr er fort: »Wenn man nur eine von den dreien um sich hat, geht das ja noch; die eigentlichen Probleme gehen erst dann los, wenn alle drei um dich herumschwirren. Sie verbünden sich gegen dich, werfen Hemden von dir weg, ohne es dir zu sagen, und streichen das Badezimmer neu, wenn du außer Haus bist. Schlimmer noch: Sie streichen das Badezimmer nämlich nur zu einem Drittel neu, weil sie es irgendwann langweilig finden, und überlassen dir den Rest, sobald du zurückkommst. Wenn Besuch da ist, lästern sie über dich. Irgendwann kommen sie auf die Idee, daß sie den Anblick der Wandteppiche im Flur keinen Tag länger ertragen können, zerren dich über den Marktplatz, um nach neuen Teppichen Ausschau zu halten, meckern dich an, daß du kein Interesse zeigst, und schmollen mit dir, sobald du nur den geringsten Einwand erhebst. Die Vorstellung, daß jemand als Ritter kämpfen und Drachen töten will, nur um zu beweisen, daß er die Schwester von jemandem verdient hat, ist meiner Meinung nach so absurd, daß man ein solches Verhalten allenfalls als lächerlich bezeichnen kann.«

De Nesle trank den Kaffee aus und setzte die Tasse ab. »Aber anscheinend kratzt dich das alles nicht, und ich nehme sogar an, daß alle meine wohlgesetzten Worte völlig sinnlos waren, stimmt's?«

Fast hätte Guy sich zu einer Bemerkung hinreißen lassen, aber statt dessen beließ er es bei einem kurzen Nicken.

»In dem Fall sollten wir zum Geschäftlichen kommen«, schlug de Nesle achselzuckend vor.

»Zum Geschäftlichen?« staunte Guy.

»Richtig, zum Geschäftlichen«, bekräftigte de Nesle in entsprechend geschäftlichem Ton. »Laß uns über die Bedingungen reden.«

»Über die Bedingungen?«

»Richtig. Zwar wäre ich dir nur allzu dankbar, wenn du mir La Beale Isoud vom Hals schaffst – das hieße nämlich weniger, eine Schwester zu verlieren, sondern vielmehr, fünfhundert Kubikmeter Stauraum für Kleidung wiederzugewinnen –, dennoch muß ein Mann in meiner Lage alle ihm zur Verfügung stehenden Möglichkeiten voll ausschöpfen. Also sollten wir die Bedingungen aushandeln.«

Guy schluckte schwer. »Du meinst Geld?«

De Nesle blickte kurz etwas skeptisch drein, dann, als würde er sich an etwas erinnern, antwortete er lächelnd: »Geld ganz bestimmt nicht. Aber das ist meine Schuld; ich hätte mich lieber unmißverständlicher ausdrücken sollen, anstatt um den heißen Brei herumzureden. Jedenfalls brauche ich kein Geld, sondern Hilfe.«

»Hilfe?«

»Hör mal, Nachplappern mag ja eine der aufrichtigsten Formen der Schmeichelei sein, aber allmählich frage ich mich, ob es dir etwas ausmachen würde, nicht jedes einzelne Wort von mir zu wiederholen. Das macht einen furchtbar selbstbewußt. Vielleicht sollte ich dir lieber alles genauer erläutern. Was meinst du?«

»Ja.«

»Also gut.« De Nesle stand auf, ging einmal durch den Raum und setzte sich dann wieder hin. »Ja, ich werde die Karten ganz offen auf den Tisch legen.«

Guy beugte sich ein Stück vor, um auf diese Weise seine ganze Aufmerksamkeit zu demonstrieren. De Nesle schien dadurch etwas nervös zu werden, denn er stand ein zweites Mal auf und ging erneut im Zimmer auf und ab. Schließlich setzte er sich wieder hin, kratzte sich am Hinterkopf und machte sich daran, Büroklammern zu einer Kette zusammenzustecken.

»Weißt du…«

»Ja?«

»Ach, vergiß es«, winkte de Nesle ab. »Paß auf, es ist folgendermaßen…«

In einer großfranzösischen Provinz namens England (erzählte de Nesle) lebte einmal ein König, und der hieß Richard. Dieser König war so tapfer, daß die Menschen ihn Richard Löwenherz nannten; und in einer Zeit, da die meisten Könige der Nachwelt mit Beinamen wie Karl der Kahle oder Ludwig der Dicke ins Gedächtnis überliefert wurden, mußte dies zumindest als ein Beweis für seine ungeheure Beliebtheit gewertet werden.

Allerdings unterschied sich König Richard wirklich von seinen königlichen Kollegen. Wenn sich zum Beispiel zwei Bauern um den Besitz eines bestimmten Schweins stritten und die Angelegenheit vor den königlichen Gerichtshof zur Entscheidung brachten, pflegte Richard am Ende des Prozesses der unterlegenen Partei als eine Art Trostpreis ein Tier aus den königlichen Schweineställen zu geben. Das lag zum einen daran, daß Richard nicht immer den komplizierten Argumenten eines heftig ausgefochtenen Rechtsstreits folgen konnte und lieber auf Nummer Sicher ging, um eventuelle Ungerechtigkeiten zu vermeiden, und zum anderen daran, daß sein königlicher Vetter Philipp August von Frankreich, der sich auf dem Gebiet der Gerichtsbarkeit sehr viel besser auskannte, dazu neigte, sämtliche solcher Streitfälle zu lösen, indem er so lange nach Verfahrensfehlern in den Plädoyers beider Parteien suchte, bis er die Klage abweisen und das Schwein selbst vertilgen konnte.

Was König Richard am besten beherrschte, war das Kämpfen; er galt sogar als der beste Schwertkämpfer und Reiter seiner Zeit. Das Problem war, daß er keinen Spaß daran hatte. Krieg war ihm ein Verdruß. Er hielt ihn sogar für moralisch fragwürdig, und wenn es nach ihm gegangen wäre, hätte er ihn lieber langsam abklingen lassen und ihn durch weniger destruktive Dinge wie Tennis oder gemeinsames Singen ersetzt (zumal er äußerst musikalisch war). Unglücklicherweise lebte er, gelinde gesagt, in primitiven Zeiten, und Krieg zählte noch zu den harmloseren und weniger gefährlichen Unterhaltungsmöglichkeiten, die einem damals zur Verfügung standen; außerdem mußte Richard als größter Ritter der Christenheit zumindest den Schein wahren. Hätte er sich plötzlich als Pazifist entpuppt und auf den Schlachtfeldern lieber überall an den Blumen gerochen, wäre er von seinen ehemaligen Bewunderern aller Wahrscheinlichkeit nach schnell in Richard die Tunte umgetauft und auf dem Scheiterhaufen verbrannt worden.

Schon aus diesem Grund kam König Richard auf eine prächtige Idee; er organisierte einen Kreuzzug.

Etwa hundert Jahre zuvor hatte es bereits einen ersten und knapp fünfzig Jahre danach einen zweiten Kreuzzug gegeben. Beim ersten Kreuzzug hatte es sich in erster Linie um den Kreuzzug einer Aktiengesellschaft mit beschränkter Haftung gehandelt, der von zwei gerissenen französischen Adligen initiiert worden war. Dieser Kreuzzug brachte den Kapitalanlegern nach Abzug aller Kosten siebenundzwanzig Prozent Dividende ein und wurde dementsprechend als Erfolg gewertet. Außerdem wurde Jerusalem erobert, aber die allgemeinen Betriebskosten erwiesen sich nach einigen Jahren als wirklichkeitsfremd, und nach einer Umstrukturierungsperiode überließen die Kreuzritter Jerusalem den Sarazenen, zumal es letzten Endes sowieso nie um die Heilige Stadt gegangen war.

Was nun König Richard betraf, so interessierte er sich bei seinem Kreuzzug ebenfalls weniger für Jerusalem, sondern vielmehr für die Idee, daß es ihm mit ein wenig Geschick und sehr viel Glück gelingen könnte, den König von Frankreich, den Kaiser von Byzanz und den Kaiser des Heiligen Römischen Reichs Deutscher Nation, die drei Säulen des Christentums, wenigstens kurzfristig dazu zu bewegen, sich nicht mehr gegenseitig zu verdreschen, sondern ihre erlauchte Energie auf ein gemeinsames Ziel zu richten. Zwar bereitete es ihm Kopfzerbrechen, daß dieses gemeinsame Ziel in erster Linie darin bestehen sollte, Saladin, den Sultan von Syrien und Ägypten, eine gehörige Tracht Prügel zu verabreichen, aber da Richard sowohl ein Träumer als auch ein Realist war, wußte er, daß es stets irgendwo einen Verlierer geben mußte. Nebenbei war er aus glaubwürdiger Quelle unterrichtet worden, Saladin und seine Untertanen seien notorische Gewalttäter und Kriegstreiber und würden deshalb auf dem Weg zum Weltfrieden ein ernsthaftes Hindernis darstellen.

Was Richard am meisten interessierte, war die Frage, was nach der Zurückeroberung Jerusalems passieren würde; zumal er hoffte, daß sich die drei Säulen nach der Befreiung des Heiligen Landes, wankend vor Freude über den errungenen Sieg, in solch ausgelassener Stimmung befänden, daß er sie dazu überreden könnte, sich an einen Tisch zu setzen, um über Freiheit, Recht, Toleranz, das Streben nach Glück und dergleichen Themen zu diskutieren – insbesondere dann, wenn Richard ihnen drohte, ihnen im Falle einer Weigerung gehörig die Leviten zu lesen.

Wenn Richard Coeur de Lion etwas besaß, dann war das Persönlichkeit, und deshalb willigte ein Potentat der christlichen Welt nach dem anderen ein, an dem großen Abenteuer teilzunehmen. Geld zur Finanzierung des Projekts floß in zunehmendem Maße herein – woher es kam, wußte Richard nicht mit Sicherheit; aber es schien eine Menge zu sein, und das allein zählte –, und schon bald waren die Vorbereitungen abgeschlossen. Begleitet von beispiellosen Jubelszenen, machte sich die riesige Expedition auf die lange Reise ins Heilige Land auf; selbst wenn die Hauptursache des allgemeinen Jubels auf der Erleichterung der europäischen Bauern beruhte, sich endlich vom Joch so vieler unverbesserlich kriegerischer Ritter befreit zu haben, dann handelte es sich hierbei nur um eine weitere erfreuliche Nebenwirkung dieses gewaltigen Unternehmens.

Und dann verschwand Richard.

Verläßlichen Augenzeugenberichten zufolge wurde er zum letzten Mal unter einem Olivenbaum an einem Strand auf Zypern gesehen, auf einem Schemel sitzend und mit einem Krug Met und einem Buch in der Hand – etwas von Aristoteles oder ähnlich banale Urlaubslektüre. Seine Gefolgsleute suchten ihn zwar überall, fanden aber außer einem Schemel, einem leeren Krug und einer einzelnen Socke nichts.

Kurz darauf machten schmutzige Gerüchte die Runde. Die Franzosen behaupteten, König Richard sei von den Deutschen entführt worden und werde bis zur Zahlung eines Lösegeldes in einem Schloß in Bayern gefangengehalten. Die Deutschen erklärten, er sei von dem französischen König eingekerkert worden, der für Richards sichere Heimkehr zehn Millionen Goldlivres und die Abtretung Aquitaniens verlange. Die Byzantiner, durchaus ein Volk mit einem Hang zum Banalen, unterstellten, daß die Rückgabe des Buchs, das sich Richard aus der weltberühmten Bibliothek der Benediktinerabtei von Cluny ausgeliehen habe, bereits seit drei Monaten überfällig gewesen sei und der Abt nun Richard als Sicherheit für unbezahlte Gebühren einkassiert habe. Jedenfalls wurde der Kreuzzug abgebrochen, Frankreich und Deutschland erklärten Byzanz den Krieg und brannten die große Bibliothek von Konstantinopel nieder – wahrscheinlich als Rache für die geschmacklosen Bemerkungen der Byzantiner –, und allmählich kehrte das Leben in der christlichen Welt zur Normalität zurück. Nachdem König Richard einige Jahre lang vermißt worden war, wurde er offiziell für tot erklärt, und sein Bruder Johann folgte ihm auf den Thron. In ihrer unparteiischen und nüchternen Art nahm die Geschichte eine Auswahl der glaubwürdigsten Gerüchte vor, um sich einen Reim auf die Geschehnisse zu machen, und die Menschheit rückte näher zusammen, um auf den schwarzen Tod zu warten.

»Das klingt ja alles wirklich sehr interessant«, log Guy, »aber bist du dir wirklich sicher, daß du mir das alles erzählen mußt, damit ich ...?«

»Ja«, unterbrach ihn de Nesle.

»Aha.«

Wie bereits erwähnt (fuhr de Nesle fort), war König Richard äußerst musikalisch, und einer seiner engsten Freunde war ein französischen Herzog namens Jean der Zweite de Nesle, bekannt als Blondel.

»Ein Verwandter von dir?« erkundigte sich Guy.

Das könne man so sagen, antwortete de Nesle; zumindest spiele Verwandtschaft dabei eine Rolle. Neben anderen Dingen war dieser Blondel der großartigste Dichter und Musiker seines Zeitalters und aus diesem Grund an Richards Hof ein sehr gern gesehener Gast. Bevor der Kreuzzug alle anderen Sorgen aus seinem Kopf verbannte, hatte die Lieblingsbeschäftigung des Königs darin bestanden, mit dem Herzog Duetts zu singen (Richards Stimme erinnerte dabei stark an ein abgestochenes Schwein, doch erwähnt man solche Dinge nicht gegenüber einem Feudalherrscher, der einen Amboß mit einem einzigen Schwerthieb entzweien kann), und eines Abends hatte König Richard, wahrscheinlich unter zu starkem Einfluß von Met, Blondel seine Angst vor einer Entführung gestanden. Schließlich war die Geiselnahme von Königen im zwölften Jahrhundert ein blühendes Gewerbe; und auch wenn er kein solch begehrtes Sammlerexemplar wie der Kaiser des Heiligen Römischen Reiches Deutscher Nation war, so kannte König Richard doch seinen Marktwert. Blondel mußte ihm hoch und heilig versprechen, ihn im Falle einer Entführung zu suchen und zur Flucht zu verhelfen; er wäre verdammt, das hart verdiente Geld seiner Untertanen für das Lösegeld draufgehen zu lassen, sagte der König (wahrscheinlich hicksend), wenn es nur etwas Mut, Entschlossenheit und einer fünfzehn Meter langen Strickleiter bedürfe, ihn aus sämtlichen Burgen des christlichen Abendlandes zu befreien.

Blondel antwortete darauf, das alles stelle zwar kein Problem dar, doch was wäre, wenn ihn seine Entführer in einer unzugänglichen Burg gefangenhalten und sich weigern würden, seinen Aufenthaltsort zu verraten?

Richard (nehmen wir mal an) lächelte und sagte, darüber habe er auch nachgedacht, und genau an dieser Stelle komme Blondel eine entscheidende Rolle zu. Er müsse nur sämtliche Burgen des Abendlandes aufsuchen (zu jener Zeit gab es in der christlichen Welt wenigstens fünfzehntausend Burgen, aber vielleicht wußte Richard nichts davon) und in jeder Festung die Strophe des Liedes singen, das sie gerade eben zum besten gegeben hätten. Das Lied, in dem es um Tristan gehe. *L'Amours Dont Sui Epris?* Ja, so hieß es. Ein schönes Lied. Jedenfalls solle Blondel die erste Strophe anstimmen, und sobald Richard ihn singen höre, wolle er die zweite Strophe singen. Da er eine ganz schön laute Stimme habe, dürfe dies Blondel keine Probleme bereiten – überhaupt keine Probleme sogar. Dann könne Blondel die dritte Strophe singen, was für sie beide das geheime Zeichen sei, daß er achtundvierzig Stunden später unterhalb des Hinterausgangs mit zwei Pferden und einer stabilen Strickleiter warte. Blondel antwortete, er halte diesen Vorschlag für eine hervorragende Idee, und bat darum, falls es Seiner Majestät nichts ausmache, ins Bett gehen zu dürfen, da es schon sehr spät geworden sei.

Blondel hielt sein Versprechen. Jahrelang durchstreifte er Frankreich und Deutschland, sang unterhalb der Burgmauern, bis er schließlich sein ganzes Geld ausgegeben hatte und nichts mehr besaß, was er hätte verkaufen oder verpfänden können. Als er gerade in tiefster Verzweiflung in einem kleinen Wirtshaus in der Lombardei saß, geriet er zufällig in ein Gespräch mit drei fahrenden Kaufleuten. Vorsichtig erkundigten sie sich bei ihm, ob sie recht in der Annahme gingen, daß er der berühmte Blondel sei.

Obwohl er sehr müde und mit den Nerven am Ende war, war sich Blondel der Pflichten eines Künstlers gegenüber seinem Publikum durchaus bewußt und zwang sich zu einem Lächeln. Die Kaufleute bestellten ihm daraufhin etwas zu trinken und erzählten ihm, daß sie schon lange große Bewunderer seiner Arbeit seien. Nach ihrem Dafürhalten besitze er Originalität und Ausstrahlung und dieses – wie nennt man das noch mal? – ah ja, dieses gewisse Etwas eben. Alle seien sich darin einig, er habe sogar sehr viel von diesem gewissen Etwas, und ob er eigentlich schon einen Agenten habe.

»Was ist denn ein Agent?« erkundigte sich Blondel.

Der älteste Kaufmann brach als erster das zuvor entstandene Schweigen. Er beugte sich ein wenig vor, lächelte auf eine Weise, wie es Leute tun, die erschrocken und fasziniert zugleich sind, und sagte: »Also, passen Sie auf ...«

Blondel zog erwartungsvoll die Augenbrauen hoch; zwar hatte er in Wirklichkeit nicht ansatzweise so viel Interesse, wie er vorgab, aber jemandem zuzuhören, tat schließlich nicht weh.

»... es ist folgendermaßen: Auf der einen Seite gibt es Sie. Sie sind überaus kreativ, haben tolle Ideen, grübeln viel nach und erfinden solch wunderschöne Zeilen wie ›Gleicht die Haarfarbe meiner Geliebten nicht einem sonnengereiften Kornfeld?‹. Das ist klasse, wirklich. Womit Sie auf keinen Fall belästigt werden wollen, ist solche Dinge, eine Halle anzumieten, Plakate aufzuhängen oder sich um den Popcornverkauf und die Parkplätze kümmern zu müssen. Und genau an dieser Stelle greift der Agent ein.«

Blondel dachte kurz nach. »Sie meinen, das ist so eine Art Haushofmeister?«

Der Kaufmann blickte erstaunt drein. »Na ja, so etwas in der Richtung. Am wichtigsten ist jedenfalls, daß Sie Zeit zum Proben haben und Ihre – wie nennt man das doch gleich? – ah ja, künstlerische Integrität wahren. Sie müssen einfach darauf vertrauen können, daß der Kartenverkauf klappt und die Vorgruppe nicht nur gebucht ist, sondern auch rechtzeitig eintrifft.«

»Was meinen Sie damit?« erkundigte sich Blondel verdutzt.

Die Kaufleute blickten sich vielsagend an.

»Wenn Sie Ihre Gigs machen, Ihre Konzerte«, sagte einer von ihnen.

»Welche Konzerte?«

Für eine ganze Weile herrschte absolute Stille; es war fast so, als hätte Gott gesagt: ›Es werde Licht‹, und eine Stimme hätte geantwortet: ›Wieso?‹

Schließlich unterbrach der älteste Kaufmann das Schweigen. »Nun, ein Konzert findet dann statt, wenn viele Leute an einem Ort zusammenkommen, um Ihrem Gesang zuzuhören.«

Blondel zog die Augenbrauen hoch. »Das klingt gut. Muß ich die dann bezahlen, oder reicht es schon, wenn ich Wein und etwas zu essen auftische?«

Der jüngste Kaufmann murmelte sehr leise etwas vor sich hin, und das einzige Wort, das Blondel aufschnappte, war »Schwachkopf«.

»Das halte ich allerdings nicht für wahrscheinlich«, ergriff der älteste Kaufmann rasch das Wort. »Vermutlich wird man Sie sogar dafür bezahlen ...«

»Ein symbolisches Honorar sozusagen«, mischte sich schließlich der dritte ein. »Mehr so etwas wie ein kleines Dankeschön ...«

»Ich weiß nicht recht. Das klingt ein wenig so, als würde ich zustimmen, von Fremden Geld zu nehmen«, wandte Blondel ein. »Das ist nicht mein Fall, wirklich nicht.«

»Aber das ist doch nur zur Deckung der Kosten«, klärte ihn der älteste Kaufmann auf. »Und jemand, der so klug ist wie Sie, wird schnell dahinterkommen, wie gut diese Idee ist. Ich meine, auf diese Weise können Sie Ihre Botschaft einem breiteren Publikum mitteilen, Ihren künstlerischen Auftrag erfüllen und all das, und das Ganze kostet Sie keinen Pfennig! Im Gegenteil. Nach Abzug aller Kosten könnte sogar noch etwas für

Sie übrig sein. Zum Beispiel zehn Prozent der Einnahmen …«

»Fünf Prozent«, schlug rasch einer seiner Gefährten vor.

»Genau. Fünf Prozent der Nettoeinnahmen«, korrigierte sich rasch der älteste Kaufmann. »Nur für Sie. Sie können damit machen, was Sie wollen. Um den Rest kümmern wir uns für Sie.«

»Ehrlich?«

»Kein Problem«, bekräftigte der älteste Kaufmann. Der dritte Kaufmann, der die ganze Zeit auf der Rückseite der Weinkarte etwas geschrieben hatte, stieß seinen älteren Kollegen an und zeigte auf das, was er gerade schriftlich aufgesetzt hatte. Der ältere Kaufmann nickte und fuhr fort: »Übrigens, mein Partner hier hätte gern ein Autogramm von Ihnen. Nicht für sich selbst, sondern für seine Frau. Sie ist nämlich ein Fan von Ihnen.«

Blondel runzelte die Stirn. »Was ist ein Fan?«

»Na, ein Fan eben, so was wie ein glühender Anhänger.«

Blondel stutzte. Ein glühender Anhänger? Eine merkwürdige Art, jemanden zu beschreiben – womöglich hatte die arme Frau einen Sonnenbrand erlitten und rötlich glänzende Haut, aber ob sie auch wie ein Anhänger hin und her baumelte? Dann fiel bei ihm der Groschen, und ihm wurde klar, daß der Mann Anhänger im Sinne von Gefolgsleuten meinen mußte, und davon hatte König Richard eine ganze Menge.

»Alles klar, wo soll ich unterschreiben?« willigte er schließlich ein. Er blinzelte mit den Augen. »Geht das hier unter dem ganzen Kleingeschriebenen in Ordnung?«

Die Kaufleute versicherten ihm, daß es sogar ganz hervorragend sei, wenn er genau dort unten unterschreibe.

Zu seiner Überraschung erwies sich die Große Blondel-Europatournee (wie die Kaufleute sie bezeichneten) als ein Riesenerfolg, und er konnte unter sämtlichen Burgmauern des christlichen Abendlandes singen – zeitweilig vor mehr als zehntausend Zuhörern –, ohne einen Pfennig für die Kosten bezahlen zu müssen. Die drei Kaufleute schienen ihrerseits nie müde zu werden, ihm auf Schritt und Tritt zu folgen und Burgen zu finden, vor denen er auftreten konnte. Auch wenn sie darauf beharrten, neben *L'Amours Dont Sui Epris?* noch viele andere Lieder zum besten zu geben, so scherte ihn das nur wenig, denn Singen war nun einmal seine Leidenschaft, und er komponierte ein neues Lied nach dem anderen.

Irgendwann mußte Blondel jedoch feststellen, daß er zwar unter jeder Burg des christlichen Abendlandes gesungen, den König aber noch immer nicht gefunden hatte. Als er dies gegenüber den Kaufleuten erwähnte, sagten sie ihm, wie bedauerlich sie diesen Umstand fänden, doch hätten sie sowieso schon lange darüber nachgedacht, daß ihm die Akustik unterhalb von Burgmauern in keiner Weise gerecht werde, und was er davon halte, wenn man ihm irgendwo in zentraler Lage ein großes Stadion baue, das über die entsprechenden Parkmöglichkeiten, eine angemessene Akustik und eine Aufnahmekapazität von, sagen wir mal, fünfzig- bis sechzigtausend Zuschauern verfüge. Das, so meinten sie, lenke ihn auch von seiner vergeblichen Suche nach König Richard ab.

Doch dann, nachdem Blondel in der speziell für ihn errichteten Arena etwa einen Monat lang stets vor ausverkauftem Haus gesungen hatte, wurde er von einem Boten aufgesucht. Die meisten Einzelheiten können wir uns an dieser Stelle sparen; wichtig ist nur, daß der Bote ihm versicherte, Richard sei noch am Leben und wohlauf und werde tatsächlich in einer Burg gefangengehalten. Das Problem sei nur, daß die Burg sehr schwer zugänglich sei.

Blondel antwortete daraufhin, ihm sei das egal, schließlich habe er dem König sein Wort gegeben, und er wolle selbst unter diesen Umständen auf keinen Fall aufgeben.

Der Bote zuckte nur die Achseln und meinte, dies sei zwar ehrenhaft, aber Richard sei nicht von dem König von Frankreich oder dem Kaiser des Heiligen Römischen Reiches Deutscher Nation oder von sonst einem dieser vorübergehenden Zeitgeister entführt worden, sondern befinde sich im Kerker des Chastel des Larmes Chaudes.

»Und was heißt das?« wollte Blondel wissen. »Wo liegt denn dieses Chastel des Larmes Chaudes?«

»Gute Frage«, antwortete der Bote, woraufhin Blondel ihn ermahnte, nicht mit ihm herumzualbern.

Das Chastel des Larmes Chaudes liege sehr versteckt, fuhr der Bote daraufhin in ernsthafterem Ton fort. Und zwar dürfe man sich das nicht nur räumlich vorstellen, denn es halte sich auch in der Zeit verborgen; es könne sich in der Gegenwart, in der Vergangenheit und selbst in der Zukunft befinden. Außerdem möge Blondel ihm doch bitte von der Gurgel gehen, zumal es ihm äußerst schwerfalle zu atmen.

Der Bote machte sich auf die Suche nach einer Zaubernuß für seinen Hals, und ließ Blondel noch verzweifelter zurück, als er es bereits vorher gewesen war. Zeit blieb Zeit, und niemand konnte in die Vergangenheit oder Zukunft reisen. Nichtsdestotrotz hatte dieser Kerl eine beschwerliche Reise auf sich genommen, nur um ihm das zu sagen, und Blondel wollte die Angelegenheit auf keinen Fall ungeklärt im Raum stehenlassen. Zumindest konnte er seinen Agenten (besser gesagt, seinen Managern, die unter dem Namen ›Beaumont Street Agency‹ eine Konzertagentur ins Leben gerufen hatten) das Problem darlegen, um zu sehen, ob sie diesbezüglich einen Vorschlag hätten.

»Kein Problem«, versicherten sie ihm …

»Und das ist also passiert«, sagte Blondel. »Jedenfalls mehr oder weniger.«

»Mehr oder weniger«, wiederholte Guy gedankenverloren. »Willst du damit sagen, daß du dieser ...«

Blondel nickte nur. Zwar wollte seine Hand automatisch nach etwas greifen, worauf man ein Autogramm schreiben konnte, doch sein Verstand unterdrückte diesen Instinkt.

»Willst du mir etwa damit allen Ernstes erzählen«, fuhr Guy fort, wobei er sich wie ein Mensch in einem finsteren Raum mühsam durch die Worte vorankämpfte, »daß du neunhundert Jahre alt bist?«

Zu Blondels Ehre sei gesagt, daß er erneut nur bescheiden nickte.

Guy schloß die Augen, dann fragte er: »Und wie muß ich dich ... ähm ... Sie jetzt nennen? Mister? Monsieur?«

»Nenn mich einfach Blondel.«

»Angenehm, Guy. Sag mal, gibt's hier irgendwo in der Burg eine Toilette?«

»Eine Toilette?«

»Ja, einen Abort, einen Donnerbalken, eine Latrine oder was weiß ich.«

Blondel runzelte die Stirn. »Nichts dergleichen. Schließlich befinden wir uns gerade im zwölften Jahrhundert – größtenteils jedenfalls. Den Strom für diese Geräte hier hole ich mir aus dem dreiundzwanzigsten Jahrhundert. Ich möchte gar nicht an die Rechnung denken, die mich dort bei meiner Ankunft erwartet. Aber die sanitären Anlagen hier sind, nun ja, eben ausgesprochen mittelalterlich. Warum fragst du?«

Guy dachte angestrengt nach, um möglichst die passenden Worte zu finden. Schließlich sagte er: »Ich weiß zwar nicht, wie es dir ergeht, aber bei körperlichem Unbehagen habe ich immer große Konzentrationsprobleme, und zur Zeit habe ich das Gefühl, ich sollte mich lieber auf das konzentrieren, was du sagst.«

»Ach so, ich verstehe. Sehr vernünftig von dir. Wir benutzen immer alle die Abflußrinne, die am Rand des

Hauptkorridors entlangläuft. Dahin geht's direkt durch die Tür hinter dir.«

»Danke.«

Guy hatte schon immer die Auffassung vertreten, daß einem eine leere Blase gleich eine völlig neue Sichtweise der Dinge verlieh. Schwierigkeiten, die ihm noch wenige Minuten zuvor unüberwindlich erschienen waren, konnte er plötzlich aus einem völlig anderen Blickwinkel sehen. Als er kurz darauf ins Arbeitszimmer zurückkam, fühlte er sich sehr viel aufnahmefähiger und auch selbstbewußter.

»Aha, Blondel heißt du also, richtig?«

»Ja.«

»Freut mich, dich kennenzulernen.« Guy lächelte verlegen. »Übrigens schreibe ich auch Lieder. Na ja, das heißt, ich mache das mehr so nebenbei.«

Für einen kurzen Augenblick blickte Blondel bekümmert drein, und Guy fragte sich, was er eben gesagt hatte; dann fiel es ihm ein. Es war der Kummer eines Menschen, dem bereits seit neunhundert Jahren, vielleicht sogar noch länger, wildfremde Leute mit ihren Wünschen in den Ohren lagen. ›Laß mich dir nur mal ein paar Takte vorsummen, auch wenn ich annehme, daß du das für den letzten Mist hältst, aber ich find's gut, hör mal ...‹, pflegten sie ihm zu sagen, und Blondel mußte dann stets gegen seine innere Überzeugung handeln, indem er aus Höflichkeit das Gegenteil behauptete.

Folglich wechselte Guy lieber rasch das Thema und fragte: »Wie machst du das eigentlich? Diese Zeitreisen, meine ich. Passiert das von selbst oder ...?«

»Um Himmels willen, nein«, widersprach Blondel lächelnd. »Kein Stück. Meine Agenten haben das alles für mich arrangiert.« Er stand auf und zog eine Schublade des Aktenschranks auf. »Weißt du, sie stammen eigentlich aus dem fünfundzwanzigsten Jahrhundert.«

Guy schluckte. »Ach ja?«

»Allerdings.« Aus der Schublade holte Blondel eine Flasche Portwein hervor. »Möchtest du einen Schluck, Guy? Er stammt aus dem Jahr zweitausendsiebenhundertvierzig und soll einer der besten Jahrgänge aller Zeiten sein, heißt es. Ehrlich gesagt schmecken die für mich sowieso einer wie der andere.«

Guy schüttelte den Kopf. Die Vorstellung, den gegorenen Saft von irgendwelchen Früchten zu trinken, die noch gar nicht gewachsen waren, rief bei ihm ein gewisses Unwohlsein in der Magengegend hervor.

»Im fünfundzwanzigsten Jahrhundert werden Zeitreisen genauso normal sein, wie beispielsweise für dich Flugreisen sind«, klärte Blondel ihn auf. »Es wird sogar derart alltäglich sein, daß man auf Plakaten dafür werben muß, um die Leute dazu zu bewegen, nicht die eher konventionellen Methoden vorzuziehen. ›Wohin Sie die Uhr auch drehen, wir waren schon für Sie da‹ und dergleichen. Willst du wirklich keinen Schluck?«

Guy, der nicht unhöflich erscheinen wollte, willigte schließlich ein.

»Nun, bei der konventionellen Zeitreisemethode wird ein System namens Blüchner-Schleife angewandt. Das alles ist furchtbar technisch, und ich weiß wirklich nicht, wie es funktioniert, aber es hat etwas mit dem Gesetz von der Erhaltung der Realität zu tun. Das vierte Gesetz der Thermodynamik oder so.« Blondel runzelte nachdenklich die Stirn, dann zuckte er die Achseln. »Jedenfalls irgend etwas in dieser Richtung. Ich habe mal was in der *Scientific Oceanian* darüber gelesen, aber für mich waren das alles nur böhmische Dörfer. Auf jeden Fall bedeutet das, wenn eine Person eine Zeitreise unternimmt, dann heilt die Zeit gewissermaßen hinter ihm zu, sobald er sich aus ihr entfernt hat. Das heißt: Was immer er beispielsweise in der Vergangenheit treibt, Gegenwart und Zukunft bleiben genau dieselbe, als wäre er nie in der Zeit zurückgereist. Mit anderen Worten: Ich kann nicht die napoleonischen Kriege verhindern, indem ich in der Zeit zurückreise und Napoleon in seinem Feldbett vergifte. Egal, wie häufig ich Napoleon in seiner Kindheit auch umbringe, er wird doch siebzehnhundertneunundneunzig das Direktorium zu Fall bringen. Alles klar soweit?«

»Mehr oder weniger ja«, antwortete Guy. »Sehr lecker dieser Portwein.«

»Zum Wohl.« Blondel nahm einen Schluck und fuhr dann fort: »Soweit zur konventionellen Zeitreise. Meine Agenten – die Leute also, die meine Manager geworden sind – entdeckten jedoch noch eine andere Methode, um durch die Zeit zu reisen. Zwar ist diese nicht einmal annähernd so sicher wie die konventionelle Methode, befähigt einen aber, zusätzlich Dinge mit auf die Reise zu nehmen. Die konventionelle Methode läßt es nur zu, daß man ganz allein reist, was furchtbar peinliche Folgen haben kann, wie man mir erzählt hat. Zum Beispiel geht man dabei das Risiko ein, bei der Hochzeit von Königin Viktoria aufzutauchen, ohne etwas am Leib zu tragen. Möchtest du ein Glas?«

»Ja, bitte.«

»Keine Angst, wenn wir diese Flasche hier ausgetrunken haben, dann ist noch genug Vorrat da. Eine ganze Menge sogar. Außerdem, wenn du willst, können wir dieselbe Flasche immer wieder von vorn trinken.«

»Nein, lieber nicht, eine andere Flasche wäre mir dann schon recht.«

»Jedenfalls haben meine Agenten sofort erkannt, daß diese neuartige Form der Zeitreise unendlich viele Möglichkeiten bietet. In kommerzieller Hinsicht, meine ich. Das Problem war nur: Wenn sie jemandem davon erzählt hätten, wäre es sofort verboten worden; zu gefährlich. Also behielten sie dieses Geheimnis für sich. Offenbar setzten sie ihr Verfahren in erster Linie für alle möglichen finanziellen Transaktionen ein, und das mit großem Erfolg. Ich habe mit solchen Dingen so gut wie nie etwas zu tun gehabt, und deshalb verstehe ich davon nicht viel, aber anscheinend verschieben sie Geld durch die Jahrhunderte hin und her.«

»Und weshalb?«

Blondel zuckte die Achseln. »Aus steuerlichen Gründen, glaube ich.«

»Ach ja, ich verstehe«, merkte Guy an, was nach seinem Gefühl die Sache hinreichend erklärte.

»Was die normalerweise tun – und du mußt schon entschuldigen, wenn ich die Tempora etwas durcheinanderbringe –, bestand darin, Geld aus der Zukunft zu nehmen und es in den dritten Kreuzzug zu investieren, also König Richards Kreuzzug. Na, verstehst du, was das heißt?«

»Nein.«

»Na gut. Nun, ich bin mir zwar selbst nicht hundertprozentig sicher, aber mir fällt dazu ein: Wenn man eine Menge wertvoller Dinge mit in die Zeit zurücknimmt – Goldmünzen und so was, meine ich – und sie in einem anderen Jahrhundert einzahlt, als es eigentlich vorgesehen ist, dann wird diese Zeit – wie nennt man das doch gleich? – unstabil, ja, sogar launisch. Man geht damit das Risiko ein, das natürliche Gleichgewicht, die Physik oder was auch immer ins Wanken zu bringen. Da diese Leute durch ihre Manipulationen die Zeit gehörig durcheinandergebracht haben, ist meiner Meinung nach der darauffolgende Geschichtsabschnitt völlig falsch verlaufen. Nichts konnte so geschehen, wie es zu geschehen hatte, weil es durch alle möglichen Einflüsse aus der Zukunft auf den Kopf gestellt wurde. Andererseits war es bereits geschehen – weil es eben geschehen ist –, und als Ergebnis davon stellt sich die Geschichte heute so dar, wie sie ist oder damals war.« Blondel kratzte sich am Ohr und fuhr fort: »Jedenfalls glaube ich, daß aufgrund dieses Ungleichgewichts, dieser Unstabilität oder wie auch immer man das nennen will, so etwas wie eine Sicherung durchgeknallt ist. Seit der Kreuzzug entweder stattfinden oder nicht stattfinden konnte, hat die Geschichte einfach die Hände in Unschuld gewaschen und eine klaffende Lücke hinterlassen. Ein Loch, wenn du so willst, und Richard ist dort hineingefallen.«

»Du meine Güte!« staunte Guy.

»Du sagst es.« Blondel trank gedankenversunken sein Glas aus. »Trotzdem tut das jetzt nichts zur Sache. Ich wußte von Anfang an, daß mich meine Agenten auf die Zeitreisen mitnehmen konnten, also habe ich das auch getan. Anstatt nur durch die ganze Welt zu ziehen, bin ich auch durch die Zeit gereist, um so, wie ich es versprochen hatte, den König zu suchen. Und im Grunde tue ich das auch heute noch.«

»Ich verstehe.«

Blondel zündete sich eine Zigarre an und bot auch Guy eine an. »Nimm ruhig eine – schließlich wissen wir noch nicht, ob oder wie schädlich sie für dich in Zukunft sein werden. Jedenfalls habe ich nach einer Weile herausgefunden, wie ich ganz allein, also ohne jede Hilfe meiner Agenten, durch die Zeit reisen kann. Erst zu diesem Zeitpunkt kam ich allmählich darauf, eins und eins zusammenzuzählen, und fragte mich, ob nicht sogar sie selbst am Verschwinden Richards schuld sein könnten. Als ich erst einmal zu diesem Schluß gekommen war, wollte ich mit diesen Kerlen natürlich nichts mehr zu tun haben – oder hättest du dich etwa anders entschieden? Also bin ich ihnen entwischt und allein losgezogen. Na ja, und hier habe ich mir so etwas wie eine Basisstation eingerichtet, in die ich mich zurückziehen kann. Ich kann mich in Ruhe umziehen und Luft holen. Eine Art Zweitzeitwohnung. Meistens bin ich allerdings auf Achse. Das muß ich auch sein«, fügte Blondel hinzu, »denn ich werde gesucht.«

»Und von wem?« fragte Guy.

»Von meinen Agenten. Ich habe mit denen nämlich einen Vertrag abgeschlossen, in dem steht, daß ich bis an mein Lebensende wöchentlich zwei Konzerte zu geben habe, von denen sie fünfundneunzig Prozent der Einnahmen für sich einbehalten.«

Guy pfiff durch die Zähne.

»Aber das ist noch längst nicht alles«, fuhr Blondel grinsend fort. »Die Typen haben Abermillionen Livres für die Vorbereitung von Konzerten ausgegeben – Veranstaltung von Gigs nennen die das –, und das durch die ganze Zeit hindurch, und jetzt bin ich nicht da, um für sie zu singen. Kein Wunder, daß diese Kerle besorgt sind, zumal das Geld, das sie investiert haben, nicht ihnen gehört.«

Guy grinste nun auch. »Wie peinlich für die.«

»Das kann man wohl sagen«, stimmte Blondel ihm mit hämischer Stimme zu und klopfte ein wenig Asche auf eine Untertasse ab. »Trotzdem ist das nicht mein Problem, und ich will denen auf keinen Fall wieder in die Hände fallen. Ich muß den König finden.«

»Hast du eigentlich schon mal daran gedacht, daß er möglicherweise, na ja, also ...«, druckste Guy herum.

»Daß er möglicherweise was?«

»... daß er möglicherweise, als er damals verschwunden ist oder durch die Zeit gefallen ist, oder wie man das auch immer nennen will, nirgendwo mehr ist? Ich meine ...«

Blondels Gesicht wirkte plötzlich völlig versteinert. Dann entspannte es sich wieder, und er antwortete: »Mag sein, nichtsdestotrotz muß ich weitersuchen, schließlich habe ich ihm mein Wort gegeben. Moment, ich muß mal eine neue Flasche öffnen.«

Blondel schenkte die Gläser voll, und für eine Weile saßen beide schweigend da.

»Sag mal, wo gehören eigentlich deine Schwestern hin?« erkundigte sich Guy schließlich zögernd.

»Wie bitte?«

»Na, deine Schwestern. Mahaud und Ysabel und ... ähm ...«

»Ach so, tut mir leid, die hatte ich schon völlig vergessen. Sie erklärten sich netterweise bereit, mir behilflich zu sein, wenigstens anfangs. Aber du weißt ja, wie Frauen sind. Schon nach kurzer Zeit verlieren sie das Interesse, bekommen dieses merkwürdige Verlangen, häuslich zu werden und so weiter und so fort. Mahaud und Ysabel haben jedenfalls beide irgendwelche Männer kennengelernt, von denen sie aufrichtig geliebt werden, haben geheiratet und sind häuslich geworden. Natürlich kann man ihnen das nicht verübeln, trotzdem finde ich dieses Verlangen der Frauen nach Normalität einfach furchtbar.«

»Und was ist mit Isoud?«

»Isoud ist immer noch bei mir, allerdings vielleicht nicht mehr lange. Sie verbreitet in letzter Zeit eine schreckliche Unruhe, und ich nehme an, sie will sich verändern. So etwas erkenne ich an gewissen Symptomen. Wenn Frauen erst mal damit anfangen, alle fünf Minuten die Wohnung zu renovieren oder neue Vorhänge zu kaufen, dann kann man mit Sicherheit davon ausgehen, daß etwas in der Luft liegt. Ach, vergiß es.«

»Also ist Isoud … ähm … noch zu …«

»Selbstverständlich ist sie noch zu haben«, half ihm Blondel auf die Sprünge. »Auf mich machst du einen recht ordentlichen Eindruck, und du scheinst ein anständiger Kerl zu sein, stimmt's?«

»Sicher.«

»Schön, dann wäre das ja auch geklärt. Ich frage auch nur deshalb, weil ich als das Oberhaupt unserer Familie die Ehemänner für meine Schwestern aussuchen und die Mitgift stellen muß. Na ja, dieser ganze Unsinn eben. Unsere Familie ist in dieser Hinsicht ein wenig altmodisch.« Stirnrunzelnd fügte er hinzu: »Zumindest wird sie es in Zukunft sein.«

»Also könnte ich …«

»Selbstverständlich. Das heißt, wenn du mir diesen einen kleinen Gefallen tust.«

»Und der wäre?«

# 3. KAPITEL

Bist du bereit?«

»Mehr als je zuvor.«

»Hast du wirklich alles im Griff?«

»Ja.«

»Also gut. Wenn das Pferd störrisch wird, gibst du ihm einfach ein Stück Zucker.«

»Verstanden.«

»Hast du auch wirklich die Zügel überprüft?«

»Ganz bestimmt.«

»Na schön, dann auf ein Neues.«

Ein einzelner Strahl des Mondlichts fiel wie der Kegel einer Taschenlampe durch die dichte Wolkendecke und erfaßte Blondels Haar und die silbernen Bünde seiner Laute, während er auf die Zugbrücke der Burg zuschlenderte. Natürlich war die Zugbrücke hochgezogen, allerdings war der Wassergraben nur sehr schmal.

Guy lugte um den Stamm der riesigen Eiche herum, hinter der er stand, und versuchte herauszufinden, wie er hierhergekommen war. Aufgrund der Kälte, der Dunkelheit und des recht bedrohlichen Aussehens der Burg wäre er am liebsten weggelaufen, da er aber nicht die geringste Ahnung hatte, wo, geschweige denn in welcher Zeit er war, entschied er sich, zu bleiben und abzuwarten, was da kommen würde.

Das Pferd, das er am Zaum hielt, riß den Kopf hoch und schlug mit dem Schwanz. Guy schob sofort ein weiteres Stück Zucker zwischen die übelriechenden feuchten Lippen des Gauls. Guy mochte keine Pferde, und dies hier ganz besonders nicht. Zudem hatte er dieses unangenehme Gefühl, daß es ihm absichtlich Schwierigkeiten machen wollte. Dabei war es schon schwierig genug gewesen, den Gaul bis hierher zu kriegen, wo immer und wann immer das auch sein mochte; in sämtlichen Fluren und Gängen hatte er übelriechende Spuren seiner Anwesenheit hinterlassen und war kurz davor gewesen, sich mit dem Fahrstuhl auf einen Kampf einzulassen. Guy versuchte, an die dunkelblauen Augen von La Beale Isoud zu denken, aber irgendwie klappte das nicht.

Der Mond verzog sich hinter einer Wolke, und Guy hörte, wie sich Blondel räusperte und kurz die Saiten seiner Laute anschlug. Zwar hatte Blondel grundsätzlich Angst vor Hunden, doch gab es da noch etliche andere Dinge, vor denen er sich weit mehr fürchtete.

Dann spielte er auf der Laute und begann zu singen:

*»L'amours dont sui epris*
*Me semont de chanter;*
*Si fais con hons sopris;*
*Qui ne puet endurer …«*

Ein Hund bellte.

*»Et s'ai je tant conquis*
*Que bien me puis venter …«*

Eine Lampe ging an, dann eine weitere.

*»Que j'ai piec' a apris*
*Leaument a amer …«*

In der Luft war ein silbernen Blitz zu sehen, und kurz darauf ertönte ein Geräusch, ein Platschen. Blondel hörte sofort zu singen auf.

»Und laß dir das eine Lehre sein!« rief eine Stimme von der Mauer herunter. »Hier oben versuchen Leute zu schlafen!«

Blondel ging langsam zum Baum zurück. Er war völlig durchnäßt und stellte lakonisch fest: »Gut, die Burg können wir von der Liste streichen. Steh gefälligst nicht so träge herum, wir haben heute abend noch eine Menge zu tun.«

Guy griff in die Satteltasche und holte ein Handtuch hervor. Anfangs hatte er sich noch gefragt, weshalb Blondel unbedingt eins einpacken wollte, jetzt wußte er es.

»Passiert so was oft?« erkundigte er sich voller Mitgefühl.

»Ja, ziemlich oft sogar«, grummelte Blondel, während er sich kräftig abtrocknete. »Weißt du, einige Leute haben einfach schlechte Ohren. Trotzdem tut das jetzt nichts zur Sache, stimmt's?«

Ein Weile spazierten sie schweigend nebeneinander einher. Guy, der es nicht gewohnt war, im Dunkeln über Stock und Stein zu gehen, konzentrierte sich ganz darauf, wo er hintrat, während Blondel völlig in Gedanken versunken zu sein schien.

»Das Lied hat mir übrigens sehr gut gefallen«, sagte Guy irgendwann.

»Wie bitte?«

»Das Lied. Es hat mir gefallen.«

»Danke.«

»Keine Ursache.«

»Mir persönlich hängt es längst zum Hals raus«, meinte Blondel mit einer unverblümten Direktheit, die Guy von ihm nie erwartet hätte. »Ich wäre der glücklichste Mensch der Welt, wenn ich es nie mehr hören müßte.« In etwas ruhigerem Ton fügte er hinzu: »Schließlich habe ich es mittlerweile öfter gesungen, als ich mir in meinen kühnsten Träumen hätte vorstellen können. Kein Wunder also, daß es mir zum Hals raushängt. Mittlerweile macht mich sogar jede Art von Musik krank. Sollte ich den König jemals finden, werde ich mir nie wieder Musik anhören.«

Durch diese Aussage brach das Gespräch abrupt ab. Die nächsten zehn Minuten marschierten sie schweigend weiter, wobei Guy Blondel in der Hoffnung folgte, daß dieser wußte, wohin er ging. Irgendwo rief eine Eule.

Gerade als Guy leichten Hunger verspürte, tauchte aus einem Busch am Wegrand eine große weiße Gestalt auf, huschte an ihnen vorbei und verschwand wieder in der Dunkelheit. Was Guy betraf, so hatte es sich bei diesem Zwischenfall um eines jener Ereignisse gehandelt, die man am besten als rätselhafte Erscheinung abhakte, doch Blondel wurde plötzlich aktiv.

»Jetzt beweg dich endlich!« forderte er Guy auf. »Erst recht nach dem, was eben passiert ist.«

»Was denn?«

»Der weiße Hirsch, du Trottel«, erzürnte sich Blondel mit ungewohnter Schärfe. »Schnell, steig aufs Pferd!«

Als Guy ihm erklären wollte, daß er mit Pferden kaum Erfahrung habe, war Blondel bereits nirgendwo mehr zu sehen. Mit dem Mut der Verzweiflung griff Guy nach einem der Steigbügel, stellte den Fuß hinein und schwang sich aufs Pferd. Zum Glück schien sich der Gaul einigermaßen damit abzufinden. Nachdem er die Zügel leidlich im Griff hatte, gab er dem Pferd einen eher symbolischen Tritt, und zu seiner großen Überraschung schien es dieses Zeichen bereitwillig als begründete Aufforderung zum Losmarschieren zu akzeptieren. Während Guy durch die Dunkelheit ritt, versuchte er sich daran zu erinnern, was ihm damals in seiner Kindheit sein Onkel über das langsame Übergehen in den Trab beigebracht hatte.

»Blondel, wo bist du?« rief er.

»Hier vorne!« drang aus weiter Ferne eine Stimme zu ihm herüber; offenbar konnte Blondel sehr schnell laufen. Gerade als Guy sich mit Mühe daran erinnert hatte, wie man ein Pferd am besten dazu bringt, nach links abzubiegen, spitzte der Gaul die Ohren und schoß in Richtung der Stimme seines Herrn los.

»Er ist dahinten drin«, zischte Blondel, wobei das Mondlicht auf der Schneide seines Schwerts blitzte, das (nach Guys Dafürhalten) in keine bestimmte Richtung zeigte.

»Wie hält man dieses Vieh eigentlich an?« erkundigte sich Guy aufgeregt.

»Zieh einfach an den Zügeln«, riet ihm Blondel. »Dann steig ab und hilf mir.«

Im Endeffekt empfand es Guy als ausgesprochen einfach, vom Pferd abzusteigen, und es hatte sogar in gewisser Weise etwas von einer würdevollen Handlung an sich. Nachdem er den Gaul an einem geeigneten Busch festgebunden hatte, folgte er Blondels Stimme. Er sehnte sich nach einer Taschenlampe.

»In der Höhle«, flüsterte Blondel.

»Welche Höhle?«

»Da ist eine Höhle, gleich da vorne«, klärte Blondel ihn auf. »Der weiße Hirsch ist gerade eben darin verschwunden. Du scheinst dich im Dunkeln nicht gut zurechtzufinden, wie?«

»Das kann man wohl sagen.«

»Du solltest mehr Möhren essen«, merkte Blondel beiläufig an. »Ich denke, wir sollten ihm folgen.«

Guy zuckte zusammen. »Meinst du wirklich?«

»Natürlich. Er hatte eine goldene Kette um den Hals, und die Geweihenden waren auch vergoldet.«

»Meinst du, er ist aus einem Zirkus oder so was entflohen?« mutmaßte Guy gewagt.

»Mag sein. Irgendwas in dieser Richtung jedenfalls. Hol mal das Seil, wir können es als Halfter benutzen, und dann kommst du mir nach.«

»Blondel, ich ...«

Aber Blondel hatte bereits die Höhle betreten. Wie verlangt, holte Guy das Seil, doch nahm er sich Zeit dafür, schließlich hatten solche Dinge keine Eile.

»Jetzt komm endlich mit diesem verdammten Seil!« rief eine ungeduldige Stimme aus der Höhle. Gegen sein besseres Wissen folgte ihr Guy. In der Höhle flackerte ein silbriges Licht, vielleicht hatte jemand darin eine Fackel oder Taschenlampe.

Als er die Höhle betrat, sah er, daß das Licht vom Geweih des weißen Hirschs herrührte, das glänzte, als wäre es aus irgendwelchem Glas gefertigt, in das elektrische Leuchtfäden eingearbeitet worden waren. Der Hirsch selbst war milchweiß und trug tatsächlich ein goldenes Halsband, und an den spitzen Geweihenden haftete etwas wie Blattgold. Er aß gerade ein paar Zuckerstücke aus Blondels ausgestreckter Hand.

»Binde das Seil am Geweih fest«, flüsterte Blondel. »Mann, beeil dich, schließlich haben wir nicht die ganze Nacht Zeit.«

Guy zuckte die Achseln und näherte sich dem Hirsch mit dem Wagemut eines in die Jahre gekommenen Hausbesitzers, der, mit dem Schirm seiner Frau bewaffnet, nach Einbrechern Ausschau hält. Zu seiner großen Überraschung und noch größeren Erleichterung fühlte sich das Geweih kühl an, und der Hirsch unternahm keinerlei Anstalten, ihn damit aufzuspießen. Dann knüpfte er sämtliche Knoten, an die er sich aus seiner Pfadfinderzeit erinnern konnte, und übergab schließlich Blondel das andere Ende des Seils.

»Wir haben ganz schön Glück, findest du nicht?« stellte Blondel erleichtert fest.

Guy zog verdutzt die Augenbrauen hoch. »Glück nennst du das?«

»Sicher«, bekräftigte Blondel, wobei er dem Hirsch sanft das Maul streichelte. »Schließlich läuft einem in Wandsworth nicht jeden Tag ein verzauberter Hirsch über den Weg.«

»Sind wir etwa in Wandsworth? Das ist doch ein Stadtteil von London«, staunte Guy.

»Richtig.«

»Ich habe eine Tante, die wohnt hier in ...«

»Wird hier wohnen«, korrigierte ihn Blondel. »Wir

müßten uns jetzt am Ende des vierzehnten Jahrhunderts befinden, es sei denn, mein Kalender hat wieder mal vorzeitig angehalten.«

»Ach so, ich verstehe.« Guy fühlte sich plötzlich erbärmlich.

»Dahinten grassiert gerade der Schwarze Tod, und die Bauern revoltieren. Mit einem verzauberten Hirsch verschafft man sich immerhin einen kleinen Vorteil, oder was meinst du?«

»Sicher«, stimmte Guy ihm zu, obwohl es ihm unter den gegebenen Umständen viel lieber gewesen wäre, ein Maschinengewehr und ein paar Liter Penizillin bei sich zu haben. Trotzdem war er innerlich dazu bereit, sich an jedem Strohhalm festzuhalten, der ihm angeboten wurde. »Äh, was machen wir eigentlich als nächstes?«

»Paß mal genau auf«, antwortete Blondel geheimnisvoll und forderte dann den Hirsch auf: »Nun beweg dich schon, Junge.«

Der Hirsch drehte sich um, blickte Blondel verdutzt an und sagte: »Mein Name ist Cerf le Blanc.« Er hatte dies ohne jede Gemütsregung und ohne Lippenbewegung gesagt. Das, so meinte Guy, schlug dem Faß endgültig den Boden aus.

»Wohin willst du denn so schnell?« rief Blondel ihm hinterher.

»Tschüs, und vielen Dank für alles!« rief Guy zurück.

»Keine Ursache. Aber paß auf, wo du hinrennst, und vergiß die Wölfe nicht!«

Plötzlich tauchte Guys Kopf im Höhleneingang wieder auf. »Wölfe?«

»Ja. Soweit ich weiß, waren Wölfe im England des vierzehnten Jahrhunderts durchaus an der Tagesordnung. Allerdings bin ich mir da nicht ganz sicher.«

»Trotzdem halte ich es für besser, wenn ich bei dir bleibe«, merkte Guy kleinlaut an, dann flüsterte er: »Sag mal, hat das Vieh etwa vor, noch mehr zu reden?«

»Mir wäre das nicht mal unrecht«, antwortete Blondel. »Ich glaube nicht, daß der Hirsch uns etwas antun will, du etwa?«

»Nein.«

»Da, siehst du? Jetzt hör's dir mal aus seinem eigenen Munde an.«

»Ich habe noch nie jemandem etwas mutwillig antun wollen«, sagte Cerf le Blanc. »Obwohl manchmal ... aber dann ist das immer nur durch unglückliche Umstände geschehen. Jedenfalls was mich betrifft.«

Blondel gab dem Hirsch einen aufmunternden Klaps. »Das geht schon in Ordnung, mein Freund. Du kriegst noch etwas türkischen Honig, und dann laß uns losgehen.« Aus der Gürteltasche holte er einen rosafarbenen Würfel hervor, an dem noch etliche Fusseln klebten, doch den Hirsch schien das nicht zu stören. Als er zu Ende gekaut hatte, hob der Hirsch den Kopf, und die Lichter an seinem Geweih verdunkelten sich allmählich, bis sie nur noch unauffällig glühten. Dann ging er den beiden voran.

Pursuivant rieb sich die Augen und gähnte.

Ungefähr um diese Uhrzeit pflegten die Kameraden der Nachtwache im Chastel des Larmes Chaudes ein paar Dosen zu öffnen und geröstete Erdnüsse herumzureichen. Montags, mittwochs und freitags spielten sie dort Poker. Wenn die Alarmglocke klingelte, mußten sie das Spiel natürlich unterbrechen und darauf reagieren, aber irgendwie läutete es in letzter Zeit nicht mehr – und zwar genau seit dem Zeitpunkt, an dem Clarenceaux zwischen Klöppel und Glocke einen Bierdeckel geklemmt hatte.

Obwohl die vorgeschriebenen Windhemden wasserdicht sein sollten, hatte Pursuivant die Erfahrung gemacht, daß es etliche undichte Stellen gab, durch die Wasser eindringen konnte, genauso wie es seine Sandwiches und Gummistiefel durchnäßt hatte. Eigentlich hätte er auch einen Schirm bei sich haben müssen, doch den hatte sich Mordaunt Dragon of Arms unter den Nagel gerissen, als er zum Fischen gegangen war. Die einzige gewachste Baumwolljacke in der Abteilung gehörte White Herald; aber in Anbetracht seiner persönlichen Angewohnheiten erwägte niemand ernsthaft, sie tragen zu wollen, selbst wenn sie ihm von White Herald angeboten worden wäre, was ohnehin nicht der Fall war.

Pursuivant wischte sich fröstelnd den Regen von der Nase. Außerdem hatten sich die Kameraden für heute abend einen Videofilm ausgeliehen.

Er krempelte den Ärmel zurück und blickte auf die Uhr, allerdings mußte er sich erst einmal die Feuchtigkeit von den Augen wischen, um das Zifferblatt erkennen zu können. Um sechs Uhr sollte er abgelöst werden, doch bis dahin mußte er noch etliche Runden zurücklegen, die ausreichen dürften, um sich eine Lungenentzündung zu holen. Jedenfalls gab es mittlerweile eine ganze Reihe von Verbrechen, die er für eine heiße Tasse Tee begangen hätte.

Draußen in der Dunkelheit flackerte in weiter Ferne ein schwaches weißes Licht. Pursuivant rieb sich die Augen und sah erneut nach. Dann griff er nach dem Fernglas, putzte die Linsen trocken und spähte hindurch. Das Licht war nicht mehr da; anscheinend hatte er sich alles nur eingebildet.

Nein, er hatte sich nichts eingebildet; da war eindeutig ein weißes Licht zu sehen. Mit klammen Fingern stellte er das Fernglas ein und erkannte zwei völlig durchnäßte Männer, die ein Pferd und einen weißen Hirsch am Halfter führten, dessen Geweih das Licht hervorrief. Zwar waren sie noch weit entfernt, doch kamen sie in seine Richtung. Kichernd drehte Pursuivant an der Kurbel des Feldtelefons. Es klingelte und klingelte, doch niemand hob ab. Kein Wunder, schließlich hatte irgendein Witzbold zwischen Klöppel und Glocke einen Bierdeckel geklemmt.

»Verdammte Scheiße!« fluchte Pursuivant leise vor sich hin.

Was sollte er tun? Nun, da half alles nichts, er mußte es selbst erledigen. Während er den Rest seiner Abteilung verfluchte, tastete er nach dem Schild (silberne Papstkrone auf schwarzem Feld; rote, seitenverkehrt gekreuzte Schlüssel, eingefaßt vom Halbmond) und dem Griff der Pike, in deren Schaft lange rostige Nägel geschlagen waren. Ritterlichkeit war dem Stab des Chastel des Larmes Chaudes durchaus kein unbekannter Begriff, doch machte man dort nicht viel Aufhebens darum.

Guy kam sich äußerst dämlich vor, als er den Revolver wieder ins Halfter steckte und zögernd hinter dem Pferd hervortrat.

»Ist er wohlauf?« erkundigte er sich.

Blondel blickte auf den Körper zu seinen Füßen. »Wenn er das wäre, dann hätte ich eben sinnlos meine Zeit vergeudet. Ach, übrigens vielen Dank für deine Hilfe; war bestimmt gutgemeint.« Er steckte einen Finger durch das Einschußloch in seinem Hut und drehte den Hut einige Male herum.

»Wie ich dir schon gesagt habe, kann ich im Dunkeln nicht sonderlich gut sehen«, entschuldigte sich Guy kleinlaut.

»Schon gut, schließlich kommt es nur auf die Absicht an«, beruhigte ihn Blondel, versetzte dem Körper einen leichten Tritt und setzte sich wieder den Hut auf. »Mach dir um ihn keine Sorgen, morgen ist er wieder kerngesund.«

»Waren das Wegelagerer?« fragte Guy.

»Wegelagerer kannst du vergessen«, antwortete Blondel. »Siehst du den Schild? Eine silberne Mitra auf schwarzem Feld und ein auf dem Kopf stehendes Schlüsselbund? Nein, wenn das Wegelagerer gewesen wären, würde ich mir Sorgen machen.« Er drehte sich um und stand nun, die Hände in die Hüften gestemmt, vor dem weißen Hirsch. »Ich denke, wir beide sollten uns ein wenig unterhalten.«

Der Hirsch blickte ihn verdutzt an, als wollte er ihm mitteilen, daß Rotwild der menschlichen Sprache nicht mächtig sei. Der Kehlkopf, sagten die Augen des Hirschs, habe dazu die falsche Form.

»Es sei denn, du willst nicht sprechen«, fuhr Blondel fort. »Allerdings solltest du wissen, daß Wildfrikadellen zu den Lieblingsgerichten von mir und meinem Freund hier zählen. *Capisce?*«

Der Hirsch schnaufte schwer durch die Nase.

»Ich zähle bis fünf«, warnte ihn Blondel. »Eins ...«

»Also gut«, gab der Hirsch klein bei, ohne das Maul zu bewegen (der Kehlkopf eines Hirschs ist nämlich tatsächlich nicht dazu in der Lage, menschliche Laute zu bilden). »Es besteht kein Grund zu überstürzten Handlungen. Ich habe nur meine Pflicht getan.«

Blondel lächelte. »Ach, und worin besteht die?«

Im Hintergrund räusperte sich Guy. »Entschuldigung, wenn ich dich ...«

Blondel drehte sich brüsk um. »Was ist denn?« fragte er Guy.

»Hast du was dagegen, wenn ich mal eine Zigarette rauche? Diese ganze Aufregung und all das ...«

»Mach schon«, zischte Blondel ihn an, dann wandte er sich wieder dem Hirsch zu. »Erzähl, was ist denn nun deine Aufgabe?«

»Ich diene Seiner Exzellenz Julius dem Dreiundzwanzigsten«, grummelte der Hirsch. »Alles klar?«

»Ja, ich weiß. Eine silberne Krone auf schwarzem Feld und dieser ganze andere Blödsinn. Hat man dir den Befehl gegeben, hierher zu kommen?«

Der Hirsch nickte. Durch die Bewegung des Geweihs zuckte Guy unwillkürlich mit den Händen, wodurch die Zigarette wie ein fliegendes Glühwürmchen in weitem Bogen durch die Luft schnellte. Er murmelte etwas vor sich hin und zündete sich eine neue an.

»Und als wir auftauchten, solltest du uns zu der Stelle führen, wo dieser Trottel hier auf uns in Lauerstellung gewartet hat, richtig?«

Der Hirsch nickte erneut, aber dieses Mal war Guy innerlich darauf eingestellt.

»Wußte ich's doch. Wer hat dir denn verraten, daß wir heute abend hier entlanggehen?«

Der Hirsch blickte ihn ausdruckslos an.

»Rück schon raus mit der Sprache. Irgendwer muß es dir ja gesagt haben.«

Der Hirsch zuckte mit den Blättern.

»Also gut, lassen wir das. Wo kommst du denn her?«

Schweigen.

Dabei war es nach Guys Dafürhalten weniger so, als wolle der Hirsch nicht sagen, woher er kam, sondern vielmehr so, als wisse er es einfach nicht. Wahrscheinlich hatte er die Frage nicht richtig verstanden, denn Blondel drückte sich nun anders aus.

»Wo wohnst du?«

Schweigen.

»Weißt du was?« fragte Blondel an Guy gewandt. »Ich glaube, wir verschwenden hier nur unsere Zeit. Bloß weil dieses blöde Viech sprechen kann, heißt das noch lange nicht, daß es intelligent ist.«

»Nun mal halblang! Überleg dir lieber genau, was du da sagst«, beschwerte sich der Hirsch beleidigt.

»Und ob ich das tue«, reagierte Blondel gelassen. »Wenn wir genau nachsehen, dann, glaube ich, finden wir ...« Er ging auf den Hirsch zu und betastete das Fell zwischen den Ohren. »Aha, da haben wir's ja schon.« Blondel zog kräftig an etwas und hielt einen Gegenstand in den Händen. Im selben Augenblick ging das Licht aus.

»Blondel, was soll das?« stieß Guy entsetzt aus.

»Siehst du das hier?«

»Nein, woher denn? Jemand hat das Licht ausgeschaltet«, beschwerte sich Guy.

Blondel zeigte ihm einen kleinen grauen Kasten, aus dem einige Kabel hervorragten. »Das hier ist ein Hologrammprojektor mit integriertem Funkgerät. Zudem sendet es elektrische Impulse in das Hirn dieses bedauernswerten Geschöpfs, um damit seine Bewegungen zu kontrollieren. Cerf le Blanc ist nichts als ein ganz gewöhnlicher weißer Hirsch«, fügte Blondel hinzu, wobei er dem Hirsch die Schnauze tätschelte. »Nicht wahr, mein Junge?«

»Ich verstehe«, log Guy. Er hatte das Gefühl, bis zu einem gewissen Grad erleichtert sein zu müssen, doch irgendwie empfand er nichts davon.

»Alle diese Zaubereffekte wurden von dieser kleinen Trickkiste hier produziert. Auch die Stimme kam da raus. Wie ich annehme, werden damit auch unsere Worte zum Hauptquartier zurückübertragen, wo immer das ist. Stimmt's, Jungs?«

»Ja, das ...«, setzte die Stimme von Cerf le Blanc an. Eine andere Stimme fuhr grob dazwischen, dann war ein laut vernehmbares Klicken zu hören.

Grinsend stellte Blondel die Kiste auf einen Stein und trat ein paar Mal drauf. »Alles klar, du kannst den Hirsch jetzt losbinden. Wir beide sollten uns hier lieber verdrücken.«

Vom Seil befreit, hob Cerf le Blanc die Hufe und schoß davon.

Blondel nahm das Seil, rollte es ordentlich zusammen und verstaute es in der Satteltasche. »Die beste und sicherste Methode wäre, uns auf eine Getreidebörse oder etwas Ähnliches zu begeben.«

Guy, der gerade das Gefühl hatte, wenigstens einigermaßen mit allem fertigzuwerden – zumindest rein äußerlich –, spürte plötzlich, wie ihm die Kinnlade herunterklappte. »Auf eine Getreidebörse also«, wiederholte er staunend.

»Eine Garnbörse tut's natürlich auch«, fuhr Blondel fort. »Wie ich annehme, können wir es zur Not auch mit einem Zunfthaus oder dergleichen versuchen, aber dort könnten sich zur Zeit durchaus Leute aufhalten. Eine Kirche halte ich irgendwie auch für keine gute Idee; das sind zwar Idioten, aber durchaus keine Dummköpfe. Kommst du?«

Etwa zwei Stunden vor Sonnenaufgang erreichten sie die Stadt. Das Wandsworth aus dem vierzehnten Jahrhundert wachte allmählich auf, entschied sich, noch ein paar Minuten länger schlafen zu können, und drehte sich im warmen Stroh auf die andere Seite um.

Blondel beschleunigte seinen Gang. »In den achtziger Jahren des vierzehnten Jahrhunderts gab es hier eine Getreidebörse, aber anscheinend ist die noch nicht gebaut worden«, flüsterte er, während sie sich an einem schlafenden Bettler vorbeischlichen. »Nach meinem Dafürhalten waren die Mauern nicht ganz lotrecht errichtet worden. Warte mal, das hier tut's auch.«

Sie standen vor einem Glockenturm. Blondel schaute auf eine niedrige kleine Tür, die Guy nicht einmal aufgefallen war; sie gehörte nicht zu jenen Türen, die einem gleich ins Auge springen. Über dem Sturz waren Buchstaben in den Stein gemeißelt.

NOLI INTRARE, stand dort. AD USUM CANONICORUM RESERVATA.

»Das ist Latein und heißt ungefähr ›Zutritt nur für Mitarbeiter‹«, erklärte Blondel. »Das dürfte hier eigentlich ganz gut klappen. Das Pferd müssen wir leider zurücklassen, macht aber nichts.«

Er klopfte dreimal gegen die Tür und drückte schließlich dagegen. Sie öffnete sich.

»Also?«

»Es hat mich erwischt«, erklärte Pursuivant.

»Das sehe ich. Und was noch?«

Unterdessen war der Assistenzarzt im Lagerraum auf eine Leiter gestiegen und sah nun die Etiketten durch, die auf den Rücken von schuhkartonähnlichen Kisten klebten. »Wir haben hier nur noch eine Sechsunddreißiger E!« rief er. »Reicht das?«

»Muß reichen«, sagte der Arzt. »Das heißt nur, daß er hin und wieder Bronchitis bekommt, aber was soll's?«

Pursuivant schnellte auf dem OP-Tisch hoch und protestierte: »Moment mal, Doktor!«

Der Arzt drückte ihn wieder herunter und sagte: »Haben Sie noch nichts von den Kürzungen gehört? Seien Sie froh, daß wir überhaupt noch eine Sechsunddreißiger E haben, denn in letzter Zeit sind Lungen sehr gefragt.«

»Ja, aber ...«

»Jetzt stellen Sie sich nicht wie ein altes Weib an. Wenn Sie Ihren nächsten dreißigjährigen Dienst antreten, müßten wir auch wieder ein paar Zweiundvierziger haben. Bis dahin muß diese hier reichen.«

Mountjoy, der die ganze Zeit, nervös an seinem Siegelring nestelnd, danebengestanden hatte, wurde allmählich ungeduldig. »Er hat dich also erschlagen, und was war dann?«

»Dann bin ich hingefallen«, antwortete Pursuivant. »Hören Sie, Chef, im Vertrag steht eindeutig drin, daß sämtliche Schäden behoben werden, und ich ...«

»Halt's Maul. Du bist hingefallen und dann?«

»Aber, Chef ...«

»Hör mal, Freundchen«, zischte der Hofgeistliche. »Ich sollte längst bei einem wichtigen Treffen sein. Also erzähl weiter.«

In Wirklichkeit war Mountjoy bereits bei diesem Treffen – drei Minuten zu früh sogar –, aber es gab keinen Grund, dies Pursuivant gegenüber zu erwähnen. Er flackerte wütend mit den Augen.

»Ich bin hingefallen. Dann gab es einen Knall, und der Hut von dem Kerl fiel herunter.«

»Was ist?«

»Er hat einen Hut getragen, und der fiel herunter«, erklärte Pursuivant. »Fragen Sie mich bitte nicht, warum.«

»Ich verstehe. Und was ist als nächstes passiert?«

»Dann bin ich gestorben.«

»Aha. Und das ist wirklich alles, was du gesehen hast?«

»Na ja, mein ganzes Leben ist noch einmal im Zeitraffer vor mir abgelaufen, aber ich nehme nicht an, daß Sie das sonderlich interessiert.«

»Nein, wahrhaftig nicht. Was war mit diesem anderen Mann?«

Pursuivant runzelte die Stirn und dachte angestrengt nach. »Ein merkwürdiger Typ war das. Etwa meine Größe, dunkles Haar. Er trug so etwas wie einen Mantel aus Schafsleder und hatte kein Schwert bei sich. Wenn Sie mich fragen, schien er keinen blassen Schimmer davon zu haben, was da eigentlich vor sich ging.«

»Also hätten wir schon zwei von deiner Sorte«, bemerkte Mountjoy in abfälligem Ton. Dann steckte er das Notizbuch ein und wandte sich an den Arzt. »Wie lange wird es ungefähr dauern, bis der Kerl hier wieder auf den Beinen und einsatzfähig ist, Doktor?«

»Mal sehen: Hals teilweise abgetrennt, mehrfache Lungen-, Magen- und Schulterverletzungen, komplizierter Bruch des linken Beins. Ich werde ihn auch noch eine ganze Weile zur Beobachtung hierbehalten müssen. Sagen wir mal etwa zwanzig Minuten.«

»So ein Mist!« zischte Mountjoy verärgert. »Ist Ihnen eigentlich klar, unter welchem Personalmangel wir leiden, Doktor?«

»Das ist nicht mein Problem«, antwortete der Arzt gelassen. »Also gut, Schwester, machen Sie ihn zu.«

Die OP-Schwester klappte das Visier herunter und zündete den Schweißbrenner an.

»Blondel, darf ich dich mal was fragen?« erkundigte sich Guy vorsichtig.

Das Gewölbe war feucht, und es stank erbärmlich.

Die Decke war zu niedrig, und das Licht der Fackeln in den Wandhaltern spendete nicht genügend Helligkeit. Etliche Male war Guy in etwas hineingetreten, und er war heilfroh, daß er nicht wußte, worum es sich dabei gehandelt hatte.

»Schieß los«, forderte Blondel ihn auf.

»Wie machst du das?«

»Was?«

»Durch Türen zu gehen, die in ... na ja, die in solche Tunnel wie diesen hier führen.«

Blondel lachte. »Auf diese Weise reisen wir durch die Zeit. Meine Agenten haben mir das beigebracht.«

»Ich verstehe.« Eine Weile ging Guy schweigend weiter. Von der gebückten Haltung hatte er bereits einen völlig steifen Hals. »Und wie funktioniert das?« fragte er schließlich.

»Nach dem Prinzip der Bürolücke«, antwortete Blondel. »Kommst du mit den Satteltaschen klar, oder soll ich sie mal tragen?«

»Nein, nein, das geht schon«, wehrte Guy ab. »Was ist denn eine Bürolücke?«

Blondel blieb stehen und schaute in einem winzigen Buch nach. Wie Guy auffiel, war Blondel in Wirklichkeit ein ganzes Stück kleiner, als man auf den ersten Blick vermuten mochte, denn er mußte nicht einmal den Kopf einziehen, um nicht gegen die Decke zu stoßen. »Hier entlang«, sagte er schließlich. »Ich hatte nämlich befürchtet, daß wir dahinten falsch abgebogen sind, aber dieser Weg hier ist richtig. Also, die korrekte Bezeichnung lautet ›bürokratische Raum-Zeit-Wirkung‹, aber wir nennen das kurz und bündig Bürolücke. Wenn man erst mal das Grundkonzept verstanden hat, ist alles ganz einfach zu verstehen.«

»Ah ja, sehr schön.« Guy hatte dieses furchtbare Gefühl, daß er die letzte Frage lieber nicht hätte stellen sollen, da sie zu jener Sorte Fragen gehörte, deren Beantwortung man später bedauern könnte.

»Es ist folgendermaßen… Aha! Hier geht's übrigens links ab. Zieh den Kopf ein.«

»Aua!«

»Im Herzen aller bürokratischen Organisationen klafft eine riesige Wunde in dem Gefüge aus Raum und Zeit. Das ist so wie eine Art« – Blondel dachte angestrengt nach – »Lücke zwischen den Sofapolstern von Raum und Zeit. Dinge fallen hinein, verschwinden und tauchen irgendwann wieder auf. In der Zwischenzeit sind sie durch Raum und Zeit gewirbelt worden, bis sie mehr oder weniger dort wieder ankommen, wo sie anfangs gewesen waren. So funktioniert das System. Im öffentlichen Dienst sind sich dieser Tatsache alle bewußt, dort nennt man so etwas ›den Dienstweg gehen‹. Dennoch hat das auch seine Vorteile.«

Guy wich gerade noch rechtzeitig einem Pfeiler aus. »Ach so?«

»Ja, allerdings.« Blondel war erneut stehengeblieben und las in dem sehr schwachen Licht einer fast erloschenen Fackel mit zusammengekniffenen Augen Kleingedrucktes. »Weißt du, sämtliche Bürokratien sind eine einzige Bürokratie. Das britische Arbeitsministerium ist in Wirklichkeit dieselbe Organisation wie das türkische Innenministerium oder wie das königliche Schatzamt von Ludwig dem Sechzehnten und der römische Senatsausschuß für Abflußleitungen und Abwässerkanäle. Zwar benutzt jedes dieser Ämter verschiedenes Briefpapier, aber im Grunde sind sie ein und dieselbe Behörde. Und sämtliche Bürokratien sind über dieser Wunde in dem Gefüge aus Raum und Zeit errichtet worden, das Mark Aurel als das große Polstersofa bezeichnet hätte. Deshalb erhält man auch manchmal, wenn das System zusammenbricht, eine Aufforderung zur Zahlung der Einkommensteuer, die eigentlich an den Schah von Persien hätte gesandt werden müssen, während dem Erzbischof von Verona deine Stromrechnung zugestellt wird.«

»So was in der Richtung habe ich mir schon immer gedacht.«

»Wie bitte?«

»Ach, nichts. Erzähl bitte weiter.«

»Wenn man sich dieser Tatsache erst einmal bewußt ist, kann man sie sich zunutze machen«, fuhr Blondel fort. »Zur Zeit befinden wir uns in einem Kanal des öffentlichen Dienstes, was man dort den gewöhnlichen Dienstweg nennt. Oder, wenn du so willst, wir sind hinter dem Aktenschrank Gottes gelandet. Wir sind jetzt direkt unterhalb des Ausschusses für allgemeine Fragen und Finanzen der angelsächsischen Volksversammlung. Irgendwo dahinten ist die Staatsbank der Sowjetunion, und der Gang zu deiner Rechten führt zur Verpflegungsabteilung der großen Ratsversammlung von Dschingis-Khan. Mit etwas gutem Willen findet man sich hier unten eigentlich ziemlich schnell zurecht. Es ist ein wenig wie im Phantom der Oper.«

»Aber wie sind wir hier eigentlich reingekommen?« wollte Guy wissen.

»Ganz einfach.« Blondel blieb stehen und rieb sich die Augen. »Sicherlich ist dir schon mal aufgefallen, daß es in sämtlichen öffentlichen Gebäuden, die jemals errichtet wurden – von der Zikkurat von Ur über das Kolosseum und den Kölner Dom bis hin zu sämtlichen Rundfunk- und Fernsehanstalten –, Unmengen von Türen gibt, auf denen *Privat – kein Zutritt!* oder *Nur für Mitarbeiter* steht, richtig?«

»Ja.«

»Gut. Aber hast du dich noch nie gefragt, wohin diese Türen eigentlich führen?«

»Nein«, räumte Guy ein.

»Natürlich nicht, schließlich hat man dich so erzogen. Niemand weiß das, und genau das ist der springende Punkt. Ich meine, du hast doch bestimmt noch niemals jemanden durch eine dieser Türen raus- oder reingehen sehen, stimmt's?«

Guy nickte.

»Nun, jetzt weißt du's. Diese Türen führen allesamt nach hier unten. Und das heißt«, fuhr er gähnend fort, wobei er die kleine Kladde zuschlug und wieder ins Portemonnaie zurücksteckte, »daß es, wo immer sich ein öffentliches Gebäude befindet, egal, von welcher Beschaffenheit (Bücherei, Stadthalle, Bahnhof, Ministerium, Zwinger für die königlichen Jagdhunde« – Blondel rümpfte die Nase und zeigte nach oben –, »Klärwerk, Kanalisation, Raumstation oder sonst was), dort überall stets einen Zugang zur Gesamtheit von Raum und Zeit gibt, und man nicht mehr tun muß, als dreimal anzuklopfen und hineinzugehen. So einfach ist das. Jedenfalls ist das weit besser als dieses alberne Getue mit den Transmitterstrahlen. Ah ja, ich glaube, wir sind da.«

Vor ihnen befand sich eine Tür.

»Eine Weile lang hatte ich gedacht, die könnten König Richard hier unten festhalten. Weißt du, irgendwo in den Archiven abgelegt, Füße und Hände mit Ketten aus Büroklammern gefesselt. Dem ist aber nicht so, ich habe überall nachgesehen.«

»Wo sind wir denn jetzt?« erkundigte sich Guy besorgt und neugierig zugleich.

Blondel grinste. »Das wirst du schon sehen. Bist du bereit?«

»Saaldiener, nehmen Sie dieses Spielzeug weg«, grummelte Oliver Cromwell wütend.

Hinter dem Stuhl des Präsidenten des Unterhauses öffnete sich eine Tür. Bislang war sie noch nicht vielen Menschen aufgefallen, wahrscheinlich weil auf ihr in Buchstaben aus Blattgold *stand: Hir trête nur în, swer hir arbeitet*.

Der Saaldiener erhob sich nur langsam und ging mit grenzenloser Angst zu dem Tisch hinüber, auf dem der große Amtsstab lag. Cromwells Gesichtsausdruck blieb unversöhnlich.

»Das ist sein Fehler«, erklärte ein Oberst dem Unterhausabgeordneten von Ashburton. »Wenn man ihn zu sehr hofiert, kann er sehr widerborstig werden …«

Auf den Hinterbänken erhob sich eine einsame Gestalt. Der Saaldiener blieb wie angewurzelt stehen. Er wußte, daß Geschichte von Menschen gemacht wurde; er war auch scharfsinnig genug, um zu ahnen, daß das Produzieren von Geschichte ein genauso gefährlicher Beruf wie der eines Bergbauarbeiters war.

»Lordprotektor, mit welchem Recht …?« begann die vereinzelte Person.

Hinter dem Präsidentenstuhl erstarrte Guy vor Entsetzen. Er hatte das furchtbare Gefühl, daß er ganz genau wußte, wo und in welcher Zeit er sich aufhielt – es war fast so, als wenn man gerade feststellt, daß die große Glaskugel, die man soeben samt Inhalt auf den Teppich seines Gastgebers ausgekippt hat, normalerweise dem Goldfisch des Hausherrn als Herberge dient.

»Komm endlich, du trödelst schon wieder herum«, zischte Blondel.

»Ja, aber ich …«

Doch Blondel war gar nicht mehr da. Statt dessen stand er vor dem Präsidenten des Unterhauses und zeigte ihm ein zerknülltes Stück Papier. Nachdem der Präsident es durchgelesen hatte, nickte er und forderte Blondel auf, das Wort zu ergreifen. Offenbar stand er unter dem Eindruck, daß Blondel der Unterhausabgeordnete von Saffron Walden war.

Dabei sprach Blondel eigentlich weniger, sondern sang vielmehr; er trug *L'Amours Dont Sui Epris* vor und war gerade bis zur Zeile *Remembrance dou vis* gekommen, als der dicke Mann mit dem Pickelgesicht, der gesprochen hatte, als sie hereingekommen waren, zwei Wächter lautstark aufforderte, diese komische Witzfigur sofort festzunehmen und in den Fluß zu werfen.

Guy wußte, daß nun schnelles und besonnenes Handeln gefragt war, und er versuchte durch die Tür, durch die er gerade hereingekommen war, auf Knien und Händen rückwärts wieder hinauszukriechen.

Blondel hatte sich umgedreht. Er starrte nun Cromwell mit einem Blick an, der Milch hätte sauer werden lassen können, und fauchte: »Wen nennt Ihr hier eine komische Witz ...?« Als Blondel bemerkte, daß ihm ein Hellebardier an den Kragen wollte, trat er ihm in den Unterleib und sprang mit gezücktem Schwert auf den Tisch, auf dem der Amtsstab lag.

»Ojemine ...«, murmelte Guy vor sich hin.

Wenn er die notwendige Zeit gehabt hätte, um zu analysieren, wie sehr es ihm widerstrebte, in diese Angelegenheit verwickelt zu werden, dann hätte er sich wahrscheinlich selbst gesagt, daß es sich hier um einen entscheidenden Augenblick in der Entwicklung der englischen parlamentarischen Demokratie handelte. Wenn die Situation durch ihn aus den Fugen geraten sollte, wäre er dafür mitverantwortlich, daß das Land erneut in ein finsteres Mittelalter mit königlicher Alleinherrschaft und feudaler Unterdrückung zurückgeworfen werden würde. Doch die Zeit drängte.

Zögernd stand er auf, zog den Revolver und sagte verlegen in die Runde: »Entschuldigen Sie, meine Herren.«

Sofort drehten sich der Lordprotektor, das sogenannte Lange Parlament und alle anwesenden Offiziellen und Soldaten zu ihm um und blickten ihn an.

In einem kurzen Augenblick totaler Wahrnehmung erkannte Guy, daß er dreckige Fingernägel hatte, sich in seiner linken Socke ein Loch befand, er wahrscheinlich bald sterben würde, seine Jacke zu groß war und er sich dringend die Haare kämmen mußte. Dann sagte er: »Ähm ...«

Blondel, der mittlerweile vom Tisch gesprungen war, steckte das Schwert in die Scheide, schnappte sich den Amtsstab und verdrosch damit zwei Hellebardiere. Dann schlug er dem Zeremonienmeister des Unterhauses gegen die Knie, prügelte den Abgeordneten von Kings Langley bewußtlos, verpaßte dem Saaldiener einen heftigen Schlag auf den Musikantenknochen und fiel plötzlich vornüber. Der Wächter, der ihn mit einer gebundenen Ausgabe von Henry de Bractons *De legibus et consuetudinibus Angliae* auf recht unsportliche Weise von hinten zu Fall gebracht hatte, holte zu einem zweiten Schlag aus ...

»Keine Bewegung!« brüllte Guy.

Von allen absurden Situationen, in denen er sich in letzter Zeit befunden hatte, kam ihm diese hier als die komischste vor. Da war er nun, Guy Goodlet, Oberleutnant der Luftwaffe, sechsundzwanzig, bis zum Ausbruch des Krieges ein ehrbarer Bankangestellter, stand auf dem Fußboden des Unterhauses und zielte mit dem geladenen Revolver auf Oliver Cromwell. Obwohl seinem Tun etwas furchtbar Lächerliches anhaftete, mußte doch eingeräumt werden, daß er tatsächlich damit die gewünschte Wirkung erzielte. Plötzlich schien niemand mehr sonderlich viel Interesse an anderen Dingen zu haben. Das gesamte Unterhaus erstarrte wie zu einer Gruppe von Statuen – die allerdings in dieser Anordnung nur von einem Sammler mit einem besorgniserregenden Hang zur Exzentrik hätte zusammengestellt werden können.

Was schließlich passierte, war folgendes: Blondel reagierte als erster und sprang auf. Mit der Breitseite seines Schwerts versetzte er einem Hellebardier, der unmittelbar neben ihm stand – nicht der Wächter, der ihn mit Bractons Buch kurzfristig außer Gefecht gesetzt hatte –, einen gewaltigen Hieb gegen den Kopf. Guy drückte, eher aufgrund einer nervösen Zuckung als aus Vorsatz, auf den Abzug. Es gab einen lauten Knall (im Unterhaus herrscht eine ganz hervorragende Akustik), und alle schrien wild durcheinander. Merkwürdigerweise war der einzige Gedanke, der Guy durch den Kopf schoß: *Au, Scheiße, jetzt habe ich Oliver Cromwell erschos-*

*sen. Das wird mir Mister Ashton nie verzeihen.* Mr. Ashton war Guys Geschichtslehrer gewesen und als solcher ein großer Fürsprecher von Oliver Cromwell und der republikanischen Bewegung des siebzehnten Jahrhunderts. Er hatte sogar Guy einmal eine Ausgabe der gesammelten Werke von John Lilburne geliehen, die Guy immer schon mal hatte lesen wollen.

Das war, was Guy betraf, bezüglich des aktiven Eingreifens in das Kampfgeschehen schon alles, und der Wächter, der sich während der vergangenen fünf Minuten an ihn herangepirscht hatte, hätte keinerlei Probleme gehabt, ihn zu ergreifen und zu entwaffnen, wenn er nicht kurz zuvor mit dem von Blondel geführten Großen Amtsstab von England einen Schlag auf den Hinterkopf erhalten hätte.

»Komm schon!« schrie ihm Blondel ins Ohr. »Hier entlang!«

Gleich darauf schloß sich hinter ihnen die Tür mit der Aufschrift *Hir trête nur în, swer hir arbeitet,* und drei Wächter versuchten vergebens, sie mit ihren Hellebarden aufzustemmen. Unterdessen hob Cromwell seinen Hut vom Boden auf und klopfte den Staub von ihm ab. Er hatte ein Loch. Schade. Der Hut war nämlich neu.

»Ruhe!« brüllte er.

Die Hellebardiere rappelten sich hoch, blickten ihre verbogen Speerspitzen an und bezogen murrend ihre Posten. Die Mitglieder des Unterhauses setzten sich.

Auch Cromwell nahm wieder seinen Platz ein. »Nun denn, auf diese Weise sind wir wenigstens diesen dämlichen Amtsstab losgeworden«, stellte er mit Genugtuung fest.

Die Verhandlungen hatten ein kritisches Stadium erreicht.

Mit geübter Geste gab der Seniorpartner einem Kellner zu verstehen, eine frische Kanne Kaffee und fünf weitere Tabakpfeifen zu bringen.

»Aber wenn wir das gesamte Geld unserer Mandanten aus der South Sea Company zurückziehen, rufen wir dann nicht eine Vertrauenskrise hervor?« fragte der Broker.

»Mag sein, aber was heißt das schon?« entgegnete der Seniorpartner.

»Aber ...« Dem Broker fehlten die Worte, und er gestikulierte ratlos mit den Händen. Sein Begleiter kam ihm zu Hilfe.

»Wenn die Öffentlichkeit Lunte riecht, daß mit der South Sea Company etwas nicht in Ordnung sein könnte, hätte das katastrophale Auswirkungen und einen sofortigen Zusammenbruch zur Folge«, mahnte er. »Die Wirtschaft unseres Landes – von ganz Europa sogar – würde den Bach ...«

Der Seniorpartner schnitt ihm mit einer brüsken Handbewegung das Wort ab. »Hören Sie, Mister ... ähm ...«

»Smith. Adam Smith.«

»Mister Smith, Sie haben mir meine Frage nicht beantwortet; was heißt das schon? Alle Ihre Gelder werden sicher in den dritten Kreuzzug investiert, bei siebenundsechzigprozentiger Verzinsung, und das in Kapitalanleihen. Was kratzt es einen da noch, wenn die gesamte britische Wirtschaft den Bach runtergeht?«

Mister Smith' Unterlippe zitterte leicht. »Aber das ... das ist doch ...«, stammelte er.

»Was könnte Ihnen denn von Ihrem Standpunkt aus Besseres passieren?« fuhr der Seniorpartner fort. »Jetzt verkaufen, wieder anlegen, zurückkaufen, wenn die Marktlage den Tiefstand erreicht hat, und einen doppelten Gewinn machen. Das Wunderbare daran ist, daß Ihr Geld dank der einzigartigen Möglichkeiten, die Ihnen unser Anlagefond-Simultanmanagement bietet, sowohl in den dritten Kreuzzug als auch gleichzeitig in die zwar langsam, aber stetig wachsende britische Wirtschaft investiert werden kann. Nun ja, eher synchron als zur gleichen Zeit, aber das ist ein rein technischer Unterschied, und ich möchte Sie nicht mit naturwissenschaftlichen Einzelheiten langweilen.«

»I-ich ...«, stotterte Mr. Smith, aber sein Freund, der Broker, unterbrach ihn.

»Ich finde, das hört sich gut an«, stellte er nüchtern fest.

Der Seniorpartner lächelte. »Das ist die richtige Einstellung«, freute er sich. »Wenn wir jetzt weitermachen können, dann würde ich gern zum Thema Lebensversicherung kommen. Wir bieten eine große Bandbreite maßgeschneiderter Versicherungen auf den Todes- und Erlebensfall an, die ...«

»Moment mal«, fuhr Mister Smith dazwischen. »Einen Moment mal bitte.«

Die Anwesenden blickten sich verdutzt an. »Ja, was ist denn?« fragten sie wie aus einem Mund.

Mr. Smith bemühte sich redlich, die Fassung wiederzuerlangen, und sagte: »Meine Herren, es mag Ihnen zwar nicht bewußt sein, aber ich bin von Beruf ein Student der Wirtschaftslehre. Ich bin sogar stolz darauf, daß ich bezüglich der Währungsanalyse kurz vor einem großen Durchbruch stehe, der nach meiner festen Überzeugung die Praxis des ökonomischen Handelns in ganz Europa revolutionieren wird. Meiner Ansicht nach ...«

»Ich weiß«, unterbrach ihn der Seniorpartner. »Die haben Sie ja in Ihrem Hauptwerk ›Untersuchung über die Natur und die Ursachen des Nationalreichtums‹ kundgetan.«

Mister Smith' Kinnlade klappte herunter. »Sie haben von meinem Buch gehört?«

»Natürlich.«

»Aber das ist doch unmöglich«, widersprach Smith heftig. »Ich habe erst heute morgen die letzte Überarbeitung beendet. Ich habe es sogar dabei, weil ich es gleich zum Verleger bringen will.«

Der Seniorpartner lächelte geduldig. »Ach, Sie haben wirklich das aktuelle Manuskript dabei?«

Smith merkte, wie er unwillkürlich vor Stolz leicht errötete. Es war schon lange hergewesen, seit er von jemandem ernstgenommen und ihm der angemessene Respekt entgegengebracht worden war, den sein Genie verdiente. »Und ob ich es dabeihabe«, antwortete er.

»Na, das ist ja ein Ding!« Der Seniorpartner wirkte plötzlich wie ausgewechselt. »Ich habe wirklich schon von Ihrem beeindruckenden Werk gehört, Mister Smith. Das Wort ›zukunftsweisend‹ wäre keine Übertreibung.« Mr. Smith errötete nun vollends. »Ich würde sogar noch weiter gehen und behaupten, Ihr Buch beendet endlich das finstere Mittelalter der Ökonomie. Darf ich es mal sehen?«

Nach sehr kurzem Zögern versank Mr. Smith förmlich in seiner zerschlissenen braunen Aktentasche und tauchte gleich darauf mit einem Manuskript in der Hand wieder auf. Es war sehr dick, hatte überall Eselsohren und war mit einem roten Faden zusammengebunden. Voller Stolz überreichte Mr. Smith das Manuskript dem Seniorpartner, der es umgehend ins Feuer warf.

»Also, wo waren wir stehengeblieben?« fragte er in die Runde. »Ah ja, wir bieten eine große Bandbreite maßgeschneiderter Versicherungen auf den Todes- und Erlebensfall an, die ...«

# 4. KAPITEL

Du mußt wirklich lernen, besser mit diesem Ding umzugehen«, schnaufte Blondel außer Atem.

»Aber ich wollte doch gar nicht ...«

»Ich meine, das ist ja ein ganz hübscher Trick, wenn man ihn beherrscht, aber vergiß nicht, daß einige Leute auch Eierköpfe haben. Irgendwann einmal könntest du auf diese Weise jemanden ernsthaft verletzen.«

»Aber ich wollte doch gar nicht ...«

Blondel lehnte sich gegen die Wand und keuchte: »Jedenfalls glaube ich nicht, daß die uns gefolgt sind. Was meinst du?«

»Bestimmt nicht.«

»Na prima. Mal gucken, wo wir jetzt wohl sind.« Blondel kramte das kleine Buch hervor und las darin.

Guy, der seit seiner Schulzeit an kurze Sprints nicht mehr gewöhnt war, stützte sich auf den Knien ab und rang nach Atem. »Blondel, ich hätte fast Oliver Cromwell getötet. Ist dir das eigentlich klar?«

»Jaja, ich weiß«, merkte Blondel beiläufig an. »Über uns müßte gerade das Archiv für unamerikanische Tätigkeiten sein. Wenn wir jetzt in südliche Richtung gehen, dann ...«

»Ich hätte fast den Lauf der Weltgeschichte verändert.«

»Dann können wir eine Abkürzung durch die dank des sogenannten New Deals eingerichteten Behörden für Arbeitsbeschaffungsmaßnahmen nehmen, so daß wir dort herauskommen müßten, wo wir eigentlich hinwollen. Entschuldigung, aber was hast du eben gesagt?«

»Ich … ich hätte die gesamte Weltgeschichte durcheinanderbringen können«, stammelte Guy.

»Richtig«, antwortete Blondel. »Die Geschichte ist schon etwas sehr Kompliziertes. Ich gebe dir mal ein Beispiel. Du trittst jetzt auf eine Fliege. Deshalb steht sie nicht mehr zur Verfügung, um deinem Ururururgroßvater über das Frühstück zu krabbeln, der folglich nicht an Lebensmittelvergiftung sterben kann. Aus diesem Grund verkauft deine Familie nicht das Haus und zieht auch nicht von Cheshire nach Norfolk um, was zur Folge hat, daß dein Urgroßvater deine Urgroßmutter nicht beim Kartenspielen kennenlernt und du nicht geboren wirst. Das bedeutet, du hast nie gelebt, und kannst also auch nicht in die Vergangenheit gereist sein und vor allem nicht diese Fliege plattgetreten haben. Folge ist, dein Ururururgroßvater stirbt doch an der Lebensmittelvergiftung, deine Familie zieht von Cheshire nach Norfolk um und du …«

»Ähm …«, warf Guy ein.

»… und du wirst zu einer zeitlichen Anomalie, die wie die Bildpunkte auf einem Fernsehschirm etliche tausend Male pro Sekunde auftaucht. Dann verursachst du irgendwann wegen der Folgewirkungen ernsthafte Probleme, und schon sind die Zeitaufseher hinter dir her.«

»Zeitaufseher?«

»Ja, so was wie Jagdaufseher, nur mit sehr viel weiterreichenden Befugnissen. Die werden von heute an erst in etwa hundert Jahren eingestellt werden, aber wenn es soweit ist, reisen die in die Zeit zurück und nehmen sämtliche Freigeister hoch.«

»Freigeister?« wiederholte Guy. »Ist das so was wie ein religiöser Orden?«

»Nicht ganz«, antwortete Blondel. »Du denkst dabei an den Orden der kichernden Mönche, was schon an sich merkwürdig ist, weil sie allesamt von den Zeitwächtern erst in etwa sechshundert Jahren ausgelöscht werden. Die Wächter haben schon vor meiner Geburt nach mir gesucht oder werden es zumindest noch tun. In Wirklichkeit stellen sie kein Problem dar. Die Kopfgeldjäger sind es, vor denen du dich in acht nehmen mußt. Wenn wir übrigens diesen Gang hier nehmen, müßte gleich eine scharfe Linkskurve kommen, die uns ... ah, da sind wir ja schon.«

Was Guy betraf, so sah für ihn ein Tunnel wie der andere aus, doch Blondel schien den Gang sofort wiederzuerkennen, denn er sagte mehrere Male: »Wir sind fast da«, und pfiff dazu einige bekannte Melodien, zu denen auch *Stardust* und *The Girl I Left Behind Me* gehörten.

»Du darfst nie vergessen, daß die Geschichte ständig im Fluß ist«, fuhr er fort. »Sie verändert sich andauernd, was man an den Freigeistern und den Zeitwächtern und den Editeurs Saunce Pitie sieht. Aber egal. Wenn ich diesen Hebel hier drücke, dann ...«

Eine Tür öffnete sich, und Blondel ging hindurch.

Erfahrung, so sagen spitzfindige Psychologen, ist wie ein Mensch, der gegen einen Laternenpfahl läuft und sich auf diese Weise selbst außer Gefecht setzt. Sobald er wieder zu sich kommt, hat der Schlag bei ihm einen partiellen Gedächtnisverlust hervorgerufen, was bedeutet, daß das Opfer – unter anderem – vergißt, sich durch Zusammenstöße mit Laternenpfählen Verletzungen zufügen zu können. Deshalb rennt es für den Rest seines unnatürlich kurzen Lebens weiterhin gegen Laternenpfähle.

»Blondel!« rief Guy ihm hinterher, aber sein Gefährte war längst nicht mehr da. Also zuckte er nur mit den Achseln und folgte ihm.

*»L'amours dont sui epris*
*Me semont de chanter«,*

sang Blondel. Zwar warfen ein paar Passanten kleine Münzen in seinen Hut, doch ansonsten nahm kaum jemand von ihm Notiz.

»Na gut, hier scheint er auch nirgends zu sein«, stellte er schließlich resigniert fest. »Wie wär's, wenn wir irgendwo etwas trinken gingen?«

Guy hatte Blondel vergeblich zu erklären versucht, daß es in der Nähe der U-Bahnstation Elephant and Castle kein Kastell und erst recht keinen Elefanten gebe; soweit er sich erinnern könne, sei der Name im Laufe der Jahre versehentlich aus ›Infantin von Kastilien‹ entstanden, und selbst wenn es an dieser Stelle jemals ein Kastell gegeben haben sollte, dann sei es höchst unwahrscheinlich, daß hier noch 1987 eine Burg oder dergleichen stehe, da sich dort mittlerweile eben ein Bahnhof befinde. Er hatte alles versucht, Blondel diese Dinge klarzumachen, und es nicht als sonderlich befriedigend empfunden, noch länger mit ihm ›Ich sehe was, was du nicht siehst‹ zu spielen. Um so besser gefiel ihm nun der Vorschlag, etwas trinken zu gehen.

»Also abgemacht, aber hör noch mal kurz zu«, sagte Blondel. Dann leerte er den Hut und legte ihn wieder auf den Boden, holte die Laute hervor und sang ein paar neue Lieder, die Guy noch nie zuvor gehört hatte. Zwar gefielen sie Guy nicht sonderlich, jedoch wurde seine Ansicht von den Passanten offenbar nicht geteilt, denn sie erwiesen sich als äußerst spendabel, und schon bald war der Hut randvoll mit Münzen, was nach Blondels Ansicht für ihre zukünftigen Absichten nur angemessen war.

»Direkt hinter der nächsten Straßenecke war immer eine ganz nette Teenie-Kneipe«, sagte er. »Gutes Bier, aber die einzige Chance, um an den Billardtisch zu kommen, bestand darin, ein kurzes Stück durch die Zeit zurückzuflitzen und das Geld einzuwerfen, bevor das vorhergehende Spiel beginnen konnte. Wollen wir's mal versuchen?«

»Wann soll das denn gewesen sein?« erkundigte sich Guy zaghaft.

»Als ich das letztemal hiergewesen bin.«

»Und wann war das? Dreizehnhundertvierundsechzig? Fünfzehnhundertsiebzig?«

»Nein«, antwortete Blondel grinsend, »das mag neunzehnhundertsiebenundneunzig gewesen sein. Wie ich immer sage, die Zeit vergeht wie im Fluge, wenn man sich amüsiert.«

Um nicht verhaftet zu werden, schlugen die beiden Blondels Schwert und Guys Revolver in eine Decke ein und gingen um die Ecke ins *Nine Bells.* Als sie sich hinsetzten und das Bier probierten, lächelte Blondel.

»Das ist einer der Vorteile meines Lebensstils«, seufzte er voller Genugtuung, »man nimmt einfach mehr am Fortschritt teil.«

Guy wischte sich etwas Schaum vom Mund. »Wie meinst du das?«

»Du weißt doch selbst, wie das ist. Wenn man älter wird, schmeckt das Bier nicht mehr so gut, die Polizisten werden jedes Jahr jünger und so weiter und so fort. Wenn ich es irgendwie einrichten kann, versuche ich meine Gegenbesuche nun in chronologisch umgekehrter Reihenfolge zu legen, um die gegenteiligen Wirkung zu erzielen; leckres Bier, greise Polizisten, und als ich das letztemal hiergewesen bin, hat ein Halber dreißig Pence mehr gekostet. Trink aus.«

Guy trank aus, wodurch er sich wenigstens etwas besser fühlte. »Also müßte ich jetzt mittlerweile so um die Mitte siebzig sein«, rechnete er laut nach. »Das heißt, falls ich den Krieg überlebt habe.«

»Ganz genau«, stimmte Blondel ihm zu. »Es gibt sogar eine geringe Chance, daß du dir selbst begegnest, man kann nie wissen. Deshalb ist es auch so wichtig, sich nicht in Kneipen mit alten Männern über den Krieg zu unterhalten.«

Guy nickte. »Es sei denn, ich erinnere mich daran, schon mal hiergewesen zu sein. Dann wüßte ich natürlich, ob ich überlebt habe.«

»Darauf kannst du dich auch nicht verlassen«, widersprach Blondel. »Ich habe mal einen Typen gekannt, der sich selbst begegnet ist. Er stieß sich versehentlich unter einen Zug – er war ein furchtbar tolpatschiger Kerl, mußt du wissen. Natürlich wurde dabei sein zukünftiges und nicht sein zeitreisendes Ich getötet. Tragisch.«

Guy blickte vom Glas auf. »Und was ist danach passiert?«

»Armer Kerl, er war völlig von der Rolle«, fuhr Blondel fort. »Ich habe ihm gesagt: ›Hör mal, George, es bringt nichts, in der Vergangenheit zu leben.‹ – ›Aber, Jack‹, antwortete er, ›bleibt mir denn unter diesen Umständen noch irgendeine andere Wahl?‹ Am Ende sind die Editeurs wegen ihm gekommen, mehr konnte man nicht für ihn tun.«

»Wer sind eigentlich diese ...«

»Darüber zerbrich dir mal lieber nicht den Kopf, du würdest dir nur unnötige Sorgen machen«, unterbrach ihn Blondel. »Ich denke, wir sollten uns noch ein Glas genehmigen.«

Blondel ging an den Tresen und kehrte mit zwei vollen Gläsern zurück.

»Sag mal, Blondel, kommen daher auch die Geister?« erkundigte sich Guy vorsichtig.

»Wie bitte?«

»Na, Geister eben. Ich meine, sind das etwa Leute, die ... na ja, die in der Zeit verlorengegangen sind? Ich finde, das hört sich ganz so an, als ob Geister ...«

»Das ist sicherlich eine ganz nette Idee«, unterbrach ihn Blondel, »entspricht aber leider nicht der Realität. Geister sind etwas ganz anderes. Darüber werde ich dir ein andermal erzählen. So, und jetzt laß uns mal einen Blick auf den Terminplan werfen.«

Er holte einen zerknüllten Briefumschlag hervor, auf dessen Rückseite eine mit winzigen Buchstaben geschriebene Liste stand. Etwa ein Fünftel der Einträge war durchgestrichen. Blondel strich drei weitere durch, und Guy fiel auf, daß unten automatisch drei neue Einträge hinzugefügt wurden.

»Wie funktioniert das?« erkundigte er sich verdutzt.

»Automatischer Terminkalendereintrag«, klärte Blondel ihn auf. »Wenn ich mich zu einer gewissen Zeit an einen Ort begebe, heißt das noch lange nicht, daß ich damit ein für allemal abgeschlossen habe, sondern nur, daß der Termin ans Ende der Liste rückt. Dennoch freue ich mich, dir sagen zu können, daß wir mehr oder weniger ...«

»Sind hier noch drei Plätze frei?«

Ein mächtiger Schatten war auf den Tisch gefallen. Guy schaute auf und sah drei Männer. Sie trugen allesamt elegante anthrazitfarbene Anzüge und hatten dunkelgraues Haar. Es fiel schwer, sie auseinanderzuhalten. Sie hätten gut Brüder sein können; Drillinge sogar.

Blondel blickte sie lächelnd an. »Guten Tag, Giovanni, schön, Sie hier zu sehen. Klar ist hier noch frei. Was trinken Sie?«

Guy blickte verdutzt drein, und aus einem für ihn nicht ganz ersichtlichen Grund spürte er, wie sich seine rechte Hand unwillkürlich mit den Fingerspitzen am Stuhl entlang der Decke mit dem Schwert und dem Revolver näherte.

»Lassen Sie nur, Blondel, Iachimo holt die Getränke«, sagte Giovanni und setzte sich – nach Guys Meinung mit voller Absicht und strategisch ausgefuchst – zwischen Guy und die Decke. »Dasselbe wie immer?«

»Für mich geht das in Ordnung«, stimmte Blondel zu. »Und was ist mit dir, Guy?«

Guy sagte, ja, das sei sehr freundlich, woraufhin sich einer der drei Männer an den Tresen begab; der dritte setzte sich neben Blondel und zündete sich eine Zigarre an.

»Das letztemal, als Sie hiergewesen sind, haben wir Sie nur knapp verpaßt, Blondel«, sagte Giovanni.

»Marco, biete den beiden Herren doch auch eine Zigarre an, ja?«

»Ist das hier Ihr Stammlokal?« fragte Blondel.

»Nicht ganz«, antwortete Giovanni, »aber von Zeit zu Zeit schauen wir mal rein. Wissen Sie, unser Büro ist gleich um die Ecke. Ganz praktisch, man kann sich hier gut mit Mandanten treffen und dergleichen.«

Blondel nickte. »Ach, das hatte ich schon völlig vergessen. Die Beaumont Street ist ja schon die nächste Querstraße, stimmt's?«

Giovanni lächelte nur. »Nun denn, es ist schon eine ganze Weile her, seit wir uns das letztemal gesehen haben, nicht wahr?«

»Das kann man wohl sagen«, bestätigte Blondel. »Das müssen jetzt so um die ...«

»Achthundert Jahre ist das jetzt her, genau auf den Tag sogar«, half ihm Giovanni auf die Sprünge.

»Ehrlich? Ach, du meine Güte! Wie die Zeit vergeht ...«

»Achthundert Jahre«, wiederholte Giovanni langsam. »Vor genau achthundert Jahren haben Sie sich einfach davongemacht und damit Ihren Vertrag gebrochen und uns in eine höchst unangenehme Lage gebracht.«

»Ich glaube nicht, daß Sie schon meinen Kollegen Mister Goodlet kennengelernt haben«, wich Blondel lächelnd vom Thema ab. »Guy, das hier sind die Brüder Giovanni, Iachimo und Marco Galeazzo. Die drei sind in der« – er überlegte kurz – »Zeitarbeitsbranche tätig und machen natürlich auch noch andere Sachen.«

Die Galeazzo-Brüder blickten Guy kurz an, dann wandten sie sich wieder Blondel zu, der noch immer lächelte.

»Mister Goodlet ist ein Historiker«, log Blondel. »Er ist sogar von der Behörde für Geschichtsüberwachung. Die hängt doch irgendwie mit dem Finanzamt zusammen, nicht wahr, Guy?«

Ein letzter Funke angeborenen Verstands veranlaßte

Guy dazu, einfach ruhig sitzenzubleiben, lieber nichts zu sagen und wie ein Souvenir vom Mount Rushmore versteinert dreinzublicken.

»Ich verstehe. Bestimmt kann er sich irgendwie ausweisen«, sagte Giovanni an Blondel gewandt.

»Allerdings kann ich das. Möchten Sie meinen Ausweis sehen?« erkundigte sich Guy.

»Falls es Ihnen nichts ausmacht, ja«, beharrte Giovanni Galeazzo.

Guy nickte. »Gut. Ich muß ihn nur eben holen. Er steckt da vorn in der Decke, wenn Sie also kurz entschuldigen würden...« Er beugte sich über den Tisch, stöberte in der Decke herum, zog den Revolver heraus und preßte ihn Marco, der zu seiner Linken saß, unauffällig unter dem Tisch in die Seite.

Blondel dachte kurz nach. Dann setzte er seinen Hut auf Marcos Kopf, der sich nicht zu rühren traute, und stellte grinsend fest: »Glauben Sie mir, Marco, auch wenn Sie mich jetzt nicht verstehen, aber auf diese Weise sind Sie sehr viel weniger gefährdet als ohne Hut.«

Nach einem langen und recht unbehaglichen Schweigen meinte Giovanni mit seufzender Stimme: »Das klingt ja alles sehr gerissen und wirkt auch höchst beeindruckend, aber irgendwie bringt uns das kein Stück weiter, oder?«

Blondel zuckte nur die Achseln.

»Jedenfalls entnehme ich daraus, daß Ihr Freund in Wirklichkeit kein Historiker ist, stimmt's?«

»Richtig, außerdem kann man ihn nicht gerade als Kunstschützen bezeichnen«, antwortete Blondel grinsend. »Aus dieser geringen Entfernung könnte er allerdings durchaus den einen oder anderen von Ihnen...«

»Schon gut, schon gut, das brauchen Sie uns jetzt nicht alles zu erzählen«, unterbrach ihn Giovanni mit finstrer Miene. »Gewalt überlassen wir lieber denen, die sich nicht mehr anders weiterzuhelfen wissen.«

»Nun, das spricht nur für Sie, meine Herren«, pflichtete Blondel ihm bei. »Du meine Güte, ist es wirklich schon so spät?«

»Also gut, ich habe verstanden«, lenkte Giovanni ein. »Wir machen Ihnen ein Angebot.«

»Ich kenne Ihre ganzen Angebote zur Genüge«, antwortete Blondel. »Versuchen Sie lieber nicht, uns aufzuhalten. Ich hänge sehr an diesem Hut, und sollte er ein weiteres Loch bekommen, eignet er sich nur noch für den Mülleimer. Ach ja, und danke für die letzte Runde.« Dann stand er auf und nahm die Decke in die Hand.

Giovanni schüttelte den Kopf. »Moment noch, Blondel! Wir können Ihnen bei Ihrer Suche bestimmt behilflich sein ... natürlich nur, wenn Sie Ihrerseits bereit sind, auch uns zu helfen.«

Blondel runzelte skeptisch die Stirn, dann setzte er sich, die Decke quer über den Knien haltend, wieder hin, wobei seine Körperhaltung bis zu einem gewissen Grad an Whistlers Gemälde ›Die Mutter‹ erinnerte.

»Als ich Ihnen das letztemal zugehört habe, meine Herren, lief das letztendlich nur darauf hinaus, daß mir mein eigenes Gesicht von dreißigtausend Satinjacken entgegenstarrte.« Mit mürrischer Miene fügte er hinzu: »Ich habe achthundert Jahre gebraucht, um darüber hinwegzukommen.«

»Ich gebe ja zu, daß wir bei der Vermarktung Ihrer Person vielleicht etwas übertrieben haben«, räumte Giovanni ein. »Trotzdem sind und bleiben Sie nun mal ein Künstler, der sich im Grunde nichts anderes wünscht als aufzutreten. Sie brauchen die Kommunikation mit der breiten Masse und sind gegenüber Ihrem Publikum eine Verpflichtung eingegangen.«

»Ich habe kein Publikum, und erst recht bin ich kein Künstler«, widersprach Blondel entschieden. »Künstler tragen Baskenmützen und Kittel und schneiden sich die Ohren ab. Messire Galeazzo, Sie können sich Ihre Vorschläge an den Hut stecken, und das ist etwas sehr Riskantes, solange sich Mister Goodlet in der Nähe aufhält. Einen guten Tag wünsche ich.«

»Ganz, wie Sie wollen, aber wenn Sie den König wirklich finden möchten, dann ...«

Blondel schloß kurz die Augen und seufzte tief. »Also gut«, lenkte er schließlich ein, »dann lassen Sie mal hören.«

»Nun ...«

Doch bevor Giovanni irgend etwas sagen konnte, sprang die Seitentür des Pubs auf, und drei Männer platzten herein. Sie trugen dunkelgrüne Anoraks und hielten große Knüppel in der Hand. Nachdem sie hereingekommen waren, blieben sie stehen und sahen sich nach allen Seiten um. Niemand schien sich von ihrer Anwesenheit besonders gestört zu fühlen.

»Oh, so etwas *Langweiliges*«, seufzte Blondel. »Warte hier, Guy.«

Dann stand er auf, zog das Schwert aus der Decke heraus, sprang auf die drei Männer zu und schlug ihnen die Köpfe ab. Ein Kopf rollte über den Fußboden, prallte gegen ein Stuhlbein und blieb mit der Nase an Guys Schuh hängen. Guy starrte entsetzt nach unten. Ihm war speiübel, und neben seiner furchtbaren Angst hatte er vor allem das schreckliche Gefühl, von allen beobachtet zu werden. Diese Sorge war jedoch unbegründet, denn niemand blickte zu ihm herüber.

Hinter dem Tresen schrie jemand auf.

Blondel runzelte die Stirn. »Ich denke, wir sollten uns jetzt lieber auf den Weg machen«, schlug er den anderen vor.

Zwischen der tatsächlichen Wahrheit und dem, was man dafür hält, liegen Welten; und auch wenn die tatsächliche Wahrheit über die Weltgeschichte lediglich darin besteht, daß sie schlichtweg stattgefunden hat, so ist dieser Umstand für die Arbeit derjenigen Leute, die sicherstellen sollen, daß sich die Geschichte nicht wiederholen kann, nicht von großer Bedeutung. Etliche dieser Leute haben ein Büro im Chastel des Larmes Chaudes; und einer von ihnen, der gerade einen Bericht von seinem Hofgeistlichen und Chefeinsatzleiter erhalten hatte, war alles andere als erfreut.

»Narr!« schimpfte er.

Wappenkönig Mountjoy war, jedenfalls im weitesten Sinne, viel zu vergeistigt, um sich durch vulgäre Beschimpfungen aufregen zu lassen. Wie eine Schreibtischlampe bei einem Gewitter flackerte er kurz auf und fuhr dann mit seinem Bericht fort. »Danach haben sie die Einzelteile aufgesammelt und sind zurückgekommen.«

Julius der Zweite fauchte wütend vor sich hin und stocherte mit einem Bleistift auf der Armlehne herum, bis er schließlich zerbrach. »Das ganze Pack fliegt raus!« fluchte er. »Wo soll das alles noch enden? frage ich dich. Man schickt seine drei besten Leute los – seine drei vermeintlich besten Leute –, und was kommt dabei heraus? Nichts als Saalschlachten, und das zu den unpassendsten Gelegenheiten! Ab morgen um diese Uhrzeit arbeiten die alle wieder in der Registratur, hast du mich verstanden?«

Mountjoy nickte nur – die Temperamentsausbrüche Seiner Unheiligkeit waren zumeist von kurzer Dauer, und Julius pflegte sich später auch nur selten daran zu erinnern, was er im Zorn gesagt hatte – und fragte: »Und was passiert in der Zwischenzeit?«

»Gute Frage.« Julius' Miene klärte sich allmählich auf – das passierte immer, wenn er nachdachte –, und er strich sich gemächlich den Bart, wobei sich kleine blaue Feuerblitze in die Luft entluden. »Was meinst du, wohin er jetzt unterwegs ist?« fragte er schließlich.

»Keine Ahnung«, antwortete Mountjoy. »Aber immerhin haben wir ein paar Informationen über die Männer einholen können, die bei ihm waren.«

Julius hob erstaunt den Kopf und nickte anerkennend. »Das klingt schon etwas besser. Und was habt ihr herausgefunden?«

Mountjoy kramte ein Notizbuch hervor und berichtete: »Einer von ihnen ist ein britischer Bürger namens Guy Goodlet.«

»Ja und?«

»Er stammt aus der Mitte des zwanzigsten Jahrhunderts. Irgend so ein Berufssoldat. Zur Zeit des Reichsgrundbuchs, also Ende des elften Jahrhunderts, besaß seine Familie Land in Norfolk, aber ansonsten handelte es sich bei ihnen immer nur um kleinere bis mittlere Freisassen ohne besondere Abstammung.«

»Das klingt nicht sehr vielversprechend.«

»Allerdings nicht. Bei den anderen drei Männern handelt es sich tatsächlich um das Beaumont Street-Syndikat.«

»Im Ernst?« staunte Julius.

Mountjoy nickte. Er war zu dem Schluß gekommen, daß es keinen Grund mehr für ihn gab, das Syndikat noch länger zu decken. Schließlich hatte er nichts zu verheimlichen. Als er damals seine bescheidenen Ersparnisse in den Beaumont Street Renaissance-Gewinnertragsfond investiert hatte, hatte er nicht ahnen können, daß das Syndikat mit irgendwelchen Widrigkeiten in Zusammenhang gebracht werden würde.

»Aha, das Beaumont Street-Syndikat also«, seufzte Julius. »Und wie tief sind die darin verwickelt?«

»Das kann man jetzt noch nicht genau sagen«, antwortete Mountjoy und fügte vorsichtig hinzu: »Es kann durchaus sein, daß sie völlig ohne ihr eigenes Verschulden darin verwickelt sind.«

»Na gut. Ich nehme an, letztendlich wird tatsächlich dabei herauskommen, daß sie nichts damit zu tun haben. Ich meine, schließlich braucht jeder einen Anlageberater, selbst Jean de Nesle. Gesetzwidrig ist das auch nicht …«

»Allerdings nicht«, warf Mountjoy erleichtert ein.

»... und zeugt nur von gesundem Menschenverstand.«

»Ganz genau.«

»Also sind wir diesbezüglich einer Meinung. Nichtsdestotrotz sollten wir sie lieber im Auge behalten. Äußerst diskret natürlich. Schließlich wollen wir keinen Börsenkrach auslösen, oder?« fügte Julius mit einem heiteren Lächeln hinzu. »Jedenfalls nimmst du die ganze Angelegenheit umgehend in die Hand. Setz doch einfach Pursuivant auf die Geschichte an. Warum eigentlich nicht? Immerhin hat er mehr Verstand als die anderen. Ich habe ihn sogar einmal dabei beobachten können, wie er eine Lampe angeschaltet hat, ohne dabei sämtliche Sicherungen durchbrennen zu lassen. Ach, und noch was, Mountjoy ...«

»Ja?«

»Ob du vielleicht so freundlich wärst, für mich ein Fax abzuschicken? An meinen Broker. Eine rein persönliche Angelegenheit.«

»Blondel.«

»One! Two! Test! One, two ... Ja, was ist denn?« fragte Blondel ungeduldig.

Guy blickte mißmutig drein. Zwar wollte er weder feige, zaghaft oder sonst etwas in dieser Richtung erscheinen, doch hatte er das dringende Gefühl, ein Recht auf Information zu besitzen. »Diese Leute in dem Pub ... Na, du weißt schon.«

Blondel dachte kurz nach. »Ach, du meinst diese Kneipe in der Nähe vom U-Bahnhof Elephant and Castle, stimmt's?«

»Richtig. Nachdem wir mit diesen Galeazzo-Brüdern die Lage einigermaßen geklärt hatten, sind doch diese drei Männer hereingekommen.«

»Ach so, jetzt weiß ich, was du meinst«, seufzte Blondel. Er stierte auf das Mikrofon und pustete hinein. Das dadurch erzeugte anschwellende Geräusch klang fast so, als hätte Gott einen Hustenanfall erlitten. »Was soll mit denen denn gewesen sein?«

»Ach, eigentlich nichts Besonderes. Ich meine, passiert so was öfter? Erst hatten wir diese Auseinandersetzung mit diesem komischen Burschen, als wir dem weißen Hirsch gefolgt sind, dann die Geschichte im Unterhaus und nun dieser Vorfall im ...«

»Im Unterhaus war das aber was anderes«, unterbrach ihn Blondel. Dann stellte er das Mikrofonstativ etwas genauer ein und zog die kleinen Knebelschrauben fester an. »Das waren ganz gewöhnliche Wächter. Das muß ein saublöder Job sein, denke ich immer, wenn ich einen Wächter sehe. Ständig wird man von wildfremden Leuten verprügelt, muß den Kopf für andere hinhalten und so weiter und so fort.«

»Mag ja sein, aber was ist mit diesen drei Männern?« ließ Guy nicht locker.

»Das weiß ich selbst nicht so genau. Diese Bande taucht andauernd irgendwo auf und versucht ständig, mich anzugreifen. Und wie du ja selbst gesehen hast, gehen diese Kerle dabei nicht einmal besonders geschickt vor. Ihre Arme und Beine scheinen irgendwie ... na ja, nicht richtig zu funktionieren, wenn du weißt, was ich meine. Solange ich mich erinnern kann, geht das schon so.«

»Wie kommst du darauf?« fragte Guy verdutzt. »Ich meine, daß es immer dieselbe Bande ist?«

»Ganz einfach«, antwortete Blondel, »weil es immer dieselben Leute sind, und dabei scheinen sie nicht mal einen Tag älter zu werden, einige von denen sind nämlich schon seit zig Jahren hinter mir her.«

»Hast du schon mal herauszubekommen versucht, um wen es sich dabei handelt?«

»Du meinst, ob ich es bei denen selbst versucht habe? Keine Chance.«

»Und warum nicht? Weigern die sich etwa, zu sprechen oder so was in der Richtung?«

Blondel kratzte sich am Ohr. »Nein, darum geht's nicht. Weit gefehlt sogar. Es ist nur so, daß diese Typen völlig aufgelöst reagieren, wenn man sie auszufragen versucht.«

»Ich weiß nicht recht, aber vielleicht solltest du sie nicht so einschüchtern, wenn du ...«

»Nein, nein, du verstehst mich nicht«, unterbrach ihn Blondel. »Wenn ich sage *aufgelöst,* dann meine ich das auch so: Sie lösen sich buchstäblich in sämtliche Bestandteile auf. Wenn man sich nicht sofort duckt, fliegen einem die Brocken nur so um die Ohren – Beine, Arme, Nieren und so weiter.«

Guy riß die Augen auf. »Du meinst, sie ...?«

»Ja, sie explodieren«, bestätigte Blondel. »Sag mal, wo führt eigentlich dieses Kabel hin?« Er folgte dem Verlauf des Kabels bis zur Rückwand eines großen Verstärkers und zog es heraus. »So, das gefällt mir schon besser. Mit diesen ganzen technischen Spielereien könnte ich mich nie anfreunden.« Er zog das Mikrofon aus der Halterung und klopfte dagegen. Nichts geschah. »Wenn man ohne Hilfsmittel in einem Saal nicht mehr gehört werden kann, dann sollte man sich auch nicht als Sänger bezeichnen, finde ich. Warum diese Kerle explodieren, ist mir natürlich genauso schleierhaft wie dir. Trotzdem tun sie's. Das merkwürdigste daran ist, daß sie dabei offenbar keinerlei Schaden nehmen, denn etwa einen Monat später sind die schon wieder auf den Beinen, und zwar mit einem Holzknüppel in der Hand.«

»Willst du mir damit sagen, daß es sich dabei um dieselben Männer handelt, die explodieren oder denen du den Kopf abschlägst?«

»Ganz genau«, bestätigte Blondel. »Jedenfalls ist das fast alles, was ich über diese Kerle weiß. Natürlich auch noch, daß sie irgend etwas mit dem Chastel des Larmes Chaudes zu tun haben. Schließlich tragen sie die Amtstracht des Chastels.«

»Schön, und was ist nun dieses Chastel ...«

Blondel hatte ihm den Rücken zugekehrt, um auch noch die Stecker der restlichen Mikrofone an den überall herumstehenden Galgenstativen herauszuziehen. Guy hielt es seinerseits für angebracht, es lieber dabei bewenden zu lassen, zumal er zu dem Schluß gelangt war, daß ihm La Beale Isoud mal den Buckel runterrutschen konnte. Sollte es irgendeine Möglichkeit geben, in die eigene Zeit zurückzukehren, dann wollte er sie nutzen. Na ja, und wenn nicht, wollte er sich hier (wo immer dieses Hier auch sein mochte) niederlassen und sich nach einer Arbeit umsehen. Jedenfalls hatte er von diesen auf merkwürdige Weise explodierenden Meuchelmördern die Schnauze gestrichen voll. Außerdem ging ihn das alles einfach nichts an.

»Wo ist er denn hin?« fragte ihn eine Stimme von hinten. Es war Giovanni, der Seniorpartner.

»Er wollte sich um irgendwas kümmern«, antwortete Guy. »Irgendwas Technisches, soweit ich weiß. Hören Sie, darf ich Sie mal was fragen?«

Giovanni runzelte neugierig die Stirn. »Sicher. Worum geht's denn?«

»Kennen Sie Blondel eigentlich schon lange?«

»Das kann man wohl laut sagen«, antwortete Giovanni grinsend.

Guy nickte besonnen. »Dieses ganzes Zeug über Zeitreisen und Behörden und Richard Löwenherz... also, das stimmt doch alles gar nicht, oder?«

»Wie bitte?«

»Ich meine, das alles ist doch nicht wirklich wahr, stimmt's? Nichts davon ist oder wird tatsächlich geschehen oder wie man das auch immer ausdrücken will. Das alles ist nur ...«

»Natürlich ist das alles wahr«, schnitt ihm Giovanni entrüstet das Wort ab. »Wie kommen Sie überhaupt darauf, etwas anderes zu behaupten? Schließlich sind Sie jetzt selbst hier und erfahren es am eigenen Leib. Also muß es wahr sein, oder finden Sie nicht?«

»Ich …« Guy ordnete seine Gedanken. »Na ja, offen gestanden kann ich mich nur schwer damit abfinden«, sagte er schließlich, wobei er den Blick durch den Zuschauerraum schweifen ließ, »daß ich hier mit dem Hofsänger von Richard dem Ersten bin, der gleich inmitten des Hundertjährigen Krieges in einer eigens für ihn gebauten Halle ein Konzert geben wird, und das mit Hilfe von Lautsprechtürmen und einer Verstärkeranlage, die die Geräte, die es in meinem eigenen Jahrhundert gibt, wie zwei mit einem Telefondraht verbundene Cola-Dosen aussehen läßt. Ich nehme an, Sie verstehen, daß ich ein wenig verwirrt bin.«

»Natürlich kann ich Sie verstehen«, versicherte ihm Giovanni. »Und ich glaube sogar, ich kann Ihnen helfen.«

»Ach, wirklich?«

Giovanni lächelte. »Das nehme ich jedenfalls an. Sie wollen mir eigentlich sagen, daß Sie sich Sorgen machen.«

»Richtig, und das nicht zu knapp.«

»Das ist völlig verständlich«, pflichtete ihm Giovanni bei. »Schließlich kann man von Ihnen nicht erwarten, daß Sie wissen, was als nächstes passiert. Woher soll man auch schon wissen, was die unmittelbare oder ferne Zukunft für einen bereithält, nicht wahr?«

»Genau. Wenn Sie mir deshalb …«

»Was Sie brauchen, ist ein auf Ihre individuellen Bedürfnisse zugeschnittener Versorgungsplan. Deshalb sollten wir erst einmal Ihre finanziellen Möglichkeiten …«

Es hatte fast eine Ewigkeit gedauert.

Aber so war das nun einmal, wenn man sich nur mit einem abgebrochenen Löffelstiel als Werkzeug durch eine vier Meter dicke Mauer arbeiten mußte, die aus einem besonders harten Gemisch aus Mörtel und Kieselsteinen bestand.

Dann war da das Problem, den ganzen Schutt und Staub zu entfernen; schließlich konnte man den ganzen Dreck nicht einfach liegenlassen, weil sonst die Gefängniswärter etwas mitbekommen hätten und entsprechend mißtrauisch geworden wären. Also mußte man ihn irgendwie außer Sichtweite schaffen. Irgendwann war der Gefangene auf die Idee gekommen, den Schutt in Säcke zu stopfen und diese an die Decke zu hängen, weil es dort oben derart dunkel war, daß man sie mit bloßem Auge nicht sehen konnte. Allerdings bestand das einzige Material, das ihm zur Fertigung von Säcken zu Verfügung stand, lediglich aus Rattenfellen und Spinnweben – um ein paar Zentimeter einigermaßen rißfesten Faden zu bekommen, bedurfte es buchstäblich Hunderter von Kilometern Spinnweben. Über all die Jahre hindurch hatte er herausgefunden, daß seine Zelle gerade ausreichend Nahrung für eine Ratte und eine Spinne gleichzeitig hervorbrachte. Das klingt dramatischer, als es war, denn wenn der Gefangene irgend etwas im Überfluß besaß, dann war das Zeit. Und während er geduldig darauf wartete, daß die Spinnen ein paar Zentimeter Faden webten und die Ratten an Altersschwäche eingingen, buddelte er sich langsam, aber stetig voran.

Und jetzt war er fast fertig. Nur noch etwa fünf Zentimeter, auf keinen Fall mehr, standen zwischen ihm und dem, was auch immer sich auf der anderen Seite der Mauer befinden mochte. Wenn er sich wirklich hineinknien und seine ganze Kraft aufwenden würde, wäre er in fünf, allerhöchstens in sechs Jahren fertig. Praktisch war er schon frei …

Er wollte sich gerade wieder an die Arbeit machen, als er draußen im Gang Schritte hörte. Sofort ließ er den Löffelstiel in das Loch gleiten, das er als Versteck in den Boden gebohrt hatte, und setzte sich darauf. Die Tür öffnete sich.

»Guten Tag«, begrüßte ihn der Gefängniswärter.

»Guten Tag«, antwortete der Gefangene entgegenkommend; er pflegte mit dem Personal stets so freundlich wie möglich umzugehen. Schließlich mochte es auch für die Wärter nicht sonderlich aufregend oder gar befriedigend sein, in einem solchen Gebäude arbeiten zu müssen, und der Gefangene gehörte nun einmal zu jenen Menschen, die sich über solche Dinge Gedanken machen.

»Ich habe eine gute Nachricht für dich«, sagte der Wärter. »Der Kerl aus deiner Nachbarzelle ist gerade gestorben.«

Der Gefangene wurde kreidebleich im Gesicht; da er seit einer Ewigkeit kein Tageslicht mehr gesehen hatte, fiel dies dem Wärter allerdings nicht sofort auf.

»Auf welcher Seite?«

»Wie bitte?«

»Auf welcher Seite liegt seine Zelle?«

»Auf dieser hier«, antwortete der Wärter und zeigte nach rechts. Der Gefangene atmete erleichtert auf. Gott sei Dank handelte es sich nicht um die Seite, auf der er gegraben hatte.

»Die Zelle muß ja auf dieser Seite sein«, fuhr der Wärter fort, »schließlich ist auf der anderen gar keine Zelle mehr, da das die Außenwand der Burg ist. Jedenfalls hat dein Nachbar gerade das Zeitliche gesegnet.«

»Aha«, antwortete der Gefangene. Warum der Wärter es als eine gute Nachricht bezeichnete, wenn gerade jemand gestorben war, blieb ihm allerdings schleierhaft, selbst wenn er noch nie von diesem Menschen gehört hatte.

»Und die gute Nachricht daran ist, daß dadurch seine Zelle frei geworden ist. Wir können dich sofort dahin verlegen.«

»Aber …«

»Sie wird dir gefallen. Schöne Südlage. Außerdem ist sie größer als diese hier; sie hat fast einen halben Quadratmeter mehr Wohnfläche. So was kann man schon fast als Großraumzelle bezeichnen. Außerdem quietscht die Tür nicht, und überhaupt ist es dort sehr viel ruhiger als hier. Sie hat sogar ein Fenster.«

»Ich ...«

»Na ja, vielleicht habe ich eben etwas übertrieben mit dem Fenster. Ich will sagen, daß die Tür nicht richtig eingepaßt ist. Wenn draußen im Gang eine Lampe brennt, heißt das für dich, daß durch den unteren Türspalt etwas Licht in deine Zelle fällt. Na, ist das nicht toll?«

»Ja, aber ich ...«

»Und schön gepflegt hat er sie«, fuhr der Wärter vergnügt fort. »Ich meine, der Typ, der gerade gestorben ist. Überall an den Wänden hat er mit Kalk Zeichnungen gemalt. Toll sieht das aus. Immer dasselbe Muster, trotzdem irgendwie beeindruckend – sechs gerade Linien von oben nach unten, die von einem Querstrich durchkreuzt werden. Schlicht, aber wirkungsvoll, wenn du weißt, was ich meine.«

»Ja, aber ich kann doch nicht ...«

Der Wärter lächelte. »Das geht schon in Ordnung. Ich weiß, was du sagen willst, aber das war wirklich kein Problem. Im Gegensatz zu den meisten anderen hier hast du uns nie Ärger bereitet und hast jeden Morgen für mich und die anderen Jungs ein freundliches Wort übrig gehabt. Glaub mir, wir Wärter wissen so etwas zu schätzen. Und deshalb ist das eben unsere Art, dir dafür zu danken. Ich meine, wenn man Leuten wenigstens nicht einmal hin und wieder unter die Arme greift, in welcher Welt leben wir dann eigentlich, findest du nicht?

»Ja, aber ...« Der Gefangene blickte unwillkürlich in die Dunkelheit, wo sich der Tunnel befand, an dem alle seine Gedanken Tag und Nacht gehaftet hatten, und das über einen so langen Zeitraum hindurch, daß er sich nicht einmal mehr daran zurückerinnern konnte, wann er ...

*Andererseits verhält sich dieser Gentleman äußerst freundlich und großzügig zu dir,* sagte ihm eine Stimme im Hinterkopf. *Er tut alles, um dir zu helfen, und selbst wenn Leute einem einen Gefallen tun oder Dinge schenken, die man eigentlich gar nicht haben möchte, darf man nie vergessen, daß allein die gute Absicht zählt, die dahintersteckt. Alles andere wäre furchtbar undankbar.*

»Vielen Dank auch«, seufzte er schließlich. »Das ist wirklich furchtbar nett von euch.« Er blickte sich ein letztes Mal in der Zelle um. »Ich möchte mich nur noch von meiner Ratte verabschieden, dann komme ich.«

Das Konzert wurde ein voller Erfolg.

Dem Namen nach handelte es sich um ein Benefizkonzert, bei dem sämtliche Einnahmen zur Finanzierung eines letzten verzweifelten Versuchs dienen sollten, den islamischen Vormarsch zu stoppen und Jerusalem wiederzuerobern; folglich stand das Konzert unter dem Motto ›Pflugscharen zu Schwertern für den Kreuzzug‹ und wurde von einer Organisation namens ›Kreuzverband‹ veranstaltet, die durch verschiedene Stände an den Eingängen zusätzliche Einnahmen durch den Verkauf offizieller Tournee-Meßbücher sowie Heiligenbilder und Wappenröcke mit der Aufschrift ›Ich habe an der gewaltsamen Bekehrung der Welt mitgewirkt‹ erzielte. In Wirklichkeit war der ›Kreuzverband‹ nur eine Tochtergesellschaft der Clairvaux Holdings, die sich wiederum im hundertprozentigen Besitz der United Lombard Group of Companies befand, die ihrerseits eine Zweigfirma der Investmentgesellschaft Dritter Kreuzzug (IDK) war (gegründet 1187), in die das Beaumont Street-Syndikat das durch die Jahrhunderte hindurch angesammelte Kapital schleuste, um es dort zu waschen. Doch selbst wenn die Einnahmen aus solchen Benefizkonzerten bei der IDK endlich eintrafen, war das Geld noch immer so schmutzig, als wäre es direkt im Blut des Lamms Gottes getränkt worden.

Unabhängig davon waren die Zuschauer zu Tausenden aus dem gesamten christlichen Abendland herbeigeströmt gekommen, und als Blondel *O Fortuna, velut luna, Imperator rex Graecorum, Estuans intrinsecus* und andere Nummern aus seiner 1186 erschienen Hit-Anthologie *Carmina Burana* sang, mußten sie von den Sicherheitskräften der Tempelritter gewaltsam daran gehindert werden, die Stühle herauszureißen und sie anzuzünden.

Nach dem Konzert kam Giovanni hinter die Bühne. Er wirkte ziemlich ausgelaugt, und da er seinen Brüdern beim Zählen der Einnahmen geholfen hatte, waren seine Hände von den oxydierenden Silbermünzen völlig schwarz. Das Management hatte fünfzehn Maultiere mieten und dreihundert Tempelritter verpflichten müssen, die nun das Geld nach Paris zur Bank schaffen sollten.

»Blondel, das war einmalig«, keuchte er außer Atem. »Ich meine, wirklich einmalig. Einfach phantastisch.« Er ließ sich erschöpft auf einer Kiste nieder und massierte sich die Handgelenke.

»Schön«, reagierte Blondel zurückhaltend, während er sich mit einem Handtuch das nasse Haar trocknete. »Könnten wir jetzt bitte weitermachen?«

»Wie meinst du das?« erkundigte sich Giovanni leicht verdutzt.

»Na, es gibt doch keinen Grund, hier noch länger tatenlos rumzuhängen, oder? Ich dachte immer, du hättest gesagt, ich solle mehrere Konzerte geben.«

»Sicher, aber jetzt doch noch nicht. Ich meine, alles zu seiner Zeit. Wir …«

»Was du heute kannst besorgen, das verschiebe nicht auf morgen. Also, wann ist der nächste Auftritt?«

»Nun warte doch mal kurz …«

Blondel schüttelte den Kopf. »Schließlich haben wir eine Abmachung getroffen: Ich soll eine bestimmte Anzahl Konzerte geben, und dann erzählst du mir, was du über das Chastel des Larmes Chaudes weißt. Du hast nichts davon erwähnt, daß zwischen den Konzerten Pausen sind. Ich will diesen ganzen Quatsch möglichst schnell hinter mich bringen, um mich wieder meiner eigentlichen Aufgabe widmen zu können.«

Giovanni schüttelte sich. »Na schön, aber wenn wir …«

»Kein Wenn und Aber«, widersprach Blondel heftig. »Wo und wann ist der nächste Auftritt?«

Im selben Augenblick sprang die Garderobentür auf, und drei große Männer, die allesamt in schweren Rüstungen steckten, purzelten herein. Sie legten eine unglaubliche Unbeholfenheit an den Tag, die davon herrührte, daß sie die Tür mit der Schulter aufbrechen wollten, ohne sich vorher davon überzeugt zu haben, ob sie überhaupt verschlossen war. Verzweifelt versuchten sie, sich an einem Tisch festzuhalten, mit dem Erfolg, daß dieser wie ein Kartenhaus in sich zusammenbrach, dann schlidderten sie über die Steinplatten, prallten gegen die Wand und fielen wie benommen zu Boden. Auf ihren Röcken trugen sie ein Wappen, auf dem eine silberne Papstkrone auf schwarzem Feld sowie seitenverkehrt gekreuzte rote Schlüssel, eingefaßt vom Halbmond, abgebildet waren. Blondel zwinkerte mit den Augen, stand einen kurzen Augenblick lang regungslos da, als wäre er in Gedanken versunken, dann schnappte er sich einen Feuerlöscher und besprühte die drei Eindringlinge, bis sie fast völlig von dem feuchten weißen Schaum überzogen waren.

»So, und jetzt versucht mal, eure nächste Übung zu machen.«

Die drei Männer gebärdeten sich wie wild, doch ließen ihre Reaktionen rasch darauf schließen, daß nicht das passierte, was sie erwartet hatten.

»Habe ich mir's doch gedacht!« triumphierte Blondel. »Wenn ihr völlig durchnäßt seid, könnt ihr nämlich nicht explodieren, stimmt's? Ich denke, es ist allmählich an der Zeit, daß wir uns ein wenig miteinander unterhalten, findet ihr nicht?«

»Wir sagen nichts.«

»Na gut, wie ihr wollt«, antwortete Blondel grimmig. »Guy, blas ihnen die Köpfe weg.«

»Aber sie tragen keine ...«

Blondel verzog das Gesicht zu einer wütenden Grimasse, dann schnappte er sich die Kopfbedeckungen der lombardischen Brüder, stülpte sie den Gefangenen über und stellte lakonisch fest: »Jetzt tragen sie Hüte.«

Nur zögernd griff Guy nach dem Revolver. Einer der Gefangenen gab einen gequälten Laut von sich und fragte Blondel mit eindringlicher Stimme, was er denn von ihnen wissen wolle.

»Als erstes könntest du mir erzählen, wo das Chastel des Larmes Chaudes liegt.«

Der Gefangene dachte kurz darüber nach und sagte dann: »Pursuivant, Waffenmeister, acht-sieben-sechs-fünf-acht-sieben-sechs-fünf.«

Was war das denn? Sollte das ein Kartenverweis oder so was sein?

»Name, Rang und Kennummer«, mischte sich Guy ein. »Nach der Genfer Konvention ist das alles, was einem ein Kriegsgefangener verraten muß.«

»Die Genfer Konvention ist aber zu diesem Zeitpunkt noch nicht unterzeichnet worden«, widersprach Blondel. »Also, mein werter Herr von und zu Pursuivant, diesen ganzen Firlefanz kannst du dir an den Hut stecken, und vielleicht fällt es dir ja leichter, mit einem Loch darin zu sprechen.«

»Pursuivant, Waffenmeister, acht-sieben-sechs-fünf ...«

»Ach, du kannst mich mal!« fluchte Blondel und sagte dann, an die anderen im Raum gewandt: »Jemand soll mir auf der Stelle Vanillesoße besorgen.«

Einen Augenblick lang herrschte verdutztes Schweigen im Raum.

»Vanillesoße?« hakte Giovanni schließlich nach.

»Richtig, Vanillesoße. Nun machen Sie schon, Giovanni«, forderte Blondel ihn auf. Dann verschränkte er lächelnd die Arme und lehnte sich mit dem Rücken gegen den Tisch.

»Und was bezwecken Sie damit, Mister?« erkundigte sich Pursuivant mißmutig. »Was soll das Ganze überhaupt?«

»Das wirst du schon sehen«, antwortete Blondel. »Nun denn, solange wir auf die Vanillesoße warten, würde es vielleicht einem der beiden anderen Gentlemen hier etwas ausmachen, mir etwas zu erzählen?«

»Clarenceaux, Waffenmeister, neun-acht-sieben-sechs-sechs-fünf-sieben-zwo-drei«, murmelte der kleinere der beiden anderen Gefangenen. Sein Gefährte schwieg.

»Na schön, wenn ihr's nicht anders wollt, dann erledigen wir das eben auf die unfeine Art. Hat jemand zufällig Erdnüsse dabei?«

»Ja, ich«, meldete sich Clarenceaux bereitwillig zu Wort, doch sein Gefährte ermahnte ihn, gefälligst den Mund zu halten. Blondels Lächeln verbreiterte sich zu einem abfälligen Grinsen.

Giovanni kam mit einer riesigen Schüssel Vanillesoße zurück. »Du hast Glück gehabt. Zufällig habe ich noch welche am Arme-Ritter-Stand gefunden. Allerdings ist sie schon kalt.«

»Das macht nichts. Kalt ist sogar gut. Also, ich gebe euch eine letzte Chance. Irgendwelche Angebote?«

Clarenceaux hätte etwas gesagt, wenn ihm nicht sein Kollege mit voller Wucht in die Seite gestoßen hätte. Blondel prustete mißbilligend und zog Clarenceaux am Kragen seines Windhemds hoch.

»Tut mir leid, mein Freund, aber wenn ihr es nicht anders wollt, dann seid ihr selbst schuld. Allerdings bewundre ich, jedenfalls bis zu einem gewissen Grad, auch euren Mut.«

»Mut?« jammerte Clarenceaux.

»Tut mir leid, du hast ja recht: Heldenmut sollte ich

lieber sagen«, korrigierte sich Blondel, und während er dem Gefangenen den Hut abnahm, fuhr er fort: »Weißt du, wenn man es mit Leuten zu tun hat, die jedesmal, nachdem man sie verprügelt, verstümmelt oder getötet hat, auf irgendwelche wundersame Art und Weise von ihren Bossen wiederhergestellt und ins Leben zurückgeholt werden, dann hat es offensichtlich nur wenig Zweck, sie auf konventionelle Weise zu foltern. Aber«, sagte er und schüttete Clarenceaux gleichzeitig eine beträchtliche Menge Vanillesoße über den Kopf, »Schmerz und Tod sind nicht das einzige, wovor wir uns im Leben fürchten. O nein, weit gefehlt sogar.« Er streckte die Finger aus und massierte die Vanillesoße in Clarenceaux' Haar ein. »Es gibt auch Dinge wie Demütigung, Schmach und dann dieses peinliche Gefühl, vor anderen wie ein Volltrottel dazustehen. Ich meine – hat mal jemand etwas Marmelade? –, ich nehme an, deine Waffenbrüder verstehen bestimmt Spaß, oder? Wenn die erst mal was gefunden haben, worüber die sich lustig machen können – ah ja, danke, Schwarze-Johannisbeer-Marmelade ist genau das richtige –, dann finden die bestimmt keinen Schluß mehr, stimmt's? Und verbessere mich bitte, wenn ich mich irren sollte, aber da ihr eindeutig unsterblich und dazu verdonnert seid, für immer und ewig mit ein und demselben Haufen zusammenzuhängen und ständig der gleichen Arbeit nachzugehen, ist das allerschlimmste, was ich euch antun könnte ... Moment, das sollte reichen. Jetzt brauche ich noch etwas Mehl, ein paar rohe Eier, Federn und natürlich die Erdnüsse und ein Rasiermesser. Wo war ich stehengeblieben? Ach ja, folglich wäre das allerschlimmste, was ich euch antun könnte, wenn ich euch allesamt mit einer eklig klebrigen Masse überzogen, einer Packung Erdnüsse im Genick und mit halbrasiertem Bart in euer Hauptquartier zurückschicken würde. Ach, ich habe ja völlig die Schuhcreme vergessen.«

»Schon gut, schon gut!« kreischte Clarenceaux. »Ich

gebe auf.« Sein Gefährte wollte ihm an die Gurgel springen, aber Guy verpaßte ihm einen Schlag mit dem Feuerlöscher und setzte sich wieder hin. »Lassen Sie mich bitte nur ganze dieses Zeugs abwaschen, Mister. Danach werde ich reden.«

»Erst redest du, vorher läuft gar nichts!« ermahnte ihn Blondel. »Und solltest du versuchen, mich an der Nase herumzuführen, dann bist du für die kombinierte Honig-Federn-Behandlung reif. Nein, kein Honig«, fügte er hinzu, »Sirup!«

Clarenceaux gab einen merkwürdigen Gurgellaut von sich. »Das ... das würden Sie nicht wagen, Mister«, stammelte er. »Das wäre einfach nicht fair.«

Blondel schüttelte grinsend den Kopf. »Wir werden ja sehen. Also, wo liegt das Chastel des Larmes Chaudes?«

»Ich ...«

»Ja?«

Clarenceaux würgte, spuckte einen Mundvoll Vanillesoße aus, die ihm durch die Nase in den Rachen gelaufen war, und gluckste: »Ich weiß es nicht.«

»Du weißt es nicht?«

»Wirklich, ich weiß es nicht.«

Blondel hielt kurz inne, während ihn der Gefangene aus großen runden Augen anstierte.

»Hast du eigentlich schon mal darüber nachgedacht, was deine sogenannten Kameraden mit dir anstellen werden, wenn du heute abend mit Milchreis und Sirup überzogen zu ihnen zurückkehrst? Und zwar dekoriert mit einer Banane direkt im ...«

»Ich weiß es wirklich nicht!« kreischte Clarenceaux. »Wir dürfen es nicht wissen, weil wir in Gefangenschaft geraten könnten. Wir werden immer von diesem busähnlichen Ding abgeholt und zum Einsatzort gebracht. Später sammelt es uns wieder ein. Während der Fahrt werden uns Papiertüten über den Kopf gestülpt. Ehrlich, ich sage die Wahrheit.«

Blondel strich sich mit der vanillesoßefreien Zone seines rechten Handrückens über das Kinn. »Ich glaube dir trotzdem nicht. Guy, schau doch mal nach, ob du irgendwo Milchreis auftreiben kannst, und zwar viel Milchreis. Sei so lieb, ja?«

»Hören Sie, Mister, ich …«

»Ach, und natürlich auch noch eine Banane, Guy. Die dürfen wir auf keinen Fall vergessen.«

Clarenceaux schluchzte bereits, doch Blondel blieb unnachgiebig. »Das Chastel, wo liegt es?«

»Ich, weiß es nicht. Ich …«

»Hast du schon den Milchreis, Guy?«

Guy stand griesgrämig auf. Wo sollte er bloß zu dieser Zeit und an diesem Ort Milchreis herbekommen?

»Lassen Sie ihn bitte in Ruhe«, mischte sich plötzlich Pursuivant ein. »Sehen Sie denn nicht, daß er die Wahrheit sagt?«

Blondel wandte sich von seinem Opfer ab, blickte Pursuivant in die Augen und zischte: »Unmengen von Milchreis sogar, Guy.«

»Das ist die Wahrheit, glauben Sie mir«, wimmerte Pursuivant. »Wir wissen wirklich nichts, keiner von uns. Der Bus kommt und holt uns auch später wieder ab. Das ist so ein großes graues Ding mit so einer merkwürdigen Auspuffanlage.«

Blondel nickte und verschränkte die Arme, wobei er sich unausweichlich mit Vanillesoße beschmierte. »Erzähl weiter«, forderte er Pursuivant auf.

»Was wollen Sie denn wissen?«

»Na, fang doch einfach mit dem Nummernschild an.«

»Ach, das ist kein Problem. Das Kennzeichen lautet Z …«

Dann passierte etwas, was Guy nie erwartet hätte. Giovanni, der die ganze Zeit mit der Soßenschüssel hinter Blondel gestanden hatte, hob das Gefäß plötzlich in die Luft, kippte es um und stülpte es samt Inhalt über Blondels Kopf. Als Guy auf ihn losgehen wollte, warf ihm einer der anderen Brüder – wahrscheinlich

Iachimo – das Mehl ins Gesicht und spritzte ihm dann aus einer Sprühdose, die offenbar zufällig in seiner Nähe gestanden hatte, Schlagsahne in die Augen, wodurch er kurzfristig erblindete. Unterdessen schnappte sich der dritte Bruder die drei Gefangenen und schob sie in Richtung Ausgang. Guy wischte sich verzweifelt die Sahne aus den Augen, verpaßte Iachimo einen Schlag in die Magengrube, wodurch dieser erst einmal außer Gefecht gesetzt war, zog dann den Revolver und schoß auf die fliehenden Gefangenen. Das Geräusch zersplitternden Porzellans war zu hören, und die Soßenschüssel auf Blondels Kopf zersprang genau in der Mitte in zwei Teile, die ihm über die Schultern und an den Armen entlang langsam auf den Boden glitten. Giovanni wurde von einem Scherbensplitter am rechten Ohr getroffen, schrie wütend auf und stolperte rückwärts in eine Obsttorte. Iachimo war in einen Wäschekorb gefallen. Der dritte Bruder, Marco, war erschreckt hochgefahren, als Guy abgedrückt hatte, war dann auf einem Klecks Vanillesoße ausgerutscht und mit einer Stehlampe zusammengestoßen, deren Schirm ihm nun wie ein Stechhelm auf den Schultern saß. Die Tür schloß sich mit einem lauten Knall, und von draußen waren noch kurz die stampfenden Schritte der Flüchtenden zu hören, bis sie in der Ferne verhallten.

Blondel wischte sich mit einem Handtuch die Soße aus den Augen und Ohren. »So, das reicht für heute«, stellte er fest.

Dann ging er auf Giovanni zu, der sich leicht krümmte, und Guy erkannte rasch, daß der älteste Lombarde, trotz seines spontanen und geschickten Umgangs mit der Soßenschüssel, bestimmt kein Mensch war, der sich unter normalen Bedingungen zu unbedachten Handlungen hinreißen ließ.

»Kein Angst, ich werde Ihnen nichts antun«, zischte Blondel. »Aber welcher Teufel hat Sie eigentlich geritten, so etwas zu tun? Dieser Typ war kurz davor ...« Er hielt inne, rieb sich wütend ein Stück getrockneter Vanillesoße aus einem Augenwinkel heraus und seufzte: »Ach, jetzt weiß ich, was hier gespielt wird. Das ganze Theater war nur, um ihn daran zu hindern, mir die wenigen Informationen zu verraten, die Sie drei bereits kennen. Hätte er sie mir verraten, dann hätten Sie nichts mehr in Hand gehabt, um mich zu diesen verflixten Konzerten zu zwingen.«

Wenigstens besaß Giovanni den Anstand, Blondel nicht direkt in die Augen zu blicken. Er nickte und antwortete dann: »Schließlich ist es nicht unser Geld, mit dem wir die Ausrichtung der Veranstaltungen vorfinanzieren. Wir sind gegenüber unseren Geldgebern verpflichtet, vernünftige Arbeit zu leisten und …«

Blondel hob drohend die Hand. »Ersparen Sie mir bitte diesen ganzen Unsinn. Wichtig ist jetzt nur, daß wir alles möglichst schnell hinter uns bringen. Sie räumen hier jetzt sofort alles auf und bereiten die Abreise vor. Ich gehe wohl lieber erst mal unter die Dusche.«

Er schüttelte noch einmal ungläubig den Kopf und ging auf den Waschraum zu. Bevor er die Garderobe verließ, warf er Guy, der den Revolver wie einen toten Fisch in der Hand hielt, einen vielsagenden Blick zu und sagte in abfälligem Ton: »Hast in letzter Zeit eine Menge geübt, wie?« Dann verließ er den Raum.

# 5. KAPITEL

Sind Sie sich auch wirklich sicher, daß wir in die richtige Richtung gehen?« erkundigte sich Giovanni besorgt.

»Klar, aber wenn Sie lieber den Weg bestimmen wollen, bitte …«, antwortete Blondel kurz angebunden.

Giovanni zuckte mißmutig die Achseln. Seit dem kleinen Zwischenfall in der Garderobe hatte sich das Verhältnis zwischen Blondel und seinen drei Managern merklich abgekühlt, so daß die ständige Debatte über das richtige Lesen von Karten auch nicht sonderlich hilfreich war. »Nein, danke, das überlasse ich gerne Ihnen. Wenn wir auf diese Weise in der zweiten Eiszeit landen, dann ist das wenigstens nicht mein Fehler.«

Danach gingen sie eine ganze Weile schweigend weiter, bis sie unstrittig in einer Sackgasse landeten, denn plötzlich hörte der Tunnel auf, und vor ihnen befand sich nur noch eine Wand.

»Und nun?« fragte Giovanni aufmüpfig.

»Schon gut, alles in allem könnten Sie recht haben. Schlimm genug.«

Die beiden setzten sich auf den Boden, und Giovanni zündete ein Feuerzeug an, in dessen Licht Blondel in dem kleinen Buch nachsehen konnte.

»Ach, jetzt ist mir alles klar. Was ich für die Frührenaissance gehalten habe, ist in Wirklichkeit das Zeitalter der Aufklärung. Sehen Sie? Die eine Zeit ist auf der Karte blau markiert und die andere mit malvenartiger Farbe. Kann man leicht miteinander verwechseln.«

Giovanni schnaufte nur abfällig und fragte verdrossen: »Und wo sind wir jetzt?«

»Na ja, wenn ich recht damit habe, daß wir dahinten vom Weg abgekommen sind, dann ist diese Wand hier der Fall von Konstantinopel. Also sollten wir lieber wieder zurückkehren, bei der nächsten Kreuzung links abbiegen und dann immer geradeaus gehen, bis wir beim europäischen Währungssystem herauskommen. Na, wie hört sich das an?«

Als Antwort erhielt er nur ein gedämpftes Murmeln, und Iachimo sagte etwas davon, daß man das nächste Mal lieber gleich den längeren Weg nehmen sollte anstelle einer vermeintlichen Abkürzung. Schließlich schnappten sie sich das Gepäck und gingen zurück. Als sie noch nicht einmal einen halben Kilometer zurückgelegt hatte, landeten sie erneut in einer Sackgasse.

»Das ist ja großartig!« seufzte Giovanni mit triumphierendem Unterton in der Stimme und fügte in bescheidenerem Ton hinzu: »Aber was ist hier eigentlich passiert?«

Blondel trat ein Stück vor und nahm das Hindernis genauer in Augenschein. »Hier muß ein Zeitrutsch stattgefunden haben«, stellte er fachmännisch fest. »Wir müssen zurück und versuchen, außen herum zu gehen.«

Guy fragte, was ein Zeitrutsch sei.

»So etwas wie ein Erdrutsch, nur noch etwas lästiger, wenn man es eilig hat«, klärte Blondel ihn auf. »Hier ist ganz einfach die Tunneldecke eingestürzt, und ein Stück aus einer anderen Zeit ist nachgerutscht und blockiert nun den Weg. Früher oder später wird sich jemand aus der Staubehörde darum kümmern, das Ganze wieder zusammenzuflicken.«

»Meinst du nicht eher Baubehörde?« hakte Guy nach.

»Ich meine das, was ich gesagt habe«, beharrte Blondel verärgert. »Wie du dich erinnern wirst, ist dieses undurchdringliche Tunnelgeflecht die Gemeinschaftsarbeit von Generationen von Regierungsangestellten. Zwischen ihnen gibt es eine inoffizielle Übereinkunft, sich abwechselnd um die Ausbesserungs- und Reparaturarbeiten zu kümmern. Was auch dringend notwendig ist. Wenn sich niemand drum kümmern und alles allmählich zusammenstürzen würde, gäbe es überall Zeitrutsche – das reinste Chaos wäre die Folge. Glücklicherweise wird aber alles ganz gut in Schuß gehalten. Wir müssen jetzt ...« Er hielt plötzlich inne und starrte gebannt auf das Hindernis vor ihm. »Das Geräusch gefällt mir nicht. Was halten Sie davon, Giovanni?«

»Wovon?«

»Hören Sie doch. So ein Mist!«

Guy drängte sich an Iachimo vorbei und erkundigte sich, worum es denn gehe.

»Ich will dir ja keinen Schreck einjagen, aber ich fürchte, das Gemäuer hier ist äußerst einsturzgefährdet«, antwortete Blondel. »Hör doch mal.«

Guy horchte. Es war immer wieder beruhigend, daß er einen ausgeprägten Drang zur Realität hatte, sagte er sich, denn sonst hätte er sich womöglich eingebildet, in dem Haufen aus Schutt und Asche, der sich vor ihnen als Wand auftürmte, schwache Stimmen zu hören.

»Hörst du sie?« fragte Blondel. Guy nickte. »Das wär's dann. Wir müssen sofort zurück. Schnell!«

Sie rannten aus dem Tunnel. Die Stimmen folgten ihnen, wobei sie erst regelmäßig, dann in Intervallen immer lauter wurden. Das Ganze klang sehr beängstigend.

»Beeilt auch!«

Während er lief, versuchte Guy zu verstehen, was die Stimmen sagten. Die meisten von ihnen redeten in einer Sprache, die er nicht verstand – Französisch war dabei, eine Menge Lateinisch und wahrscheinlich auch Spanisch; nur gelegentlich sagte jemand etwas auf englisch. Da sich jedoch nichts davon sonderlich erfreulich anhörte, rannte Guy noch schneller.

»Komm schon, Guy!« schrie Blondel. »Um Himmels willen, lauf schneller!« Guy schaute nach vorn, aber in der Dunkelheit des Tunnels konnte er nicht erkennen, wo die anderen hingelaufen waren. Unterdessen veranstalteten die Stimmen einen Höllenlärm und schienen den gesamten Raum hinter ihm auszufüllen. Fast wäre er hingefallen, als er über etwas stolperte, und während er taumelnd weiterlief, merkte er, daß ein dunkler Fleck über seinen Kopf hinwegflog und etwas auf französisch kreischte. Danach kam etwas auf italienisch, dann lateinisch und irgend etwas, das sich wie Türkisch anhörte. Guy versuchte nun, mit geducktem Kopf noch schneller zu laufen, doch stieß seine Muskelkraft irgendwann an ihre Grenzen.

*»Sehr geehrter Herr«*, keuchte jemand hinter ihm. *»Sehr geehrter Herr, sehr geehrter Herr.«* Er spürte den Atem fast im Nacken. Andere Stimmen waren auch dabei. Alle sagten dasselbe, aber es waren völlig verschiedene Stimmen, hohe und tiefe, alte und junge, weibliche und männliche, freundliche, unfreundliche und sehr feindlich gesinnte.

*»An Herrn G. Goodlet«*, kreischten sie, *»wohnhaft Mayflower Avenue siebenunddreißig, Sutton Surrey. Aktenzeichen J Schrägstrich drei-sieben-neun D vier-sechs, dreizehnter Oktober, neunzehnhunderteinundsiebzig. Sehr geehrter Herr Goodlet ...«*

Guy hielt sich die Ohren zu, was aber keinen Unterschied zu machen schien. Einige der Stimmen drangen von oben bis zu ihm hindurch, und sein Gefühl sagte ihm, daß es für ihn das Ende wäre, wenn sie es schaffen sollten, ihn von vorne zu traktieren. Irgendwie gelang es ihm, noch schneller zu laufen.

*»Bei Durchsicht unserer Unterlagen ist uns aufgefallen, daß Sie seit neunzehnhundertzweiundvierzig keine Steuererklärung mehr abgegeben haben.«* Guy brüllte laut los, doch konnte er nicht sich, sondern nur diese unendlich vielen eiskalten Stimmen hören, die unnachgiebig fortfuhren:

*»Wir machen Sie darauf aufmerksam, daß für sämtliche zu zahlenden Steuern die gesetzlich vorgeschriebenen Zinsen fällig werden, wenn die entsprechende Steuerschuld nicht innerhalb von dreißig Tagen beglichen wird.«* Irgend etwas hatte sich an seinem rechten Ohrläppchen festgekrallt und schrie ihm nun direkt in den Gehörgang: *»Wenn die vorgeschriebenen Formulare nicht innerhalb von sieben Werktagen ausgefüllt an uns zurückgeschickt werden, bleibt uns leider nichts anderes übrig, als …«*

Dann verlor er das Gleichgewicht, prallte gegen die Tunnelwand, geriet hoffnungslos ins Straucheln und stürzte schließlich zu Boden. Eine gewaltige Geräuschwelle aus sämtlichen Sprachen, die jemals geschrieben oder gesprochen wurden, rollte über ihn hinweg und erdrückte ihn. Er versuchte, sich zu bewegen …

Weiter vorn im Tunnel blieb Blondel stehen und ließ sich keuchend mit dem Rücken gegen das Schott fallen, das er gerade noch rechtzeitig hinter sich hatte schließen können. Wunderbar still war es hier …

»Das war knapp«, stellte er überflüssigerweise fest.

Giovanni kroch auf allen vieren, rang nach Luft und gab einen undefinierbaren Laut von sich. Dann rollte er sich auf den Rücken. Iachimo und Marco lagen bewußtlos da.

»Egal«, keuchte Blondel, »Hauptsache, wir sind in Sicherheit. Du meine Güte, wo ist eigentlich Guy?«

Giovanni blickte mit leeren Augen an die Decke. »Wer?«

»Guy Goodlet. Sie wissen schon, dieser Engländer, der was gegen Hüte hat.«

»Ach, der … was weiß ich? Ich nehme an, er ist irgendwann über die eigenen Füße gestolpert und hingefallen.«

Blondel seufzte tief und rutschte am Schott entlang zu Boden. »O nein, so ein Elend aber auch! Der arme Kerl …«

»Ich denke, es gibt keinen Grund zu Gefühlsduseleien. So etwas passiert nun mal hin und wieder, und das wissen Sie auch.« Achselzuckend fügte Giovanni hinzu: »Noch schlimmer ist die Tatsache, daß er keine Lebensversicherung abgeschlossen hat.«

Blondel blickte ihn geringschätzig an. »Was soll das denn jetzt schon wieder heißen?«

»Den Typ hat's erwischt. Er ist in einem Zeitausbruch ertrunken. Das ist zwar alles sehr traurig, aber so ist es nun einmal, und wir können absolut nichts dagegen tun.«

»Meinen Sie?«

»Ja, da kann man nichts machen. Hören Sie, sollten wir uns jetzt nicht lieber darum kümmern, daß …?«

Aber Blondel achtete nicht auf ihn und schob den Riegel des Schotts vorsichtig nach oben. Bevor Giovanni ihn daran hindern konnte, hatte er es bereits geöffnet. Kurz drang ein ohrenbetäubender Lärm von kreischenden Stimmen herein, dann schlug das Schott wieder zu, und Blondel befand sich nun auf der anderen Seite.

»Hey, was soll das …!« Iachimo war gerade noch rechtzeitig zu sich gekommen, um alles mit ansehen zu können. Er versuchte, ans Schott zu gelangen, bevor es sich schloß, aber er kam zu spät.

»Vergiß es«, zischte Giovanni. Er war kreidebleich im Gesicht und zitterte am ganzen Körper.

»Hast du das gesehen, Giovanni?« empörte sich Iachimo. »Er ist absichtlich da …«

»Ich habe gesagt, vergiß es!« unterbrach ihn Giovanni aufgebracht.

»Ja, aber er …«

Giovanni schlug seinem Bruder ins Gesicht, was offenbar Erfolg hatte, denn Iachimo beruhigte sich wieder ein wenig.

»Und Blondel kannst du auch vergessen. Schade drum, vor allem nach dem ganzen Streß, den wir mit ihm hatten, aber so ist es nun einmal. Er ist verschwunden. Wir müssen uns damit abfinden. Schluß. Aus. Es gibt keinen Blondel mehr.«

Die drei Brüder saßen eine Weile da, ohne ein Wort zu sagen, bis Giovanni aufstand und auch den beiden anderen auf die Beine half.

»Kommt, machen wir uns an die Arbeit.«

Iachimo blickte ihn aus leeren Augen an und empörte sich: »Wie kannst du jetzt so was sagen, Giovanni? Es ist etwas Furchtbares passiert, er ist gerade ...«

»Wir müssen uns an die Arbeit machen«, wiederholte Giovanni mit leicht zitternden Lippen. »Sofort. Oder habt ihr es schon vergessen?«

»Was vergessen?«

Giovanni grinste nun übers ganze Gesicht. »Vergessen, daß wir das Leben dieses Mistkerls für fünfzig Milliarden Livres versichert haben. Kommt schon, wir müssen sofort einen Notar aufsuchen.«

Kurz darauf spazierten die drei langsam den Tunnel entlang, und nach einer Weile pfiffen sie sogar vergnügt vor sich hin.

Nachdem sich La Beale Isoud die Haare gewaschen und die Nägel gefeilt hatte, begab sie sich nach unten in die große Halle des Chastel de Nesle und steckte das Hyperfax in die Anschlußdose.

Es hat viele Erfindungen gegeben, die die Welt hätten revolutionieren können, wenn nur jemand den Weitblick gehabt hätte, sie im richtigen Augenblick einzusetzen; automatisch fällt einem dazu das reibungsfreie Rad ein, die solarbetriebene Nachtspeicherheizung (speichert warme Sommertage für kalte Winterabende) und die von Wilkinson-Geary entwickelte scharnierlose Tür. Zwar war das Hyperfax in technologischer Hinsicht nicht weniger bemerkenswert als alle die anderen Neuentwicklungen, doch unterschied es sich von ihnen dadurch, daß es nicht einmal eine Chance bekommen hatte, wenigstens übersehen zu werden. Der Prototyp sowie sämtliche Bau-

und Schaltpläne waren aus einem Büro der Abteilung für technologische Entwicklung des ozeanischen Wissenschaftsministeriums im Jahr 2987 auf mysteriöse Weise verschwunden. Das Forschungsteam hatte sich von diesem Rückschlag derart entmutigen lassen, daß es das Projekt einstellte und sich wieder daranmachte, für das Verkehrsministerium empfindungsfähige Bodenschwellen zu entwickeln. Die einzigen funktionierenden Hyperfaxgeräte, die es heute noch gibt, sind der Original-Prototyp, installiert im Chastel de Nesle, und das sehr viel kleinere Modell IIb – was mit diesem portablen Modell passiert ist, weiß allerdings niemand.

La Beale Isoud setzte sich vor das Gerät und drückte die notwendigen Tasten. Der Schirm flackerte einige Male auf und gab einen Piepton von sich. Das Wort

FERTIG?

erschien. La Beale Isoud rieb sich die Hände und nickte.

KOENNEN WIR JETZT ANFANGEN?

La Beale Isoud schüttelte den Kopf und sagte: »Laß mich nur noch etwas nachdenken, ja? Ich bin mir noch nicht sicher, was ich abschicken will.«

DAS HAETTEST DU DIR VORHER UEBERLEGEN SOLLEN

»Ach, beherrsch dich mal. Jetzt mach mich bitte nicht nervös, sonst werde ich heute nie mehr fertig. Wenn du dich unbedingt mit etwas beschäftigen möchtest, dann kannst du mir ja sämtliche europäischen Städte mit mehr als zehntausend Einwohnern ausdrucken.«

Es gab einen schrillen Piepton, und aus der Seite des Geräts ergoß sich ein gewaltiger Papierschwall. Das Ganze dauerte etwa drei Sekunden.

FERTIG

Es erscheint ziemlich unwahrscheinlich, daß es sechs grün leuchtende Buchstaben fertigbringen können, auf den Betrachter selbstgefällig zu wirken, aber dem Wort FERTIG gelang dies irgendwie. Schließlich trieb das Hyperfax mit dem Gesetz der Wahrscheinlichkeit immer wieder seine Faxen.

»Sind die auch in alphabetischer Reihenfolge?« erkundigte sich La Beale Isoud mit lieblicher Stimme.

SELBSTVERSTAENDLICH

»Na schön.« Isoud gab sich geschlagen. »Gut gemacht. Und jetzt mach bitte noch mal dasselbe für jedes Jahr zwischen tausendsechsundsechzig und zweitausendfünfundsechzig.«

Das Gerät piepte erneut und druckte los. Unterdessen kratzte sich Isoud an der Nase und versuchte sich etwas einfallen zu lassen, das zwar einerseits Spaß machen, andererseits aber auch das Gerät nicht verärgern sollte, da das Hyperfax als leicht reizbar galt.

SCHON WIEDER FERTIG

»Du meine Güte, bist du gescheit!« lobte Isoud das Gerät. »Gut, ich bin jetzt auch fertig. Geh bitte in den Empfangmodus, und bring mir« – sie ließ sich aufs Geratewohl etwas einfallen – »eine Schwanzfeder vom goldenen Phönix aus dem Kaukasus.«

Eine Glocke ertönte, und aus einer Klappe an der Vorderseite des Geräts kam ein silbernes Tablett heraus, auf dem eine grüne Feder lag.

»Mhm, du hättest mich meinen Satz beenden lassen sollen.«

ENTSCHULDIGUNG, ABER ICH BIN MIR GANZ SICHER

Isoud nahm die Feder in die Hand und musterte sie genau. Dann schnüffelte sie daran und mußte niesen. »Bist du dir wirklich sicher, daß die vom...?« Das Geräte piepte sie wütend an. »Tut mir leid. Tut mir aufrichtig leid. Ich finde nur, daß die Feder nicht gerade nach etwas Besonderem aussieht.«

PECH

»Ich wollte damit ja gar nicht sagen, daß …«

WIRKLICH NICHT? UM SO MEHR PECH

»Ich wollte damit wirklich nur andeuten, daß …«

FERTIG?

»Ach, jetzt sei nicht gleich wieder eingeschnappt.«

COPYRIGHT AUTOMAGISCHE SOFTWARE GMBH 2965
EINGETRAGENES WARENZEICHEN

»Jetzt habe ich dich beleidigt, das tut mir sehr leid«, entschuldigte sich Isoud. »Diese Feder ist wirklich sehr hübsch. Schau mal, sie paßt genau zu meinem Schal.«

DAS SAGST DU DOCH JETZT NUR SO

»Nein, das tue ich nicht«, widersprach Isoud zähneknirschend. »Warum vergessen wir nicht einfach die ganze Angelegenheit, und du bringst mir etwas anderes?«

UND WAS?

»Ach, ich weiß nicht. Erdbeeren. Eiscreme. Veilchen. Irgendwas. Wie du willst. Streng doch einfach mal deine Phantasie an.«

ZUSAMMEN ODER EINZELN?

Isoud kratzte nervös mit den Fingernägeln in ihrem schönen Leinentaschentuch herum. »Einzeln bitte.«

MIT VERPACKUNG?

»Wenn du willst, auch das.«

Die Glocke ertönte, die Klappe öffnete sich, und eine kleine Sprungfeder schoß nach und nach einzeln in Silberfolie verpackte Erdbeeren direkt auf Isoud, die sofort in Deckung ging. Danach kam die Eiscreme, der sie glücklicherweise ebenfalls rechtzeitig ausweichen konnte, gefolgt von einem Veilchenbombardement, das bis an die rückwärtige Wand reichte, so daß die Blumen im ganzen Raum verteilt wurden.

Nachdem alles vorüber war, seufzte Isoud mürrisch: »Vielen Dank auch, könnte ich jetzt bitte noch einen Staubsauger bekommen?«

Die Glocke ertönte zum wiederholten Male, und ein wunderschöner verchromter Edelstaubsauger rollte aus dem Gerät und blieb neben ihr stehen. Auch er war mit einer Schleife geschmückt, die sich allerdings in dem Stromkabel verheddert hatte.

Isoud seufzte. Das Hyperfax war auf seine Art ganz nützlich, aber nun verstand sie auch, warum es stets geheißen hatte, es brauche eine gewisse Testphase, bevor man es auf den Markt bringen könne. »Also gut. Jetzt schalte bitte vom Empfang- auf den Sendemodus um. Ich will das alles hier zurückschicken.«

WIE DU WILLST

Die Klappe öffnete sich, und durch die Halle blies ein kräftiger Wind. Kurz darauf waren die Feder, die Erdbeeren, das Eis, die Veilchen und der Staubsauger wieder verschwunden – ebenso zwei Kissen und ein Absatz von Isouds Schuhen. Doch machte Isoud lieber nicht viel Aufhebens darum, und bedankte sich statt dessen bei dem Gerät, obwohl sie längst zu dem Schluß gekommen war, daß es sinnvoller gewesen wäre, wenn sie sich mit ihrer Stickerei befaßt hätte.

Als sie schließlich aufstand und gerade das Gerät abschalten wollte, ertönte die kleine Glocke erneut. Ein Mann purzelte aus der Klappe, rollte ein paarmal über den Teppich und blieb schließlich vor dem Bücherregal liegen. Auf dem Bildschirm stand:

WIEDER AUF EMPFANG

»Ach, wirklich?« erboste sich Isoud. »Bitte geh sofort wieder auf Sendemodus!«

Der Schirm flackerte auf – eine Art digitales Schulterzucken –, und der Mann wurde langsam den Weg zurückgezogen, den er kurz zuvor gekommen war. Als er mit dem Kopf gegen ein Tischbein stieß und einen mitleiderregenden Laut ausstieß, drückte Isoud unwillkürlich auf die Pausentaste. Der Bildschirm wurde grellweiß.

»Aua!« stöhnte der Mann.

Als Isoud ihn sich genauer ansah, staunte sie nicht schlecht. »Ach, Sie sind doch dieser Mister Goodlet, nicht wahr? Möchten Sie vielleicht eine Tasse Tee?«

Blondel wachte auf, rappelte sich unter Schmerzen hoch und sah das Hinweisschild, auf dem stand:

HIER ENTLANG

Das schien keinen großen Sinn zu machen. Aus dem wenigen, das er in seiner Umgebung erkennen konnte, entnahm er, daß er sich inmitten eines leeren Raums befinden mußte, und das einzige Licht rührte von dem schwach glühenden Hinweisschild her. Nirgendwo war ein Dach, eine Decke, der Himmel, Wände oder irgend etwas anderes zu sehen, das als Orientierungshilfe hätte dienen können, und aus dem Hinweisschild selbst wurde nicht einmal ersichtlich, in welche Richtung der empfohlene Weg gehen sollte. Andererseits hielt er diesen Zeitpunkt nicht gerade für geeignet, sich lauthals zu beschweren. Soweit er es beurteilen konnte, war er nämlich gerade in der Zeit ertrunken, und wahrscheinlich war es ratsamer, sich unauffällig zu verhalten, falls er wirklich tot sein sollte.

Die Scheide, in der eigentlich das Schwert stecken sollte, war leer, und eine rasche Untersuchung förderte zutage, daß ihm alle seine geliebten kleinen Hilfsmittel abhanden gekommen waren, die er sich im Laufe seines langen Lebens als Zeitreisender angeeignet hatte: zum Beispiel die Karte mit dem Tunnelnetz; der Spiegel, in dem sich Dämonen in ihrer wahren Gestalt zeigten; seine für jeden Zweck verwendbare Netzkarte, der Personalausweis, der Paß, der Museumsausweis und die Telefonkarte; selbst die Uhr mit integriertem Rechner und sein Kamm. Andererseits hatte er sich außer ein paar blauen Flecken und einem stechenden Schmerz im linken Handgelenk offenbar keine weiteren Verletzungen zugezogen, also blieb ihm noch ein Rest von Hoffnung. *Dum spiro spero,* wie der Lateiner sagt.

Er entschied sich, einfach loszugehen; zwar wußte er nicht, in welche Richtung, aber das war ihm egal, zumal er auch die praktische Streichholzschachtel mit dem in den Deckel eingelassenen Kompaß verloren hatte. Zuversichtlich marschierte er in die totale Finsternis hinein und begann sogar, vor sich hin zu pfeifen. Dann fiel ihm ein, daß er, zumal er diesen Weg noch nie zuvor entlanggegangen war, es ruhig auf einen Versuch ankommen lassen könnte, und sang *L'Amours Dont Sui Epris.*

Aus der Dunkelheit heraus strahlte ihm ein zweites Hinweisschild entgegen, es schien auch selbstleuchtend zu sein, und darauf stand:

MAXIMALE HOEHE 1,5 Meter

Da es in wenigstens drei Meter Höhe hing, log es offensichtlich, und Blondel beachtete es nicht. Falls man ihn auf diese Weise einschüchtern wollte, klappte das nicht. Er hatte schon sehr viel schlimmere Dinge erlebt, gegen die das hier stinklangweilig erschien.

Ein Geräusch hinter ihm – ein leichtes Knarren – ließ ihn erschrocken herumfahren, und in etwa einhundert Meter Entfernung sah er ein Schiff vorbeisegeln. Er hatte keinen Grund zur Vermutung, daß sich dahinten Wasser befand, zumindest nicht ausreichend Wasser, um ein flämisches Handelsschiff aus dem fünfzehnten Jahrhundert zu tragen, und deshalb verdrängte er diesen Gedanken. Nichtsdestotrotz drehte das Schiff ab und verschwand. Kinderkram. Falls hier jemand für ihn absichtlich eine Show abzog, dann hatte das allenfalls Vorschulniveau.

Nach einer Steigung wurde das Gelände plötzlich leicht abschüssig, und Blondel hatte auf einmal das Gefühl, auf Wellen zu gehen; unsichtbare, knochentrockene und steinharte Wellen zwar, doch wenn er stehenblieb, spürte er genau, wie sie sehr langsam auf- und abstiegen. Ein englisches Freibeuterschiff dümpelte durch die Dunkelheit relativ dicht an ihm vorbei, trotzdem war es für ihn zu weit entfernt, als daß er irgendwelche Identifizierungsmerkmale hätte erkennen zu können. Doch verstand er sehr gut, was die Seeleute sangen.

*»Por li maintaindrai l'us*
*D'Eneas et Paris*
*Tristan et Pyramus*
*Qui amerent jadis.«*

Nur mit Mühe gelang es ihm, den Mund zu schließen, der die ganze Zeit vor Staunen offengestanden hatte. Dann nahm er sich ein Herz und lief auf das Schiff zu. Die Besatzung sang:

*»Or serai ses amis*
*Or pri Deu de la sus*
*Qu'a lor fin soie pris …«*

… dann eine Zeile, die ihm nie besonders gefallen hatte. Er konnte jetzt das Schiff genauer ausmachen; ein schweres Langstreckenschiff mit dem Wimpel der Cinque Ports und dem Wappen von Winchelsea, und die Crew sang unverdrossen weiter:

*»L'Amours dont sui epris*
*Me semont de chanter.«*

Blondel atmete tief durch und rief mangels besserer Einfälle: »Ahoi!« Warum auch nicht? Er wartete ab, doch das Schiff machte noch immer Fahrt. Dann änderte es den Kurs und schwenkte leicht zu ihm herum. Blondel hörte ein dumpfes Klatschen und erkannte, daß man ein kleines Boot zu Wasser gelassen hatte.

»Alles in Ordnung mit Ihnen?« rief ihm der Mann in dem Boot entgegen.

»Ja«, rief Blondel zurück. »Warum haben Sie eben dieses Lied gesungen?«

»Ich werde Ihnen ein Seil rüberwerfen«, sagte der Mann. »Treten Sie Wasser, bis ich Sie einholen kann.«

Blondel wollte erst sagen, er trete die ganze Zeit auf Wasser, besann sich dann aber eines Besseren. Statt dessen bedankte er sich bei dem Mann und blieb dort, wo er war. Kurz darauf war das Boot für den Mann nahe genug herangekommen, daß er ihm ein Seil zuwerfen konnte, dessen Ende Blondel auffing. Dann ging er zum Boot und stieg hinein.

»Ahoi!« begrüßte er den Mann freundlich.

Der Mann musterte ihn einen Augenblick lang; er wirkte sehr besorgt und fragte: »Wissen Sie, wo wir sind?«

Blondel lächelte. Der Mann machte nicht gerade den Eindruck, als könnte er die Wahrheit vertragen; andererseits sollten Leute, die mit schwierigen Antworten nicht klarkommen, auch keine schwierigen Fragen stellen. Dennoch entschied sich Blondel, es ihm so sanft wie möglich beizubringen.

»Das weiß ich selbst nicht so genau, aber ich habe so ein Gefühl, als wären wir in den Archiven.«

»In den Archiven also?« grummelte der Mann.

»Richtig.«

»Sie meinen nicht etwa die Malediven?«

»Nein, auf keinen Fall die Malediven. Die Archive sind etwas ganz anderes. Obwohl ich mir, wie ich schon gesagt habe, nicht unbedingt sicher bin.« Blondel hielt kurz inne und fragte dann: »Sind Sie ans Ende der Welt gesegelt?«

Der Mann nickte.

»Habe ich's mir doch gedacht. Jemand hat Ihnen in irgend so einer Kaschemme erzählt, die Erde sei rund, und wenn Sie immer gen Westen segeln, würden Sie in Indien landen, stimmt's?«

Der Mann nickte erneut.

»Und Sie haben darüber nachgedacht und sind zu dem Schluß gekommen: Ja, so muß es sein. Sonst müßte sich nämlich das ganze Meer längst über den Rand ergossen haben, und dann dürfte es kein Wasser mehr geben. Deshalb sind Sie losgesegelt, haben das Ende der Welt erreicht und sind selbst über den Rand gefallen, richtig?«

»Ja.«

Blondel seufzte. »Und die anderen Schiffe hier müssen genau dasselbe gemacht haben, fürchte ich. Das beweist, daß wir in den Archiven sind.« Er dachte kurz darüber nach und fügte hinzu: »Schade drum.«

Der Mann blickte ihm besorgt in die Augen. »Also, wo sind wir nun? Ich meine, gibt es irgendeine Möglichkeit, hier wieder rauszukommen?«

»Das weiß ich genausowenig wie Sie«, antwortete Blondel. »Ich bin hier auf einem ganz anderen Weg als Sie reingeraten, also haben wir vielleicht eine Chance. Womöglich aber auch nicht, das ist ja das Ärgerliche an diesen Archiven. Niemand weiß Genaues darüber, nur soviel: daß es sie gibt. Dessen sind sich jedenfalls alle sicher.«

Die beiden Begleiter des Mannes, die das Boot gerudert hatten, wurden allmählich unruhig.

»Aber ich will Ihnen keine Umstände bereiten. Vielleicht ist es Ihnen ja lieber, wenn ich mich wieder zurückziehe«, schlug Blondel vor.

»Um Himmels willen, jetzt seien Sie doch nicht gleich eingeschnappt! Sagen Sie mir, wo wir sind, und hören Sie endlich auf, so ein dummes Zeug zu reden.«

»Es könnte Ihnen aber nicht gefallen«, wandte Blondel ein.

»Nun machen Sie schon.«

»Also gut ...«

Wie schon zuvor erwähnt wurde, befindet sich die Geschichte in einem steten Wandel. Das liegt zum Teil an den Aktivitäten verantwortungsloser Zeitreisender; doch meistens handelt es sich um ganz normale Veränderungen.

Nehmen wir zum Beispiel Blätter. Eine Zeitlang hängen sie an Bäumen, dann sterben sie ab, fallen herunter und liegen auf dem Boden herum. Wenn sie nicht zufällig von jemandem zusammengekehrt werden, verrotten sie zu einer festen Masse und bleiben dort liegen, bis sie von geologischen Schichten bedeckt werden und sich unter dem Druck zu Kohle verwandeln. Später jedoch werden sie zu Diamanten.

Genauso wie die Erdformationen Fehler aufweisen, so ist es auch um die Geschichte bestellt; ganze Brocken davon werden zermalmt, deformiert oder landen an einer falschen Stelle. So wie einige Blätter zu Kohle und andere zu Diamanten werden, zerfallen auch nicht sämtliche historischen Ereignisse auf dieselbe Weise. Einige von ihnen werden fehlgeleitet – katastrophal fehlgeleitet – und können sich zu gegebener Zeit als äußerst instabil und sogar als gefährlich erweisen.

In den Archiven werden jene Ereignisse gesammelt, die nicht hätten geschehen sollen, die aber trotzdem geschehen sind. Zwar ist es unmöglich, genaue Zahlen zu nennen, doch gehen neueste Schätzungen davon aus, daß sie mittlerweile mehr Platz im Raum-Zeit-Kontinuum beanspruchen als der konventionelle oder korrekte Verlauf der Weltgeschichte, und alljährlich nimmt die Anzahl gemeldeter undichter Stellen alarmierend zu, aus denen ausgeschlossenes Material aus den Archiven an die Oberfläche (wie die herkömmliche Weltgeschichte im theochronologischen Sprachgebrauch genannt wird) tritt. Bis zu einem gewissen Grad liegt das an der unverantwortlichen und völlig ungesetzlichen Ausbeutung der Bodenschätze der Archive durch piratenhaft vorgehende Firmen der chemischen Industrie –

die meisten Gebiete der Archivzeit entstanden lange vor der kommerziellen Nutzung fossiler Brennstoffe, und deshalb gibt es dort unten enorme unangetastete Öl-, Kohle- und Erdgasvorkommen, aber natürlich ist es ungeheuer gefährlich sie an die Oberfläche zu befördern –, und die Machtbefugnisse der Zeitwächter waren erst kürzlich extrem erweitert worden, um das illegale Treiben besser bekämpfen zu können. Doch unglücklicherweise waren ihre Bemühungen bislang völlig fehlgeschlagen, und die Schlußfolgerung ihres letzten Berichts – ›Ob es wirklich möglich ist, diese Gefahr auszurotten, muß sich noch herausstellen‹ – war allgemein als wenig hilfreich kritisiert worden.

»Sie nehmen mich auf den Arm«, sagte der Mann.

»Ich habe mir gleich gedacht, daß es Ihnen nicht gefallen wird«, antwortete Blondel. »Aber mal etwas anderes, warum hat Ihre Besatzung dieses Lied gesungen?«

»Welches Lied?«

*»L'Amours Dont Sui Epris.«*

»Ach, heißt das wirklich so?« staunte der Mann. »Na, ich nehme an, weil es ein schönes Lied ist und alle den Text kennen. Und wenn man sich auf einem Schiff befindet, dessen gesamte Besatzung kurz vor der totalen Panik steht, halte ich es immer für das beste, etwas zu singen, und zwar furchtbar laut sogar. Aber hören Sie, ist das jetzt wichtig?«

»Richard Löwenherz haben Sie nicht zufällig gesehen, oder?« blieb Blondel unermüdlich.

»Wen?«

»Egal, das war nur so ein Gedanke. Wie dem auch sei, ich wollte Sie wirklich nicht aufhalten. Vielen Dank noch mal für alles.« Blondel stand auf und stieg aus dem Boot.

»Warten Sie doch mal ...!«

»Auf Wiedersehen.« Blondel winkte zum Abschied und ging los.

»Kommen Sie sofort zurück!« brüllte ihm der Mann hinterher. »Hören Sie, wie kommen wir hier raus?«

Blondel schaute sich noch einmal um und blickte ihn mit betrübter Miene an. »Gar nicht. Wahrscheinlich niemals. Tschüs.«

In Gedanken versunken, spazierte er eine Weile ziellos umher. Letztendlich war es logisch, in den Archive zu stranden, wenn man wie er in einen Zeitrutsch geraten war; möglicherweise hielt sich auch Guy irgendwo hier unten auf; allerdings höchstwahrscheinlich nicht im selben Archiv. Soweit er es beurteilen konnte, geisterte der arme Kerl jetzt irgendwo im trojanischen Krieg herum und schoß griechischen Helden die Helme vom Kopf. Blondel seufzte; er konnte jetzt sowieso niemanden gebrauchen, für den er das Kindermädchen spielen müßte. *Wie komme ich hier bloß raus?* fragte er sich nun selbst.

Eine ganze Weile dachte er ernsthaft darüber nach, doch fiel ihm nichts Gescheites ein, und er beschloß, sich davon nicht entmutigen zu lassen. Immerhin wußte er, wo er sich aufhielt, und das war für ihn immer schon das wichtigste gewesen. Wenn man das erst einmal begriffen hatte, so ergab sich nach seiner langjährigen Erfahrung alles andere irgendwann von selbst. Er erinnerte sich an die Zeit, als er versehentlich auf der falschen Seite vom Tag des Jüngsten Gerichts herausgekommen war. Anfangs hatte sich die Situation als ganz schön haarig herausgestellt, doch am Ende war es ihm gelungen, sich mit Hilfe eines Schafskleids und mit sehr viel Charme ohne große Probleme daraus zu befreien. Man konnte von ihm alles mögliche behaupten, aber ein Pessimist war er ganz bestimmt nicht.

In weiter Ferne sah er ein Licht und ging darauf zu. Während er sich ihm näherte, wurden die Wellen unter seinen Füßen feucht und rochen unangenehm nach Chemikalien. Merkwürdig.

Quatschenden Schrittes ging er weiter, und schon

bald stieß er auf ein weiteres Hinweisschild. Welche Leute auch immer dieses Archiv eingerichtet hatten, sie waren sehr gewissenhaft damit umgegangen, die Menschen auf dem laufenden zu halten.

LEBENSGEFAHR!

stand dort zu lesen und ein kleines Stück darunter in winzigen Buchstaben:

BAUARBEITEN

Interessant. Blondel blieb stehen und kratzte sich am Kopf. Die Logik sagte ihm, daß es höchst unwahrscheinlich sei, hier unten jemanden anzutreffen, der sich um Ausbesserungs- oder anderweitige Arbeiten im Archiv kümmerte; wenn man erst einmal hier ist, dann bleibt man auch hier, und entweder sucht man einen Ausgang, oder man findet sich damit ab und gewöhnt sich daran. Daß es sich um irgendwelche industriellen Aktivitäten handeln könnte, sprach, gelinde gesagt, gegen jede Vernunft. Wenn man gerade aus der Geschichte gestrichen worden war, was bedeutete, daß man nicht mehr existierte, dann ist es gar nicht so einfach, sich etwas einfallen zu lassen, das die Lage, in der man sich befindet, noch verschlimmern könnte.

Etwa hundert Meter weiter tauchte schon wieder ein Hinweisschild auf. Darauf stand:

KEIN ZUTRITT OHNE SCHUTZHELM

Blondel grinste; dann schnallte er sich den Gürtel ab und wickelte ihn sich um die rechte Hand. Wenn Leute nicht wollen, daß man irgendwo hineingeht, bedeutet das normalerweise, daß es dort etwas Lohnenswertes zu sehen gibt.

Also schritt er weiter voran, doch plötzlich blieb er stehen und rieb sich die Nase; er war eben gegen eine unsichtbare Wand geprallt, was ihm allerdings trotz der schmerzlichen Erfahrung höchst vielversprechend vorkam.

Sehr behutsam tastete er sich an der Wand entlang. Als er etwas berührte, das ihm nach genauerer Untersuchung wie ein Torbogen vorkam, kauerte er sich nieder und wartete ab. Etwa eine Viertelstunde später wurde eine Tür geöffnet. Ein Mann kam heraus. Er trug einen Overall und einen Schutzhelm und zündete sich eine Zigarette an. Was immer sich hinter der Tür befand, offenbar war Rauchen dort nicht gestattet.

Unverhofft hatte Blondel einen Einfall: Er schlich sich langsam von hinten an, klopfte dem Raucher leicht auf die Schulter und schlug ihn k.o.

Zum Glück paßten ihm die Sachen des Manns fast wie angegossen. Nachdem er die Zigarette ordentlich ausgedrückt hatte, öffnete er die Tür und trat hindurch.

Hinter der Tür stellten sich die Dinge schon ganz anders dar. Zum einen war dort Licht, viel davon kam von einer ganzen Batterie weißer Bogenlampen, die an einem Gerüstturm hingen, der inmitten etlicher Baubaracken und eines riesigen Maschinenparks stand. Außerdem flackerte dort eine riesige Flamme, die stark an eine brennende Ölquelle erinnerte, zumal sie aus einem Loch aufstieg, das sich in etwas befand, das man getrost als Erdboden bezeichnen konnte – obwohl Flaubert mit seiner wissenschaftlichen Genauigkeit bestimmt einen treffenderen Ausdruck dafür gefunden hätte. Offensichtlich handelte es sich um eine jener illegalen Bohrstationen, die den Zeitwächtern so furchtbar viel Kopfzerbrechen bereiteten. Wie ungeheuer günstig.

Überall rannten Männer mit Overalls und Schutzhelmen herum, und Blondel hatte keine Schwierigkeiten, sich unauffällig einzufügen. Er schnappte sich ein herumliegendes Klemmbrett und spazierte damit eine Weile über das Gelände, wobei er so tat, als würde er sich langweilen. Nach der ersten halben Stunde brauchte er sich nicht einmal mehr sonderlich anzustrengen, um Langweile vorzuschützen.

Als er die gewaltige Lautsprecheranlage entdeckte, hatte er einen Einfall, der schnell zur fixen Idee wurde. Wäre es nach ihm gegangen, hätte er irgendwie die Zeit totgeschlagen, bis er mit dem Bus – oder womit die Arbeiter nach der Schicht wieder an die Oberfläche gebracht wurden – mitgefahren wäre, um dann seines Wegs zu gehen. Doch zwang ihn seine fixe Idee dazu, das Büro der Bauleitung aufzusuchen, den Mann ausfindig zu machen, der das Mikrofon bediente, ihn mit einem Feuerlöscher in Schach zu halten und über die Lautsprecheranlage *L'Amours Dont Sui Epris* zu singen. Unter normalen Umständen hätte er wahrscheinlich einen Weg gefunden, heil aus der Sache herauszukommen; schließlich hatte er schon in sehr viel vertrackteren Situationen als in dieser hier gesteckt, und war dennoch immer rechtzeitig nach Hause gekommen, um sich ›Cagney und Lacey‹ ansehen zu können.

Wie es das Schicksal aber nun einmal so wollte, geschah etwas, womit er überhaupt nicht gerechnet hatte.

Jemand begann die zweite Strophe zu singen.

»Danke«, sagte Guy.

»Milch?«

Guy nickte. La Beale Isoud nahm ein Kännchen aus feinstem Porzellan und schenkte ihm etwas Milch ein.

»Zucker?«

»Ja, danke. Hören Sie, ich …«

»Wieviel?«

»Wie bitte?«

»Wie viele Würfel möchten Sie? Einen? Zwei?«

Guy sammelte erst einmal seine Gedanken und konzentrierte sie auf das Wesentliche. »Zwei. Vielen Dank auch. Hören Sie, ich will Ihnen wirklich nicht auf die Nerven gehen, aber ich …«

Isoud blickte ihn erwartungsvoll an, und Guy begriff

sofort, daß sie ihm nun etwas zu essen anbieten wollte. Wenn er die Kekse ablehnte, würde sie ihm gleich darauf Kuchen anbieten. Der Klügere gibt nach; also lieber keinen Widerstand leisten und es einfach hinter sich bringen.

»Möchten Sie Kekse?« fragte La Beale Isoud. Guy nickte und wurde mit Ingwerkeksen belohnt. Damit schien die Versorgungsphase abgeschlossen zu sein.

»Das schöne Wetter soll sogar noch besser werden«, meinte La Beale Isoud.

»Ach ja?« Erst jetzt stellte Guy fest, daß er in einem sehr niedrigen Sessel saß, und fragte sich, wie zum Teufel er überhaupt hierhergeraten war. Instinkt wahrscheinlich.

»Interessieren Sie sich für Gärten, Mister Goodlet?« wollte La Beale Isoud wissen.

Guy schüttelte den Kopf.

»Wie schade«, fuhr La Beale Isoud fort, »denn wir haben dieses Jahr wunderschöne Chrysanthemen.«

»Was geht hier eigentlich vor?« fragte Guy unvermittelt.

Isoud rümpfte die Nase. »Wir trinken gerade Tee«, klärte sie ihn in schnippischem Ton auf. »Also beruhigen Sie sich erst einmal, und genießen Sie die schönste Zeit des Tages.«

»Ja, gewiß doch«, lenkte Guy rasch ein und fügte hinzu: »Meine Mutter liebt Chrysanthemen über alles.« Das war zwar eine Lüge, aber mit etwas Glück würde Isoud nichts davon bemerken.

»Noch Kekse?«

»Ja, danke.« Guy beugte sich gemächlich ein Stück vor, nahm noch einen Keks und legte ihn zu dem anderen aufs Knie. Dann spielte er mit der Teetasse herum, wobei ihm einfiel, daß er seit einer Ewigkeit nichts mehr gegessen hatte.

»Ich weiß leider nicht, wann mein Bruder kommt«, sagte La Beale Isoud. »Er ist nämlich immer furchtbar unpünktlich. Trotzdem ist er meistens um diese Uhrzeit wieder zu Hause. Ich meine, wenn Sie bereit sind, noch etwas länger zu warten, können Sie gerne bleiben.«

»Wenn es Ihnen nichts ausmacht, gerne«, antwortete Guy. »Wie bin ich eigentlich hierhergekommen?«

»Das weiß ich auch nicht. Ehrlich gesagt, hatte ich gehofft, das von Ihnen selbst zu erfahren.«

»Ach so.« Guy rührte mit dem Löffel Zucker und Milch um, dann führte er die Tasse an den Mund, ohne allerdings so weit zu gehen, wirklich etwas davon zu trinken. »Ich bin hingefallen.«

»Im Ernst, Mister Goodlet? Wie aufregend.«

»In einem Tunnel«, fuhr Guy fort. »Ich bin vor Stimmen davongelaufen, die mich unentwegt über meine Einkommensteuererklärung ausgefragt haben. Dann muß ich über irgend etwas gestolpert sein und bin hingefallen. Als nächstes erinnere ich mich daran, daß ich hier bei Ihnen gelandet bin. Irgendwas scheint mich gepackt zu haben und mich dann ...«

»Jetzt verstehe ich«, unterbrach ihn Isoud. »In dem Fall muß das Fax Sie hierhergebracht haben. Welch merkwürdiger Zufall, finden Sie nicht?«

»Ähm, sicher«, antworte Guy. Er blickte über den Rand der Teetasse hinweg und lächelte verlegen.

La Beale Isoud schürzte die Lippen, als ob sie versuchte, zu einem Entschluß zu gelangen. Dann erwiderte sie sein Lächeln und fragte: »Was halten Sie davon, wenn wir uns ein paar Familienfotos ansehen?«

Durch Alkohol wurde Iachimo immer sentimental. Normalerweise war das nichts Schlimmes; denn wie Giovanni längst begriffen hatte, besaß sein Bruder das Gemüt eines Buchhalters. Folglich war alles unterstützenswert, was dazu beitrug, daß Iachimo einmal seinen lange unterdrückten Gefühlen freien Lauf ließ – zumindest in Maßen, solange er nicht zu singen begann.

»Ich meine, wir hätten Blondel nicht einfach so

zurücklassen dürfen«, sinnierte Iachimo. »Ein feiner Kerl war das. Hat einem jeden Gefallen getan. Schöne Stimme. Und großzügig war er.«

»Und leichtgläubig«, ergänzte Giovanni. »Sehr leichtgläubig sogar.«

»Der leichtgläubigste Typ, den man sich vorstellen kann«, stimmte Iachimo ihm zu. »Man hätte ihm alles andrehen können. Buchstäblich alles.« Er seufzte. »Und jetzt ist es zu spät. Armer Blondel.« Er griff nach dem Glas und trank es aus.

»Was soll's? Wir müssen an die Zukunft denken«, sagte Giovanni mit fester Stimme. »Ich bin mir sicher, daß er das von uns so gewollt hätte.«

Iachimo blickte ihn mit zusammengekniffenen Augen und leicht schwankendem Oberkörper an. »Meinst du wirklich?«

»Ganz bestimmt«, bekräftigte Giovanni. Dann blickte er seinen Bruder kühl an und fuhr mit sachlichem Ton fort: »Blondel war nämlich ein Künstler und …«

»Kannst du das noch mal wiederholen?« unterbrach ihn Iachimo.

»Blondel war ein Künstler, und was wollen Künstler wirklich? Sie wollen …«

»Fünfundzwanzig Prozent garantierte Rendite«, mischte sich Marco ein. Er war der Trottel von den dreien, und die beiden anderen hatten ihm ein paar Standardfloskeln beibringen müssen, von denen *fünfundzwanzig Prozent garantierte Rendite* zu den längsten zählte.

»Nein«, widersprach Giovanni, »denn genau das unterscheidet uns von Künstlern. Künstler interessiert so etwas nicht die Bohne.« Dann fiel ihm Andrew Lloyd Webber ein, und er fügte hinzu: »Jedenfalls die meisten nicht. Was sie wirklich interessiert, ist die Nachwelt, die Meinung zukünftiger Generationen, ihr Platz in der Halle des Ruhms.«

»Erzähl weiter«, forderte Iachimo ihn auf.

»So sind sie jedenfalls«, fuhr Giovanni fort. »Und Blondel war ein Künstler vom Kopf bis zu den Zehen. Als Geschäftsmann eine absolute Niete, aber kaum gab man ihm eine Laute und ein großes Publikum, konnte ihm niemand mehr das Wasser reichen.«

»Völlig richtig«, stimmte ihm Iachimo zu. »Ein echtes Genie war er.«

»Du sagst es, Iachimo, ein echtes Genie war er. Und deshalb ist es unsere Pflicht, sein Material weiterhin genauso zu vermarkten, wie wir es zu seinen Lebzeiten getan haben ... und sogar noch mehr als früher«, fügte er hinzu, als ihm Blondels fünfprozentiger Anteil einfiel. »Bei Genies ist es nämlich so, daß sie erst nach ihrem Tod richtig berühmt werden.«

»Ehrlich?«

»Darauf kannst du Gift nehmen.« Giovanni rieb sich unwillkürlich die Hände. »Es ist nur so, daß man nach dem Tod eines solchen Genies sicher sein kann, daß nichts Neues mehr kommen wird. Wenn man an diesem Punkt angelangt ist, steht einem zwar nur eine begrenzte Produktpalette zur Verfügung, doch wenn man im alleinigen Besitz der Vermarktungsrechte ist, dann ...«

»Und besitzen wir die Exklusivrechte?« warf Iachimo ein.

»Und ob wir die besitzen.« Giovanni grinste. »Hol noch einen Krug von diesem Zeug, Marco, ja? Ich denke, wir haben einen Grund zum Feiern.«

Die Beaumont Street-Personengesellschaft hatte das Problem der Aufgabenteilung bezüglich des Managements längst gelöst. Giovanni war fürs Denken verantwortlich, Iachimo für die Bücher, Marco für den Getränkenachschub. Gewöhnlich mußte Marco auch zahlen.

»Was letztendlich darauf hinausläuft«, fuhr Giovanni fort, nachdem sein Becher wieder gefüllt war, »daß vom vermögensverwalterischen Standpunkt her ein toter Trottel noch besser als ein lebendiger Trottel ist. Prost.«

»Trotzdem ist es irgendwie schade, daß er tot ist«, seufzte Iachimo. »Er hat ein paar wirklich schöne Lieder gemacht.«

»Allerdings hat er das«, stimmte Giovanni ihm zu. »Und es gibt keinen Grund, weshalb er nicht noch viel mehr Lieder schreiben sollte.«

»Aber er ist doch …«

»Ich weiß, Marco«, sagte Giovanni geduldig. »Aber heute morgen war er doch noch am Leben, habe ich recht? Also müssen wir nur in die Zeit zurückkehren, als er noch am Leben war, ihn dazu bringen, uns etwas vorzusummen, und das war's schon. Also spricht nichts dagegen, daß wir unendlich lange so weitermachen können, und das alles, ohne Tantiemen oder Lizenzgebühren zahlen zu müssen.«

Marco blickte von seinem Getränk auf, von dem er sich das meiste auf die Krawatte geschüttet hatte. »Nein, da irrst du.«

Seine beiden Brüder blickten ihn verdutzt an. »Und wieso?« wollte Iachimo wissen.

»Er ist doch in einen Zeitrutsch gefallen, nicht?« Die beiden anderen nickten. »Na, dann ist es doch logisch, daß er nicht mehr auftauchen kann, oder?«

»Laß ihn, Iachimo«, winkte Giovanni ab, »bis heute hat er noch nicht einmal begriffen, was ein Donnerstag ist.«

»Nein, hört doch mal«, protestierte Marco. »Wenn er in einen Zeitrutsch gefallen ist, dann ist es doch logisch, daß er in der Zeit ertrunken ist. Freigeister. Zeitwächter.« Marco bemühte sich angestrengt, seine Gedanken zu ordnen – was ungefähr genau so viele Probleme aufwarf, als würde man Hugo von Hofmannsthals Opernlibretto *Die Frau ohne Schatten* mit Vorschulkindern inszenieren – und fragte schließlich: »Woraus besteht eigentlich so ein Zeitrutsch?«

Giovanni war bereits ungeduldig geworden, besann sich aber eines Besseren und antwortete: »Aus instabiler

Zeit. Wie Lava aus einem Vulkan, könnte man sagen. Na und?«

»Alles, was von einem Zeitrutsch verschluckt wird, geht praktisch in den Archiven unter, stimmt's?« bohrte Marco unaufhaltsam weiter. Dann blickte er auf, weil er damit rechnete, von seinen Brüdern unterbrochen zu werden, aber zum erstenmal hörten ihm beide geduldig zu. Er lächelte zufrieden, denn das machte richtig Spaß. »Und alles, was in den Archiven verschwindet, hat praktisch nie existiert, richtig? Wenn Blondel also dort gelandet ist, dann hat es ihn auch nie gegeben.«

»Du meine Güte«, murmelte Giovanni leise vor sich hin.

»Und wenn es ihn nie gegeben hat«, fuhr Marco unbeirrt fort – es war fast so, als sähe man eine Schnecke eine Wand hinaufkriechen, wenn man Marco beim zusammenhängenden Reden zuhören mußte –, »dann kann er auch nie eins dieser Lieder geschrieben haben. Was bedeutet, daß seine Lieder nicht mehr existieren. Und das bedeutet zunächst einmal, daß es sie auch nie gegeben hat. Und das wiederum bedeutet… Wohin gehst du, Giovanni?«

»Hol deinen Mantel.«

»Aber Giovanni, ich…«

»Ich habe gesagt, hol deinen Mantel!«

Marco schnitt eine wütende Grimasse, aber das war sinnlos; die beiden hörten ihm sowieso nicht mehr zu, und er holte gehorsam seinen Mantel.

»Und das hier sind Blondel, meine Schwester und ich in Deauville«, sagte La Beale Isoud. Sie äugte scharf auf das Foto und fügte hinzu. »Sommer vierzehnhundertachtunddreißig. Seit damals hat es sich dort natürlich stark verändert.«

»Ah ja.« Allmählich beschlichen Guy ernste Zweifel, ob er sich wirklich in La Beale Isoud verliebt hatte. Sie schien genügend Fotoalben zu besitzen, um damit wenigstens siebzig Jahre Ehe ausfüllen zu können. »Ähm ... ich ...«

»Und das hier sind Blondel, meine Schwester Mahaud, meine Schwester Ysabel und ich in Venedig. Ysabel kann man leider nicht so gut erkennen, weil sie sich mal wieder bei der Aufnahme bewegt hat, typisch. Sehen Sie, das da ist sie, hinter dem Bug der Gondel.«

»Ah ja. Würde es Ihnen etwas ausmachen, wenn ...«

»Und das hier ...« La Beale Isoud starrte ungläubig auf das Album. »Nein, das Foto ist ja noch gar nicht aufgenommen worden. Das ist das Furchtbare an Blondel, andauernd bringt er alles durcheinander oder in die falsche Reihenfolge. Oh, sehen Sie nur, da sind ja sogar Sie drauf!«

Guy zuckte zusammen. »Ich?«

»Das hier sind Sie doch, oder? Sie stehen dort auf der Treppe vor der Kirche mit einem Blumenstrauß in der Hand. Und wer ist das da neben Ihnen?«

Guy nahm das Foto genauer in Augenschein. »Das ist mein Freund George«, staunte er. »Und wer ist das da?«

»Das ist meine Tante Gunhilde«, antwortete Isoud. »Mittlerweile ist sie natürlich tot, aber sie kommt hin und wieder zu Besuch. Weihnachten, Ostern und natürlich auch zu Hochzeiten und anderen familiären Anlässen. Das ist das Schöne daran, wenn die ganze Familie Zeitreisen macht, man verliert nie die Verbindung zueinander.«

Guy musterte noch immer das Foto. »Wessen Hochzeit ist das eigentlich?«

»Keine Ahnung. Ach hier, sehen Sie? Ich glaube, das ist Mahaud, die in dem blauen Kleid. Blau hat ihr noch nie gestanden, aber sie will ja nicht auf mich hören.«

Guy merkte, wie seine Hand zitterte. »Es sieht ganz so aus, als wenn ich der Bräutigam wäre.«

»Ja, das könnte man annehmen«, pflichtete ihm Isoud bei. »So, und auf diesem Foto hier ...«

»Und wer ist dann die Braut?« wollte Guy wissen.

»Das kann man nicht erkennen«, antwortete Isoud. »Auf dem Foto scheint sie nicht zu sein. Ach, sehen Sie? Da ist auch meine Mutter. Du meine Güte! Was für einen Riesenhut die wieder mal aufhat…«

Guy stand plötzlich auf. »Nun, herzlichen Dank für den Tee. Falls es Ihnen nichts ausmacht, möchte ich nicht mehr länger auf Blondel warten.« Es spürte, wie ihm der Schweiß über die Stirn lief. »Wenn Sie mir jetzt sagen könnten, wo der Zeittunnel ist, dann…«

»Wollen Sie wirklich gehen?«

»Ja, ich muß leider«, beharrte er. Bislang hatte er immer geglaubt, er sei zu jung zum Sterben, doch jetzt war er felsenfest davon überzeugt, daß er zu jung zum Heiraten war. »Diese Tür, richtig?« Er öffnete sie und trat hindurch. Gleich darauf kam er zurück, unmittelbar gefolgt von drei Regenmänteln, einem Hut und einem Schirm.

»Nein, das war der Garderobenschrank.«

»Das habe ich mir schon gedacht. Durch welche Tür geht's denn nun zum Zeittunnel?«

Isoud sah ihn mißmutig an. »Das weiß ich nicht. Blondel kümmert sich immer um diese Dinge.«

»Aber Sie müssen doch wissen, wo…«

»Das ändert sich andauernd«, unterbrach sie ihn mit einem grimmigen Lächeln. »An einem Tag ist es die Tür zum Umkleideraum, am nächsten eine ganz andere. Manchmal ist es gar nicht so einfach zu wissen, wo man seinen Mantel aufhängen soll.«

»Soso.«

»Gar nicht zu reden von den leeren Milchflaschen. Ich nehme an, irgendwo in der Zukunft gibt es eine Türschwelle, auf der Aberhunderte von unseren alten Milchflaschen stehen. Der Milchmann muß sich bestimmt schon fragen, was wir mit den ganzen Flaschen machen.«

»Höchstwahrscheinlich.« Guy spürte, wie sich ihm

die Nackenhaare hochstellten. »Sie haben doch nichts dagegen, wenn ich mich ein wenig umsehe, oder? Ich will nur ...«

»Oh, sehen Sie nur, hier ist noch ein Foto von derselben Hochzeit. *Oh, sehen Sie nur!*« Isoud hob den Kopf und blickte ihn befremdlich an. *»Mister Goodlet!«*

»Auf Wiedersehen!« Guy öffnete entschlossen eine Tür, stellte mit großer Erleichterung fest, daß auf der anderen Seite nichts zu sehen war, und ging hindurch.

Wenig später rief Isoud ihm hinterher: »Mister Goodlet, hören Sie mich? Sieht ganz so aus, als wären Sie in den Kohlenkeller gefallen.«

»Ja gut, aber können Sie es auch schaffen?« fragte Giovanni.

Der Mann kratzte sich nachdenklich am Hinterkopf. Dann fertigte er auf der Rückseite eines Umschlags eine Rohzeichnung an, die am Schluß fast wie der Eiffelturm aussah. Danach beschäftigte er sich eine Weile mit einem elektronischen Rechner, wobei er hin und wieder auf einer Preisliste nachschaute, auf der hinter jeder Zahl furchtbar viele Nullen zu stehen schienen, und spuckte schließlich auf den Boden.

»Weiß nicht recht. Die Statik ist das Problem. Bei den Belastungen, von denen hier die Rede ist, könnten die Seitenträger einstürzen. Dann der Turm. Er müßte aus Titan sein.«

»Ist das teuer?« wollte Iachimo wissen, der sich parallel dazu auf der Rückseite eines anderen Umschlags eifrig Notizen gemacht hatte. Tatsächlich konnte man allmählich das Gefühl gewinnen, sich in einer Sortierstelle zu befinden.

»Ach, hören Sie nicht auf ihn«, drängte Giovanni. »Mir ist es egal, was es kostet. Was ist nun? Kriegen Sie es hin?«

»Dann wären da noch die Verstrebungen. Ich könnte Ihnen Stahlträger einbauen, aber was heißt das für die

Seitenstabilität? Wenn die Querträger zu sehr belastet werden, wird's heikel. Ich kann Ihnen sagen ...«

Der Mann schien vorübergehend in einen tranceähnlichen Zustand oder gar ins Koma gefallen zu sein, aus dem man ihn wahrscheinlich nicht aufwecken durfte. Giovanni fürchtete bereits, er könnte sich jeden Augenblick danach erkundigen, wer von den Anwesenden Vera heiße.

»Ich kann Ihnen sagen«, fuhr der Mann fort, der offenbar wieder zu sich gekommen war, »wenn Sie eine Titanlegierung verwenden, und zwar *überall*« – das letzte Wort hatte derart kostenintensiv geklungen, daß Iachimo zusammenzuckte, als wäre er von etwas gebissen worden –, »dann könnten Sie es hinkriegen. Schwer zu sagen. Ich möchte nicht die Verantwortung dafür tragen. Ich meine, Pumpgestänge aus einer Titanlegierung können genausogut ihren Geist aufgeben wie alles andere. Wirklich verzwickt das Ganze.«

Giovanni schnaufte ungeduldig durch die Nase. »Hören Sie, ich will nur ...«

»Schon gut, schon gut, Sie werden schon nichts verpassen. Nur noch etwas Geduld. Wollen wir mal sehen ...« Er hockte sich in die Knie und begann damit, einen riesigen Stapel alter Zeitschriften zu durchblättern, die bereits von Spinnweben durchsetzt waren. »In einem dieser Dinger hier habe ich mal vor zwanzig oder fünfundzwanzig Jahren etwas gesehen, das dem ungefähr gleichkommt, was Sie wollen«, sagte er. »Eine von diesen großen Bergwerkgesellschaften hat das Ding gebaut, allerdings haben die Kohlenstoffasern verwendet. Heutzutage kann man Kohlenstoffasern natürlich nicht mehr verwenden.«

Giovanni erkundigte sich bei ihm, warum man dies heutzutage nicht mehr könne, doch offensichtlich war es diese Frage nicht wert, beantwortet zu werden.

»Aha, da haben wir ja was.« Die drei Brüder beugten sich vor, um besser sehen zu können. »Sehen Sie das?«

fragte der Mann, wobei er auf eine Abbildung zeigte, die irgend etwas darstellen sollte. »Das habe ich entworfen. Allerdings hat das nichts mit dem zu tun, was Sie wollen«, fügte er hinzu. Dann ließ er die Zeitschrift neben den Stapel fallen und fuhr mit dem Durchblättern der Magazine fort.

»Hören Sie, alles, was wir wissen wollen …«

»Magnesium«, sagte der Mann plötzlich. »Sie glauben ja gar nicht, was einige Leute mit Magnesium alles anstellen. Nein«, fügte er hinzu.

»Nein, was?«

»Nein, ich kann es nicht. Unmöglich. Sowieso eine saublöde Idee, wenn Sie mich fragen.«

»Na, dann vielen Dank auch«, antwortete Giovanni zähneknirschend.

»Ich meine, eine Probebohrung durch die Archivwände kommt absolut nicht in Frage. Wozu soll das Ganze überhaupt dienen?«

»Es war uns ein Vergnügen, Sie kennengelernt zu haben«, verabschiedete sich Giovanni. Dann setzte er sich den Hut auf und faltete die Karte zusammen, die er am Anfang des Gesprächs auf dem Tisch ausgebreitet hatte. »Schicken Sie uns Ihre Rechnung.«

»Welche Rechnung?«

»Irgendeine Scheißrechnung!« zischte Giovanni und knallte hinter sich die Tür zu.

»Überstunden«, sagte White Herald unvermittelt.

Die anderen blickten ihn an, als wäre er gerade verrückt geworden. Der Bus fuhr über eine Stelle mit Turbulenzen, wodurch alle kräftig durchgeschüttelt wurden. Die Art von Turbulenzen, die man auf Zeitreisen erleben kann, macht heimtückische Gewitterwolken über den Alpen zu einem Federbett.

»Wir könnten alle die Bezahlung von Überstunden verlangen«, fuhr White Herald fort. »Ich weiß gar nicht, warum ich nicht schon vorher darauf gekommen bin.«

Niemand sagte etwas. Pursuivant warf Clarenceaux einen herausfordernden Blick zu, dann stieß er Mordaunt in die Seite, der unwillkürlich kichern mußte. Clarenceaux starrte die beiden wütend an, als wollte er sie dazu auffordern, sich mit ihm anzulegen, doch die beiden strahlten ihn nur grinsend an.

Als er sich einigermaßen sicher wähnte, sagte Mordaunt zu Pursuivant: »Wenn wir die Bezahlung von Überstunden verlangen würden, könnten wir diesmal ganz schön dumm aus der Wäsche schauen, stimmt's?«

»Obwohl von der Wäsche nicht mehr viel zu sehen ist...«, ergänzte Pursuivant.

»Paßt lieber auf«, drohte ihnen Clarenceaux, doch die beiden lächelten ihn nur an.

»Wie meinst du das?« erkundigte sich Pursuivant freundlich.

»Nehmt euch bloß in acht, das ist alles«, knurrte Clarenceaux.

»Klar, machen wir«, antwortete Mordaunt grinsend und wandte sich wieder an seinen Gefährten. »So geteert und gefedert, stünden wir wirklich ziemlich dumm da, obwohl wir eigentlich eher paniert worden sind.«

»Hast du eben etwas gesagt?«

Mordaunt schüttelte unschuldig den Kopf.

Clarenceaux stieß einen gewaltigen Seufzer aus. Blondels furchtbare Prophezeiung war längst zur furchtbaren Wahrheit geworden, und zwar vom ersten Augenblick ihrer Rückkehr an, als sie vom Wappenkönig Mountjoy dabei beobachtet worden waren, wie sie, von Kopf bis Fuß mit Vanillesoße, Marmelade und Sahne bedeckt, mit quatschenden Stiefeln die Zufahrt hinaufgeschlichen waren. Fast zwangsläufig hatte Mountjoy feststellen müssen, daß Clarenceaux bestimmt nicht zu jener Sorte Mensch gehörte, mit der leicht zu spaßen war; wenn überhaupt, dann war er diesbezüglich nur noch unerträglicher als zuvor geworden.

»Andere Leute kriegen Überstunden auch bezahlt«, meldete sich White Herald erneut zu Wort. »Warum also nicht auch wir? Fünfzig Prozent Aufschlag sind sogar ganz normal.«

»Hältst du bitte den Mund!« zischte Clarenceaux ihn wütend an. »Wir haben genug Probleme damit gehabt, das Ganze durchzustehen, ohne irgendwelche Forderungen gestellt zu haben. Wohin fahren wir eigentlich dieses Mal? Hat jemand eine Ahnung?«

Schweigen und drei ausdruckslose Gesichter. Wenigstens erwähnte niemand etwas von Vanillesoße, Marmelade oder gar Bananen. Falls er diesen verdammten Mistkerl von Blondel jemals wiedersehen sollte, dann würde er ihm jedenfalls beweisen, daß Bananen nicht zwangsläufig lustig machen mußten.

Der Bus verringerte das Tempo, rüttelte stark und hielt an. Kurz darauf öffneten sich die automatischen Türen, und die Truppe stieg aus. White Herald, der diesmal als Sergeant an der Reihe war, holte einen versiegelten Briefumschlag hervor und öffnete ihn.

»Der Tagesbefehl lautet ... ähm ...«

»Gib schon her, du hältst den Zettel verkehrt rum«, knurrte Clarenceaux gereizt.

»Lesen können ist nicht alles im Leben«, schmollte White Herald.

»Schwachkopf.« Clarenceaux ging mit dem Zeigefinger über die Zeilen und las vor: »*Sie sind jetzt im südwestlichen Teil des Hauptarchivs.* Ey, was ist denn eigentlich ein Archiv?« fragte er die anderen, doch niemand wußte darauf eine Antwort. »*Dringen Sie bis zur Ölquelle vor, auf die Sie, ungefähr einen halben Kilometer von Ihrem Ankunftsort entfernt, in östlicher Richtung stoßen werden, und verhaften Sie Jean de Nesle, auch bekannt als Blondel. Im Notfall ist es Ihnen gestattet, äußerste Gewalt anzuwenden.* Dann ist da noch ein großer roter Wachsfleck mit einem komischen Totenkopf drauf. Aua!« Der Zettel stand plötzlich in Flammen, und Clarenceaux hielt bald nur noch die unterste Ecke in der Hand. *»PS«*, las er vor, *»diese Nachricht vernichtet sich innerhalb von dreißig (drei null) Sekunden von selbst.«*

»Nett von ihm, dich darüber zu informieren«, stellte Mordaunt trocken fest. »Hat jemand einen Kompaß dabei?«

Inmitten eines nicht stofflichen Meers Kommandant auf einer Bohrinsel zu sein, ist alles andere als ein Vergnügen, und unerlaubte Besucher sind da auch nicht gerade dienlich. Commander Moorhen war sich durchaus bewußt, daß er bereits vierzehn Tage hinter dem Plan herhinkte; erst war die Mistral-Chronologie einen Monat früher als vorausgesagt eingetroffen, und dann war zu allem Überfluß ein Diamantbohrer aus Molybdänstahl gebrochen. Um alles noch schlimmer zu machen, trafen fortwährend Berichte ein, nach denen keine Million Jahre entfernt Zeitwächterpatrouillen unterwegs seien. Alles in allem war er derzeit kein glücklicher Mensch.

»Mit Musik während der Arbeit kann ich mich ja noch einigermaßen abfinden«, stellte Moorhen fest, »aber das Eindringen unbefugter Personen, die dem Personal eins über den Schädel ziehen, nur um ihm dann etwas vorsingen zu können, ist etwas anderes. Schafft ihn hier fort und werft ihn vom Turm.«

Sergeant Peewit blickte Moorhen vorwurfsvoll an und rührte sich nicht von der Stelle. Der Gefangene lächelte nur.

»Los! Beeilung!« brüllte Moorhen.

»Nein, Sir«, widersprach Peewit mit gestrecktem Rücken, als hätte er sprichwörtlich einen Besenstiel verschluckt.

»Was ist?«

»Bei allem Respekt: nein, Sir!«

Moorhen starrte ihn mit aufgerissenen Augen an. »Und warum nicht, Sergeant?«

»Bei allem Respekt, Sir, weil das hier Blondel de Nesle

ist und unsere Leute sich das nicht gefallen lassen wollen.«

Der Kugelschreiber in Moorhens Händen brach scheinbar von selbst entzwei. »Was haben Sie da eben gesagt?«

»Nein, Sir.«

Für den Bruchteil einer Sekunde zögerte Moorhen. Während der Ausbildung war ihm natürlich beigebracht worden, wie man mit Meuterern umzugehen hatte, doch hatte sich der Unterricht mit seinen Geigenstunden überschnitten, so daß er häufig eine Erkältung als Entschuldigungsgrund hatte angeben müssen. Soweit er sich erinnern konnte, mußten Meuterer erschossen werden, beschwören konnte er das allerdings nicht. Außerdem befand sich auf der Bohrinsel kein einziges Gewehr, was die Sache unnötig erschwerte.

»Wissen Sie eigentlich, was mit Unteroffizieren passiert, die ihrem direkten Vorgesetzten einen Befehl verweigern, Sergeant?«

»Ja, Sir«, antwortete Peewit. »Paragraph sechsundvierzig. Absatz (b), Sir.«

»Aha, vielen Dank für die Belehrung. Also gut, treten Sie zurück, dann werde ich das eben selbst in die Hand nehmen«, knurrte Moorhen.

Peewit drückte seine stahlharte rechte Faust, die manchem Möbelpacker zur Ehre gereicht hätte, gegen den Brustkorb des Commanders. »Bei allem Respekt, Sir, aber Blondel de Nesle ist der größte Allroundkünstler, den die Welt je gesehen hat. Und die Jungs haben mich beauftragt, Ihnen zu sagen, daß man Sie in den Hauptschacht werfen wird, wenn Sie ihm auch nur ein Härchen krümmen, Sir.«

Moorhen wollte sich gerade dazu in furchtbar passendem und angemessenem Ton äußern, als Alarm ausgelöst wurde. Ein zweiter Unteroffizier kam völlig außer Atem die Treppe hochgestürmt und berichtete, daß vier bewaffnete Männer durch das Haupttor eingedrungen seien. Dann müsse irgendwo unter ihnen eine Granate oder etwas Ähnliches explodiert sein, und danach sei das totale Chaos ausgebrochen.

»Wollen Sie etwa damit sagen, daß Sie allen Ernstes versuchen, mich zu bestechen, damit ich Sie in das Archiv hineinlasse?« hakte der Chefwächter nach.

»Ja«, antwortete Giovanni freiheraus.

Der Chefwächter strich sich nachdenklich den Bart. »Und wieviel?« fragte er.

»Wieviel wollen Sie denn?«

»Nichts.« Der Chefwächter lächelte. »Ich gebe zu, daß ich kurz in Versuchung geraten war, aber nein. Und jetzt halte ich es für angebrachter, wenn wir uns gemeinsam mit den Leuten aus der Sicherheitsabteilung unterhalten.«

Giovanni wollte nichts Besseres einfallen, als flehend zu lächeln, als ihm der CD-Player und der dazugehörige Stapel CDs in einer Ecke des Büros ins Auge fielen. »Die Bestechung müßte sich natürlich nicht unbedingt in Geldzuwendungen ausdrücken.«

Der Chefwächter, der schon die Hand auf dem Summer hatte, verharrte in der Bewegung. »Wie soll ich das denn verstehen?«

Giovanni begab sich zum CD-Player hinüber und sagte: »Wie ich sehe, sind Sie ein Blondel-Fan.«

»Und was hat das mit ...«

»Sie haben hier eine sehr beeindruckende Sammlung von Blondel-CDs.«

»Eine vollständige sogar«, betonte der Chefwächter stolz. »Hören Sie, wir ...«

»Ich könnte Ihnen Eintrittskarten besorgen«, schlug Giovanni vor.

Der Chefwächters zog die Hand vom Summer zurück. »Eintrittskarten?«

»Ja. Sankt Petersplatz, elfhundertdreiundsiebzig.«

»Kommt nicht in Frage. Ich ...«

»Konstantinopel, zwölfhunderteins.«

»Ihnen scheint nicht klar zu sein, daß ...«

Giovanni zuckte die Achseln. »Ganz, wie Sie wollen. Wenn Ihnen natürlich ein Konzert auf dem Piazza San Marco neunzehnhundertachtundneunzig lieber ist, warum nicht ...?«

Es gab eine lange Pause.

»In der Nähe der Band?«

»Sie bräuchten nur die Hand auszustrecken und könnten der zweiten Flötistin in die Wade kneifen.«

»Wenn aber irgend jemand dahinterkommt, dann ...«

»Sie haben völlig recht«, stimmte ihm Giovanni zu. »An Ihrer Stelle würde ich den Sicherheitsdienst benachrichtigen und uns ins Gefängnis werfen lassen.« Er nahm einen Bilderrahmen vom Schreibtisch, in dem ein Foto von einem sehr hübschen jungen Mädchen steckte, das den offiziellen Nonnenschleier der Blondel-Europatournee trug. »Ihre Frau?« erkundigte er sich.

»Nein, meine ... ähm ... Nichte«, stammelte der Chefwächter verlegen. »Eine Chance, an Backstagepässe zu kommen, um nach dem Konzert hinter die Bühne gehen zu können, gibt es wohl nicht, oder?«

# 6. KAPITEL

Nachdem sie durch die gewaltige Wucht der Explosion (hervorgerufen durch eine von ihnen selbst ungeschickt geworfene Handgranate) in tausend Stücke zerfetzt worden waren, wurden die noch identifizierbaren Einzelteile von Clarenceaux, Mordaunt, Pursuivant und White Herald von einem Hilfstrupp des el des Larmes Chaudes eingesammelt, dann in Trockeneis gepackt und direkt ins Zentraldepot gebracht, wo sich ein Team aus hochqualifizierten und äußerst gewissenhaft arbeitenden Mechanikern umgehend ans Werk machte.

»Ich meine, wozu macht man sich eigentlich noch diese ganze Mühe?« fragte der Bein- und Fußmacher in die Runde, wobei er eine Handvoll Zehen aus einem Plastikbehälter nahm und passend zusammenstellte. »Man verbringt eine gute halbe Stunde damit, bis man das linke und das rechte Bein auf gleiche Höhe gebracht hat. Dann muß man die Füße exakt ausrichten und die Spur richtig einstellen, und ein paar Tage später kommt der ganze Kladderadatsch in einer Kiste zurück und eignet sich allenfalls noch für den Sondermüll.«

»Nun aber mal langsam!« protestierte Pursuivant heftig. »Urgs ...!« Der Kehlkopfmechaniker, der gerade Pursuivants Stimmbänder zusammengefügt hatte, hielt offenbar nicht viel von solchen Einwänden.

Der Hand- und Armmeister runzelte zornig die Stirn und antwortete: »Wenn du so was schon Probleme nennst, dann kannst du es ja mal von dieser Seite aus probieren. Wirklich bekloppt wird es immer erst dann, wenn diese Trottel versuchen, sich selbst zusammenzuflicken.« Er hielt einen erschlafften Unterarm mit Hilfe eines Spatels hoch und zeigte angewidert darauf. »Schau dir das mal an. Anatomie für jedermann, sage ich nur. Ich weiß zwar nicht, wer das verbrochen hat, aber an dieser Stelle habe ich noch nie einen Ellbogen gesehen.«

»Ihr habt gut reden«, mischte sich der Kopftechniker ein. »Ihr braucht doch bloß die Einzelteile aus einer Kiste zu nehmen und dann zusammenzunieten. Ich muß den ganzen Mist auch noch verkabeln. Schaut euch das doch mal an!« Er deutete auf Clarenceaux' aufgebohrten Schädel. »Für dieses ganze Zeug braucht man keinen Nervenspezialisten mehr, sondern irgendeinen Scheißklempner. Überall kalte Lötstellen; Drähte, die nur noch durch Krokodilklemmen zusammengehalten werden; rostige Nägel als Kontakte – es grenzt an ein Wunder, daß der ganze Apparat keinen Kurzschluß hatte. Und dann erwartet man von diesen verdammten Dingern, daß sie lesen können.« Seufzend stellte er den Drehmomentschlüssel ein und machte sich am Halswirbel zu schaffen.

»Fertig, das war's fürs erste«, stellte er kurz darauf fest. »Solange dieser Kopf an keinem Quiz teilnehmen muß oder den Nobelpreis gewinnen soll, dürfte das für die nächsten fünftausend Jahre reichen. Es sei denn, er platzt vorher wieder aus allen Nähten. Du kannst jetzt die Löcher zumachen, George.«

Nachdem er völlig wiederhergestellt und funktionsfähig war, trank Clarenceaux die ihm verordnete Tasse Tee – was eher zum Test der hydraulischen Leitungen als zu seinem persönlichen Wohlbefinden nach dieser Tortur dienen sollte; zumal der Tee sowieso stets ohne Zucker verabreicht wurde –, dann zog er sich die Dienstkleidung an und meldete sich schließlich bei seinem Vorgesetzten.

»Nun?« fragte Mountjoy.

»Nun ja …«, berichtete Clarenceaux.

Mountjoy forderte ihn auf, dies genauer auszuführen.

»Nun ja, Sir«, fuhr Clarenceaux fort, wobei er die Worte möglichst sorgfältig wählte, was ihm (bedenkt man, daß sich der Teil seines Gehirns, der für solche Angelegenheiten verantwortlich war, noch vor einer halben Stunde in einer Kunststoffkiste im Lagerraum befunden hatte) besser als erwartet gelang, »man könnte den Einsatz zumindest als einen Teilerfolg bezeichnen. Alles in allem jedenfalls.«

»Ach ja? Dann erzähl mal weiter«, forderte ihn Mountjoy mit drohendem Unterton auf.

»Nun ja, Sir, ich … ähm … wir …«, stammelte Clarenceaux, wobei er feststellen mußte, daß seine neuen Schweißdrüsen offensichtlich hervorragend funktionierten, »… also, zunächst einmal sind wir dort heil angekommen.«

»Das überrascht mich kaum, zumal ihr selbst nichts dazu beitragen mußtet.«

Da ihm die Selbstachtung nicht wiedereingepflanzt worden war (vorübergehende Lieferschwierigkeiten des Nachschublagers), ging er auf die letzte Bemerkung seines Vorgesetzten nicht ein und fuhr fort: »Danach haben wir auch ohne irgendwelche Probleme die Bohrinsel gefunden. Vor dem Eingang stand ein Wachposten, so daß wir gezwungenermaßen Gewalt anwenden mußten, um uns Zutritt zu verschaffen. Dann kamen weitere Wachmänner auf uns zu und versuchten, uns zu ergreifen. Also mußten wir uns … ähm …«

»Ja?«

»White Herald hat dann eine Handgranate entschärft« – Loyalität mit Gleichrangigen wird grundsätzlich nur auf besonderen Wunsch eingebaut – »und sie auf die Angreifer geworfen.«

»Wirklich?«

»O ja«, bekräftigte Clarenceaux. »Unter diesen Bedingungen war es unvermeidbar, zumindest bis zu einem gewissen Grad Gewalt anzuwenden. Das Problem war nur, daß dadurch auch sämtliche Öltanks in die Luft geflogen sind. Und an diesem Punkt sind wir dann selbst explo ...«

»Schon gut«, unterbrach ihn Mountjoy. »Ich denke, den Rest kann ich mir vorstellen. Glaubst du, daß es irgendwelche Überlebende gegeben hat?«

Clarenceaux dachte kurz darüber nach. »Also wir gehören jedenfalls nicht dazu, denn uns hat es allesamt erwischt. Ein Höllenknall war das.«

»Das habe ich bereits begriffen. Ich will wissen, ob du es für wahrscheinlich hältst, daß des Nesle die Explosion überleben konnte. Ich meine, wenn er sich auf dieser Bohrinsel aufgehalten hat.«

Clarenceaux schüttelte den Kopf, eine unkluge Handlung, da die Verbindung zum Hals noch völlig steif war. »Ich kann mir nicht vorstellen, wie er das überlebt haben soll, Sir. Schließlich hörten wir ihn über die Lautsprecheranlage singen, als wir uns der Bohrinsel näherten. Wie soll er da überlebt haben?«

»Wie meinst du das?«

»Na, wenn er über die Lautsprecheranlage gesungen hat, dann muß er sich logischerweise im Bürogebäude oder zumindest in dessen Nähe aufgehalten haben, um an das Mikrofon zu gelangen. Und das Bürogebäude liegt direkt neben den Öltanks. Soweit ich mich erinnere, ist mir der Kopf sogar von einem verflixt großen Brocken des Bürogebäudes abgeschlagen worden. Ich kann mir nicht vorstellen, wie dort irgend jemand überlebt haben soll, wenn die Tanks in die Luft geflogen sind.«

»Ich verstehe.« Mountjoy nickte. »Das klingt alles sehr einleuchtend, Clarenceaux. Bist du eigentlich selbst darauf gekommen?«

Lob war etwas, das Clarenceaux nur vom Hörensagen kannte. Zwar glaubte er an dessen Existenz, ähnlich wie an Telepathie, doch hatte er es noch nie zuvor am eigenen Leib erfahren. »Ja, Sir«, antwortete er schließlich, wobei er leicht errötete.

»Habe ich's mir doch gedacht!« erzürnte sich Mountjoy. »der Blödmann von einem Mechaniker hat dir einen Mark vier B anstelle eines Mark drei eingebaut. Geh sofort wieder ins Krankenrevier und sag ihm, er soll ihn wieder austauschen. Hat der Kerl denn noch gar nichts von den letzten Etatkürzungen gehört?«

Während sich Clarenceaux betrübt davonschlich, stellte Mountjoy sein im wahrsten Sinne des Wortes glänzendes Erscheinungsbild auf Festbeleuchtung und dachte über die neue Lage nach. Wenn Blondel wirklich in die Luft gegangen sein sollte, dann ... Aber dahinter stand ein sehr großes Fragezeichen, denn dieser alte Mistkerl schien ein ungeheures Talent zu besitzen, dem Tod von der Schippe zu springen, ähnlich wie es einem etwas zu fettleibigen, aber sehr willensstarken Dreikäsehoch stets gelingt, sich vom Turnunterricht befreien zu lassen. Er selbst wollte erst dann daran glauben, wenn man ihm Blondels Kopf auf einem Tablett servierte; und selbst dann würde er noch auf zusätzlichen Versicherungsschutz bestehen. Kurz gesagt, war er sich seiner Sache nicht sicher und wollte deshalb lieber weitere Nachforschungen anstellen lassen.

Schließlich drückte er auf den Knopf der Gegensprechanlage und sagte: »Ich will sofort mit dem Geheimdienst sprechen.«

Ein strahlendweißer Landrover hoppelte über die nichtstofflichen Wellen des Großen Nordarchivs. Für die Insassen stellte sich die Fahrt nicht gerade als ein Vergnügen dar, und einigen war bereits speiübel.

»Sollte Blondel nach dieser ganzen Geschichte nicht *Ma Joie Me Semont* singen wollen, dann reiße ich Ihnen allen die Eingeweide raus und lasse Hosenträger daraus machen. Das kann ich Ihnen versichern!« fluchte der Chefwächter.

»Keine Angst, er wird das Lied schon singen«, besänftigte ihn Giovanni, der dazu die Hand kurz vom Mund nahm. »Das weiß ich genau.«

»Das ist auch besser so«, zischte der Chefwächter. »So, wir sind da. Was genau suchen Sie eigentlich?«

»Das wissen wir leider selbst nicht so richtig«, antwortete Giovanni.

Der Wächter starrte ihn ungläubig an. »Sie bestechen einen Zeitwächter und begehen somit das größte Verbrechen, das man sich im Universum vorstellen kann, und Sie sind sich nicht einmal sicher, wonach Sie suchen? Wer oder was sind Sie eigentlich? Touristen?«

»Wir suchen jemanden, dem wir… Aua!« begann Marco zu sagen, doch Giovanni trat ihm sofort mit voller Wucht auf den Fuß. Zu spät.

»Ach ja? Und wen?« erkundigte sich der Wächter argwöhnisch.

»Niemanden, den Sie kennen«, wiegelte Giovanni ab. »Was ist das dahinten?«

Der Wächter blickte durch den Feldstecher. »Sieht aus wie eine Rauchwolke. Merkwürdig«, staunte er, »zumal es hier nur Wasser gibt.«

»Wasser?« Marco schaute nervös aus dem Fenster. »Warum gehen wir dann nicht unter?«

»Weil das Wasser deaktiviert ist«, klärte ihn der Wächter auf. »Dem Meer wurde sämtlicher Sauer- und Wasserstoff entzogen, weil es dann besser trägt. Falls es den Herren nichts ausmacht, sähe ich mir das dahinten gern mal genauer an.«

»Nur zu«, ermunterte ihn Giovanni.

Sie fuhren weiter, bis sie zu einer zerstörten Einfriedung kamen. Die Oberfläche der immateriellen See war mit verbeulten Metallplatten übersät; es sah wie auf einem Schlachtfeld oder wie in einer modernen Kunstgalerie aus. Hier und dort lagen gelbe Plastikhelme, Stiefel und Reste von Büromöbeln herum. Leichen gab es natürlich keine; denn jeder, der in den Archiven umkommt, ist grundsätzlich nie geboren worden.

»Das ist bestimmt eine von diesen Piratenölbohrinseln gewesen, von denen ich Ihnen schon erzählt habe«, stellte der Wächter fest. »Sieht ganz so aus, als wenn dort irgend jemand mit den Feuerschutzbedingungen nicht vertraut gewesen ist.«

»Sehen Sie nur, da ist jemand!« rief Iachimo aufgeregt. »Dahinten in dem Ruderboot!«

Sofort fuhr der Wagen zu dem Schiffbrüchigen hinüber. Dann stiegen alle aus und hielten das Boot mit den Händen an. Drinnen saß ein sehr verängstigt wirkender Mann, der einen zerfetzten Overall trug, doch nach einigem guten Zureden ergab das, was er sagte, schließlich einen Sinn.

»Da sind diese Männer gekommen. Soldaten, Wächter oder so was. Ich hatte gerade Wachdienst. Sie haben mich gnadenlos verprügelt.«

»Sind das Zeitwächter gewesen?« wollte der Chefwächter wissen.

»Keine Ahnung«, antwortete der Wachmann.

»Meine Leute haben den Befehl, solche Pirateninseln umgehend zu zerstören, sobald sie eine erblicken«, wandte sich der Chefwächter an die Galeazzo-Brüder. »Ich weiß, das klingt hart, aber Sie haben ja keine Ahnung, welchen Schaden diese Dinger anrichten können.« Dann wandte er sich wieder an den Wachmann. »Von diesen Männern sind Sie k.o. geschlagen worden, nicht wahr?«

Der Wachmann nickte und fuhr fort: »Wahrscheinlich ist das sogar mein großes Glück gewesen. Ich bin gerade wieder zu mir gekommen, als der ganze Laden hier in die Luft flog. Außer mir gibt es keine Überlebenden. Ich habe einfach Glück gehabt; ein Teil des Zauns ist auf mich gefallen und hat mich wahrscheinlich so vor der gewaltigen Explosion geschützt. Etwa eine halbe Stunde später tauchte so ein komischer Lieferwagen auf, der wie ein Krankenwagen aussah; jedenfalls wurden damit die Leichen der Soldaten abtransportiert. Unsere Leute sind einfach weg ...«

»Ja, ich weiß«, sagte der Chefzeitwächter, der eigentlich kein grausamer Mensch war, »aber deswegen ließe ich mir keine grauen Haare wachsen lassen. Also gibt es keine Überlebenden, richtig?«

Der Wachmann nickte betrübt. »Von unseren Leuten ist jedenfalls nichts mehr zu sehen und von dem anderen Kerl auch nichts.«

Der Zeitwächter hob neugierig die Augenbrauen. »Welcher andere Kerl?«

»Na, dieser Blondel«, antwortete der Wachmann.

Plötzlich herrschte eine ganze Weile betretenes Schweigen, was einem allerdings wahrscheinlich sehr viel länger vorkam, als es in Wirklichkeit war.

»Haben Sie eben Blondel gesagt? Meinen Sie wirklich Blondel, diesen Sänger?« hakte der Zeitwächter ungläubig nach.

Der Wachmann nickte. »Genau den. Ich habe sein Gesicht erkannt, als er mich niedergeschlagen hat.«

»Er hat Sie niedergeschlagen?«

»Ja, als er sich zur Bohrinsel durchgekämpft hat. Das Ganze passierte etwa eine Viertelstunde, bevor Ihre Leute angestürmt kamen und mich auch noch mal k.o. geschlagen haben.«

Giovanni drängte sich aufgeregt am Chefwächter vorbei. »Aber Sie haben ihn doch nur kurz sehen können. Woher wollen Sie dann wissen, daß dieser Mann wirklich Blondel war?« bedrängte er den Wachmann.

»Ich habe ihn doch singen hören«, antwortete der Wachmann. »Er hat über die Lautsprecheranlage gesungen, und Blondels Stimme erkenne ich immer. Er hat diese Wahnsinnsnummer aus dem Weißen Album von elfhundertneunundachtzig gesungen. Na, Sie wissen schon, die Melodie geht ungefähr so ...« Er summte ein paar Takte.

*»L'Amours Dont Sui Epris?«* flüsterte der Chefwächter, der urplötzlich kreidebleich im Gesicht geworden war.

»Genau das Lied«, bestätigte der Wachmann. »Ein traumhafter Song, besonders diese Stelle, wo ...«

Doch niemand hörte ihm mehr zu.

Der Chefwächter musterte die Galeazzo-Brüder einen nach dem anderen und fragte mit ruhiger Stimme in die Runde: »Haben Sie etwa gewußt, daß sich Blondel in den Archiven aufhält?«

Mit einem geradezu akrobatischen Meisterstück gelang es Giovanni, sich gleichzeitig auf die Zehen seiner beiden Brüder zu stellen. Dann sagte er scheinheilig: »Wir hatten keine Ahnung. Das ist ja furchtbar.«

Der Wächter warf ihm einen äußerst unangenehmen Blick zu. »Sind Sie sich dessen wirklich sicher? Welch unglaublicher Zufall. Wenn Sie nämlich gewußt hätten, daß er hier unten war, und es eine Möglichkeit gegeben hätte, ihn zu retten, dann ... Ihnen ist doch hoffentlich klar, daß unter diesen Umständen keins von seinen Liedern jemals geschrieben wurde, oder?«

»Ach, wirklich?« Giovanni zog die Augenbrauen hoch und seufzte: »Welch ein Jammer.«

»Wie dem auch sei ...« Der Wächter zuckte die Achseln. »Und jetzt sollten Sie mir lieber helfen, diesen Mann ins Auto zu bekommen. Wir brauchen ihn noch für die abschließende Untersuchung des Falls.«

Mit vereinten Kräften hievten sie den Wachmann in den Landrover. Erst als der Mann, gestützt von zwei Kissen, sicher auf der Rückbank saß, griff der Chefwächter nach einem Gewehr und befahl den Brüdern, aus dem Wagen zu steigen. Noch während sich die drei in heftigen Verbalattacken ergingen, auf alle möglichen Arten protestierten und hin und wieder sogar an seine Menschlichkeit appellierten, schlug der Zeitwächter wutentbrannt die Tür zu und befahl dem Fahrer, Gas zu geben.

Nicht viele Männer stehen vor der Wahl, sich entweder für die zwangsweise Heirat mit einem hübschen, aber nur schwer verträglichen Mädchen oder für einen zeitlich unbegrenzten Aufenthalt in einem Kohlenkeller entscheiden zu müssen. Selbst Aristoteles, dessen Arbeiten ein weites Feld von allen möglichen moralischen Zwangslagen und Konflikten abdecken, läßt sich darüber nur auf sehr oberflächliche Weise aus. Unabhängig davon, daß Guy sowieso nicht gerade zu den größten Bewunderern von Aristoteles gehörte, verließ er sich lieber auf seinen Instinkt.

»Wenn es Ihnen nichts ausmacht, dann bleibe ich lieber da, wo ich bin«, schrie er durch die geschlossene Tür hindurch. »Vielen Dank.«

»Mister Goodlet ...!«

»Vielen Dank«, wiederholte Guy höflich, aber bestimmt. Um seinem Entschluß Nachdruck zu verleihen, schaufelte er von innen Kohlen gegen die Tür.

»Sie stellen sich jetzt aber ganz schön kindisch an, Mister Goodlet.«

*Na und?* dachte Guy. *Was soll denn an Kindern plötzlich so falsch sein? Gescheite Wesen, diese kleinen Hosenscheißer, müssen nicht mal arbeiten gehen.*

»Ich bin mir sicher, daß wir uns mit dieser ganzen Geschichte sehr viel leichter anfreunden können, wenn wir alles vernünftig und ganz in Ruhe miteinander besprechen«, schlug La Beale Isoud vor.

»Nein, danke, mir gefällt's hier eigentlich ganz gut«, antwortete Guy. »Wenn es Ihnen also nichts ausmacht, dann würde ich ...«

»Und ob mir das was ausmacht!« widersprach La Beale Isoud entschieden, und da schwang etwas in ihrer Stimme mit, aus dem man schließen konnte, daß sich ihr zuvor scheinbar unerschöpfliches Repertoire an gesellschaftlich korrekten Verhaltensregeln allmählich dem Ende zuneigte. »Mister Goodlet«, fuhr sie fort, »ob es Ihnen nun gefällt oder nicht – ob es einem von uns beiden nun gefällt oder nicht, da wir schon davon sprechen –, aber offenbar werden wir irgendwann in der Zukunft Mann und Frau sein. Deshalb sollten wir uns meiner Meinung nach endlich daranmachen, die notwendigen Vorarbeiten für eine wirklich reife und bedeutsame Beziehung zu leisten. Allerdings ist mir völlig schleierhaft, wie wir das schaffen sollen, solange Sie sich im Kohlenkeller befinden.«

Guy schwieg. Irgend etwas krabbelte ihm über den Fuß und dann am linken Bein hinauf bis zum Knie. Ihm schauderte leicht.

»Mister Goodlet!« empörte sich Isoud und fuhr dann in etwas ruhigerem Ton fort: »Guy, ich bin wirklich nicht gewillt, Sie eine Ewigkeit zu bitten. Was kommen wird, das kommt. Und wenn Sie unsere Beziehung auf diese Art und Weise beginnen wollen, dann dürfen Sie mich später nicht für die Konsequenzen verantwortlich machen.«

Guy dachte kurz darüber nach; und nachdem er sich Isouds Worte, reiflich durch den Kopf hatte gehen lassen, schaufelte er mit bloßen Händen noch mehr Kohlen vor die Tür. La Beale Isoud redete genauso wie seine Kusine Flora.

Eine Weile herrschte absolute Stille, doch Guy war nicht gewillt, sich zum Narren halten zu lassen. Zwar mochte sie einerseits tatsächlich fortgegangen sein, doch andererseits konnte sie mit angehaltenem Atem auf der anderen Seite der Tür auf ihn warten, womöglich standen bereits ein Pfarrer und zwei Brautjungfern hinter ihr, die mit irgendwelchen Opferutensilien herumhantierten.

»Sind Sie noch da, Mister Goodlet?«

»Ja.«

»Vielleicht interessiert es Sie ja, daß ich mich mit dieser Vorstellung genausowenig anfreunden kann wie Sie. Anstatt uns jedoch durch die Tür gegenseitig anzuschreien, sollten wir uns lieber Gedanken darüber machen, ob wir nicht etwas unternehmen können, damit es gar nicht erst soweit kommt.« Eine lange Pause. »Mister Goodlet?«

»Ich bin noch da.«

»Mister Goodlet, allmählich ist meine Geduld am Ende. Würden Sie sich bitte wenigstens so anständig benehmen und mir antworten, wenn ich Sie etwas frage?«

»Hören Sie, ich will nicht unverschämt erscheinen, aber wenn es wirklich ein Foto von unserem Hochzeitstag gibt, dann bleibe ich lieber da, wo ich bin. So, wie ich es sehe, können wir nicht heiraten, solange ich hier drinnen bleibe. Falls Sie jetzt irgend etwas vorhaben sollten oder sich lieber mit anderen Dingen beschäftigen möchten, dann nehmen Sie bitte auf mich keine Rücksicht.«

»Also so etwas! Sie sind doch wohl ...«

Als Guy das allmählich leiser werdende Geräusch von wütend auf den Steinplatten klackenden Absätzen wahrnahm, entspannte er sich ein wenig. Möglicherweise wollte Isoud nur eine Brechstange holen, doch soweit er sich erinnern konnte, war die Tür zum Kohlenkeller zum Glück sehr massiv gebaut. Schließlich legte er sich mit dem Rücken auf den Kohlehaufen und dachte genauer über seine Situation nach.

Anhand von Blondels Erzählungen versuchte er herauszufinden, wie die Zeit funktionierte. Einerseits schien es ganz so, daß man sich in der Zeit, ähnlich wie beim Zugfahren, beliebig hin- und herbewegen konnte. Andererseits stand außer Frage, daß er, wenn es ein Foto von seiner Hochzeit gab, irgendwann geheiratet haben mußte – irgendwann in der Zukunft natürlich –, und in dem Fall war die ganze Angelegenheit bereits geschehen, so daß er nichts mehr dagegen unternehmen konnte. Da sich das Ganze aber in der Zukunft abgespielt haben mußte, konnte es folglich noch gar nicht passiert sein. Wenn er sich auf der Stelle mit dem Revolver eine Kugel verpaßte, konnte er dem ganzen Spuk ein vorzeitiges Ende bereiten – vorausgesetzt, daß er nicht danebenzielte, was nach den letzten Erfahrungen durchaus im Bereich des Möglichen lag. Da er es diesbezüglich aber nicht auf einen ernsthaften Versuch ankommen lassen wollte, verschob er vorläufig diese Entscheidung.

Wie er schnell begriff, brauchte er jetzt am allerdringendsten eine Zigarette. Folglich kramte er aus den Taschen die letzte noch verbliebene Zigarette hervor, dann die beiden letzten Streichhölzer und schließlich die kärglichen Überreste einer Streichholzschachtel, deren Stabilität sich dadurch, daß sie in letzter Zeit häufig auf den Boden gefallen war, nicht gerade verbessert hatte. Trotzdem gelang es ihm, ein Streichholz anzuzünden.

*Zutritt nur für Personal*

Das Streichholz erlosch, und Guy strich mit dem zweiten über die Anrißfläche, das gleich darauf entflammte und es fertigbrachte, in dem ansonsten völlig zugluftfreien Keller den einzigen Windhauch zu erhaschen, um sofort wieder auszugehen. Guy streckte den rechten Arm vor und tastete mit den Fingern nach der Tür, die er kurz zuvor für den Bruchteil einer Sekunde gesehen hatte.

Wie schon Aristoteles sagte: Wenn man zwischen einem beutehungrigen Tiger und einem Zustellungsbeamten eingekeilt ist, der ein gerichtliches Dokument in den Händen hält, dann sollte man sich stets nach einer Fluchtmöglichkeit umsehen.

Erschöpft, betrübt und bestürzt zugleich kehrte der Chefwächter in seine Dienststelle zurück. Im Zeitraum eines einzigen Tages hatte er gegen sämtliche Gesetze und Regeln seines Berufsstands verstoßen, und das einzig und allein, um herausfinden zu müssen, daß seine Helfer und Helfershelfer für die Vernichtung des (seiner Meinung nach) größten musikalischen Genies aller Zeiten verantwortlich waren. Als wäre es nicht schon schlimm genug gewesen, daß Blondel in einem seiner eigenen Archive umgekommen war, so mußte ihm auch noch einfallen, daß sie heute abend Gäste zum Essen erwarteten und ihm seine Frau gesagt hatte, er dürfe unter keinen Umständen zu spät nach Hause kommen. Mißmutig blickte er auf die Uhr, dann schloß er die Bürotür auf und spielte kurz mit dem Gedanken, ein kurzes Stück in der Zeit zurückzuspringen, um sich auf diese Weise wenigstens einigen häuslichen Ärger zu ersparen. Zwar wäre das ein eklatanter Verstoß gegen die Dienstvorschriften gewesen, aber verglichen damit, was er bereits getan hatte, entspräche das lediglich einem Strafzettel auf der Windschutzscheibe seiner Ehre. Andererseits brauchte er jetzt nur noch den Safe zu öffnen, um dort den Archivschlüssel für die Nacht zu deponieren, und sich auf dem Nachhauseweg für seine Frau eine vernünftige Entschuldigung einfallen zu lassen...

In seinem Büro wurde er bereits von einigen Leuten erwartet. Sie mußten die ganze Zeit im Dunkeln gesessen haben, denn das Licht war nicht an, als er den Raum betrat; als wollten sie ihn mit ihrem unangekündigten Besuch überraschen.

»Guten Abend, Chefwächter.«

Selbst wenn er an eine Flucht gedacht hätte, wäre es zwecklos gewesen; die Tür wurde mittlerweile von einem kräftig gebauten Sicherheitsbeamten blockiert. Der Chefwächter holte tief Luft und entspannte sich. Da es sich offenbar um ein abgekartetes Spiel handelte, gab es keinen Grund, überstürzt zu reagieren.

»Kommen Sie rein, und nehmen Sie bitte Platz.«

Obwohl die Sitzung des Auswahlkomitees, auf der er zum Chefwächter ernannt worden war, mittlerweile um die zweihundert Jahre – was, wirklich schon so lange? – zurückliegen mußte, erkannte er die Stimme sofort. Als sich der Sprecher im Sessel zu ihm umdrehte und ihn anschaute, war er zwar innerlich darauf vorbereitet, doch quietschte er trotzdem kurz wie eine Maus im

Mixgerät auf und blickte unwillkürlich beiseite. Schließlich war der Chefwächter ein menschliches Wesen, und kein noch so abgeklärter oder gelassener Mensch konnte einen längs in der Mitte halbierten Mann ohne Skrupel ansehen.

»Das geht schon in Ordnung«, beruhigte ihn der halbe Mann und nahm so eine Entschuldigung vorweg. »Ich habe mich mittlerweile, weiß Gott, daran gewöhnt. Wenn Sie also lieber in die andere Richtung blicken, dann bin ich keinesfalls beleidigt.«

»Danke, Sir«, murmelte der Chefwächter zur gegenüberliegenden Wand und setzte sich.

»Kommen wir zur Sache«, sagte der halbe Mann. »Sie können die beiden zwar nicht sehen, aber zu meiner Rechten sitzt Seine Heiligkeit Papst Julius der Zweite, den Sie, soweit ich mich erinnern kann, schon einmal kennengelernt haben, stimmt's?« Mit belustigtem Unterton in der Stimme fuhr er fort: »Und zu meiner Linken befindet sich Seine Heiligkeit Gegenpapst Julius der Dreiundzwanzigste. Bevor Sie jetzt irgend etwas sagen, ja, die beiden sind ein und dieselbe Person. Wie Sie wissen, war Julius Papst von Rom, und seit seinem Tod pendelt er aus dem sechzehnten Jahrhundert als Gegenpapst durch die Weltgeschichte. Freundlicherweise hat er zugestimmt, gleichzeitig auf zwei Reisen zu gehen, und zwar jeweils in einer der beiden Funktionen. Da eine solche Simultanreise offenbar zum erstenmal gemacht wird, bittet er Sie, ihm gegenüber einige Zugeständnisse zu machen. Zum Beispiel heißt das, daß er nicht sprechen kann.«

Die Neugier des Chefwächters siegte schließlich über seine Vernunft. »Und warum nicht, wenn ich fragen darf?«

»Aus Angst, daß er sich selbst widersprechen könnte«, antwortete der halbe Mann. »Da er in beiden Eigenschaften *ex cathedra* spricht, könnte das in Anbetracht der Unfehlbarkeit des Heiligen Vaters äußerst unangenehme Folgen haben. Deshalb teilt er sich mir ausschließlich durch Zeichensprache mit, die sich nicht als Ausdrucksmittel unfehlbarer Aussagen eignet, und ich werde Ihnen dann seine Ansichten darlegen. Da Sie meinen Anblick verständlicherweise nicht ertragen können, müssen Sie mir vertrauen, daß ich die Gesten der beiden Päpste richtig interpretiere. Sind Sie damit einverstanden?«

»Selbstverständlich«, stimmte der Chefwächter zu.

»Sehr schön«, freute sich der halbe Mann. »Da es sich hierbei um ein Gerichtsverfahren handelt, ist ein Schreiber anwesend, der alles für die Prozeßunterlagen protokollieren wird. Haben Sie irgendwelche Einwände?«

»Nein, keinerlei Einwände.«

Der halbe Mann nickte Pursuivant zu, der am Tischende saß. Pursuivant spitzte den Bleistift, öffnete sein Notizbuch und hielt schon einmal das Datum schriftlich fest. Er schrieb es falsch.

»Gut, dann können wir ja anfangen«, stellte der halbe Mann fest. »Sie sind also John Athanasius, Chefzeitwächter der Firma ›Rund um die Sanduhr‹, Newland Road, Bleak City, Atlantis. Sind diese Angaben richtig?«

»Ja«, bestätigte John Athanasius.

»John Athanasius, Ihnen wird … Verdammt, ich kann meine eigene Schrift nicht mehr lesen. Was soll das heißen, Julius? Ach ja? Danke. Also, Ihnen wird vorgeworfen, gegen die chronologische Ordnung verstoßen zu haben, indem Sie unautorisierten Personen wissentlich und zum persönlichen Nutzen den Zugang zu einem der Zeitarchive gewährt haben, was ein Verstoß gegen die Paragraphen drei und siebenundsechzig besagter Ordnung ist. Bekennen Sie sich schuldig oder nicht schuldig?«

»Schuldig«, antwortete Athanasius gefaßt.

»Ach, wirklich?« staunte der halbe Mann. »Welch unerwartetes Geständnis. Sie müssen nämlich wissen, daß wir weder Mühen noch Kosten gescheut haben, um Sie zu überführen. Ich habe draußen einen ganzen Flur voll Zeugen antreten lassen, die allesamt vorübergehend ans Tageslicht zurückgeholt wurden, nur um zu bestätigen, daß Sie dort unten von ihnen gesehen worden sind. Sind Sie sich wirklich sicher, daß Sie sich weiterhin schuldig bekennen wollen?«

»Ja.«

Der halbe Mann zuckte die Achseln – was mit einer Schulter gar nicht so einfach ist – und suchte in seiner Aktentasche nach dem halben schwarzen Barett. »Haben Sie noch irgend etwas – wo ist bloß diese Scheißmütze? – zu Ihrer Verteidigung vorzubringen, bevor das Urteil verkündet wird, Angeklagter?«

»Nein.«

»Aha, ich verstehe. Sind Sie sich ganz sicher?«

»Ja, Sir.«

»Wie Sie wollen. Wie herum muß man das Ding eigentlich tragen? Sie können sich natürlich darauf verlassen, daß ich das Barett aufgesetzt habe. Es ist auch besser, wenn Sie nicht hersehen, weil Sie sonst in das allgemeine Gekicher einstimmen würden, was eine Mißachtung des Gerichts wäre, und wie sich die Lage darstellt, stecken Sie schon tief genug in der Tinte. John Athanasius, Sie werden für schuldig befunden, das eilige Verstauen – zum Henker, das heilige Vertrauen steht da natürlich! –, das in Sie gesetzt worden ist, auf unverzeihliche Weise gebrochen zu haben. Ruhe jetzt! Wenn das so witzig ist, kann ja mal jemand anders versuchen, das Ganze mit einem Auge abzulesen! Mit großer Geduld habe ich mir Ihre Bitte um mildernde Umstände angehört… Nein, streichen Sie das. Schade drum. Sie haben keinerlei Versuche unternommen, für Ihr Verbrechen strafmildernde Umstände geltend zu machen, und ich bin deshalb verpflichtet, Sie zur ewigen Ablage im Hauptarchiv zu verurteilen. Haben Sie *jetzt* noch irgend etwas dazu zu sagen, warum eine solche Strafe gegen Sie nicht verhängt werden sollte?«

»Nein, Sir.«

»Haben Sie wirklich nichts zu sagen? Nicht einmal: *Ich glaub, mich hat's erwischt, Boß?* Na ja, irgend so etwas in der Richtung jedenfalls. Überhaupt nichts?«

»Nein, Sir.«

Der halbe Mann seufzte. »Also gut, demnach stellt sich dieser Abend für uns alle als eine einzige riesige Pleite dar. Wäre uns nämlich von vornherein klargewesen, daß die Verhängung eines Versäumnisurteils ausgereicht hätte, hätte Julius zu Hause bleiben, ich die Einladung zum Abendessen annehmen und dieser Mister Sowieso hier zum Windhundrennen gehen oder eben das machen können, was solche Leute sonst so abends treiben. Aber was soll's? Das Urteil ist hiermit rechtskräftig.«

Der Chefwächter senkte betrübt den Kopf und wartete darauf, daß ihm der Sicherheitsbeamte eine Hand auf die Schulter legen würde, um ihn abzuführen. Doch statt dessen hörte er erneut die Stimme des halben Mannes.

»Übrigens habe ich dem Fahrer gesagt, er brauche erst in etwa fünf Stunden zurückzukommen«, sagte er allgemein in die Runde. »Also hängen wir hier solange fest. Wie wär's mit einem Spiel oder dergleichen?«

»Danke, aber ich glaube nicht, daß ich dazu in der richtigen Stimmung bin«, antwortete John Athanasius.

»Mit Ihnen habe ich auch gar nicht gesprochen«, klärte ihn der halbe Mann auf. »Julius, wie wär's mit einer Runde Skat? Du und du gegen mich und Mister ... Ach, tut mir leid, ich hatte völlig vergessen, daß du gar nicht reizen darfst, wenn du unfehlbar bist. Nachher spielst du noch einen Grand ohne Vieren und verlierst womöglich mit Contra, gar nicht auszudenken, welche Auswirkungen das auf das neunte Laterankonzil haben könnte. Na prima, das kann ja ein heiterer Abend werden ...«

Während des danach folgenden langen Schweigens

starrte Athanasius die Wand an. Seine Frau hatte es bestimmt schon längst aufgegeben, auf ihn zu warten, und servierte höchstwahrscheinlich gerade die kalte Rote Bete-Suppe mit saurer Sahne und Schnittlauch. Dort, wo er hingebracht werden sollte, würde er nie wieder das von seiner Frau gekochte Essen riechen, vor allem aber nie wieder essen müssen. Unwillkürlich verzogen sich seine Lippen zu einem hämischen Grinsen.

»Ich sehe was, was du nicht siehst, und das ist…«, begann der halbe Mann. »Mhm, mal sehen… und das ist… Ey, Chefwächter, ist das etwa eine komplette Plattensammlung von Blondel?«

John Athanasius nickte.

»Ist da etwa auch das Weiße Album von elfhundertsechsundneunzig bei?«

Erneut mußte Athanasius grinsen. »Ja, Sir.«

»Das ist natürlich die Raubpressung, nicht wahr?«

»Nein, Sir«, antwortete der Chefwächter – o zarte Sehnsucht, süßes Hoffen –, »die offizielle Aufnahme, Sir.« Nicht ohne Häme fügte er hinzu: »Und zwar mit Gace Brulé am Schlagzeug.«

»Ich verstehe. Haben Sie eigentlich ein… ähm… Testament gemacht?«

Der Chefwächter nickte.

»Aha, das hatte ich mir gedacht. Natürlich ist das ungültig«, stellte der halbe Mann fest. »Wenn Sie in die Archive verbannt werden und folglich nie gelebt haben, können Sie auch kein Testament gemacht haben, und das heißt, daß Ihr gesamter Besitz eingezogen wird und an…«

»Wenn es mich nie gegeben hat, Sir«, unterbrach ihn Athanasius, »dann kann ich auch niemals die letzte Kopie der offiziellen Aufnahme des Weißen Albums aus dem Jahre elfhundertsechsundneunzig gekauft haben, stimmt's? Und das heißt, daß die Platte von jemand anderem gekauft worden sein muß. Oder was meinen Sie, Sir?«

»Ich ...«

»Was wirklich schade ist, Sir, zumal ich die Platte in meinem Testament Ihnen vermacht habe.«

»Ich ...«

»Ausdrücklich sogar. Ach, und dann spielt ja auch noch elain de Coucy auf der Platte das Krummhorn«, schwärmte Athanasius. »Eine Wahnsinnsaufnahme ist das.«

»Chefwächter!« Die Stimme des halben Mannes klang plötzlich hart wie ein Diamant. Wie ein schwarzer Diamant sogar, Industriestandard. »Sehen Sie mich gefälligst an, wenn ich mit Ihnen rede!«

John Athanasius drehte sich gehorsam um und lächelte freundlich. Unter diesen Umständen fiel es ihm nicht einmal sonderlich schwer, dem halben Schädel ins Auge zu blicken. Ihm war nämlich gerade folgendes eingefallen: Wenn es seine Blondel-Plattensammlung noch gab, mußte auch Blondel gelebt haben, und wenn es Blondel jemals gegeben hatte, dann mußte er irgendwie aus dem Archiv entkommen sein. *Und in diesem Fall,* jubelte seine innere Stimme, *werde auch ich irgendwie aus diesem Schlamassel herauskommen. Danach werde ich diesen Scheißjob kündigen, mir eine andere Originalfassung des Weißen Albums besorgen und mich zur Ruhe setzen.*

»Haben Sie eigentlich eine Ahnung, welch ernsthaftes Vergehen es ist, wenn man mutwillig *mein* Recht zu beugen versucht?«

»Nein, Sir.«

»Nun, sehr ernst jedenfalls. Also versuchen Sie es lieber erst gar nicht, haben Sie mich verstanden?«

»Ja, Sir.«

»Sehr schön. He, Sie da, wie immer Sie auch heißen!«

Pursuivant blickte von seinen Notizen auf und schlug unter dem Tisch gehorsam die Hacken zusammen. »Ja, Euer Ehren?«

»Ist das da das Gerichtsprotokoll?« verlangte der halbe Mann zu wissen.

»Ja, Euer Ehren.«

»Geben Sie es mir.«

Pursuivant klappte das Notizbuch zu und übergab es dem halben Mann, der es sofort aufschlug und ein paar Seiten davon zwischen den Zähnen festhielt. Dann legte er seinen längs gespaltenen Schädel in den Nacken und zog daran. Die Blätter wurden aus der Spiralhalterung gerissen, und der halbe Mann stopfte sie sich in den halben Mund, zerkaute sie kräftig mit dem halben Satz Zähne und schluckte alles hinunter.

»Igittigitt«, war alles, was er dazu sagte.

»Sir!« protestierte Pursuivant, und er machte dabei solche Glupschaugen, daß er wie eine aufgeschreckte Heuschrecke aussah. »Das können Sie doch nicht einfach tun!«

Der halbe Mann blickte ihn eindringlich an. Zu dem Blick selbst gibt es eigentlich nur soviel zu sagen, daß sich Pursuivant einige Stunden später freiwillig im Krankenrevier meldete und verlangte, sein Gedächtnis zu löschen, wobei er seiner Forderung mittels eines mit Nägeln besetzten Knüppels Nachdruck verlieh.

»Das nächste Mal benutzen Sie gefälligst keinen Bleistift, das schmeckt ja furchtbar«, beschwerte sich der halbe Mann. »Ach, halt's Maul, Julius! Du verstauchst dir sonst noch die Hände. Also gut, Chefwächter. Ich meine, John«, korrigierte er sich. »Oder, besser, Jack, mein alter Freund. Warum haben Sie mir nicht gleich gesagt, daß Sie ein Blondel-Fan sind?«

»Na ja, Sir, ich ...«

»Tony. Nennen Sie mich einfach Tony«, sagte der halbe Mann.

»Also gut, Tony. Ich hätte niemals gedacht... Ich meine, unter diesen Umständen wäre ich nie darauf gekommen, daß es wichtig sein könnte, welche Musik ...«

»Unsinn«, unterbrach ihn der halbe Mann. »Nur weil ich mit dem Burschen nicht immer einer Meinung bin, heißt das noch lange nicht, daß ich seine Musik nicht mag. Und auch wenn ich nur ein Ohr habe, so kann ich doch sehr gut hören. Gace Brulé spielt wirklich das Schlagzeug?«

Der Chefwächter nickte. »O ja. Da gibt es diese unglaubliche Passage in dem Lied *Quand flours et glais*, und zwar der Übergang zum Refrain, wo ...«

»Cadenet singt da doch mit, stimmt's?«

»Richtig, und bei *San'c fuy belha* singen die beiden sogar im Duett.«

Eine Weile herrschte Schweigen, das nur durch das Summen von zwei – anderthalb – Männern unterbrochen wurde. Julius blickte die beiden vorwurfsvoll an und schüttelte betrübt die Köpfe.

»Jedenfalls sind diesem Gericht nur unzulängliche Beweise für die vorgebrachten Anklagepunkte vorgelegt worden, und deshalb wird entschieden, daß das Verfahren auf unbestimmte Zeit verschoben wird. Die Wiederaufnahme des Verfahrens kann jederzeit beantragt werden, jedenfalls mit meiner Einwilligung.« Er versuchte, dem Angeklagten zuzuzwinkern, was logischerweise kläglich mißlang. »Und lassen Sie sich das eine Lehre sein, Chefwächter.«

»Ja, Sir.«

Der halbe Mann erhob sich. An dieser Stelle sei erwähnt, daß er sich auf sehr merkwürdige, man könnte sogar sagen, auf geradezu mysteriöse Art bewegte; die vorhandene Hälfte des Körpers bewegte sich so, als wäre die andere Hälfte auch da. »Alle aufstehen!« forderte er die anderen auf. »Komm schon, Julius, ihr beiden auch. Koch uns Kaffee, oder tu sonst was Sinnvolles. Und Sie dahinten, wie immer Ihr Name ist, auch! Kümmern Sie sich mal darum, ob Sie diesen dämlichen Fahrer über Funk erreichen können. Und jetzt zu uns, Jack ...«

Der Gegenpapst und sein vorhergehendes Leben zuckten die Achseln und machten sich in trauter Eintracht auf die Suche nach einem Wasserkessel. Pursuivant, der mental völlig am Ende war, entdeckte unter einer Treppe einen Schrank und zog es vor, sich schlafen zu legen. Kurz darauf dröhnte aus dem Büro des Chefzeitwächters in voller Lautstärke und im perfekten Dolby-Surround-Sound Blondels *L'Amours Dont Sui Epris*.

Falls irgend jemand – mit Ausnahme der anderthalb Männer im Büro natürlich – die zweite Strophe mitsang, dann konnte das niemand hören.

Der Kellner, der ihm einen Eiskaffee und ein Glas Wasser gebracht hatte, kam Blondel bekannt vor, und er erkundigte sich nach seinem Namen.

»Spiro«, antwortete der Kellner.

»Aha, Spiro also. Und weiter?«

»Maniakis. Ist das denn wichtig?«

»Hat Ihre Familie unten in der Nähe von Mistra vor einiger Zeit Ackerbau und Viehzucht betrieben?« fragte Blondel. Als ihn der Kellner verdutzt anblickte, fügte er erklärend hinzu: »Sie müssen schon entschuldigen, aber Sie erinnern mich an jemanden, den ich früher mal gekannt habe.«

»Wirklich?« Der Kellner blickte ihn jetzt noch befremdeter an als zuvor. »Vor etwa einhundert, vielleicht auch hundertfünfzig Jahren lebte die Familie meiner Mutter in einem kleinen Dorf, das ganz in der Nähe von Mistra liegt. Aber wie kommen Sie darauf?«

Plötzlich fiel Blondel wieder ein, an wen ihn der Kellner erinnerte. »Ach, das war ein Irrtum. Tut mir leid, ich wollte Sie wirklich nicht belästigen.«

Der Kellner zuckte die Achseln und ging, leise vor sich hin pfeifend, an den Tresen. Die Melodie, die er pfiff, war zufällig eine sehr freie Interpretation von *L'Amours Dont Sui Epris*. Das Lied war ihm einst von seiner Urgroßmutter beigebracht worden.

Blondel trank rasch den Kaffee aus und verließ gleich darauf das Lokal.

*Ein ganz schön anstrengender Tag ist das bislang gewesen,* sagte er sich, als er zum Rathaus zurückging.

Er konnte wirklich von Glück reden, daß er Sekundenbruchteile vor der Explosion der Bohrinsel die Tür mit der Aufschrift *Zutritt nur für Personal* entdeckt hatte. Natürlich war es gut, nicht mehr in den Archiven gefangen zu sein, doch machte es ihm noch immer stark zu schaffen, daß er jemanden die zweite Strophe hatte singen hören. Natürlich konnte es sich dabei um puren Zufall gehandelt haben, doch hatte er das sichere Gefühl, daß in den Archiven nichts zufällig geschah, auch wenn ihm zur Untermauerung dieser These die wissenschaftlichen Daten fehlten. Vielleicht hatte es auch nur etwas mit der Atmosphäre da unten zu tun gehabt oder womöglich gar mit einer anderen vermißten Person, nach der auch gesucht wurde – so viele Fragen und keine Antworten.

Er blickte auf die Uhr. In etwa zwanzig Minuten wollte er das Lied in den Ruinen der Kreuzritterburg im Vorgebirge zum besten geben; dann (falls es keine Reaktion geben sollte) wollte er sich den Rest des Tages in die Mitte des achtzehnten Jahrhunderts begeben, wo in seiner Liste ein paar Schlösser und Burgen am Rhein eingetragen waren; und danach, sollte alles glimpflich verlaufen sein, könnte er endlich ins Bett gehen – mit der Perspektive, von nun an zwei, anstatt eine Person suchen zu müssen, die in der Geschichte verlorengegangen waren. Andererseits, positiv betrachtet, verdoppelten sich dadurch seine Chancen. Negativ betrachtet, könnte man auch anführen, daß doppelte Scheiße im Endeffekt nichts anderes als einfache Scheiße blieb.

Auf dem Weg zum Vorgebirge entschied er sich, einen kleinen Abstecher zum Marktplatz zu machen, einfach so zum Spaß. Schließlich waren mittlerweile mehr als neun Monate und siebenhundert Jahre vergangen, seit er das letztemal hiergewesen war – und vor Ewigkeiten war er hier schon einmal fünfzig Jahre weiter in der Zukunft als heute gewesen. Es interessierte ihn nun einmal, welche Veränderungen in den Städten, die er aufsuchte, stattgefunden hatten. Ob wohl in der Straße gegenüber der Kirche mittlerweile das riesige Schlagloch zugeschüttet worden war?

Nachdem er sich auf dem Markt eine Tüte Nüsse gekauft hatte, spazierte er gemütlich den Hang hinauf. Kurz bevor er den Treppenaufgang zur Burg erreichte, winkte ihm jemand von weitem zu – ganz belanglos, als wollte dieser Jemand einem entfernten Bekannten einen guten Tag wünschen – und ging dann weiter. So etwas war für Blondel natürlich eine äußerst seltene Begebenheit. Also blickte er sich noch einmal um und versuchte das Gesicht zwischen den vielen Fußgängern, Motorrädern und Autos ausfindig zu machen, die sich dort unten an der Kreuzung drängten. Gerade als er die ganze Angelegenheit abschreiben wollte (wahrscheinlich handelte es sich wieder einmal um einen sehr entfernt verwandten Vetter), winkte der Mann erneut zu ihm herüber.

Vor Schreck ließ Blondel die Tüte mit den Nüssen fallen und seufzte: »Ach, du dickes Ei!«

# 7. KAPITEL

Hallo, ist da jemand?« flüsterte Guy ängstlich.

In der Dunkelheit bewegte sich etwas; etwas Kleines mit vier Beinen. Guy, der eigentlich nicht zu jenen Menschen gehörte, die sich leicht von ihren Grundsätzen abbringen ließen, fragte sich nichtsdestotrotz, ob er das Richtige getan hatte. La Beale Isoud war zwar nicht nach seinem Geschmack, doch immerhin war sie nicht vierbeinig, und soweit er wußte, kroch sie auch nicht in dunklen Räumen herum.

»Hallo, ist da jemand?« fragte eine Stimme in der Finsternis zurück.

Guy hatte das Gefühl, daß ihm jemand den Text geklaut hatte, und stammelte verlegen: »Ja … ähm …«

»Fühlen Sie sich ganz wie zu Hause«, forderte ihn die Stimme auf, wobei sie sich ganz so anhörte, als wenn sie es ernst meinte. »Vor der Ratte brauchen Sie keine Angst zu haben, die beißt nicht. Sie ist die Kusine von einer Ratte, die ich sehr gut gekannt habe.«

»Ach so?«

»Ja, im Ernst. Die Ratten hier sind alle eng miteinander verwandt. Über Generationen schon. Trotzdem scheint sich das in keiner Weise negativ auf sie auszuwirken. Wenn überhaupt irgendwas, dann sind sie dadurch allenfalls ungewöhnlich zahm und freundlich geworden.«

»Aha, sehr schön«, antwortete Guy leicht verwirrt. »Gibt es hier irgendwo Licht?«

»Leider nein. Sind Sie aus der Nachbarzelle?«

Guy bekam eine leichte Gänsehaut. »Wie bitte? Haben Sie eben Zelle gesagt?«

»Ja, allerdings.«

»Wollen Sie etwa damit sagen, daß das hier ein Gefängnis ist?«

Es entstand ein kurzes Schweigen. »Jedenfalls hat man mich das die ganze Zeit glauben lassen«, sagte schließlich die Stimme. »Und, ehrlich gesagt, kommt es mir hier auch ganz wie in einem Gefängnis vor.«

»Ah ja.« Guy hielt für einen Moment inne und dachte darüber nach. »Also sind Sie hier schon lange?«

»Ja, sehr lange sogar.«

»Wie lange?«

»Das ist allerdings eine gute Frage«, seufzte die Stimme. »Mal sehen … fünf, zehn, zwanzig, fünfundzwanzig … ich bin hier jetzt seit etwa tausend Jahren.«

Unbeabsichtigt rutschte Guy ein ungläubig staunender Laut heraus. Eigentlich hatte er sagen wollen: ›Aber für einen Menschen ist es doch unmöglich, tausend Jahre lang zu leben, erst recht nicht in einem solchen Raum.‹ Doch außer diesem Laut brachte er nichts heraus.

Dennoch schien der Urheber der Stimme das Wesentliche verstanden zu haben, denn er fuhr fort, als wäre er von dieser Tatsache selbst etwas überrascht: »Das kommt einem ewig lange vor, nicht wahr? Trotzdem ist es schon verwunderlich, wie schnell man sich daran gewöhnt. Irgendwann vergeht die Zeit wie im Flug. Natürlich bin ich nicht die ganze Zeit hier in der Zelle gewesen.«

»Ich wollte Sie gerade danach fragen«, warf Guy erleichtert ein.

»Etwa … neunhundertneunundneunzig Jahre und elf Monate habe ich in der Nachbarzelle verbracht. Dann bin ich hierher verlegt worden. Ich muß ehrlich zugeben, daß das eine erhebliche Verbesserung war.«

»Ah ja, eine erhebliche Verbesserung also«, wiederholte Guy. Obwohl es stockdunkel war, sendeten ihm seine Sinne eine ganze Reihe von Berichten ihrer ersten Wahrnehmungen, die allesamt negativ ausfielen. Höchstwahrscheinlich sagten sie ihm nur, daß es hier tatsächlich stockdunkel sei, was bestimmt nicht gerade sehr ermutigend für Guy gewesen sein dürfte.

»Vor allem ist es hier viel geräumiger als in der alten Zelle«, fuhr die Stimme schwärmerisch fort. »Da vorne, wo es etwas zieht, ist sogar eine Stelle, wo man fast aufrecht stehen kann. So was nenne ich Luxus.«

Zu seinem großen Entsetzen mußte Guy feststellen, daß die Stimme keineswegs ironisch geklungen hatte. Weit gefehlt sogar.

»Es war wirklich furchtbar nett, Sie kennengelernt zu haben«, sagte er, »aber ich fürchte… Ojemine! Ist es wirklich schon so spät? Ich sollte mich jetzt lieber wieder auf die Socken machen.«

Stück für Stück bewegte sich Guy vorsichtig zur Tür zurück, durch die er eben gekommen war, doch sie war nicht mehr da. Unter Einsatz des Tastsinns unternahm er eine schnelle, aber dennoch gewissenhafte Untersuchung, und als er zu dem Schluß gelangte, daß sich die Tür samt Griff und Angeln aus dem Staub gemacht haben mußte, bekam er einen Tobsuchtsanfall.

»Ist ja gut«, besänftigte ihn die Stimme, und zwei Hände packten ihn fest an den Schultern. »Sie dürfen sich nicht so aufregen. Das bringt jetzt auch nichts mehr, außerdem verärgern Sie damit nur den Wärter. Um diese Zeit hält er gern seinen Nachmittagsschlaf, und der arme Kerl hat es hier wirklich nicht leicht…«

Guy brach mitten im Schreien ab. Wer immer dieser Verrückte auch sein mochte, er war allen Ernstes um das Wohlbefinden des Wärters besorgt. Das konnte man an seinem Tonfall hören.

»Ich glaube nicht, daß er hier sehr viel Gehalt bekommt«, fuhr die Stimme fort. »Ich meine, was ist denn das für ein Leben, den ganzen Tag in dunklen Fluren herumsitzen und sich darum kümmern zu müssen, daß niemand flieht? Ich finde, daß er unter solchen Umständen sehr gut damit klarkommt. Außerdem ist er wirklich ein feiner Kerl. Wie er mir einmal erzählt hat, sammelt er Schmetterlinge. Oder war das sein Ururgroßvater gewesen? Manchmal blickt man einfach nicht mehr durch.«

Guy stellte fest, daß er plötzlich keine Lust mehr hatte zu schreien; eine Folge leiser Schluchz- und Klagelaute schien weit angebrachter zu sein, und er merkte, daß dies dem Fremden auch sehr viel angenehmer war.

»Ist ja gut, mein Freund«, tröstete ihn der Fremde. »Wenn ich Sie mal etwas fragen darf, und glauben Sie bitte nicht, daß ich zu neugierig erscheinen will, aber wie sind Sie eigentlich hier reingekommen?«

»Ähm, ich …«, stammelte Guy; das zu erklären dürfte nicht leichtfallen. »Sie werden es mir nicht glauben, aber ich bin …«

»Halt, sagen Sie es mir nicht!« unterbrach ihn der Fremde. »Sie haben meinen Tunnel gefunden.«

»Wie bitte?«

»Sie sind doch aus der anderen Zelle gekommen«, antwortete die Stimme. »Haben Sie den Tunnel denn nicht entdeckt, den ich gegraben habe?«

Guy entschied sich, den Weg des geringsten Widerstands zu gehen. Letztendlich konnte er von einem Mann, der die vergangenen zehn Jahrhunderte in einem Gefängnis verbracht hatte, nicht allzuviel erwarten. »Ja, natürlich.«

»Habe ich's mir doch gedacht. Sie sind durch den Tunnel gekommen, haben geglaubt, er würde ins … ins … Wie nennt man das noch mal? Ah ja! … ins Freie führen, und als Sie herausgefunden haben, daß er hier hineinführt, sind Sie verständlicherweise enttäuscht gewesen und dann … Na, das Ganze war eben ein wenig zuviel für Sie, nicht wahr? War's ungefähr so?«

»Ja, genau so war's. Aber wo genau bin ich denn eben

reingekommen? Es ist schwierig, sich in dieser Dunkelheit zu orientieren.«

»Finden Sie?« fragte die Stimme. »Ehrlich gesagt kann ich es mir schwer vorstellen, daß es nicht dunkel ist, aber vielleicht liegt das nur daran, daß ich mich ganz gut daran gewöhnt habe. Ich nehme an, daß Sie da vorne reingekommen sind, wo der Luftzug herkommt. Ein wunderbarer Luftzug ist das, finden Sie nicht? Haben Sie in Ihrer Zelle auch so einen schönen Luftzug, wenn ich fragen darf?«

»Wie bitte?«

»Na, in der Zelle, aus der Sie gerade gekommen sind.«

»Ach so. Ja, natürlich zieht es dort. Ein wunderbarer Luftzug. Ähnlich wie hier, nur noch besser.«

»Ach, wirklich?« Es war ganz so, als klänge ein wenig Neid in der Stimme des Fremden mit. »Das muß schön sein. Trotzdem kann ich mich nicht beschweren. Der Luftzug hier ist für meine Zwecke völlig ausreichend.«

Das schien die Unterhaltung für eine Weile zu beenden, und Guy fühlte sich allmählich unwohl. Er kroch auf die Stelle zu, von der der Luftzug kam, entdeckte die Wand und klopfte sie mit den Händen ab. Sie war glatt und eben – kein Anzeichen von einer Tür –, und er spürte, wie er erneut kurz vor einem Tobsuchtsanfall stand.

»Haben Sie auch eine Ratte in Ihrer Zelle?« fragte die Stimme.

»Eine Ratte? Nein, das kann man so direkt nicht sagen.«

»Das tut mir aber leid für Sie. Ich finde, sie spenden einem sehr viel Trost. Solange ich mich erinnern kann, habe ich immer Ratten gehabt. Glauben Sie mir, man könnte fast eher behaupten, die Ratten hätten mich gehabt; manchmal kann man gar nicht mehr unterscheiden, wer hier das Herrchen und wer das Rättchen ist.« Ein sanftes Lachen war zu hören. »Unglaublich selbständige und eigenwillige Kreaturen sind das. Wirklich toll.«

Der Fremde schien in eine Art Tagtraum zu versinken – der sich wahrscheinlich um die ungeheure Charaktervielfalt von Ratten oder um etwas Ähnliches drehte –, und Guy spürte erneut, wie er in der Stille von Angst beschlichen wurde. Natürlich gefiel ihm das alles nicht; andererseits hatte er aber auch keine Lust mehr, sich erneut über Ratten, Luftzüge oder ähnliche Knastprobleme zu unterhalten, und hielt es deshalb für eine gute Idee, etwas zu singen.

»Haben Sie etwas dagegen, wenn ich singe?« fragte er den Fremden.

»Singen? Nein, wieso sollte ich? Fühlen Sie sich ganz wie zu Hause. Ich habe seit zig Jahren niemanden mehr singen hören ... Mensch, wie hieß der Kerl noch mal? Er hat hier als Aushilfswärter gearbeitet. Das muß jetzt schon sechshundertdreißig, wenn nicht sogar sechshundertfünfzig Jahre hersein. Er sang hin und wieder, wenn er das Essen brachte und ...«

»Ach so? Das klingt ja sehr interessant«, unterbrach ihn Guy; in Wirklichkeit interessierte es ihn einen feuchten Kehricht, was vor sechshundertundfünzig Jahren geschehen war. »Also schön, dann werde ich jetzt etwas singen. Einverstanden?«

»Das würde mich wirklich freuen«, ermunterte ihn die Stimme höflich.

Guy räusperte sich und überlegte verzweifelt, was er bloß singen könnte. Er hatte sich gerade für *They Say There's a Wimpey Just Leaving Cologne* entschieden, als von draußen ein Geräusch zu hören war, ein ziemlich vertrautes Geräusch sogar. Eine Stimme sang:

*»L'amours dont sui epris*
*Me semont de chanter;*
*Si fais con hons sopris;*
*Qui ne puet endurer ...«*

Guys Kinnlade klappte herunter. Blondel! Die Stimme gehörte unverkennbar zu Blondel, und das Lied – nun, er hatte es in letzter Zeit häufig genug gehört. Das mußte Blondel sein!

»Donnerwetter!« staunte der Fremde leise.

*»A li sont mi penser*
*Et seront a touz dis;*
*Ja nes en quier oster ...«*

Für den Bruchteil einer Sekunde war sich Guy nicht ganz sicher, ob er sich daran erinnern konnte, wie das Lied weiterging, doch dann sang er selbst – laut, heiser und falsch.

*»Remembrance dou vis*
*Qu'il a vermoil et clair*
*A mon cuer a ce mis*
*Que ne l'en puis oster ...«*

»Entschuldigung, aber dürfte ich vielleicht mal etwas fragen? Ist das nicht ...?« meldete sich der Fremde zu Wort.

Doch Guy brachte unbeirrt die letzten Worte der zweiten Strophe heraus und wartete dann mit atemloser Spannung ab, bis erneut Blondels Stimme ertönte, die immer näher kam und jetzt laut, klar und fröhlich klang.

*»Plus bele be vit nuls*
*De le nors ne de vis;*
*Nature ne mist plus*
*De beaute en nul pris ...«*

Der Fremde räusperte sich, als wollte er dem, was er seinem neuen Zellenpartner zu sagen hatte, mehr Nachdruck verleihen, doch Guy hörte ihm sowieso nicht zu und sang unverdrossen und furchtbar falsch:

*»Or serai ses amis*
*Or pri Deu de la sus*
*Qu'a lor fin soie pris ...«*

Als die Tür aufsprang und sehr schwaches, fahles Licht hereinfiel – das womöglich von den Sternen oder vom Mond herrührte –, kroch er auf allen vieren durch die Zelle und schrie: »Blondel! Bist du's?«

»Ach, du bist da drin, Guy?« fragte Blondel von draußen zurück. »Dann komm endlich. Wir haben nicht den ganzen Tag Zeit.«

Guy stürzte sich auf die Tür, die sich bereits von selbst zu schließen begann, und schaffte es gerade noch rechtzeitig, durch sie hindurchzuschlüpfen, bevor sie sich mit einem deutlich vernehmbaren Klicken schloß und genauso schnell verschwand, wie sie erschienen war.

In der Zelle herrschte sehr lange Totenstille. Lediglich das Geräusch einer Ratte war zu hören, die überall herumschnüffelte, sich hin und wieder betrübt am Ohr kratzte und leise Piepslaute von sich gab, als verlangte sie, gefüttert zu werden.

»Ach, was soll's?«fragte die Stimme. »Hier, Rättchen, komm, ich habe eine leckere Brotkruste für dich. Na, wie macht die brave Ratte?«

Es war ein kalter Morgen an diesem schicksalshaften Tag an den Ufern des Rubikon, jenes kleinen Flusses, der die Provinz Gallien von Italien trennte, und Julius Cäsar schlug den Mantelkragen hoch. Niemand sollte sehen, daß er am ganzen Körper zitterte, weil es sonst womöglich geheißen hätte, er habe Angst.

»Alles fertig?« fragte er den Kommandanten der Kavallerie. Der Soldat nickte nur als Antwort; ihm war nicht zum Reden zumute. Das gesamte Heer verhielt sich unnatürlich ruhig, als wüßte es, daß die Weltgeschichte vor einem entscheidenden Wendepunkt stand.

Um es ganz genau auszudrücken, wußten bereits alle, daß die Weltgeschichte vor einem entscheidenden Wendepunkt stand; lediglich die Form dieses Wandels sollte sich für alle als ein Schock erweisen, auch für Julius Cäsar.

Kurz vor Mittag rief Cäsar seine engsten und vertrautesten Freunde und Unterstützer zu einer Versammlung zusammen. Regen hatte sich eingestellt; der kalte, feindselige gallische Regen, den Cäsar nur zu gut kannte. Er deutete auf eine Eiche, die zumindest einigermaßen Schutz vor den Naturgewalten bot, und so wurde dort der historische Kriegsrat abgehalten.

Cäsar war natürlich fast völlig kahlköpfig; obwohl er sich, als einziges Zugeständnis an seine Eitelkeit, redlich Mühe gab, die wenigen noch verbliebenen Haare von hinten nach vorne zu kämmen. Doch drohte der Regen aus der spärlichen Haartracht nasse, über die Ohren hängende Zotteln zu machen. Deshalb lieh er sich von einem seiner getreuesten Sklaven einen Lederhut, den er sich über die hohen Schläfen zog. Der Regen tröpfelte unablässig von der Krempe herunter.

»Meine Freunde«, begann Cäsar, »wir haben in den letzten zehn Jahren einen weiten Weg hinter uns gelegt. Als erstes mußten wir Ariovist aus dem Weg räumen; der Mann war ein echter Plagegeist, mehr Raubtier als Mensch, und es war unsere Pflicht, ihn ein für allemal vernichtend zu schlagen. Das führte zur Konfrontation mit den Bellovaken, doch kaum hatten wir sie zur Räson gebracht, probten die Nervier den Aufstand, was zum Konflikt mit den Venetern führte und letztendlich bedeutete, es erst mit den Germanen und dann mit den Briten aufnehmen zu müssen. Kurz gesagt, kaum hatten wir irgendwelche Barbaren erledigt und wähnten uns sicher, die Heimreise antreten zu können, tauchte wie aus dem Nichts ein anderes primitives Volk auf. Ja, man kann sagen, unser Vorhaben zog sich wirklich sehr in die Länge.«

Cäsar hielt inne und wischte sich mit dem Handrücken den Regen aus den Augen. Wie alle Anwesenden bemerkten, wirkte sein Gesicht abgespannt; als würden zehn Jahre Anstrengung auf einmal ihren Tribut verlangen. Wegen des heftigen Winds und peitschenden Regens beugten sich alle ein Stück vor, um seinen Worten besser folgen zu können.

»Dank der Götter ist das alles nun vorbei; und offen gesagt habe ich auch allmählich die Schnauze voll. Nun gibt es in Rom etliche unverantwortliche Narren, die euch erzählen werden, daß ich die ganze Zeit damit nichts anderes bezweckt hätte, als mich zum Imperator aufzuschwingen, und daß alle diese Schlachten und Eroberungen in Gallien lediglich als Vorbereitung zu einem Militärputsch dienen sollten. Sobald Gallien befriedet sei, so behaupten die, würde ich mein Heer über den Rubikon nach Italien führen, um dann auf Rom selbst loszumarschieren.«

Cäsar grinste, denn auf diesen Augenblick hatte er die ganze Zeit gewartet.

»Nun, ich habe euch alle heute hier zusammenrufen lassen, um ein für allemal klarzustellenl, daß ich keinerlei Absicht hege – in welcher Richtung auch immer –, mich zum Imperator zu machen. Ihr wißt genausogut wie ich, daß sofort ein Bürgerkrieg ausbrechen würde, sollte auch nur ein einziger meiner Männer diesen Fluß hier überqueren. Dies zu verhindern, gilt all mein Streben. Ich kehre jetzt zurück, meine Freunde; ich werde den Fluß überqueren, aber allein. Ihr werdet alle hierbleiben und darauf warten, daß euch der Senat einen neuen Befehlshaber schickt. Das war alles. Wegtreten!«

Cäsars Untergebene blickten sich verdutzt an, unfähig zu glauben, was sie eben gehört hatten. Solange sie sich erinnern konnten, waren sie stets alle davon überzeugt gewesen, es sei nur eine Frage der Zeit, wann Cäsar den entscheidenden Schlag ausführen werde; und nun stand er da und warf all seine Pläne über Bord. Das schwierigste daran war, daß sie alle tief im Innern wußten, daß ihr Heerführer die richtige Entscheidung getroffen hatte. Wenn Cäsars Heer nämlich den Fluß überquert hätte, wäre die Welt nie wieder dieselbe gewesen. Jetzt, da der entscheidende Augenblick gekommen war, waren aber alle derart vom Blitz getroffen, daß sich keiner von der Stelle rührte. Sie standen wie angewurzelt da und warteten darauf, daß etwas passierte.

Und es passierte wirklich etwas. Eine Plane in dem Zelt des Quartiermeisters wurde zurückgeworfen, und zwei Männer kamen heraus, die sich von den anderen römischen Soldaten, die überall im Heerlager herumliefen, ziemlich stark unterschieden. Einer von ihnen trug eine Fliegerjacke aus Schafsleder und der andere ein scharlachrotes Wams und eine Kniehose. Etliche Legionäre wurden auf die beiden aufmerksam und musterten sie mit argwöhnischen Blicken.

»Du meine Güte, bin ich froh, daß du aufgetaucht bist!« seufzte Guy erleichtert. »Ich hatte mir schon Sorgen gemacht. Danke.«

»Keine Ursache, mein Freund«, antwortete Blondel. »Immerhin habe ich jetzt schon mal einen von euch beiden gefunden. Das war reine Glückssache, glaub mir.«

»Ehrlich?«

»So genau weiß ich das allerdings auch nicht«, fuhr Blondel in nachdenklichem Ton fort. »Ich habe auf der griechischen Insel Ägina eine kurze Pause eingelegt, bevor ich mit dem Zeitplan weitermachen wollte – wir hängen übrigens ganz schön hinterher, kann ich dir sagen, und sobald wir wieder auf die Hauptstrecke zurückkehren können, werden wir einige Überstunden einlegen müssen –, als ich einen Typen sah, den ich von früher her kenne.«

»Wie meinst du das?«

»Na, genauso wie ich es gesagt habe: Ich habe einen Typen wiedergesehen, den ich von früher her kenne«, wiederholte Blondel, »und zwar von Richards Hof. Er trug eine griechische Polizeiuniform, aber sein Gesicht würde ich immer wiedererkennen. Früher am Hof hat er manchmal in der Küche gearbeitet. Er hat mir zugewinkt – weißt du, so, wie man jemanden auf der Straße erkennt – und ist dann weitergegangen. Natürlich bin ich ihm gefolgt, und als nächstes erinnere ich mich daran, daß ich vor diesem Postgebäude stand – oder was das war. Also habe ich zu singen angefangen. Dann hast du meinen Gesang erwidert, und dann öffnete sich …«

»Diese Zellentür?«

»… der Briefkasten, und ich bin da reingeschlüpft und habe dich gefunden. Na, und nun sind wir hier gelandet. Hast du eigentlich 'ne Ahnung, wo wir gerade sind? Ich bin einfach den Pfeilen im Tunnel gefolgt. Für mich sieht das hier wie irgendein Heerlager aus.«

»Kann gut sein«, antwortete Guy. »Wie kommen wir hier wieder raus?«

Blondel blickte sich nach allen Seiten um. »Jetzt dräng mal nicht so. Ich glaube nicht, daß ich hier schon mal gewesen bin, jedenfalls eine ganze Weile nicht mehr. Ich würde sogar sagen«, fügte er hinzu und lächelte dabei einen Legionär an, der ihn argwöhnisch musterte, »ich bin hier noch nie gewesen.« Der Legionär zuckte die Achseln und machte sich wieder daran, seinen Schild mit Olivenöl einzureiben.

»Das Merkwürdige daran ist«, fuhr Blondel fort, wobei er auf die Umzäunung zuschlenderte, in der die zu einer Belagerung notwendige Gerätschaft abgestellt worden war, »daß ich kurz davor schon mal jemanden dieses Lied habe singen hören.«

»Ach ja?«, staunte Guy. »Wo denn?«

»In den Archiven«, antwortete Blondel. »Das war wirklich eigenartig. Ich muß dort gelandet sein, als ich nach dem Zeitbeben hinter dir hergelaufen bin; die ganze durch das Beben freigesetzte Zeit – die man auch als Lava bezeichnen könnte – wurde zusammengekehrt und in den Archiven entladen, und ich muß irgendwie da reingeraten sein. Danach bin ich da unten wie Falschgeld rumgelaufen, bis ich auf eine Ölbohrinsel gestoßen bin.«

»Eine Ölbohrinsel?« hakte Guy ungläubig nach.

»Ja, hin und wieder gibt es davon welche in den Archiven«, klärte Blondel ihn auf. »Natürlich ist das strikt verboten. Jedenfalls hatte ich das riesige Glück, eine Tür zu entdecken, kurz bevor irgend so ein Volltrottel das ganze Ding hochgehen ließ. Aber da unten war ganz bestimmt jemand, der die zweite Strophe von dem Lied gesungen hat – du weißt schon, *L'Amours Dont Sui Epris*. Ein Jammer, daß ich nicht mehr herausfinden konnte, wer das gewesen ist. Vielleicht sollte ich dorthin noch mal zurückgehen.« Er hielt inne und blickte Guy betrübt an. »Du hast mir übrigens noch gar nicht erzählt, was du die ganze Zeit ...«

Im selben Augenblick kam ein Zenturio in Begleitung von zwei Fußsoldaten von hinten auf die beiden zugestürmt und brüllte sie an. Blondel und Guy drehten sich um und wollten sich gerade danach erkundigen, ob sie irgendwem behilflich sein könnten, als man sie mit ziemlich heftigen und unmißverständlichen Worten beschuldigte, von Pompeji und dem Senat bezahlte Spione zu sein, und ihnen befahl, sich nicht von der Stelle zu rühren. Natürlich nahmen die beiden sofort die Beine in die Hand und rannten, was das Zeug hielt.

»Wegtreten, habe ich gesagt!« wiederholte Cäsar.

Niemand rührte sich vom Fleck. Alle blickten an seiner rechten Schulter vorbei, um irgend etwas zu beobachten, das hinter seinem Rücken stattfand.

»Ey! Was ist denn da plötzlich so interessant, daß ...?« Cäsar blickte sich nun auch nach hinten um und sah einen ganzen Haufen wütender Soldaten, die zwei exzentrisch gekleidete Männer durch das Lager jagten und nun geradewegs auf die Eiche zusteuerten.

»Jetzt steht gefälligst nicht wie Schwachköpfe herum!« brüllte Cäsar. »Schnappt sie euch und findet heraus, was die hier ...«

Weiter kam er nicht. Der von den beiden Eindringlingen farbenprächtiger gekleidete Mann war mittlerweile mit enormer Geschwindigkeit herangestürmt und stieß nun mit dem Truppenführer Titus Labienus zusammen, der rückwärts gefährlich ins Taumeln geriet, auf dem nassen Rasen den Halt verlor und schließlich rücklings zu Boden stürzte. Unter großer Anstrengung erlangte der Eindringling das Gleichgewicht zurück und wollte gerade seine Flucht fortsetzen, als Cäsar seinen langen Arm ausstreckte und ihn am Ohr festhielt.

»Aua!« schrie der Eindringling und blieb wie erstarrt stehen.

»Was zur Hölle bildest du dir eigentlich ein, hier einfach reinzuplatzen, wenn ich eine …?«

»Loslassen!«

Diese Aufforderung stammte von dem zweiten Eindringling, der etwa zehn Meter von der Eiche entfernt stehengeblieben war. Obwohl sich ihm eine ganze Horde Soldaten bedrohlich näherte, schien ihn das nicht im geringsten zu stören, und er zeigte unverdrossen mit einem kleinen schwarzen Gegenstand aus Eisen auf Cäsar.

»Loslassen!« wiederholte er.

»He! Was glaubst du eigentlich, mit wem du hier redest?« rief Cäsar erzürnt zurück.

Der bunter gekleidete Eindringling wand sich unter Cäsars festem Griff und brüllte verzweifelt: »Um Himmels willen, Guy! Steck sofort dieses Scheißding weg! Du weißt doch, was beim letztenmal …«

»Wenn Sie meinen Freund nicht sofort loslassen«, rief Guy unbeirrt, »dann hat das für Sie unangenehme Folgen!«

Cäsar blickte ihn ausdruckslos an; dann warf er den Kopf zurück und prustete vor Lachen, wobei er gleichzeitig Blondels Ohr schmerzhaft zwischen den Fingern verdrehte. Der Eindringling mit dem Eisending in der Hand fluchte, dann ertönte ein ohrenbetäubendes Krachen, laut wie ein Donnerschlag. Cäsars Hut flog einen halben Meter in die Luft hoch, wurde von einer Windbö erfaßt und auf den Fluß zugetragen.

»Mein Hut!« kreischte Cäsar und schlug die Hände auf dem fast kahlen Kopf zusammen, doch eine feuchte graue Haarsträhne konnte er nicht mehr daran hindern, von seinem gelichteten Haupt zu rutschen und sich über das rechte Ohr zu legen. Kurz warf er den beiden Eindringlingen einen haßerfüllten Blick zu, dann rannte er, wie von der Tarantel gestochen, seinem davonfliegenden Hut hinterher.

»Guy, du alter Vollidiot!« schimpfte Blondel. »Jetzt schau dir mal an, was du da angerichtet hast!«

Sie sahen, wie Cäsar, der nur noch mit der Wiedererlangung seines Huts beschäftigt war, in den Fluß sprang und losschwamm. Die Strömung war fast zu stark für ihn, doch mit einem gewaltigen Kraftakt erreichte er das andere Ufer und warf sich mit Triumphgeschrei auf den Hut, der sich in den Zweigen eines verkümmerten Dornbuschs verfangen hatte.

Der Vorgang war fast vom gesamten Heer mit größter Anteilnahme verfolgt worden. Kaum hatte Cäsar den Fuß ans gegenüberliegende Ufer gesetzt, brachen die Soldaten in einen gewaltigen Freudentaumel aus, und dreißigtausend Männer brüllten wie aus einer Kehle:

»Die Würfel sind gefallen! Cäsar hat den Rubikon überquert! Auf nach Rom! Auf nach Rom!«

Cäsar blickte zu ihnen herüber – den Hut hatte er sich wieder über die leicht abstehenden Ohren gezogen. Wie sehr ihn das alles anödete, stand ihm ins Gesicht geschrieben, und er fluchte leise vor sich hin: »Ach, du dickes Ei! Das glaubt mir kein Schwein ...«

Das Heer hatte bereits mit der Überquerung des Flusses begonnen. Jemand hatte die heilige Fahne mit dem Adler hochgezogen, und die Soldaten sangen das Kampflied der fünfzehnten Legion.

»Ich habe dich doch gewarnt, oder etwa nicht?« schimpfte Blondel mit Guy.

Die beiden waren jetzt allein in dem völlig verlassenen Lager. Auf der anderen Seite des Flusses wurde Cäsar auf den Schultern seiner Leibwächter getragen, und ohne jedes Erbarmen ging es nach Rom.

»Was hast du eigentlich?« wehrte sich Guy. »Ich dachte immer, das sollte alles so passieren.«

Blondel schüttelte den Kopf. »In gewisser Weise hast du ja recht, aber trotzdem … Ach, vergiß es. Wir sollten zusehen, daß wir hier wegkommen, und irgendwo was trinken gehen.«

Giovanni lächelte.

»Leuten in Ihrer Situation sage ich immer, daß Menschen, die vom Rand der Welt gefallen sind und ziellos umhersegeln, eines Tages fast zwangsläufig den Rückweg finden. Und halten Sie es nicht auch für ratsam, wenn Sie in der Zwischenzeit Ihr Geld so gut wie nur irgend möglich für sich arbeiten lassen, damit Sie, wenn Sie schließlich hier rauskommen …?«

Der genuesische Kaufmann blickte ihn aus leeren Augen an. Giovanni ließ nicht locker. In seiner Jugend, als er nur einer von vielen florentinischen jungen Gaunern gewesen war, die prahlerisch bunte Kniehosen und Bruchstücke von Santa Croce an den Haustüren feilboten, hatte er weit härtere Nüsse zu knacken gehabt als diese hier.

»Denken Sie doch mal darüber nach, wie lange Sie schon hier unten sind«, fuhr er unbeirrt fort. »Hundert Jahre? Zweihundert Jahre? Oder treffen fünfhundert Jahre womöglich noch eher zu?«

Der Genuese gab einen gequälten Laut von sich, der sich irgendwo zwischen einem Stöhnen und einem leisen Aufschrei bewegte.

Giovanni nickte. »Okay, nehmen wir mal an, vierhundertfünfzig Jahre, fünfzig Jahre mehr oder weniger tun sowieso nichts zur Sache. Nun, ein angemessener Einsatz von, sagen wir mal, eintausend Goldbyzantinern, investiert bei einer Staffelverzinsung von fünfundzwanzig Prozent, steuerfrei auf vierhundertfünfzig Jahre, ergibt nach Adam ...«

Der Genuese jaulte plötzlich auf und versuchte, Giovanni in den Nacken zu beißen. Giovanni, der ebenso intelligent wie entschlußkräftig war, sprang zur Seite, schnappte sich ein Ruder und schlug damit dem Genuesen mit voller Wucht auf den Kopf. In seiner Funktion als Versicherungsmakler vergaß er natürlich nicht, seinem Opfer gegenüber die Vorteile einer Unfall- und privaten Krankentagegeldversicherung zu erwähnen. Doch noch bevor er die dazu notwendigen Antragsformulare herausholen oder gar die Kappe seines Füllfederhalters abziehen konnte, hörte der Genuese zu zukken auf und lag plötzlich völlig regungslos da. Giovanni seufzte schwer; *schon wieder eine dieser ungenutzten Gelegenheiten,* dachte er unwillkürlich.

»Ist er etwa ...?« fragte Marco.

Giovanni nickte. »Selbst schuld. Ich meine, wir könnten natürlich für ein paar Tausender rückwirkend sein Leben versichern, aber das scheint mir bei dem Trottel der Mühe nicht wert zu sein. Kommt, laßt es uns mal dahinten versuchen.«

Sie spazierten weiter über das nichtstoffliche Meer und hielten sich bei Laune, indem sie vorbeiziehenden Schiffen günstige Versicherungen für den Erlebensfall oder Pfandbriefe und Kommunalobligationen anboten. Nach etwa einer Stunde stießen sie auf etwas, das verdächtig wie eine Bank aussah.

»Schaut nicht hin«, warnte Giovanni die anderen. »Das ist bestimmt eine Fata Morgana oder so was.«

Iachimo schüttelte den Kopf. »Seht doch mal genau hin. Die sind Mitglied in der FIMBRA, jedenfalls steht das in dem einen Fenster. Also muß das auch eine Bank sein.«

»Ach, Iachimo ...«

»Aber Giovanni, die dürfen doch gar nicht das FIMBRA-Logo benutzen, wenn sie nicht ...«

Giovanni zuckte die Achseln. Wenn er schon Halluzinationen bekam, dann war eine Bank bestimmt nicht die schlechteste Wahnvorstellung. Und erst recht nicht eine Bank, die man unter den hiesigen Umständen als eindeutig außerhalb jedes Hoheitsbereiches bezeichnen konnte.

»Wir könnten ja mal reingehen«, schlug er unverbindlich vor. »Nur mal so, auf gut Glück …«

Es war eine sehr schöne Bank, und bevor er wußte, was er tat, hatte sich Giovanni die Taschen mit Prospekten und Merkblättern vollgestopft. Erst dann fiel ihm etwas sehr Merkwürdiges auf. »Iachimo, Marco, außer uns ist hier ja niemand.«

Iachimo schnüffelte wie ein Hund und sagte: »Du hast recht, völlig verlassen. Wie können die Mitglied in der FIMBRA sein, wenn niemand hier ist?«

Giovanni drückte auf die Klingel; niemand kam, was in einer Bank nicht unbedingt viel zu bedeuten hatte. Als nächstes versuchte er, die Tür zu öffnen, die in den Bereich hinter dem Panzerglas führte. Sie öffnete sich.

»Kommt ihr?« forderte er seine beiden Brüder auf.

Marco blickte nervös auf die Überwachungskameras. »Meinst du wirklich, daß wir da reingehen sollten? Ich meine, wir sind in den Archiven und …«

»Keine Angst, hier ist doch niemand«, redete Giovanni ihm zu. »Also kommt schon.«

Als sie durch die Tür gingen, sprangen mit einem Mal sämtliche Computermonitore an, auf denen zuvor nichts zu sehen gewesen war, und auf den Bildschirmen erschienen die aktuellen Aktienkurse aus der ganzen Welt. Einen oder zwei davon hatte selbst Giovanni nie zuvor gesehen.

»Hier, guck mal, Iachimo«, forderte er seinen Bruder auf. »Du kennst dich damit besser aus. Was bedeutet denn der Aktienindex ΣτδτβδΦπΣΩ sechshundert?«

Iachimo runzelte angestrengt die Stirn, dann schüttelte er den Kopf; offensichtlich machte es ihm zu schaffen, daß er noch nie davon gehört hatte.

Unterdessen hatte sich Giovanni vor einen der Monitore gesetzt und drückte gerade auf ein paar Tasten. Nach einer Weile drehte er sich triumphierend zu den anderen um und sagte: »Jungs, ich glaube, ich hab's rausgefunden!«

Marco und Iachimo blickten ihn erwartungsvoll an.

»Das Ganze ist furchtbar einfach, ehrlich«, erklärte Giovanni mit einem Grinsen. Dann drückte er auf eine Taste, und auf dem Bildschirm wurde ein verwirrendes Durcheinander aus Buchstaben und Zahlen dargestellt. Einen Augenblick lang blickte er konzentriert auf den Monitor, als ergäbe das Ganze einen Sinn, und sagte schließlich: »Uns hier rauszukriegen, ist überhaupt kein Problem. Wie lautet der Identifizierungscode für unsere Bank in Genf?«

»Sieben, acht, sechs, fünf, vier, vier, drei«, antwortete Iachimo wie aus der Pistole geschossen. »Warum?«

»Weil ich uns drei dort auf unser Sparkonto einzahlen werde, und zwar per telegraphischer Überweisung. Ein Kinderspiel ist das, wirklich. Haltet euch fest.«

Er tippte 7865443, danach einige andere Codes und dann ihre drei Namen. Kurz darauf waren die Galeazzo-Brüder verschwunden.

Und sie blieben verschwunden.

»Giovanni!« schrie Iachimo. Es war dunkel und kalt, und er hatte das Gefühl zu fallen, und er konnte nichts – buchstäblich nichts – mit seinen Gliedmaßen oder Sinnen spüren oder wahrnehmen. »Was ist passiert, Giovanni?«

»Verdammter Mist!« fluchte Giovanni aus dem Nichts. »Die müssen schon Feierabend haben. Diese Dumpfbacken haben uns auf die Warteschlange gelegt.«

»Und was heißt das?«

»Das heißt, daß wir hier bleiben müssen, bis die Bank morgen wieder öffnet!« brüllte Giovanni zurück. »Vor allem aber heißt das, daß wir einen ganzen Zinstag verlieren. Sobald wir hier raus sind, wird mir jemand dafür büßen müssen.«

Als wollte jemand auf diese Drohung reagieren, ertönte ein ohrenbetäubendes Krachen, und die drei Brüder hatten das Gefühl, als würden sie wie Zahnpasta durch eine Art Düse gepreßt. Dann gab es ein unheimliches Knirschen, und sie fielen mit dem Kopf zuerst durch den Bildschirm eines Monitors.

»Giovanni, auf dein ganzes Gesicht ist ein Strichkode gedruckt!« rief Marco entsetzt.

»Auf deins auch«, antwortete Giovanni. Er rappelte sich hoch, schüttelte sich die Glassplitter der implodierten Bildröhre aus den Haaren und lächelte die zu Tode erschrockene Angestellte an, die am Computer gearbeitet hatte und auf deren Schoß er zuvor gelandet war. Sie starrte ihn entsetzt an, und dann, ohne den Blick von den dreien abzuwenden, gab sie erneut irgendwelche Daten ein.

»Los, steht schon auf, Jungs!« forderte er seine Brüder auf, und die junge Frau fragte er: *»Mademoiselle, je vous prie, où sommes-nous, exactement?«*

Das junge Frau antwortete, sie seien in Genf, und fragte ihn, ob sie sich nicht alle drei als Guthaben samt Zinseszins abheben wollten. Giovanni bestand sogar darauf, und kurz darauf verließen sie die Bank.

»Ich habe ganz schön schnell geschaltet, wie?« freute sich Giovanni draußen auf der Straße. »Oder was meint ihr?«

»Wir hätten denen wenigstens anbieten können, die kaputten Geräte zu ersetzen. Schließlich sind solche Dinge nicht gerade billig«, merkte Marco mißmutig an.

Nach kurzer Beratung kehrten sie in einem Wirtshaus ein. Leisten konnte sie sich das allemal; schließlich hatte allein Marcos Glücksbringer, ein altes Dreipennystück, das er am Schlüsselring aufbewahrte, kurz zuvor mehr als zehntausend Schweizer Franken Zinsen eingebracht.

Dementsprechend wurde beschlossen, daß diese Runde an ihn gehe, und er bezahlte auch artig.

»Als nächstes steht für uns auf dem Plan, Blondel zu finden«, entschied Giovanni.

Iachimo schüttelte den Kopf. »Das können wir vergessen«, widersprach er. »Dieser Mann hat doch gesagt, daß Blondel in den Zeitarchiven in die Luft gesprengt worden ist. Also hat er auch nie existiert.«

Giovanni setzte sein Glas ab, tupfte sich die Lippen mit der Krawatte trocken und stöhnte laut auf. »Jetzt stell dich doch nicht dümmer an, als du bist, Iachimo. Wenn es ihn nie gegeben hat, woher können wir beide dann wissen, von wem ich gerade spreche?«

»Von wem sprichst du denn gerade?« wollte Marco wissen, doch die beiden anderen beachteten ihn nicht.

»Wenn wir beide uns an ihn erinnern können«, fuhr Giovanni fort, »dann folgt logischerweise daraus, daß er gelebt haben muß und somit auch nicht in den Archiven getötet worden sein kann. Wenn wir uns darüber hinaus hier auf der Oberfläche an ihn erinnern können, dann muß er irgendwie aus den Archiven entkommen sein. Also treibt er sich hier irgendwo herum. *Capisce?*«

Iachimo dachte angestrengt darüber nach, dann nickte er begeistert. »Sehr clever von dir. Und wie finden wir ihn jetzt?«

Giovanni zuckte die Achseln. »Das ist allerdings eine schwierige Frage. Ich meine, wir hatten schon beim letztenmal genug Schwierigkeiten, ihn aufzugabeln.«

»Laßt uns doch einfach ins Telefonbuch gucken«, schlug Marco vor.

»Wir könnten versuchen, zu sämtlichen Konzerten von ihm zurückzugehen, die wir zwar für ihn organisiert haben, die er aber in Wirklichkeit nie gegeben hat, um nachzusehen, ob er das ein oder andere davon mittlerweile dennoch absolviert hat. Dann könnten wir uns gewissermaßen zurückarbeiten und ...«

»Hier, seht mal, ich habe ein Telefonbuch geholt«, verkündete Marco stolz.

»Alternativ dazu könnten wir einen Ermittler mit Nachforschungen beauftragen. Da gäbe es zum Beispiel Ennio Sforza, allerdings ist der schon halb im Ruhestand. Aber wie wär's mit Annibale Tedesci? Ich weiß zwar, sein Spezialgebiet ist die Zeit der Kreuzzüge, aber mit ein wenig Überredungskunst ließe er sich bestimmt breitschlagen, uns ...«

»Da hätten wir's ja schon«, meldete sich Marco zu Wort. »Mal sehen ... Blondel. Blondella Hydraulikpumpen; Blondelle Supermarkt; Blonde Versuchung, Nachtclub; Blondierungsstudio Claudia Schiffer ...«

»Weißt du eigentlich, wie viel Annibale Tedesci pro Stunde verlangt?« fragte Iachimo. »Wir müßten etliche Zusatzkonzerte organisieren, nur um die Kosten zu decken. Wie wär's, wenn wir es über eine Kreditkartensuche probieren? Wir könnten ein Stück in der Zeit zurückgehen, Blondel mit einer Kreditkarte ausstatten und dann ...«

»Blondel, Münchner Straße zweiunddreißig«, sagte Marco.

Seine Brüder starrten ihn mit aufgerissenen Augen und offenen Mündern an.

»Münchner Straße zweiunddreißig«, wiederholte er. »Hier, seht doch selbst nach, wenn ihr mir nicht ...«

Giovanni und Iachimo überprüften den Eintrag und lasen ihn ein zweites Mal.

Giovanni murmelte etwas Gotteslästerliches vor sich hin und grinste hämisch. »So etwas nenne ich das Glück des Tüchtigen, Marco«, freute er sich.

Marco lächelte stolz und war kurz davor, sich etwas darauf einzubilden. »Wirklich?«

»Und jetzt sei so lieb, und hol mal Nachschub, ja?« bat ihn Giovanni, wobei er auf die leeren Gläser zeigte. »Und da du gerade dabei bist, kümmre dich doch mal darum, ob jemand einen Stadtplan hat.«

La Beale Isoud wippte ungeduldig mit dem Fuß.

»Mister Goodlet, genug ist genug!« erzürnte sie sich. »Ich bin ja für jeden Scherz zu haben, aber allmählich finde ich das albern. Entweder öffnen Sie jetzt sofort die Tür, oder ich ...«

Die Tür öffnete sich, und Blondel kam heraus. »Hallo, Schwesterherz. Ist das Essen schon fertig? Ich bin kurz vorm Verhungern. Meinen Freund Guy hast du ja schon kennengelernt, nicht wahr?«

»Mister Goodlet!« kreischte La Beale Isoud. »Kommen Sie sofort da raus!«

Guy erstarrte auf halbem Weg. Doch wie ein in die Enge getriebener Hirsch wußte er, wann es keinen Sinn mehr hatte, und gab erschöpft auf.

Säuerlich lächelnd sagte er: »Und ob wir uns kennengelernt haben. Blondel, ich muß dir was ...«

Aber Blondel hörte nicht zu; weder Guy, der ihm die Lage eindringlich und laut flüsternd erläutern wollte, noch La Beale Isoud, die mit sehr viel durchdringenderer Stimme eine andere Version desselben Sachverhalts zum besten gab. Während des Durchquerens der Halle winkte er gelassen ab und zog sich in sein Arbeitszimmer zurück, so daß Guy und La Beale Isoud allein zurückblieben; wahrscheinlich hielt Blondel ein solches Verhalten für taktvoll.

»Mademoiselle ... ähm ... de Nesle«, stammelte Guy. »Ich denke, wir beide sollten uns ...«

La Beale Isoud drängte sich an ihm vorbei und schloß die Kellertür mit einem kleinen silbernen Schlüssel zu, den sie sich anschließend ins Dekolleté steckte. Offenbar war der Schlüssel sehr kalt, denn Isoud zuckte leicht zusammen.

»Also gut, Mister Goodlet«, fauchte sie wütend, »ich denke, es gibt da einiges zwischen uns beiden zu klären, und zwar hier und jetzt! Erstens: Wenn Sie auch nur einen einzigen Augenblick geglaubt haben, daß ich Sie heiraten will, dann irren Sie sich gewaltig.«

»Ach so?« staunte Guy. Er kam sich wie ein Boxer vor, dessen Gegner sich gerade selbst kräftig auf die Nase geschlagen hat. »Na, dann ...«

»Und selbst wenn Sie der einzige Mann auf der Welt wären«, fuhr La Beale Isoud ungehalten fort, »und jeder Brautstrauß mit einem kostenlosen Radiowecker verramscht werden würde, so käme ich doch nie auf die Idee, Sie zu heiraten. Wenn es an mir läge, dann ...«

»Natürlich liegt es an Ihnen«, warf Guy rasch ein.

La Beale Isoud blickte ihn verdutzt an. »Wie bitte?«

»Ich meine, alles liegt völlig an Ihnen, da stimme ich hundertprozentig mit Ihnen überein«, beeilte sich Guy zu sagen. »Wen Sie heiraten – besser gesagt, wen Sie nicht heiraten –, das alles ist einzig und allein Ihre Sache, und niemand anders hat sich da einzumischen.«

»Mister Goodlet!« zischte La Beale Isoud bedrohlich. »Unabhängig davon bleibt die Tatsache bestehen, daß wir verheiratet sind – oder sein werden, was ungefähr dasselbe ist, fürchte ich. Die Frage ist, was können wir dagegen tun?«

»Wir könnten uns scheiden lassen«, schlug Guy vor. »Wenn wir uns schon jetzt um alles kümmern, könnten sämtliche Unterlagen rechtzeitig zu unserer Hochzeit fertig sein, und wir bräuchten nur noch ...«

»Eine Scheidung kommt nicht in Frage. Das gäbe einen unvorstellbaren Skandal, den ich mir auf keinen Fall ...«

»Ach, das ist doch egal.«

»Unterbrechen Sie mich bitte nicht andauernd. Was mich betrifft, kommt eine Scheidung auf keinen Fall in Frage. Falls Sie irgendwelche vernünftigen Vorschläge haben sollten, dann wäre ich Ihnen dankbar, wenn Sie sie mir jetzt vortrügen.«

Guy dachte darüber nach, aber es fiel ihm dazu nichts anderes ein, als Selbstmord zu begehen, doch vorläufig zog er es vor, verlegen zu Boden zu blicken.

»Wie ich sehe, haben Sie nichts Konstruktives dazu zu sagen«, fuhr Isoud fort. »Na schön. In dem Fall halte ich es für angebracht, daß wir – wie kann ich das mal am besten ausdrücken? –, na ja, daß wir so etwas wie einen Kompromiß unter zivilisierten Menschen schließen.«

Guy nickte zustimmend. »Das gefällt mir, ich halte viel von der zivilisierten Welt. Und woran haben Sie dabei gedacht?«

La Beale Isoud durchbohrte ihn mit ihrem Blick. »Offen gesagt, Mister Goodlet, gibt es nach meinem Dafürhalten nur einen einzigen akzeptablen Kompromiß; daß wir uns nämlich nach der Hochzeit so selten wie möglich sehen.«

»Nichts dagegen«, stimmte Guy zu. »Sie meinen, getrennte Betten und so?«

»Ich meine, getrennte Jahrhunderte«, korrigiert ihn La Beale Isoud.

Guys Gesichtsausdruck verriet Zustimmung. »Verstehen Sie mich bitte nicht falsch, aber das halte ich für eine ganz hervorragende Idee. Allerdings haben Sie gerade eben noch gesagt, einer Scheidung könnten Sie nicht zustimmen, weil das einen Skandal gäbe. Würde ein Ehemann, der einige Jahrhunderte entfernt in der Zukunft lebt, nicht einen genauso schlechten Eindruck machen? Oder funktioniert das nicht so?«

»Falls Sie vorhaben, sich querzustellen, dann …«

»Nein, nein, Gott bewahre!« wiegelte Guy ab. »Außerdem, wenn wir Hunderte von Jahren auseinander sind, dann bestünde unsere Beziehung sowieso nur rein theoretisch, finden Sie nicht? Ich meine, Sie könnten jemand anderen heiraten, ich könnte jemand anderen heiraten, niemand erführe davon jemals etwas.«

*»Mister Goodlet!«*

»Ach, kommen Sie, denken Sie doch mal nach. Steht nicht sogar irgendwo im Gesetzbuch, daß der Ehepartner für tot erklärt werden kann, wenn man sieben Jahre lang nichts mehr von ihm gehört hat? Ich glaube, sieben

Jahre waren das, obwohl ich da noch mal meinen Anwalt fragen müßte. Ich meine, auf diese Weise hätten wir sämtliche Vorteile einer Scheidung, ohne ...«

Etwas an La Beale Isouds Gesichtsausdruck – vielleicht war es der grimmige Blick in den klaren blauen Augen – gab Guy zu verstehen, daß er sich zur Zeit mit seinen Ausführungen anscheinend eher selbst schadete, und deshalb wechselte er lieber das Thema.

»Jedenfalls können wir das ja auch später alles untereinander klären. Schließlich bleibt uns genug Zeit dazu, sehr viel Zeit sogar.«

Damit schien die Angelegenheit vorläufig beendet zu sein. La Beale Isoud, die sich offenbar überfordert fühlte, das Thema weiterzudiskutieren, stampfte wutschnaubend aus der Halle. Kurz darauf hörte Guy das Geräusch von großen Kupferpfannen, die gegen die Wand geschleudert wurden.

Dann kam Blondel in die Halle zurück. Er hatte sich das Haar gekämmt und seine alte Kleidung gegen neue gewechselt, die zwar genau die gleiche Tracht war, aber sauberer. Guy konnte sich des Gefühls nicht erwehren, daß La Beale Isoud in solchen Dingen sehr penibel war. Ihm schauderte, und Blondel, der ihn ahnungsvoll musterte, grinste ihn hämisch an.

»Isoud hat mir gerade die gute Nachricht erzählt. Eigentlich sollte ich dir gratulieren, aber ich bin nun mal ein Realist. Trotzdem würde ich mir nicht allzu viele Sorgen machen, es muß ja erst gar nicht so weit kommen mit euch beiden.«

»Danke für dein Mitgefühl, aber es ist bereits passiert. Oder es wird bereits passieren. Übrigens, wie kommst du eigentlich mit diesen ganzen Zukunftsformen und verschiedenen Tempora klar?«

»Gar nicht«, antwortete Blondel. »Wenn man wie ich durch die Zeit flitzt, neigt man dazu, den Sinn dessen, was die Leute sagen, besser zu verstehen, wenn man nicht direkt auf die Worte und korrekten Zeitangaben achtet. Ich achte lieber mehr auf den generellen Tonfall und fahre eigentlich ganz gut damit. Möchtest du etwas trinken?«

Guy nickte. Etwas zu trinken hielt er für eine genauso gute Idee wie etwas zu essen. Er hatte schon eine Ewigkeit nichts mehr im Magen gehabt und war nicht willens, dies zu einem Dauerzustand werden zu lassen, was er auch sogleich Blondel gegenüber erwähnte. Kaum waren ihm diese Worte über die Lippen gekommen, drang aus der Küche ein Geräusch herüber, als würde jemand ein Steak mit dem Holzhammer weich klopfen, und zwar sehr energisch.

»Es klingt ganz so, als ob Isoud gerade etwas für uns zubereitet. Du bist natürlich herzlich eingeladen.«

»Danke, aber ich will euch wirklich nicht länger zur Last fallen. Ich meine, ich ...«

»Ich verstehe schon, Guy«, unterbrach ihn Blondel. »Mir erginge es auch nicht anders, aber ich habe sie nun mal am Hals. Hör zu, mein lieber Freund, bist du dir wirklich ganz sicher, ob du sie nicht vielleicht doch heiraten möchtest? Ich meine, so richtig ›bis daß der Tod euch scheidet‹ und so, und möglichst weit weg von hier? Ich bin mir sicher, daß sie dir eine wundervolle Gattin sein wird, und dann könnte ich mir abends auf dem Nachhauseweg irgendwo einen Hamburger oder ein paar Bratwürste kaufen, anstatt mich durch maßstabgetreue Modelle des Mount Everest in Form von Kartoffelbrei kämpfen zu müssen.«

»Kartoffelbrei?«

»Genau.« Blondel schüttelte sich. »Meine Schwester hat dieses Problem mit Kartoffelbrei, sie verwechselt das Zeug mit Nahrung. Ich kann dir sagen, alle Frauen in meiner Familie sind bekennende Anhängerinnen von Grundnahrungsmitteln. Nehmen wir nur mal meine Schwester Ysabel«, fügte er mit säuerlicher Miene hinzu. »Gib der nur fünf Tomaten und zwei Fische, der Rest ist Kartoffelbrei, und zwar in solchen Mengen, daß du das gesamte Unterhaus und das Oberhaus gemeinsam einladen kannst.«

»Ähm ...«

»Schon gut, ich kann dich durchaus verstehen. Wie mir zu Ohren gekommen ist, soll es die Hölle sein, wenn man erst mal mit einer von denen verheiratet ist, aber glücklicherweise bin ich nicht in der Lage, mich diesbezüglich verläßlich zu äußern, und muß mich ganz aufs Hörensagen verlassen.«

»Ich ...«

»Zahnschmerzen vorzutäuschen, nützt bei denen auch nichts«, fuhr Blondel mit einer Inbrunst fort, die darauf schließen ließ, daß er gerade über eins seiner Lieblingsthemen schwadronierte, »denn damit hätten sie nur eine Begründung, Suppe zu kochen. Hast du eigentlich eine dumpfe Ahnung davon, wie viele Suppentöpfe eine im Leben stehende, gesunde und für tauglich befundene Frau benutzen kann, nur um eine einzige Suppe zu kochen? Abwaschen dürfen sie übrigens nicht selbst, wegen der Fingernägel. Die brechen dann nämlich, oder etwas ähnlich Abwegiges passiert mit den Dingern. Wenn das ein Argument wäre, dann dürfte ich nur noch mit Armstümpfen und einem halben Pfund Granatsplittern in den Fingern herumlaufen. Das Ganze ist nichts anderes als eine Verschwörung, und von ihren Müttern werden sie darin eingeweiht.«

Guy nickte. »Wenn du bis zum Eintreten der Verschwörung ein paar Plätzchen oder so was hättest, wäre ich dir sehr dankbar. Tut mir leid, wenn ich dir auf die Nerven gehe, aber ich habe ...«

»Ach, entschuldige, Guy! Ich hatte schon völlig vergessen, wie hungrig du bist.« Blondel blickte durch das Schlüsselloch der Tür hindurch, hinter der sich La Beale Isoud aufhielt und wo sie gerade, nach den Geräuschen zu urteilen, Möhren kleinhackte, und vergewisserte sich, daß sie fest geschlossen war. Dann sprang er nach einer der Lampenhalterungen in der Wand, bekam sie zu fassen und schwang sich in eins der Stabwerkfenster hoch, wo er aus einem Mauerspalt etwas hervorholte, das er Guy zuwarf. Es handelte sich um ein Lederfutteral, in dem dreieinhalb Rollen Schokoladenkekse eingewickelt waren.

»Das ist mein Geheimvorrat«, klärte er Guy deutlich flüsternd auf. »Ich muß die Dinger verstecken, sonst fertigt die daraus glatt einen Boden für Käsekuchen an. Die macht einen Käsekuchen, durch den du nicht einmal einen Armbrustbolzen schießen kannst. Bedien dich.«

Guy steckte sich ein paar Kekse in die Tasche und warf das Futteral wieder nach oben. Nachdem Blondel seinen Schatz verstaut hatte, schwang er sich, kräftig kauend, auf den Boden zurück.

»Natürlich backt sie auch selbst Plätzchen«, nuschelte er mit vollem Mund, »aber die sind steinhart, mit Mandeln und ohne Schokolade. Ich meine, zum Essen eignen die sich zwar weniger, aber als Briketts für ein anständiges Feuer sind die ganz hervorragend. Na egal, wir hatten uns gerade überlegt, etwas zu trinken.«

Doch bevor sie zu den Karaffen gelangen konnten, hämmerte jemand gegen die Kohlenkellertür.

Blondel zog erstaunt die Augenbrauen hoch. »Erwartest du jemanden?«

Guy schüttelte den Kopf.

»Ich auch nicht, es sei denn, das ist ein Vertreter wegen der neuen Doppelverglasung. Wenn nicht, dann muß uns jemand gefolgt sein, zumal es im elften Jahrhundert nur selten Angebote für Doppelglasfenster gibt. In Städten wie Chartres oder Saint Denis wäre das natürlich was ganz anderes. Ich denke, ich sehe lieber mal nach.«

Mit einer raschen Armbewegung zog er ein Schwert von der Wand und versteckte es hinter dem Rücken. Mit der anderen Hand entriegelte er die Tür und zog sie auf. Giovanni, Iachimo und Marco standen dahinter.

»So falsch habe ich da gar nicht gelegen, was Vertreter angeht. Was wollen Sie hier, meine Herren?« Er holte das Schwert hervor und lächelte. »Na, kommen Sie erst mal herein, und vergessen Sie vor allem nicht, schnell die Hüte abzunehmen.«

Die Galeazzo-Brüder nahmen sofort die Hüte ab, und Blondel ließ grinsend das Schwert zu Boden sinken.

»Will jemand was zu trinken?« fragte er. »Ich hoffe, Sie mögen alle Kartoffelbrei. Also, wie sind Sie hierhergekommen, und was wollen Sie von mir?« Mit einer schwungvollen Gebärde schenkte er fünf Gläser Met ein und reichte sie herum.

»Wir sind getelext worden«, verkündete Marco stolz, und wahrscheinlich hätte er das noch ausführlicher erläutert, wenn ihm Giovanni nicht auf den Fuß getreten wäre. Zwar hatte Marco dazu aufstehen und die halbe Halle durchqueren müssen, doch war er darauf gedrillt, auf die Körpersprache seiner Brüder zu reagieren, und wenn sie versehentlich einmal darauf verzichteten, dann brachte ihn das nur unnötig durcheinander.

»Auf unserem Rückweg aus den Archiven haben wir nur irgendwo kurz mal eine Pause eingelegt, um uns etwas zu erfrischen«, ergriff Giovanni rasch das Wort. »Dabei sind wir zufällig im Telefonbuch auf Ihren Namen gestoßen und hielten es trotz der geringen Chance, Sie hier anzutreffen, für eine gute Idee, mal vorbeizuschauen.« Er blickte sich in der Halle um und fuhr fort: »Ein schönes Heim haben Sie hier. Haben Sie sich eigentlich schon mal gefragt, ob das hier auch alles wirklich ausreichend versichert ist? Wir könnten Ihnen eine kombinierte ...«

Blondel schüttelte den Kopf. »Das hat keinen Sinn. In genau fünf Tagen brennt das hier alles bis auf die Grundmauern ab. Kein Stein steht dann mehr auf dem anderen.«

»Ach ja?«

»Macht aber nichts, alle vier Tage bewege ich das

Ding in der Zeit zurück. Das bedeutet außerdem, daß ich so gut wie keine laufenden Kosten habe. Ganz praktisch.«

Giovanni blickte seine beiden Brüder an und winkte mit säuerlicher Miene ab. »Egal, wir sind sowieso nicht nur aus reiner Nächstenliebe hier.«

»Ach, nein? Sie erstaunen mich.«

»Wir haben sogar sehr ernste geschäftliche Probleme mit Ihnen zu erörtern«, fuhr Giovanni fort. »Ihnen ist doch hoffentlich klar, daß Sie Vertragsbruch begangen haben, oder?«

»So?«

Giovanni nickte mit ernster Miene. »Und zwar haben Sie gegen die Vertragsklauseln eins, zwei, drei, vier, fünf, sechs, sieben, acht, neun, zehn, elf, zwölf, dreizehn, vierzehn, fünfzehn, sechzehn, siebzehn, achtzehn und zwanzig verstoßen.«

»Ach, wirklich? Was ist denn mit der Klausel neunzehn?«

»Die gibt es nicht mehr«, klärte Giovanni ihn auf. »Ursprünglich war darin Ihr Recht festgehalten worden, daß Sie alljährlich eine von einem unabhängigen Wirtschaftsprüfer erstellte Abrechnung erhalten, doch ist die Klausel im nachhinein gestrichen worden.«

»Im Ernst?«

»Ja.«

»Ich verstehe.« Blondel schenkte sich erneut ein Glas Met ein, fischte mit den Fingernägeln ein paar Reste Bienenwachs aus der trüben Flüssigkeit und lächelte matt. »Aber gegen die restlichen neunzehn Klauseln habe ich allesamt verstoßen, richtig?«

»Leider ja«, bestätigte Giovanni. »Trotzdem ...«

»Das ist ein sehr ernstes Vergehen, nicht wahr?«

»Doch, das könnte man so sagen«, pflichtete Giovanni ihm bei. »Deshalb wollen wir Ihnen ...«

»An Ihrer Stelle würde ich einen Prozeß anstrengen«, unterbrach ihn Blondel.

»Ach, wirklich?«

Blondel nickte mit Nachdruck. »Selbstverständlich. Schließlich darf man es sich nicht bieten lassen, wenn jemand mit vertraglich festgelegten Vereinbarungen einfach nach Lust und Laune Schindluder treibt. Ich ginge sofort vor den Kadi und würde für mein Recht kämpfen.«

»Mhm ...«

»Und einen besseren Zeitpunkt dazu als jetzt gibt es gar nicht«, fuhr Blondel fort. Dann stand er auf und nahm von der Wand ein Schwert und einen Schild herunter. »Denn zufälligerweise unterliegt diese Burg der Rechtsprechung des Obersten Gerichts der Baronie de Nesle« – er prüfte die Schwertspitze, fluchte leise und leckte sich am Zeigefinger –, »von dem ich aufgrund der Erbreihenfolge der Vorsitzende bin. Normalerweise sind wir mit etlichen Prozessen im Rückstand, doch ausgerechnet heute können wir Ihre Verhandlung ohne Probleme einschieben. Natürlich wird das Verfahren durch einen Zweikampf entschieden.«

»Durch einen Zweikampf?«

»Richtig. Früher haben wir es auch auf die andere Weise versucht, sind aber immer wieder auf das Zweikampfverfahren zurückgekommen. Das ist schneller, billiger und vor allem fairer; gar nicht davon zu reden, daß es bei den Teilnehmern, zumindest auf lange Sicht, sehr viel weniger Wunden hinterläßt. Möchten Sie, daß ich Ihnen einen Schild leihe? Sie scheinen zufällig keinen dabeizuhaben.«

»Vielleicht sollten wir lieber zu einer außergerichtlichen Vereinbarung gelangen«, schlug Giovanni rasch vor. »Manchmal halte ich einen Rechtsstreit für äußerst unsinnig. Sie nicht?«

»Ich weiß nicht recht«, antwortete Blondel und suchte sich aus einem Gestell eine Doppelaxt heraus. »Vielleicht liegt das daran, daß Sie noch nie in den Genuß der De Nesle-Rechtsprechung gekommen sind. Nein, ich finde, mit einem fairen Zweikampf bringt man so eine unangenehme Geschichte in wenigen Sekunden hinter sich.« Er wägte zwei Streitkolben ab, entschied sich für den schwereren und hängte den leichteren zurück. »Man muß sich einfach nicht so furchtbar lange den Kopf zerbrechen – wenn Sie den Ausdruck entschuldigen wollen. Hier, fangen Sie!« Blondel warf Giovanni einen Helm zu, der ihn zunächst scheppernd fallen ließ. »Nun machen Sie schon«, forderte er Giovanni auf und fuhr mit dem Zeigefinger vorsichtig über die Schneide der Axt. »Helme sind nun mal vorgeschrieben. Ich kann durchaus verstehen, daß Sie etwas nervös sind, zumal Mister Goodlet im selben Raum ist, aber Sie müssen ihn schon aufsetzen. Sollen wir nur so lange spielen, bis eine Partei dreimal gewonnen hat, oder wollen Sie lieber bis zur endgültigen Entscheidung kämpfen?«

Giovanni gab ein leises Wimmern von sich und blickte sich hilfesuchend nach seinen Brüdern um. Die beiden waren nicht da – oder besser: Sie versteckten sich direkt hinter seinem Rücken.

»Alternativ dazu«, fuhr Blondel fort, wobei er seinen Helm absetzte und die Doppelaxt auf einen Beistelltisch legte, »könnten wir natürlich auch den Vertrag vergessen. Ich meine, schließlich vertrauen wir uns doch alle gegenseitig, nicht wahr? Nicken Sie einfach, wenn Sie einverstanden sind.«

Die Galeazzo-Brüder nickten in schönster Eintracht wie ein Miniatur-Zerberus im Rückfenster eines Opel Kadett.

»Freut mich, daß wir einer Meinung sind. Haben Sie den Vertrag zufällig dabei?«

Marco zog sich vorsichtig aus Giovannis Fußreichweite zurück und sagte »Ja«. Weiterhin erzählte er, daß sich der Vertrag in Giovannis Aktentasche befinde, und zwar in einem Umschlag mit der Aufschrift Steuererklärungen 1232/3. Womöglich hätte er sich über dieses

Thema noch länger ausgelassen, wenn ihm nicht seine Brüder einen Helm aufgesetzt hätten, und zwar verkehrt herum, so daß sein Mund vom Genickschutz blockiert wurde. Doch zu diesem Zeitpunkt war der Vertrag sowieso schon längst im Kaminfeuer gelandet.

»Na prima«, freute sich Blondel. »Und jetzt halte ich es an der Zeit, daß wir etwas zu uns nehmen.«

Giovanni blickte ins Feuer, wo sich der Vertrag in den Flammen zusammenrollte. Ähnliche Gefühle des Verlusts und der Trauer hatte er möglicherweise beim Tod seiner Großmutter empfunden; was allerdings nur schwer zu beweisen wäre, denn er hatte sie vor einigen Jahrhunderten an berberische Sklavenhändler verkauft, und seither hatten sich die beiden aus den Augen verloren.

Mit der Zungenspitze benetzte sich Giovanni die Lippen und sagte: »Also gut, ich denke, wir haben jetzt eine faire Verhandlungsgrundlage geschaffen, auf der wir schnell zu einem neuen Vertrag ...«

Blondel drehte sich langsam zu ihm um und blickte ihn durchdringend an. »Finden Sie?«

»Klar. Ich meine« – seine Profitgier trat in einen kurzen Konflikt mit seinem Selbsterhaltungstrieb; die Profitgier gewann –, »vielleicht bedürfen einige Klauseln einer kleinen Korrektur, da sie nicht mehr ganz zeitgemäß sind und sich die Sachlage nunmehr etwas anders darstellt, aber ... Ach, zur Hölle, Blondel! Trotzdem sind Sie noch immer ein Künstler, und Künstler brauchen nun mal einen Manager wie das tägliche Brot. Also schlage ich vor ...«

»Da Sie gerade vom Essen sprechen, Sie kriegen eine doppelte Portion Kartoffelbrei.«

Giovanni blickte beleidigt drein. »Sie enttäuschen mich, Blondel. Ich bin jedenfalls der festen Überzeugung, daß wir ins Geschäft kommen. Schließlich waren Sie immer sehr daran interessiert, das el des Larmes Chaudes ausfindig zu machen, oder gilt das nicht mehr?«

»Ach, Sie bluffen doch nur«, winkte Blondel verärgert ab.

»Mag sein.«

»Sie wissen genausowenig wie ich, wo das el des Larmes Chaudes liegt.«

Giovanni lächelte. »Richtig, aber ich weiß, wo die ihr Konto haben.«

Eine Weile herrschte Stille im Saal, die nur durch das von Guy hervorgerufene Geräusch beim Essen schaler Erdnüsse unterbrochen wurde, die er in einer abseits stehenden Fingerschale entdeckt hatte.

Schließlich stand Blondel auf und ging nervös im Raum auf und ab. »Sie wissen, wo die ihr *Konto* haben?«

»Richtig«, bestätigte Giovanni. »Schließlich ist das ein unabänderliches Naturgesetz; jeder Mensch hat ein Konto.«

»Ach ja? Und was ist mit …« Blondels Worte verloren sich.

»Was soll mit wem sein?« fragte Giovanni.

Blondel grinste abfällig. »Ich wollte gerade ein Gegenbeispiel anführen, mir ist aber keins eingefallen. Also gut, dann verraten Sie mir, wo das el des Larmes Chaudes ein Konto hat.«

Giovanni schüttelte energisch den Kopf. »Immer eins nach dem anderen, schließlich bin ich nicht von gestern. Erst einmal müssen wir einen neuen Vertrag schließen.«

Blondel stieß einen Seufzer aus. »Ach, machen Sie doch, was Sie wollen, aber lassen Sie mich gefälligst dabei aus dem Spiel. Außerdem, was nützt es mir, wenn ich deren Bankverbindung kenne? Wie finde ich dann heraus, wo die sich aufhalten?«

»Das ist Ihr Problem«, antwortete Giovanni, »aber schließlich sind Sie ein einfallsreicher Mensch. Doch zurück zum Thema, wir haben uns gerade über die Bedingungen unterhalten.«

»Ach, haben wir das wirklich?«

»Ja.«

»Ach so. Na gut, dann fahren Sie fort.«

»Ich will nur einen einzigen Auftritt von Ihnen. Ein einziges riesiges Konzert. Natürlich wird es weltweit übertragen – in jedes Land, jedes Jahrhundert, jede Dimension.«

»Wie denn das?«

»Nichts leichter als das.« Giovanni machte eine Geste, die unterstreichen sollte, daß es auf der Welt nichts Einfacheres gebe. »Wir werden es in jedem Land und in jedem Jahrhundert gleichzeitig stattfinden lassen.«

»Ach, nun mal halblang. So was hat noch nie jemand gemacht«, wehrte Blondel ab.

Giovannis Grinsen wurde so breit, daß es allmählich Furchen von geographischer Dimension annahm. »Nun, dann wird es Zeit, daß mal endlich jemand damit anfängt. Nur ein einziger Auftritt, Blondel. Na, wie wär's?«

Während er sprach, öffnete sich die Küchentür, und La Beale Isoud stampfte zornig herein, knallte eine riesige Schüssel Kartoffelbrei auf den Tisch und stolzierte wieder hinaus, wobei sie nicht vergaß, die Tür laut hinter sich zuzuknallen.

Blondel erschauderte beim Anblick des Kartoffelbreis. »Also gut«, willigte er schließlich ein. »Dieses eine einzige Mal noch.«

*FAX*
*Absender:*
*Galeazzo, Galeazzo und Galeazzo*
*Beaumont Street*
*Londinium*
*Unser Zeichen: AC/DC*
*Empfänger:*
*el des Larmes Chaudes*
*Ihr Zeichen: AD/AC*
*Mitteilung folgt*

»Wenn das schon wieder eins von diese Werbefaxen ist, dann werde ich von ihm verlangen, sich bei der Firma zu beschweren«, grummelte Mountjoys Sekretärin. »Ich habe schon genug zu tun und muß nicht noch den ganzen Tag die Treppe rauf- und runterrennen, nur um irgendwelche Werbezettel zu verteilen.«

*Herzlichen Glückwunsch!* fuhr das Fax fort. *Sie sind zum glücklichen Gewinner der monatlichen Lotterie der Gebrüder Galeazzo-Finanzberatung ausgewählt worden. Diesen Monat besteht der phantastische Preis aus zwei Karten für das größte Blondel-Konzert aller Zeiten.*

»Habe ich's mir doch gedacht«, zischte Mountjoys Sekretärin, nachdem sie sich zum Faxgerät begeben hatte. Als sie gerade das Papier abreißen wollte, um es wegzuwerfen, wurde sie von einem Arm daran gehindert.

»Hände weg!« befahl jemand hinter ihr im barschen Ton. »Ich will sehen, was das ist.«

»Ja, *Sir*«, seufzte die Sekretärin schnippisch und trat nur unwillig beiseite.

Während die Nachricht sich langsam aus dem Gerät quälte, war dort zu lesen: *»Um Ihren phantastischen Preis zu erhalten, müssen Sie nicht mehr tun, als spätestens bis Ende des Monats in einen von den Galeazzo-Brüdern verwalteten Aktienfond Ihrer Wahl 50000 Pfund Sterling oder mehr zu investieren. Aber beeilen Sie sich! Wenn Sie Ihren phantastischen Preis nicht innerhalb der angegebenen Zeit anfordern, dann behält sich die Firma Gebrüder Galeazzo-Finanzberatung das Recht vor, Ihren phantastischen Preis einem anderen glücklichen Gewinner anzubieten. Sämtliche Anfragen bezüglich der von den Galeazzo-Brüdern verwalteten Aktienfonds richten Sie bitte an folgende Adresse …«*

Und dann verknüllte sich das Papier, die Tonerpatrone lief aus, und die Andruckrollen verhakten sich. Kurz darauf war alles in dem Ding verklemmt, und das Gerät piepste wie hysterisch. Ein Arm langte nach vorn und rupfte das Faxpapier heraus. Jemand öffnete für den erlauchten Gast eine Tür, und er verließ den Raum. Allmählich kehrte das Leben im Empfangsbüro zur Normalität zurück.

»Wer war das?« wollte Mountjoys Sekretärin wissen, woraufhin sie von den anderen Anwesenden mit ungläubigen Blicken gemustert wurde.

»Wie witzig«, merkte die Bürogehilfin an, »wirklich sehr komisch.«

»Mal im Ernst, wer war das?« Die Sekretärin ließ nicht locker. »Ich habe den Kerl noch nie zuvor gesehen.«

»Das war Mister A.«, klärte sie der Laufbursche auf.

»Und wer ist das?«

»Wenn ich Sie wäre, sähe ich mich das nächste Mal etwas mehr vor«, fuhr der Laufbursche fort. »Es bringt nämlich nichts, sich bei Mister A. auf die falsche Seite zu stellen.« Der Laufbursche dachte kurz darüber nach und fügte hinzu: »Sozusagen jedenfalls.«

»Ich weiß immer noch nicht, wer ...«

Aber alle waren bereits mit anderen Dingen beschäftigt; einige kochten Kaffee, andere hefteten Zettel ab, und wieder andere warteten auf den Haustechniker, der das Fotokopiergerät reparieren sollte. Mountjoys Sekretärin kratzte sich gerade am Kopf und fragte sich, ob ihr irgendwann etwas entgangen sein könnte, als das Telefon klingelte. Sie eilte zu ihrem Arbeitsplatz zurück und setzte sich den Telefonkopfhörer auf.

»Hier el des Larmes Chaudes, kann ich Ihnen behilflich sein?« säuselte sie.

»Ich möchte gern den Inhaber sprechen«, sagte die Stimme am anderen Ende der Leitung. Eine angenehme Stimme, fand Mountjoys Sekretärin; wenigstens keiner von diesen Leuten, die einem gleich den Kopf abreißen wollen.

»Selbstverständlich, und wen darf ich bitte melden?« erkundigte sie sich freundlich.

»Mein Name ist de Nesle«, sagte die Stimme. »Jean de Nesle. Ich gehe davon aus, daß Ihr Chef meinen Anruf bestimmt gern entgegennimmt.«

# 8. KAPITEL

Die Atmosphäre auf einem Blondel-Konzert ist nur schwer zu beschreiben. Und wenn das betreffende Konzert auch noch als das endgültig letzte Abschiedskonzert angekündigt worden ist, dann droht sich die Atmosphäre derart aufzuheizen, daß Thermometer nur auf eigene Gefahr in die Arena mitgenommen werden dürfen.

Zu diesem einmaligen Ereignis hatten die Galeazzo-Brüder die größte, imposanteste und farbenprächtigste neugotische Arena errichten lassen, die die Welt je gesehen hatte – im Laufe von Jahrhunderten natürlich und vollständig durch rückwirkende Kreditaufnahmen (was bedeutete, daß die Banken am Schluß den Galeazzo-Brüdern noch Zinsen zahlen mußten statt umgekehrt). Jeder freie Quadratzentimeter auf den zu riesigen Türmen aufgestapelten Lautsprechergehäusen war mit komplizierten Schnörkeln und Laubverzierungen versehen, und die Zuleitungskabel wurden durch grinsende Wasserspeier geführt. Die in schwindelerregender Höhe befindliche Bühne selbst wurde von schlanken Steintürmchen, sogenannten Fialen, getragen, und die atemberaubende Überdachung bestand ausschließlich aus Buntglas, wodurch neben der gigantischen Lightshow zusätzliche unübertroffene Lichteffekte erzielt wurden, die keinen Pfennig Strom kosteten.

In der Garderobe verspürte Blondel kein bißchen Nervosität. Was ihn anging, so wollte er nur singen. Er sang recht gern, obwohl er es manchmal als etwas ermüdend empfand, wenn man es tagaus, tagein tun mußte, und da er sämtliche Lieder selbst geschrieben hatte, machte er sich auch keine Sorgen darum, den ein oder anderen Text vergessen zu können. Selbst wenn er ihn mal vergäße, wäre das kein Problem, weil er dann einfach improvisieren oder etwas hinzudichten könnte. Wahrscheinlich würde das dem Publikum sogar gefallen.

»Bitte gehen Sie nicht andauernd so nervös auf und ab«, ermahnte er Giovanni, der mittlerweile eine kleine Schneise in den Teppich gelaufen hatte. »Sie wissen doch, daß ich vor dem Auftritt noch gern ein kleines Nickerchen halte, aber so kann ich einfach nicht einschlafen.«

Giovanni spuckte eine ganze Ladung abgenagter Fingernägel aus und blickte ihn finster an. »Das größte Konzert in der gesamten Weltgeschichte!« fauchte er. »Wenn die da draußen plötzlich ihr Geld zurückhaben wollen, bräche das gesamte Finanzwesen der zivilisierten Welt zusammen. Du meine Güte, Blondel! Allein das Geld, das wir für die Bestuhlung ausgegeben haben, ist noch nicht einmal gedruckt oder geprägt worden. Folglich habe ich ein Recht, nervös zu sein.«

Blondel zuckte die Achseln. »Na schön, wenn es Ihnen dadurch bessergeht, dann seien Sie von mir aus nervös. Allerdings wäre es furchtbar nett von Ihnen, wenn Sie das irgendwo anders sein könnten.«

Giovanni schüttelte wie wild den Kopf, bis dessen Bewegungen völlig verwischten, so daß man nur noch die Konturen erkennen konnte. »O nein, mein Lieber, ich lasse Sie nicht eher aus den Augen, bis das hier alles im wahrsten Sinne des Wortes sicher über die Bühne gegangen ist. Nicht nach dem, was damals in Württemberg passiert ist.«

»Ach, Giovanni«, seufzte Blondel überdrüssig. »Jetzt kommen Sie mir bloß nicht wieder mit dieser Geschichte.«

Giovanni beachtete ihn nicht. »Ausverkauft, keine

einzige Karte mehr, nicht einmal auf dem Schwarzmarkt. Der Kronprinz von Dänemark sitzt in der ersten Reihe und ißt Popcorn. Und Sie setzen es sich in den Kopf, einfach abzuhauen und statt dessen lieber unter irgendeiner Burg zu singen, nur weil ...«

»Man kann auch sagen, der Kronprinz selbst hat mir diesen Floh ins Ohr gesetzt«, bemerkte Blondel dazu. »Ich dachte mir, Mann, du bist schon seit Ewigkeiten nicht mehr in seiner Ferienburg gewesen. Also schien es mir einen Versuch wert, es dort noch einmal zu versuchen. Dabei stellte sich das leider als eine totale Pleite heraus. Fast wäre ich von einem übereifrigen Hellebardier aufgespießt worden. Mehr ist dabei für mich allerdings nicht rausgekommen.«

Giovanni knurrte wütend und fuhr ihn an: »Das war der letzte Mist, den Sie sich je geleistet haben! Ich mußte neunzig Millionen Groschen Eintrittsgelder zurückerstatten. Der Kronprinz wäre fast durchgedreht und hat versucht, mich durch den Eisernen Vorhang hindurch zu erdolchen. Und deshalb lasse ich Sie keinen Fuß aus dieser Garderobe setzen, bis die Vorstellung losgeht.«

»Also gut«, gab Blondel nach, »ganz, wie Sie wollen. Ich dachte nur, daß Sie sich vielleicht etwas wohler fühlen, wenn Sie sich hinsetzen. Nehmen Sie doch ein Aspirin oder so was.«

»Ich will kein Aspirin!« entgegnete Giovanni ungehalten. »Am liebsten nähme ich jetzt sofort ein paar Stunden Abkürzung und käme erst zurück, wenn das alles hier vorbei ist. Nur könnte ich Sie dann nicht mehr bewachen.«

Die Tür öffnete sich, und Guy kam mit einem Tablett herein, auf dem ein Glas Mineralwasser, ein Stück Sandkuchen und eine Handvoll kernloser Rosinen waren.

»Da draußen ist ein Mann, der behauptet allen Ernstes, vom *Angelsächsischen Generalanzeiger* zu sein«, sagte Guy. »Er möchte ein Interview haben. Ich habe ihm gesagt, er soll verschwinden.«

Blondel nahm einen kräftigen Schluck Wasser und biß eine Ecke vom Kuchen ab. »Wahrscheinlich hat er sogar die Wahrheit gesagt. Trotzdem interessieren mich Reporter nicht sonderlich. Ich weiß, das ist zwar blöd von mir, denn die erledigen auch nur ihren Job, aber trotzdem komme ich mit denen irgendwie nicht ...«

»Niemand von denen erledigt hier seinen Job!« unterbrach ihn Giovanni. »Schließlich haben wir einen Exklusivvertrag mit der *Financial Times.*«

»Wenn es Sie von Ihren Sorgen etwas ablenkt, Giovanni, dann können wir ja noch mal das Programm durchgehen«, schlug Blondel vor. »Würden Sie sich dann vielleicht etwas besser fühlen?«

Giovanni nickte aufgeregt. Nur für diesen großen Abend hatte er sich die Fingernägel zwei Jahre lang wachsen lassen, und er hatte sie bereits völlig abgekaut.

»Jedenfalls werden wir mit *Purgator criminum* anfangen, das Stück hat etwas von ›Jetzt geht's los‹; danach kommt *Ma Joie,* gefolgt von den besten Nummern aus der Carmina Burana.«

»Und um welche handelt es sich dabei?«

»Ich dachte an *Estuans intrinsecus*, gefolgt von *Imperator rex Graecorum.* Oder halten Sie das nach allem, was in Antiochia passiert ist, nicht mehr für so angebracht?«

»Deswegen zerbrechen Sie sich nicht den Kopf«, versicherte ihm Giovanni, »ich habe sämtliche Kreuzritter als Ordner aufgeboten. Wenn irgendwer Ärger machen will, fliegt er sofort achtkantig raus, und zwar mit eingeschlagenem Schädel und exkommuniziert.«

Blondel zuckte die Achseln. »Ganz, wie Sie meinen, das geht mich nichts an. Jedenfalls sollten wir danach die restlichen Stücke vom Weißen Album spielen, und mit *Mihi est propositum* in die Pause gehen. Das klingt doch ganz gut, finden Sie nicht?«

»Ausgezeichnet sogar«, pflichtete Giovanni ihm bei. »Auf diese Weise können wir in der Pause tonnenweise

Erdnüsse verkaufen. Und was ist mit der zweiten Hälfte?«

»Nun, ganz aufrichtig gesagt, werden wir da das gesamte neue Material spielen.«

»Wie? Neues Material?« mischte sich Guy ein. »Willst du damit sagen, du hast in letzter Zeit neue Lieder geschrieben …?«

»Nur so zum Spaß, ich komme nun mal ungern aus der Übung. Genausogut könnten wir natürlich auch *Greensleeves, Molly Malone, Au Près De Ma Blonde, Liliburlero* und *The Bonnie Banks of …*«

»Vergiß es«, unterbrach ihn Guy.

Blondel rümpfte die Nase. »Vielleicht hast du recht, *Loch Lomond* sollte ich lieber wirklich nicht singen. Ich weiß auch nicht, wo ich mit meinen Gedanken gewesen bin. Wie wär's mit *Swing Low Sweet Chariot?*«

»Seit Blondel … sich zurückgezogen hat«, meldete sich erneut Giovanni zu Wort, »hat er nämlich stets unter einem Nom de plume geschrieben.«

»Was ist das?« fragte Guy.

»Ein Pseudonym.«

Guy schloß die Augen und öffnete sie wieder. »Wie? Alle diese Lieder?«

Blondel deutete nur ein Schulterzucken an, als wolle er eine lästige Fliege vertreiben. »Das kann man so sagen«, bestätigte er.

»Hast du etwa auch *Kiss Me Goodnight, Sergeant Major* geschrieben?«

Blondel nickte, sagte aber keinen Ton.

»Und *Frankie and Johnny?*«

Kaum wahrnehmbar senkte Blondel den Kopf.

»Wirklich?«

Blondel nickte erneut und lächelte – zumindest entblößte er die zusammengebissenen Zähne.

»Wahnsinn!« staunte Guy. Er schien einen inneren Kampf mit sich auszufechten, der sich zwischen Heldenverehrung und äußerster Verlegenheit bewegt haben könnte. »Ähm … könnte ich von dir ein Autogramm …«

Blondel blickte ihn gleichgültig an. »Außerdem habe ich …«

»Es ist nicht für mich, sondern für meine …«

»… *Western Wind; Alle meine Entchen; When Wilt Thou Blow; Stille Nacht, heilige Nacht* und *The Vicar of Bray* geschrieben«, fuhr Blondel fort und signierte dabei ohne Kommentar den Zettel, dem Guy ihm vorgelegt hatte. »Jedenfalls sollte das für heute abend reichen. Zum Schluß können wir natürlich *L'Amours Dont Sui Epris* bringen, damit die Leute auf dem Nachhauseweg was zum Summen haben.«

Guy konnte es kaum fassen. »Hast du etwa auch …«

»Nein, ganz bestimmt nicht!« unterbrach ihn Blondel überdrüssig. »So, und falls jetzt niemand mehr etwas wirklich Wichtiges zu besprechen hat, dann würde ich mich gern noch aufs Ohr hauen. Klar?«

»Ganz, wie du willst«, gab Guy klein bei. Dann faltete er den Zettel zusammen und steckte ihn vorsichtig ein. Doch selbst jetzt hatte er das Gefühl, irgend etwas hinzufügen zu müssen – schließlich traf man ein solches Genie nicht alle Tage –, und halb scherzhaft, halb ernst sagte er: »Mister Blondel, ich ziehe meinen Hut vor Ihnen.«

»Solange es dein eigener ist, habe ich nichts dagegen«, entgegnete Blondel schläfrig. »Wenn du gehst, vergiß bitte nicht, die Tür hinter dir zu schließen.«

Guy gehorchte. Zu diesem Zeitpunkt war Giovanni längst verschwunden, um sich wieder einmal mit den Elektrikern gehörig in die Haare zu kriegen. Der Reporter vom *Angelsächsischen Generalanzeiger* hatte sich an die Bar zurückgezogen und versuchte wahrscheinlich, den PR-Leuten eine Story zu entlocken, um auf diese Weise einen echten Knüller zu landen. Guy seinerseits kam zu dem Schluß, daß es für ihn nichts Sinnvolles zu tun gab, was bedeutete, daß er sich etwas zu essen besorgen konnte. Endlich hatte er einmal eine wirklich gute Idee.

Ein gewisser Teil des Publikums hatte Schwierigkeiten, den richtigen Platz zu finden.

»Das hier ist doch Reihe achttausendsiebenhundertfünfundsechzig, richtig?«

»Ja«, bestätigte der Platzanweiser. »Aber …«

»Und das hier ist eine Karte, auch richtig?«

»Sieht ganz so aus«, räumte der Platzanweiser ein. »Aber …«

»Dann lesen Sie bitte mal vor, was da auf der Karte steht«, forderte ihn der Teil oder, besser, Abschnitt des Publikums auf.

»Reihe achttausendsiebenhundertfünfundsechzig, Platz dreitausendsechshundertvierundfünfzig«, las der Platzanweiser vor. »Aber …«

»Danke. Wenn Sie jetzt so freundlich wären, den Mann zu entfernen, der meinen Platz eingenommen hat, dann brauche ich mir nicht mehr das Bein in den Bauch zu stehen und kann mich endlich hinsetzen, und Sie können gehen und von mir aus machen, was Sie wollen.«

*Aber der andere Zuschauer hat auch eine Karte,* wollte der Platzanweiser gerade sagen, hätte ihn der Teil des Publikums nicht mit dem Auge durchbohrt. Folglich brachte er nur ein »Ja, Sir« über die Lippen und wandte sich gleich darauf an den anderen Zuschauer. »Sie da, räumen Sie sofort den Platz.« Diese Aufforderung war zufälligerweise an den Musikkritiker des *Oceanian* gerichtet, dessen Urururururgroßvater diesen Platz bereits vor fünfhundert Jahren vorbestellt und an seine Nachkommen mit der strikten Anweisung weitervererbt hatte, daß sich ein jeder auf dieses große Ereignis mit allen Kräften vorzubereiten habe.

»Danke«, sagte der Teil des Publikums, als der Musikkritiker des *Oceanian* auf einer Behelfstrage abtransportiert wurde. »Sie können jetzt gehen.«

»Ja, Sir.«

Der zufriedengestellte Teil des Publikums wandte sich an die beiden Männer, die neben ihm saßen und – wen wundert's? – völlig identisch aussahen.

»Schade, daß wir nur an zwei Karten rangekommen sind. Ich mag es nicht, auf diese Weise den Vorgesetzten rauszukehren, ganz davon zu schweigen, eine gefälschte Karte benutzen zu müssen. Mieser Stil. Trotzdem, ich wollte einfach, daß ihr auch zu zweit an diesem Riesenspektakel teilnehmen könnt.«

Seine beiden Begleiter nickten. Gleichzeitig. Und mit einer Stimme sagten sie »Danke«.

Der Teil des Publikums winkte gönnerisch ab. »Das geht schon in Ordnung. Dann laßt uns mal einen Blick ins Programm werfen. Prima! Er spielt auch *Mihi est propositum*. Ich kann mich noch gut erinnern, das hat er auch damals in Orleans spielen ...«

Guy hatte kein großes Glück. Am Tresen war kein Zentimeter mehr frei, der Hot Dog-Stand war bereits dreißig Sekunden nach der Eröffnung bis aufs blanke Holz auseinandergenommen worden, und als er sich endlich in der Schlange vor dem Stand mit der Zuckerwatte bis zum Anfang durchgekämpft hatte, mußte er feststellen, daß 125 Pfund Sterling pro Portion seine Mittel bei weitem überschritten. Wenn er nicht bald etwas zwischen die Zähne bekam, konnte er für nichts mehr garantieren.

Als er an der Bühne entlang auf die Kantine der Elektriker zuschlenderte, mußte er sich vorsehen, nicht über die vielen gewundenen Kabelstränge zu stolpern. Mit Glück war dort ein Käsebrötchen oder etwas Ähnliches übriggeblieben. Die Gewohnheiten von Elektrikern dieser ganz bestimmten Gattung lagen zwar außerhalb seines unmittelbaren Wissens, doch die Regeln ihrer Zunft änderten sich nie: Falls diese Elektriker hier auch nur ansatzweise etwas mit denen aus seiner Zeit zu tun hatten, dann taten sie keinen Handschlag, wenn sie nicht mit einer adäquaten Menge Käsebrötchen ausgestattet worden waren – das Brötchen zumeist weich wie Gummi und die Käsescheibe an den hervorstehenden Ecken schon leicht ranzig; wenn auch nicht genießbar, so doch eßbar, jedenfalls im weitesten Sinne des Wortes.

Plötzlich verharrte er im Schritt; auf einem der Mittelplätze in einer der mittleren Reihen saß ein Mann, der nur zur Hälfte da war.

Guys Mutter hatte ihm drei Lebensregeln für kultiviertes Benehmen beigebracht, und seine Fähigkeit, diese hin und wieder nicht zu beachten, bewies, daß er sich als menschliches Wesen in einer realen Welt recht gut zurechtfand. Die drei Regeln lauteten:

1. Sich niemals in einer Schlange vordrängeln.
2. Niemals mit vollem Mund sprechen.
3. Niemals jemanden angaffen.

Zur ersten Regel: Wenn er sie jemals strikt beachtet hätte, dann stünde er noch heute am Ende der Schlange vor der Poststelle in der Garner Street und würde darauf warten, für das Weihnachtsfest 1931 zehn Karten mit dem Stempel *bevorzugt befördert* kaufen zu können. Zur zweiten Regel: So, wie sich die Lage derzeit darstellte, stünden die Chancen für deren Einhaltung relativ hoch. Und zur dritten Regel: Als seine Mutter diese Regel aufstellte, hatte sie die Möglichkeit, daß Menschen nur halb vorhanden sein könnten, offenbar nicht in ihre Überlegungen mit einbezogen. Guy gaffte.

Dem Mann – Guy konnte ihn klar und deutlich sehen, obwohl er relativ weit entfernt saß – schien es überhaupt nichts auszumachen, nur zu fünfzig Prozent anwesend zu sein. Er lachte wohl gerade über einen Witz, und mit der Hand holte er Erdnüsse aus einer Tüte hervor, die er vorsichtig auf dem Knie balancierte. Erdnüsse!

Guy verbannte den Gedanken an Erdnüsse aus seinem Gehirn. Im Publikum saßen zwar viele merkwürdig aussehende Leute – die Gruppe, die in der ersten Reihe saß, war ihm zum Beispiel außerhalb eines Buck Rogers-Comics in der Morgenzeitung noch nie zuvor vor die Augen gekommen –, aber keiner sah so absurd wie dieser Mann aus, der genau in der Mitte gespalten war. Die Trennlinie verlief die Stirn hinunter über Nase, Mund und Kinn, spaltete den Hals und zog sich bis zum Hemd hinunter; ein echter Durchschnittsbesucher. Guy verspürte das dringende Verlangen, nicht herauszufinden, wie der Mann im rechten Profil aussah.

»Ich sollte lieber Blondel informieren«, murmelte er vor sich hin.

Er stieg die Treppe zur Bühne hinauf und ging durch die hintere Tür, die zu den Garderoben führte. Bestimmt hätte er seinen Zielort erreicht und Blondel davon unterrichtet, was er gesehen hatte, und so den Verlauf der vergangenen und zukünftigen Weltgeschichte dramatisch verändert, wenn ihm nicht eine fremde Gestalt ins Auge gefallen wäre, die mit einem ganzen Tablett voll einzigartiger Schweinepasteten wie ein Schatten durch die Kulissen huschte. Guy änderte jäh die Richtung und folgte ihr.

Unnötig zu erwähnen, daß es sich bei dem Mann mit der Schweinepastete um Pursuivant handelte und er keinen Hut trug.

Guy gab ein Grunzen von sich und versuchte, die Beine zu bewegen. Sinnlos.

Entweder aus Ironie oder aus Mitleid hatte man ihm mit einem Schinkensandwich von gigantischen Ausmaßen, das aus drei Lagen Toast bestand, das Maul gestopft. Auf jeden Fall war es zu groß, um es ohne Zuhilfenahme der Hände zu essen. Mit der Zunge konnte er das Vorhandensein von Tomaten, Kresse, Salatgurke, grünem Pfeffer und süßem Senf schmecken. Schließlich stellte er das Grunzen ein und versuchte es mit lautem Knurren.

Natürlich hatte er keine Chance, gehört zu werden; nicht bei dem Lärm, der draußen herrschte. Dabei handelte es sich nicht einmal um einen unangenehmen Lärm – Blondel sang gerade die besten Nummern aus dem Weißen Album, und etliche Male hätte Guy sogar aufgehört, sich zu quälen, und vor Bewunderung nur mit offenem Mund dagesessen, wenn dieses Riesensandwich nicht dortgewesen wäre –, doch aufgrund der riesigen Verstärkeranlage, der allgemeinen akustischen Bedingungen und Blondels natürlicher Stimmgewalt war die Wahrscheinlichkeit, daß jemand seine Grunzlaute hörte, nur sehr gering; und selbst wenn, hätte bestimmt niemand Lust gehabt, das Konzert zu verlassen und nachzusehen. Also saß er hier fest.

Da er in dieser Hinsicht Realist war, gab er es auf, irgendwelche Urlaute von sich zu geben, und dachte statt dessen lieber nach. Doch das einzige, was ihm dazu einfiel, war das unbestimmte Gefühl, daß der Vorgang des Nachdenkens gegenüber weltlichen Dingen wie zum Beispiel Essen oder dem Lösen fester Knoten wahrscheinlich schon seit Generationen völlig überbewertet wird. Zudem bekam er durch das Grübeln lediglich Kopfschmerzen, vor allem unten links am Hinterkopf, wo ihm irgendwer einen heftigen Schlag verpaßt hatte, und er gab es auf, sich unnötig den Kopf zu zerbrechen. Als einziges blieb ihm noch übrig, ruhig dazusitzen und auf das Tablett mit aufgetürmten Wurstbrötchen zu starren, das irgendein Sadist auf dem ihm gegenüberstehenden Lehnstuhl stehengelassen hatte.

In der Arena setzte Blondel gerade zu einem erneuten Publikumshit an. Guy spreizte die Hände, die hinterm Rücken fest zusammengeknotet waren, und tastete blindlings nach hinten, um herauszufinden, ob er mit den Fingern an irgend etwas Scharfes oder Nützliches gelangen könnte. Aber das Glück war ihm nicht hold, das einzige, was er ertasten konnte, fühlte sich – zumindest für Guy – wie ein Teller mit Käsesandwiches an.

Dann öffnete sich die Tür, und ein Mann kam auf Zehenspitzen herein. Guy erstarrte (was zwar unter diesen Bedingungen kaum einen Unterschied machte, doch an seinem Eifer dazu mangelte es nicht) und horchte.

Offenbar hatten sich die Augen des Mannes noch nicht an die totale Dunkelheit im Raum gewöhnt (um welche Sorte Raum es sich auch immer handeln mochte), denn schon bald stieß er sich an irgendeinem Gegenstand das Schienbein, fluchte leise und blieb stehen, um sich die schmerzende Stelle zu massieren. Dann zündete er ein Feuerzeug an und sah Guy plötzlich direkt in die Augen.

»Mnnnnnnnn«, begrüßte ihn Guy kurz angebunden.

»Wer sind Sie?« fragte der Mann und bewies damit vorzeitig einen völligen Mangel an sämtlichen positiven Eigenschaften, die Guy in ihm zu finden gehofft hatte.

»Mnn Mnnnnnn«, klärte Guy ihn auf. »Mnnnn mnnnn mnn Mnn mn.«

»Wie bitte?«

Im Schein der Feuerzeugflamme sah der Mann mittelgroß aus. Er schien Mitte Dreißig zu sein, hatte zottiges langes Haar, trug ein Sportjackett, ein Hemd mit offenem Kragen, eine ausgebeulte hellblaue Hose und weiße Segeltuchschuhe. Zudem hatte er eine Brille auf und ein Gesicht, von dem man einen völlig überraschten Blick erwartete, egal, was man ihm sagte. Guy schüttelte heftig den Kopf und brachte so den Knebel in Form des Riesensandwiches arg ins Wanken.

»Sind Sie von jemandem gefesselt worden?« erkundigte sich der Mann.

»Mn«, antwortete Guy mit gewollter Ironie. »Mnn mnn mnnn Mnn?«

»Hier, meine Karte. Ich bin von der BBC. Fernsehen. Mein Name ist Danny Bennett.«

»Mnn«.

Der Mann überlegte eine Weile; dann sagte er: »Würde es Ihnen vielleicht helfen, wenn ich Ihnen das Sandwich aus dem Mund …? Ja? Schön, dann bewegen Sie sich nicht.«

»Danke …«, keuchte Guy. »Und jetzt nehmen Sie mir, um Himmels willen, endlich diese Stricke ab!«

»Welche Stricke?«

»Die Stricke, mit denen meine Hände auf dem Rücken gefesselt sind«, seufzte Guy. Dann erinnerte er sich an etwas, das ihm seine Mutter vor vielen Jahren beigebracht hatte, und fügte »Bitte« hinzu.

»Sicher, sicher«, willigte der Mann ein. Er nahm ein Brotmesser – *damit hat jemand Sandwiches geschmiert*, sinnierte Guy – und begann, die Stricke durchzusägen. »Ich berichte über dieses Konzert für die North Bank Show. Vielleicht können Sie mir ja einiges dazu erzählen. Wann findet dieses Konzert eigentlich statt?«

»Aua! Das war mein …«

»Tut mir leid. Mein Produzent hat mir nämlich nur gesagt, ich solle in den Wagen einsteigen und keine dummen Fragen stellen, und als ich hier auf meine Kalenderuhr geschaut habe, stand da fünfunddreißigster März zweitausendsiebenhundertsiebenundzwanzig. Ich nahm natürlich an – oh, Entschuldigung –, daß sie verrückt gespielt hat, also habe ich sie neu gestellt, und jetzt steht sie auf dreiundvierzigstem August dreizehnhundertvierundsechzig. Aber nicht nur das, als ich …«

»Was ist denn eine Kalenderuhr?« wollte Guy wissen.

»Ähm …«

»Jedenfalls brauchen Sie sich deswegen nicht den Kopf zu zerbrechen«, fügte Guy rasch hinzu. »Hören Sie, wenn Sie sich mit diesen Stricken etwas beeilen könnten, dann wäre mir schon sehr gedient.«

Der Mann beugte sich vor und flüsterte: »Das geht schon in Ordnung, Sie können mir ruhig alles erzählen, schließlich bin ich Reporter. Ist hier irgendwas im Busch?«

»Ja.«

Dem Mann riß erstaunt die Augen auf – zumindest noch erstaunter als zuvor. »Sie meinen ...«

»Ja, irgendein Komplott oder so was. Und ich muß hier sofort weg, damit ich jemandem etwas furchtbar Wichtiges sagen kann. Wenn Sie sich also beeilen würden, dann ...«

»Kann ich mitkommen?«

Guy blickte den Reporter verdutzt an. »Sie wollen mitkommen?«

»Na ja, klingt ganz so, als wenn dabei 'ne heiße Story rausspringen könnte. Hört sich ganz nach einem echten Knüller an.«

Guy kniff die Augen zusammen. »Sind Sie etwa dieser Typ vom *Angelsächsischen Generalanzeiger?*«

»Wie bitte? Nein, ich bin von der BBC.«

»Von der BBC?« wiederholte Guy. »Sie meinen die British Broadcasting Corporation?«

»Ja, natürlich meine ich die ...«

»Welches Datum hatten wir denn, als Sie heute morgen aus dem Haus gegangen sind?«

Der Mann blickte Guy wie einen Vollidioten an. »Den fünften April neunzehnhundertvierundneunzig natürlich. Hören Sie, wenn das hier ein ...«

»Neunzehnhundertvierundneunzig also, danke. Sind Sie gleich fertig?«

»Fast. So, jetzt versuchen Sie's mal.«

Guy bog die Arme hin und her und merkte, das sich die Stricke um seine Hände rasch lösten. Dann schnellte er nach vorn, schnappte sich das Knebelsandwich von der Stelle, wo es zuvor hingefallen war, und verschlang es in Null Komma nichts.

»Das ist schon besser«, nuschelte er noch mit vollem Mund. »Sie haben ja keine Ahnung, wieviel besser ich mich jetzt fühle. Vielen Dank auch.« Er nahm sich das Brotmesser und machte sich daran, die Stricke durchzusägen, mit denen er an den Füßen gefesselt war.

»Keine Ursache«, sagte der Reporter, der bereits aus einer Tasche ein Notizbuch hervorgeholt hatte. »Also, was ist denn nun passiert?«

Guy schnitt den letzten Strang durch, ließ das Messer fallen und kam nur allmählich und mit wackelnden Knien wieder auf die Beine. »Ach, deswegen lassen Sie sich keine grauen Haare wachsen. Es ist nichts Besonderes, wirklich. Nur ein kleines« – er suchte nach den passenden Worten – »zeitliches Problem. Das renkt sich schon bald wieder ein. Wenn Sie Hunger haben, nehmen Sie sich ruhig ein Wurstbrötchen von da vorne, die sind wirklich gut. Sehr gut sogar.«

»Nein, danke. Hören Sie, ich ...«

»Bedienen Sie sich!« Guy ließ ihn erst gar nicht zu Wort kommen. Dann steckte er sich die restlichen Brötchen in die Tasche, stopfte sich ein Stück Marmeladenkuchen in den Mund und rannte los. Der Mann versuchte, ihm zu folgen, stürzte aber über einen Transportbehälter, stieß sich den Kopf und fiel in Ohnmacht.

Das war ein Jammer, denn wäre ihm dies nicht passiert, dann wäre er der einzige Reporter gewesen, der einem der wichtigsten Ereignisse der Menschheitsgeschichte als Augenzeuge beigewohnt hätte – und zwar der gesamten Geschichte: Vergangenheit, Gegenwart und Zukunft. Doch als er wieder zu sich kam, mußte er feststellen, daß er mit brummendem Schädel auf einer Bank im Central Park lag. In der linken Hand, in der er bei seinem Sturz das Notizbuch gehalten hatte, hielt er eine in Kalbsleder gebundene Ausgabe von G. Eliots *Silas Marner*.

Einige Menschen haben einfach kein Glück.

Nachdem Guy aus dem Zimmer gerannt war, gelangte er in einen langen Korridor. Er blieb stehen und blickte nach beiden Seiten. Da war nichts; nicht einmal ein Hinweis, welche Richtung er einschlagen könnte. Nur Blondels Musik war zu hören, die direkt von oben zu kommen schien. Sehr hilfreich war das nicht.

Da er zu jenen Leuten gehörte, die automatisch links abbiegen, wenn man ihnen nicht eindeutig etwas anderes sagt, lief er den Korridor links hinunter und stieß irgendwann auf eine Feuertür aus hitzebeständigem Glas. Die Tür war von der anderen Seite her verriegelt.

*Sehr schön, das habe ich mir schon immer mal gewünscht,* redete er sich Mut zu.

Dann ergriff er einen in der Nähe befindlichen Feuerlöscher, verschlang noch rasch ein Wurstbrötchen und schritt zur Tat. Das Glas war zwar sehr viel stabiler, als es zunächst ausgesehen hatte, dennoch war es nicht stabil genug. Als Guy ein einigermaßen großes Loch hineingeschlagen hatte, griff er vorsichtig hindurch, ertastete den Riegel, zog ihn zurück und öffnete die Tür. Kinderspiel.

Auf der anderen Seite der Tür stand, die Hände in die Hüften gestemmt und mit höchst unfreundlicher Miene, La Beale Isoud.

»Da sind Sie ja endlich!« empörte sie sich. »Ich habe Sie schon überall gesucht.«

Guy bemerkte, daß er noch immer den Feuerlöscher in der Hand hielt und sich am Glas eine kleine Schramme zugezogen hatte. Behutsam setzte er den Feuerlöscher ab und zauberte von irgendwoher ein Lächeln hervor.

»Ach, haben Sie das?«

»Allerdings. Sie müssen dringend Blondel warnen.«

»Und warum können Sie das nicht selbst erledigen?«

»Was ist?« hakte La Beale Isoud ungläubig nach.

»Sie haben die Nachricht und wissen vermutlich, worum es dabei geht. Also sollten Sie ihm die Nachricht auch übermitteln.«

»Jetzt stellen Sie sich nicht so albern an!« fauchte ihn La Beale Isoud an. »Ich dachte, Sie sind ein Mann, oder etwa nicht?«

»Was hat das denn damit zu tun?«

»Wahrscheinlich ist die Sache gefährlich. Oder wollen Sie allen Ernstes behaupten, daß Sie einfach tatenlos zusehen würden, wenn eine wehrlose Frau ...«

»Schon gut, schon gut«, besänftigte Guy seine Exfrau in spe. »Sie sagen mir, wo ich Blondel finde, und ich werde ihm die Nachricht überbringen.«

»Er ist da oben«, sagte La Beale Isoud und zeigte ziemlich exakt in die Richtung, aus der jemand *Floret silva nobilis* sang, »auf der Bühne.«

»Na prima. Sie werden es kaum glauben, aber so etwas habe ich mir gerade selbst schon gedacht. Und wie komme ich dort hin?«

»Dazu müssen Sie den Korridor natürlich zurückgehen«, antwortete La Beale Isoud schnippisch. »Er führt direkt in die Kulissen. Ich schlage vor, Sie warten dort auf ihn, bis er zur Pause von der Bühne kommt.«

»Welch ein unglaublich genialer Einfall. Also gut, und wie lautet die Botschaft?«

»Kommen Sie schon und folgen Sie mir, ich erzähle es Ihnen unterwegs«, sagte La Beale Isoud und fügte rasch hinzu: »Aber bummeln Sie gefälligst nicht rum.«

Gleich darauf stolzierte sie los. Nach einer kurzen, instinktgesteuerten Denkpause lief Guy ihr hinterher und holte sie schließlich ein.

»Ich bin zu Hause gewesen«, begann La Beale Isoud, »und habe vor dem Hyperfax gesessen, als ...«

»Was ist denn ein ...«

»... als eine Nachricht eintraf, die ich nicht gleich verstehen konnte. Sie lautete: *Hüten Sie sich vor dem einarmigen Mann.* Selbst Sie werden einräumen müssen, daß es sich dabei um eine sehr ungewöhnliche Nachricht handelt, wenn sie so aus heiterem Himmel hereinschneit.«

Guy überhörte das ›Selbst Sie‹. »Wirklich merkwürdig«, stimmte er höflich zu. »Vielleicht ist das irgend so eine Werbegeschichte.«

»Bitte unterbrechen Sie mich nicht, Mister Goodlet!« fuhr ihn La Beale Isoud an. »Ihre geschmacklose Respektlosigkeit ist wahrscheinlich eine Ihrer unangenehmsten Eigenschaften. Jedenfalls fragte ich mich gerade, was diese Nachricht zu bedeuten haben könnte, als… Mister Goodlet, ist dieser Gentleman dort ein Freund von Ihnen?«

Guy blickte auf, blinzelte zweimal und griff dort hin, wo eigentlich sein Revolver sein sollte. Natürlich war er nicht mehr da.

»Suchen Sie das hier?« fragte Pursuivant spöttisch, wobei er den Revolver provozierend um den Zeigefinger kreisen ließ. Wahrscheinlich aus purer Boshaftigkeit löste sich ein Schuß.

La Beale Isoud schrie wie am Spieß, und zum erstenmal fiel Guy auf, daß sie eine von diesen hohen und pittoresk spitzen Kopfbedeckungen trug – getragen hatte –, wie man sie allenfalls noch in mit Malereien verzierten Büchern aus dem Mittelalter findet. Obwohl es ihm schwerfiel, nicht laut loszulachen, stürzte er sich auf Pursuivant und schlug dessen Kopf mehrmals gegen den harten Steinboden.

»Auf ein Neues«, seufzte Pursuivant und starb.

»Mist, jetzt habe ich ihn getötet«, murmelte Guy verärgert. »Was soll's? Läßt sich jetzt auch nicht mehr ändern.« Er löste den Revolver aus Pursuivants Fingern und steckte ihn in den Halfter zurück. »Entschuldigung, aber was haben Sie eben gesagt?«

Doch La Beale Isoud antwortete nicht, sie starrte ihn nur verdutzt an; allerdings starrte sie dieses Mal weniger, sondern *blickte* vielmehr, bis sie schließlich ein staunendes »Mister *Goodlet!*« hervorstieß.

Guy stutzte für einen Augenblick, dann ging ihm ein Licht auf. Er bückte sich nach Isouds durchlöcherter Kopfbedeckung und gab sie ihr zurück.

»Keine Ursache«, sagte er lächelnd.

»Das war sehr…«

»Mutig?«

»Ja«, antwortete La Beale Isoud, wobei man ihr die Verwirrung anmerken konnte. »Das war sogar sehr mutig von Ihnen, Mister Goodlet. Sie haben gesehen, daß ich in Gefahr war, und sind, ohne zu zögern …«

»Ja, ich weiß, so etwas täte nicht jeder. Aber egal, Sie hatten eben erzählt, daß Sie gerade über diese Nachricht nachgedacht haben.«

»Ah ja. Also, ich habe mich gefragt, was diese Nachricht um alles in der Welt bedeuten könnte, als eine weitere Mitteilung aus dem Hyperfax eintraf. Und wissen Sie, was da stand?«

»Nein.«

»Dort stand zu lesen *Hüten Sie sich vor dem einbeinigen Mann,* Mister Goodlet. Das gab mir natürlich zu denken, wie Sie sich bestimmt vorstellen können.«

»Sicher.«

»Und als ich gerade so etwas wie eine vage Ahnung hatte, traf eine dritte Nachricht ein. *Hüten Sie sich vor dem einäugigen Mann.* Na ja, und deshalb bin ich natürlich so schnell wie möglich hierhergekommen.«

»So?«

»Selbstverständlich.«

»Möchten Sie ein Wurstbrötchen?«

»Nein, danke, Mister Goodlet. Ich habe noch zu Abend gegessen, bevor ich hierhergekommen bin. Die Frage lautet nun, ob wir es noch rechtzeitig schaffen.«

»Wer weiß?« merkte Guy gescheit an. »Rechtzeitig wozu?«

Er hatte das unbestimmte Gefühl, daß La Beale Isoud unter normalen Umständen etwas nur wenig Schmeichelhaftes gesagt hätte, doch schwieg sie dieses Mal. Wie schön.

Vor ihnen befand sich eine Tür auf der *Bühneneingang – Kein Zutritt!* stand. Auf der anderen Seite davon hörte Blondel gerade zu singen auf, dann herrschte einen Moment lang absolute Stille, bis ein ohrenbetäubender Applaus losbrach.

»Jetzt ist Pause!« rief Isoud aufgeregt. »Kommen Sie, schnell!«

Sie stieß die Tür auf, und bevor Guy sie daran hindern konnte, trat sie hindurch.

»Isoud!« schrie Guy ihr hinterher, doch es war zu spät. Zu spät, um La Beale Isoud darauf hinzuweisen, was auf der Tür stand.

Guy war unschlüssig, allerdings war dieser Zustand nur von kurzer Dauer. Nach seinem Dafürhalten ging es nicht allein um die unbestrittene Tatsache, daß er heilfroh gewesen wäre, La Beale Isoud endlich vom Hals zu haben; es ging auch um die Frage dieser mysteriösen Nachrichten und vor allem um diesen ebenso rätselhaften Mann, der trotz seines offenbar so ernsthaften Gebrechens von einigen Leuten für sehr gefährlich gehalten wurde. Andererseits …

*Pfeif drauf!* sagte er sich und ging La Beale Isoud hinterher.

Es war kein großer Apfel; doch für einen Mann mit einem dicken Kopf, hervorgerufen durch zuviel Genuß von warmem Bier abends zuvor in seiner Stammkneipe *Three Pilgrims*, war er groß genug.

»Aua!« knurrte Sir Isaac Newton wütend. Dann stand er auf, zuckte leicht zusammen und schaute sich nach dem Gärtner um. »George!« brüllte er so laut, wie es sein Zustand zuließ. »Komm sofort hierher!«

Der Gärtner, ein älterer Mann mit einem Gesicht, das einen krankhaften Hang zur Unehrlichkeit widerzuspiegeln schien, kam vom Spargelbeet herübergetrottet. Wie gewöhnlich versteckte er etwas hinter dem Rücken.

»Hör mal, George, habe ich dir nicht schon letzte Woche gesagt, du sollst diese verdammten Äpfel pflücken, bevor sie vom Baum abfallen und verderben können?«

George verzog keine Miene; eine Übung, die ihm besonders gut lag.

»Und warum hast du die Äpfel nicht gepflückt, George?«

»Weiß nicht, Master Isaac.«

»Dann pflück sie gefälligst jetzt ab, bevor sie noch jemandem ernsthaften Schaden zufügen, verstanden?«

»Ja, Master Isaac.«

»Und wenn jemand was von mir will, ich bin im Arbeitszimmer.«

»Ja, Master Isaac.«

Kaum war Sir Isaac in sicherer Entfernung, holte George das Bündel hinter dem Rücken hervor, schlug es vorsichtig auf und sah sich vergnügt den Inhalt an.

Es war eine Taube. Mausetot, und das schon seit einiger Zeit. Doch auch ein armer Mensch braucht etwas zu essen, und bei dem Gehalt, das Master Newton zahlte, blieb eine Taube eine Taube, auch wenn sie bereits stark nach Verwesung roch. Pfeif drauf! George grinste.

Dann öffnete sich das kleine Eisentor in der Mauer, und eine junge Frau rannte hindurch. Sie trug lustige, altmodische Kleidung, als wäre sie aus einem dieser alten Buntglasfenster entsprungen, bei deren Zerstörung George während der Bürgerkriege tatkräftig mitgeholfen hatte. Außerdem trug sie eine Art Hexenhut, in dem ein Loch war. George blickte ziemlich verwirrt drein.

Die Dame blieb plötzlich stehen und schaute ihn hilfesuchend an. »Entschuldigung«, keuchte sie außer Atem.

George nickte heftig. Es war durchaus möglich, daß sie die Taube noch nicht bemerkt hatte.

»Entschuldigung«, wiederholte die Dame. »Wo ist … ähm …«

»Im Arbeitszimmer, Miß«, antwortete George. »Dort entlang.« Mit der linken Hand wies er ihr die Richtung.

»Wie meinen Sie das?«

»Im Arbeitszimmer, Miß«, wiederholte George. »Er ist dort gerade eben erst hingegangen, Miß.«

Das Tor in der Mauer sprang erneut auf, und dieses Mal kam ein Mann hindurch.

»Kommen Sie, wir sollten lieber wieder zurückgehen«, forderte der Mann die Dame auf.

Die Dame schnellte herum und rief: »Mister Goodlet! Was ist denn eigentlich passiert?«

»Auf der Tür zur Bühne stand *Kein Zutritt*«, antwortete der Mann. »Haben Sie das denn nicht gesehen?«

Die Dame wirkte etwas verunsichert. »Was meinen Sie damit? Ach, jetzt verstehe ich, das war eine von diesen ganz bestimmten Türen, stimmt's?«

George räusperte sich respektvoll und sagte: »Er ist im Arbeitszimmer, Sir.«

»Richtig«, antwortete der Mann, doch galt seine Antwort der Dame und nicht George. »Deshalb sind wir hier gelandet. Wir sollten schnell ein Rathaus oder etwas Ähnliches aufsuchen. Mit Glück finden wir noch gerade rechtzeitig zurück. Haben Sie eine von diesen Karten?«

»Wovon reden Sie?«

»Schon gut, also haben Sie wahrscheinlich keine. Egal.« Der Mann wandte sich von der Dame ab und sagte zu George: »Entschuldigung, aber ...«

»Er ist im ...«

»... wie kommt man von hier zum Rathaus?«

George runzelte angestrengt die Stirn. »Zu welchem Rathaus, Sir?«

»Vergessen Sie's. Was ist denn mit einer Polizeiwache? Eine Kaserne, ein Gericht oder irgend etwas in der Richtung tut's auch.«

George bekam unwillkürlich eine Gänsehaut; in seinem Alter vor Gericht zu landen, und das wegen einer einzigen vergammelten Taube! Er begann laut zu jammern.

Der Lärm war offensichtlich bis zum Arbeitszimmer

durchgedrungen, denn Sir Isaac Newton kam heraus. Er hielt sich einen kalten Umschlag an den Kopf und machte insgesamt keinen sonderlich glücklichen Eindruck.

»Würdest du bitte mit dem Lärm aufhören, George!« beschwerte er sich.

»Entschuldigung«, sagte der Mann in höflichem Ton, »aber vielleicht können Sie uns ja helfen. Wir suchen ein öffentliches Gebäude.«

Sir Isaac blickte die beiden an, als verstünde er die Welt nicht mehr. Dann schoß ihm ein Gedanke durch den noch immer schmerzenden Kopf. »Wenn Sie dringend ein öffentliches Örtchen aufsuchen müssen, dann können Sie das am Ende des Kräutergartens benutzen.«

»Nein, danke«, antwortete der Mann. »Ein öffentliches *Gebäude.* So etwas wie eine Getreidebörse oder ein Zunfthaus; irgendwas in der Richtung. Etwas, wo es eine Tür gibt, auf der *Kein Zutritt* steht.«

»Ich... Hören Sie, ich will nicht ungastlich wirken, aber wenn das hier ein Scherz sein soll, dann...«

»Nein, nein!« besänftigte ihn der Mann. »Es handelt sich wirklich um einen Notfall. Wenn Sie uns einfach nur sagen könnten, wo...«

Sir Isaac schloß die Augen; aus Erfahrung wußte er, daß das manchmal helfen konnte. »George, begleite diese Herrschaften zur Stadthalle.«

»Ja, Sir Isaac.«

Der Mann riß erstaunt die Augen auf, musterte Sir Isaac Newtons Kleidung und dessen Perücke, schien einige gedankliche Verbindungen damit zu verknüpfen und fragte: »Sind Sie Sir Isaac?«

»Ja, das ist richtig«, antwortete Sir Isaac. »Und wenn Sie jetzt bitte...«

»Sir Isaac *Newton?*«

»Ja. Kennen wir uns?«

Der Mann blickte ihn nun mit einem Gesichtsausdruck an, der so etwas wie Ehrfurcht verriet. »*Der* Sir

Isaac Newton? Der Sir Isaac Newton, der die Schwerkraft entdeckt hat?«

»Sie müssen schon entschuldigen, aber ...« Blitzartig hielt Sir Isaac inne. In seinem durch die Nachwirkungen der letzten Nacht blockierten Verstand nahm plötzlich etwas Gestalt an. »Schwerkraft!« rief er. »Ja, natürlich! Das ist es. Schwerkraft!«

Der Mann blickte etwas blöde drein und seufzte: »Ojemine! Da bin ich ja mal wieder voll ins Fettnäpfchen getreten.«

Sir Isaac aber strahlte übers ganze Gesicht. »Mein lieber Freund, wie kann ich Ihnen das jemals ...?«

Aber der Mann und die Frau waren bereits verschwunden.

Am Anfang schuf Gott Himmel und Erde.

Und die Erde war wüst und leer, und es war finster auf der Tiefe. Und Gott sah, daß sie ausbaufähig war, wenn man es nur richtig anstellte.

Ursprünglich dachte er dabei an ein dreistufiges Entwicklungsprogramm, bestehend aus einer exklusiven Wohngegend mit Einfamilienhäusern für allerhöchste Ansprüche, einem ausgegliederten Gebiet für Bürogebäude und die verarbeitende Industrie sowie aus einem großzügigen, speziell ausgebauten Einkaufsviertel. Drumherum waren Erholungsgebiete mit vielfältigen Vergnügungsmöglichkeiten geplant, die über ein gitterförmiges Straßennetz leicht zu erreichen sein sollten. Und siehe, es war gut; und möglicherweise hätte das Projekt zwar keinen Preis für vorbildliche Stadtplanung gewonnen, aber es hätte seine Aufgabe erfüllt und die anfänglichen Aufwendungen der Kapitalanleger schon nach kurzer Zeit mit vierhundert Prozent Rendite versüßt.

Das Problem war der Garten Eden-Entwurf (Phase II), und es war wieder einmal diese alte Geschichte: Man beauftragt einen Architekten, er zeichnet die Entwürfe, der Baukostenkalkulator berechnet die Kosten, der Bauunternehmer stellt den Zeitplan auf – kurz, kaum kann alles ins Rollen kommen, weigert sich irgend so ein Bürokrat mit blankgescheuerter Hose, die Baugenehmigung zu erteilen. Und man steht da wie doof, mit fast hundertfünfzig Millionen Quadratkilometern nutzbarer Fläche, achtzig Billionen übernatürlichen Ziegelsteinen, sechzig Millionen laufenden Kilometern Gerüstbaustangen, neunhunderttausend Planierraupen (allesamt auf einem Stecknadelkopf balanciert) und unheilbarer Planungspest am Hals.

Gott jedoch hat Geduld. Mit einem abfälligen Schulterzucken verließ er den ganzen Schrott und beschäftigte sich mit einem sechs Millionen Quadratkilometer großen Bürogebäudekomplex auf Alpha Centauri. Während er dies und zusätzlich ein paar Reparaturarbeiten im Oriongürtel sowie einige hübsche Umbauten an landwirtschaftlichen Gebäuden in den Plejaden erledigt hatte, waren in der Garten Eden-Bezirksverwaltung bezüglich der politischen Zusammenstellung etliche einschneidende Veränderungen eingetreten. Jetzt saßen dort endlich Leute in verantwortlichen Positionen, mit denen er auch langfristig planen konnte.

Natürlich mußte es eine öffentliche Anhörung geben; ohne die geht nun einmal nichts. Da die Erde aber noch immer wüst und leer war, stand er vor der Schwierigkeit, daß es keine Menschen gab, folglich auch keine Öffentlichkeit. Ohne Öffentlichkeit gab es auch keine öffentliche Anhörung, also mußte er die etwas zu voreilig getroffene Entscheidung auf die lange Bank schieben, und wieder einmal befand er sich in einer Sackgasse.

Zu diesem Zeitpunkt trat das Konsortium auf den Plan, das das Projekt mit Risikokapital finanzieren sollte, namentlich die ›Beaumont Street-Entwicklungsgesellschaft für rückwirkende Investitionen mbH‹. Zugegebenermaßen hatten die drei Konsortiumsmitglieder ihr Domizil in einer viele Millionen Jahre entfernten Zukunft, aber sie waren allesamt echte menschliche Wesen und würden sich freuen, eine öffentliche Anhörung abhalten zu dürfen. Kein Problem.

Das Ergebnis ihrer Beratung lautete wie folgt: Der ganze Zweck von Planungskontrollen und öffentlichen Anhörungen dient lediglich dazu, die Umwelt zu schützen; tatsächlich kann aber keine noch so einschneidende Baumaßnahme der Umwelt langfristig wirklich schaden, weil letztendlich – sobald die Zeit gekommen ist – die physikalischen Gesetze der Entropie dazu führen, daß die Erde sowieso ein natürliches Ende nehmen wird. Die Leere kehrt zurück, die Materie fällt in sich zusammen, und alles wird genauso sein wie es ursprünglich gewesen ist. Schon aus diesem Grund handelt es sich bei dem geplanten Vorhaben nur um einen vorübergehenden Eingriff, der keiner Planungskontrolle und erst recht keiner öffentlichen Anhörung bedarf.

Am Ende kam es zu einer Vereinbarung: Gott wurde das Recht zugebilligt, die Erde für zehn Milliarden Jahre zu pachten, und kaum war alles vertraglich festgehalten worden, setzten sich die Planierraupen in Bewegung; der Rest ist Theologie. Fast.

Natürlich waren es die Anwälte, die alles von Grund auf vermasselten; als sie nämlich die Erde an die menschliche Rasse bis zum Jahre 1000 nach Christus weitervermietet hatten, gab es im Kleingedruckten etliche Unklarheiten. Als nun der Antichrist im Auftrag Gottes auftauchte, um der Menschheit fristgerecht die Kündigung zu überreichen, grinste diese nur, zeigte auf den betreffenden Passus und weigerte sich, auch nur einen Fingerbreit nachzugeben.

Die verschiedenen Fliegen an der Wand in Gottes Büro stimmten alle darin überein, daß die dort stattfindende nachfolgende Zusammenkunft am 31. 12. 1000 sehr stürmisch verlief. Zunächst äußerten alle Anwesenden frank und frei ihre Meinung, was dazu führte, daß der Antichrist erst in ein Skelett verwandelt und dann in der Mitte von oben nach unten gespalten wurde (zur Rechten und zur Linken sah man einen halben Teufel sinken). Letzten Endes kam bei dem Treffen heraus, daß der Antichrist irgendeine Lücke im Pachtvertrag ausfindig machen sollte, was ihm auch gelang.

Eine der Bedingungen des Vertrags lautete nämlich, daß die Menschheit dazu verpflichtet wurde, den Vermieter zu verehren, und zwar regelmäßig und nach von der Kirche vorgeschriebenen Regeln. Deshalb gründete der Antichrist sofort eine Konkurrenzkirche, die von Gegenpäpsten geleitet wurde, um auf diese Weise die Religion zu untergraben und den Glauben zu zerstören, und er beeilte sich, die Schlösser auszutauschen, weil er die Menschheit noch vor 1690 wegen Nichteinhaltung der Vermieterverehrung auf die Straße setzen wollte. Zunächst funktionierte alles ganz prächtig, und die ersten Räumungsklagen wurden bereits zugestellt, als ein unbedeutender menschlicher Herrscher namens Richard Löwenherz eine ganze Kette von Ereignissen auslöste, die unweigerlich zu einem Weltfrieden, einer Rückkehr zu wahrem Gottvertrauen und der Errichtung eines Neuen Jerusalem geführt hätten. Und eine Zeitlang konnte er tatsächlich nichts dagegen unternehmen.

Jedenfalls so lange nicht, bis der Antichrist zufällig die Bemerkung eines kleinen Angestellten des el des Larmes Chaudes aufschnappte. Dieser Mann namens Pursuivant sagte, daß sich alles sehr viel leichter darstellen würde, wäre Richard nie geboren worden. Der Antichrist hatte daraufhin eine Idee, die letztendlich auf das Konzept der Zeitumkehr, des Manipulierens an der Geschichte (kurz, des Editierens) und der Archive hinauslief. Man brauchte nur noch Richard aus der Geschichte zu streichen, und die Menschheit könnte in genau hundert Jahren vor die Tür gesetzt werden, zusammen mit einer saftigen Rechnung für die notwendigen Reparaturarbeiten.

Das hätte auch funktioniert, wenn nicht ein gewisser

Blondel aufgetaucht wäre, ein Höfling, der sich standhaft weigerte zu akzeptieren, daß Richard niemals gelebt hatte, und überall nach ihm zu suchen begann. So lange wie Blondel wußte, daß Richard Löwenherz gelebt hatte, so lange würde der König weiterleben. Der Mann war, gelinde gesagt, eine Zumutung.

Sämtliche Bemühungen, die die Belegschaft des els unternahm, um Blondel zu finden, waren umsonst – was schon an sich bemerkenswert war, da er einen nicht unerheblichen Teil seiner Zeit auf groß angekündigten Konzerten verbrachte. Doch dann kam der Tag, an dem der Antichrist für das größte Blondel-Konzert aller Zeiten zwei Karten erhielt; das laut der im Vorfeld dazu erschienenen Presseveröffentlichungen ›Blondels wirklich allerletzter Auftritt‹ sein sollte.

*Blondels allerletzter Auftritt also,* sagte sich der Antichrist. *Blondels allerletzter Auftritt für immer und für alle Zeiten.*

»Kommen Sie herein«, sagte Blondel freundlich. »Möchten Sie etwas trinken? Bitte, nehmen Sie ruhig Platz.«

Obwohl ihm ein Bein fehlte, hatte der Antichrist keine Schwierigkeiten mit dem Gehen; er ging völlig natürlich, als weigerte er sich zu glauben, daß das andere Bein nicht vorhanden war. Er konnte sogar hüpfen, springen oder rennen, wenn ihm danach war. Zur Zeit stolzierte er elegant daher.

»Danke, ich hätte gern einen Martini.«

Blondel hantierte mit den Flaschen auf dem Tablett herum. »Und was ist mit Ihnen, Eure Exzellenzen?«

Die beiden Julius-Päpste – genauer gesagt, Papst und Gegenpapst Julius – schüttelten die Köpfe.

»Nicht, solange sie im Dienst sind«, stellte der Antichrist klar.

»Ich dachte immer, das gelte nur für Kriminalbeamte.«

»Und für Päpste, allerdings auch nur dann, wenn sie

gleichzeitig anwesend sind«, klärte ihn der Antichrist auf.

»Interessant«, murmelte Blondel und reichte dem Antichristen das Glas mit dem Martini. »Für Sie gilt das ja offensichtlich nicht. Ich hoffe nur, die beiden stört es nicht, wenn wir in ihrer Gegenwart über sie sprechen.«

»Überhaupt nicht«, beruhigte ihn der Antichrist. »Da sie nicht sprechen können, erledige ich für sie das Reden. Was nicht heißen soll, daß die beiden irgendwie von Bedeutung wären, zumal ich ja selbst anwesend bin. Ich habe die beiden nur mitgebracht, weil sie sich auf keinen Fall diese grandiose Show entgehen lassen wollten.«

»Danke«, nahm Blondel das Kompliment beiläufig entgegen. »Ich nehme an, Sie sind auch ein Fan von mir, richtig?«

»Total«, antwortete der Antichrist. »Ich habe Ihre komplette Plattensammlung, und schon bald werde ich sogar die einzige Plattensammlung von Ihnen haben, die es dann überhaupt noch gibt. Es wird zwar etwas lästig sein, jedesmal extra nach unten in die Archive gehen zu müssen, wenn ich etwas hören möchte, aber was soll's?«

»In die Archive?« stutzte Blondel. »Wie meinen Sie das?«

»Ach, nun stellen Sie sich doch nicht so begriffsstutzig an. Sie kommen mit mir, Blondel, ob Sie es nun wollen oder nicht. Sie haben Ihren Spaß gehabt, aber damit ist jetzt Schluß. Verstehen Sie mich nun?«

»Möchten Sie eine Olive?« Blondel reagierte gelassen. »Die sind wirklich ausgezeichnet.«

»Danke.«

»Gefällt Ihnen das Konzert?«

»Ja, sehr sogar.«

Blondel setzte sich und verschränkte die Hände hinter dem Kopf. »Schade, daß Sie dann nicht die zweite Hälfte hören werden.«

Der Antichrist zuckte die Achseln. »Das läßt sich nun mal nicht ändern, auch wenn es als Ihr letztes Konzert angekündigt worden ist, wie aus dem Fax ersichtlich war. Warum haben Sie das überhaupt gemacht, Blondel? Haben Sie es satt, andauernd vor mir zu fliehen? Oder haben Sie endlich eingesehen, wieviel Schaden Sie alle die Jahre über angerichtet haben?«

»Sie meinen, warum ich Sie zum Konzert eingeladen habe?« fragte Blondel.

»Richtig.«

Blondel beugte sich ein Stück vor und stützte das Kinn auf den Händen ab. »Ganz einfach. Ich hätte Sie zu all meinen Konzerten eingeladen, aber ich habe erst vor kurzem Ihre Adresse herausgefunden, beziehungsweise Ihre Telefon- und Faxnummer; ich wollte schon seit ewigen Zeiten mit Ihnen in Kontakt treten.«

Der Antichrist grinste. »Das mag ja sein, aber warum sind Sie dann nicht einfach mit Pursuivant und Clarenceaux mitgegangen? Ich habe die Kerle unzählige Male losgeschickt, um Sie abholen zu lassen.«

»Das war auch sehr freundlich von Ihnen«, antwortete Blondel. »Offen gesagt – noch eine Olive? – fühle ich mich in der Gesellschaft von Pursuivant, Clarenceaux und dem ganzen anderen Pack irgendwie nicht recht wohl. Wäre ich bei einer dieser Gelegenheiten, zu denen Sie mir diese Gestalten freundlicherweise vorbeigeschickt haben, mit denen mitgegangen, dann hätte ich so ein Gefühl gehabt, als wäre ich – wie kann ich das mal ausdrücken?«

»Gefangengenommen worden?«

»Ja, das kommt hin. Gefangengenommen. Ach, da wir davon sprechen, wie geht's übrigens Richard?«

Der Antichrist lächelte. »Keine Ahnung. Ich nehme an, er ist noch immer irgendwo da unten. Bei den vielen Ratten, der völligen Isolation, der Dunkelheit und Feuchtigkeit und den ganzen Sachen ist das bestimmt nicht sonderlich gemütlich für ihn. Wirklich ein Jammer.

Aber sobald Sie aussortiert und abgeheftet worden sind, können wir ihn in die Archive schicken. Er kriegt ein schönes Archiv, ihm wird's gefallen. Ihnen übrigens auch.«

»Zweifellos«, stimmte Blondel dem Antichristen beiläufig zu. Er saß auf der Sofalehne und blickte auf die Uhr. »Hören Sie, ich will Sie nicht drängen, aber ich muß in fünf Minuten wieder auf der Bühne sein und mich noch mit dem Schwachkopf unterhalten, der für das Licht verantwortlich ist. Finden Sie nicht, daß es für uns an der Zeit ist, ein Abkommen zu treffen?«

Der Antichrist lachte, und das war alles andere als ein angenehmes Geräusch, dann fauchte er: »Schluß jetzt mit diesen Höflichkeitsfloskeln! Hör zu, Sterblicher, du bist nicht in der Position, mit mir ein Abkommen zu treffen. Du kommst jetzt mit mir, und damit hat sich's.«

Blondel bewahrte die Haltung und antwortete kühl: »Nun, da irren Sie sich aber gewaltig. Ich habe mir nämlich die Freiheit genommen, Ihnen außer Martini und Gin noch etwas anderes ins Glas zu schütten. Sie werden jeden Augenblick wie ein Baby schlafen.«

Der Antichrist versuchte aufzustehen, doch die Knie versagten ihm den Dienst. Er öffnete den Mund, doch außer einem Olivenkern brachte er nichts heraus.

»Na prima, das Zeug wirkt bereits«, freute sich Blondel. »Zur Abwechslung werde ich mich einmal kurzfassen: Was ich beabsichtige, ist ein einfacher Geiselaustausch. Sie für Richard.«

»Aber ich bin ...« Die Worte kamen dem Antichristen nur sehr langsam über die gelähmten Lippen, was kaum verwunderlich war, da sein Unterkiefer mittlerweile aus Beton zu sein schien.

»Sie werden sich schon bald im Verlies des el de Nesle befinden«, fuhr Blondel in freundlichem Ton fort. »Aber keine Angst, ich werde mir alle Mühe geben, Ihnen dort den Aufenthalt so angenehm wie möglich zu gestalten. Einmal im Jahr sauberes Stroh und so weiter und so fort. Ehrlich gesagt, erstaunen Sie mich ein wenig, und Sie auch, Julius und Julius. Haben Sie denn gar nicht daran gedacht, daß es sich hier um eine Falle handeln könnte?«

Die beiden Päpste versuchten nun ihrerseits, auf die Beine zu kommen; doch die Anstrengung, sich gleichzeitig zu offenbaren, ohne die Geschichte aus dem Gleichgewicht zu bringen, war unglücklicherweise zu groß, und sie fielen in die Polster zurück.

Blondel drückte einen Summer, und die Tür öffnete sich. »Wären Sie bitte so nett und holen Sie mal diesen großen Wäschekorb für mich, Giovanni?«

Giovanni nickte und eilte davon.

»Das wirst du mir büßen ...«, brachte der Antichrist mit letzter Kraft über die Lippen; doch kaum hatte er das letzte Wort ausgesprochen, schlief er schon tief und fest. Blondel nahm ihm schmunzelnd das Glas aus der Hand und steckte ihm ein Kissen unter den Kopf – auch wenn sie Todfeinde waren, gab es keinen Grund, daß sich der Knabe einen steifen Hals holte.

»So, da wären wir«, meldete sich Giovanni mit dem Wäschekorb zurück. »Helft mir mal, ihr beiden.«

Die Galeazzo-Brüder verstauten den Antichristen und die beiden Juliusse behutsam im Wäschekorb, klappten den Deckel zu und setzten sich darauf.

Blondel nickte zufrieden. »Na schön, dann wollen wir mal wieder. Sie lassen jetzt den Korb ins el zurückbringen, und wir treffen uns nach dem Auftritt hier in der Garderobe.«

»Geht in Ordnung«, stimmte Giovanni zu. »Und ich werde mich schon mal an die Lösegeldforderung machen.«

Blondel zuckte die Achseln. »Wie Sie wollen. Obwohl ich das nicht für notwendig halte.«

»Mag sein«, antwortete Giovanni schmunzelnd, »aber das macht bestimmt Spaß.«

# 9. KAPITEL

Wir haben uns verlaufen, nicht wahr?« erkundigte sich Isoud ängstlich.

Guy setzte sich auf die Treppe und nickte. Sie waren mittlerweile eine Ewigkeit hier unten, und alles, was an die Wurstbrötchen erinnerte, waren ein paar Krümel in der Jackentasche. Scheißspiel.

»Keine Angst, Guy, das ist nicht Ihr Fehler«, versicherte ihm La Beale Isoud, und noch während er sich von diesem Schock erholen mußte, fügte sie hinzu: »Ich finde, daß Sie sich trotz all dieser Widrigkeiten recht achtbar schlagen.«

»Finden Sie?« erkundigte sich Guy verblüfft.

»Ja, durchaus.«

»Aha.«

Eine Weile saßen die beiden schweigend beisammen. Wäre es nicht so dunkel gewesen, hätte Guy gesehen, daß Isouds Blick fast so etwas wie Zuneigung verriet. Wahrscheinlich war es besser, daß es dunkel war.

»Mister Goodlet?«

»Nennen Sie mich ruhig Guy«, schlug er mit gequälter Stimme vor. »Falls es Ihnen nichts ausmacht, meine ich.«

»Wieso sollte es das, Guy?« freute sich Isoud. »Und Sie können mich Isoud nennen, wenn Sie möchten.«

»Danke, Isoud, zu großzügig von Ihnen, mir fällt wirklich ein Stein vom Herzen.«

Entweder hatte Isoud das überhört, oder sie beachtete ihn einfach nicht. »Guy, ich habe nachgedacht.«

»Ach so?«

»Würde es uns helfen, wenn wir eine Karte hätten?«

*Frauen!* seufzte Guy in Gedanken. »Das ist wohl zu vermuten, aber wir haben nun mal keine.«

»Sicher, ich weiß, aber vielleicht können wir ja eine auftreiben.«

»Ach ja, und wie?«

Isoud griff in ihre Handtasche und wühlte darin herum. Zum erstenmal fiel Guy auf, daß sie überhaupt eine dabeihatte; aber Frauenhandtaschen gehören nun einmal nicht zu jenen Dingen, die einem gleich ins Auge springen, jedenfalls nicht bewußt. Auch ohne hinzusehen, geht man einfach davon aus, daß Frauen stets eine bei sich haben, genauso wie man annimmt, daß sie Füße besitzen.

»Wir könnten es mit dem Hyperfax probieren«, schlug Isoud vor.

»Wollen Sie etwa damit sagen«, begann Guy so freundlich wie möglich, »daß Sie dieses ... dieses Hyperding die ganze Zeit bei sich hatten, es aber nicht für angebracht gehalten haben ...?«

»Tut mir leid, war das sehr dumm von mir?« säuselte sie mit mädchenhafter Stimme.

*Alles in allem gefiel sie mir, glaube ich, besser, als sie unfreundlich war,* sagte sich Guy und antwortete: »Nein, überhaupt nicht. Haben Sie dieses blöde Ding wirklich dabei?«

»Hier.« Isoud nahm einen winzigkleinen Metallwürfel aus der Handtasche und gab ihn Guy.

»Wie? Ist das alles?«

»Das Gerät ist zusammenklappbar«, antwortete La Beale Isoud. »Ich hatte schon völlig vergessen, daß ich es ...«

»Schon gut, und jetzt zeigen Sie mir, wie es funktioniert, damit wir weitermachen können.«

Isoud langte mit der Hand herüber und drückte auf einen winzigen Knopf, der sich an einer Seite des Würfels befand. Sofort klappte er zu einem tragbaren Hyperfaxgerät auf.

»Jetzt müssen wir nur noch das Kabel reinstecken.«

»Das Kabel reinstecken?«

»Ja.«

»In welche Steckdose denn?«

»Oje.«

Guy gab ein schwaches Zischen von sich, als würde jemand Leinen zerreißen. »Das darf doch nicht wahr sein!« seufzte er kopfschüttelnd.

»Tut mir leid, Guy«, piepste La Beale Isoud leise schluchzend.

Entgegen seiner inneren Überzeugung streckte Guy zögernd die Hand aus und tätschelte Isoud sanft auf die Schulter. Unter normalen Umständen wäre ihm so etwas bestimmt nicht eingefallen, aber falls sich dieses dämliche Weib jetzt bei ihm ausheulen wollte, dann hegte er arge Zweifel, damit zurechtkommen zu können. Ein jeder stößt irgendwann an seine Grenzen.

»Ist ja gut, ist ja gut«, tröstete er sie steif wie ein Bankangestellter, der zu einem Kind spricht, das sein Taschengeldkonto überzogen hat. »Das macht doch nichts. Und die Idee war wirklich sehr gut, ehrlich. Schade nur, daß es hier keine ...«

Zu seinem Entsetzen spürte Guy, wie sich eine kleine warme Hand in die seine legte. Sein Mund wurde staubtrocken, und er fühlte sich wie ein Fisch, der zu spät erkannt hat, daß sich zwischen den saftigen Regenwürmern, die plötzlich an einer seichten Stelle im Gewässer erschienen sind und nun verlockend direkt über ihm schweben, wahrscheinlich irgendwo ein Angelhaken befindet. Wie betäubt drückte er sanft die kleine Hand. Schließlich muß man stets höflich bleiben.

»Nun ja, auf jeden Fall sollten wir hier nicht den ganzen Tag nur unnütz herumsitzen«, stellte er in gekünsteltem Ton fest. »Kommen Sie, vielleicht läßt sich ja irgendwas machen.«

»Ja, Guy«, gehorchte La Beale Isoud lammfromm. »Soll ich das Hyperfax wieder einpacken?«

»Ja ... oder nein, lieber nicht. Ich bin da gerade auf eine Idee gekommen.«

Was sogar tatsächlich stimmte.

Der Präsident von Ozeanien schwitzte.

Am liebsten hätte er sich jetzt das Taschentuch herausgeholt und die Stirn damit abgewischt; aber wenn er das täte, hätte ihn die Staatsratsvorsitzende der Eurasischen Volksrepublik dabei auf dem Bildschirm ihres Visophons beobachten und es als Zeichen von Schwäche auslegen können. Also kam das nicht in Frage.

»Ist das wirklich Ihr letztes Wort, Frau Vorsitzende?« fragte er ein zweites Mal.

»Ja.«

Trotz des flackernden Bildschirms erkannte er, daß ihr versteinerter Gesichtsausdruck wilde Entschlossenheit signalisierte. *Verdammtes Weib!*

»In dem Fall haben die Vereinigten Staaten von Ozeanien leider keine andere Wahl, als der Eurasischen Volksrepublik den Krieg zu erklären. Frau Vorsitzende, unsere beiden Länder stürzen damit ins finstre Mittelalter zurück, und es wird erst dann wieder ein Licht am Ende des Tunnels zu sehen sein, wenn wir ...«

*Einen Moment mal!* dachte der Präsident. *Jemand hat das Licht ausgeschaltet.* »Sind Sie noch da, Frau Vorsitzende?« fragte er, doch der Bildschirm blieb leer.

»He! Was zur Hölle geht dahinten eigentlich vor?« rief der Präsident wütend.

»Entschuldigung«, antwortete eine Stimme aus einer Ecke des dunklen Zimmers.

Der Präsident schwenkte auf dem Drehsessel herum. »Wer ist da?« verlangte er zu wissen.

»Keine Sorge, das Ganze dauert höchstens eine Minute«, beruhigte ihn die Stimme. »Wir leihen uns nur mal kurz Ihre Steckdose aus.«

Der Präsident tastete unter der Schreibtischplatte nach dem Knopf, der den Sicherheitsalarm auslöste, begriff aber schnell, daß der genausowenig wie alle anderen Stromquellen funktionieren würde; sämtliche elektrischen Geräte im Raum wurden nämlich aus dieser einen einzigen Steckdose gespeist. Dieser verdammte Idiot von einem Elektriker hatte behauptet, auf diese Weise könne man eine Menge Installationskosten sparen.

»Wer sind Sie?« knurrte der Präsident gefährlich. »Und was wollen Sie hier überhaupt?«

»Wir benutzen nur mal eben Ihre Steckdose. Tut uns leid, falls wir Sie gerade bei etwas Wichtigem stören. Ist jetzt Saft drauf, Isoud?«

»Stecken Sie sofort den Stecker wieder rein!«

»Schon gut, schon gut«, redete die Stimme besänftigend auf ihn ein. »Nur noch ein paar Sekunden Geduld.«

Der Präsident sprang auf, blieb mit einem Fuß am Tischbein hängen und fiel hin. »Aua!«

»Vorsicht.«

»Wie sind Sie überhaupt hier reingekommen?« stöhnte der Präsident und rieb sich das schmerzende Knie.

»Durch die Tür da vorne«, antwortete die Stimme. »Wahrscheinlich steht da *Kein Eingang* oder so was drauf, bei allen anderen Türen ist das nämlich auch so. Ich kann Ihnen versichern, daß es nichts mit Ihnen persönlich zu tun hat«, fügte die Stimme hinzu. »Das war nur die erste Tür, an die wir gekommen sind, die nicht irgendwohin ins Mittelalter führte.«

»Ich ...«

»Ey! Da kommt die Karte, das ist ja unglaublich!« freute sich die Stimme. »Alles klar, Isoud, Sie können jetzt das Ding ausmachen, und der nette Herr kann seinen Strom wiederhaben. Ich bitte nochmals um Entschuldigung, falls wir Ihnen irgendwelche Unannehmlichkeiten bereitet haben sollten.«

Kurz darauf ging das Licht wieder an, gerade noch rechtzeitig für den Präsidenten, um einen Blick auf eine Tür mit der Aufschrift *Nur für Wartungspersonal* zu erhaschen. Der Visophonschirm knisterte und leuchtete auf. Der Präsident ließ sich mit einem gewaltigen Satz in den Schreibtischsessel fallen und versuchte, möglichst gleichgültig dreinzublicken.

»Also gut, Sie haben gewonnen«, erklärte die Staatsratsvorsitzende.

»Ähm … wie bitte?«

»Sie haben gewonnen«, wiederholte die Vorsitzende verbittert. »Sie haben – wie soll ich es mal ausdrükken? – na ja, Sie haben uns auf die Probe gestellt. Wir werden unsere Raketen aus Sektor drei zurückziehen.«

»Ah ja, sehr schön. Danke auch.«

»Herr Präsident.«

Das Bild auf dem Visophonschirm verschwand. Leicht keuchend kramte der Präsident das Taschentuch aus seinem Jackett und fächelte sich damit Luft zu. Offenbar war das Visophon bereits nicht mehr in der Steckdose gewesen, als er die Kriegserklärung abgegeben hatte. Noch mal Glück gehabt.

Er drückte auf die Gegensprechanlage und sagte: »Frank, verbinden Sie mich sofort mit dem Lagebesprechungsraum. Ach, und noch etwas«, fügte er hinzu, »holen Sie mir umgehend diesen bekloppten Hauselektriker hierher!«

»Hier lang.«

Guy faltete die Karte zusammen, steckte sie ein und zeigte die Richtung an; dieses Mal hatte er keinerlei Zweifel. Wie es die Karte gesagt hatte, stand dort in fetten Großbuchstaben BÜHNENTÜR VOM BLONDEL-KONZERT zu lesen. Er drehte den Türknopf und zog sie auf.

Und stürzte kopfüber zu Boden.

Den Bruchteil einer Sekunde später folgte ihm Isoud

und landete auf seinem Kreuz, woraufhin er sich laut beschwerte.

»Tut mir leid«, entschuldigte sich Isoud. »Ist mit Ihnen alles in Ordnung, Guy?«

Guy hob den Kopf und stöhnte entsetzt auf; allerdings nicht weil Isoud ihm beinahe das Rückgrat gebrochen hätte, sondern vielmehr weil er eine ziemlich genaue Ahnung hatte, wo sie sich befanden.

»Guy, ist mit Ihnen alles in Ordnung?« wiederholte Isoud. Dann rutschte sie vorsichtig von seinem Rücken hinunter, so daß er wenigstens wieder atmen konnte.

Guy rollte sich auf die Seite und suchte nach der Karte, obwohl es hier natürlich viel zu dunkel war, um einen Blick darauf werfen zu können. Etwas Kleines und Pelziges huschte an seiner linken Hand vorbei.

»Hallo, wer ist denn da?« fragte eine schläfrige Stimme aus den Tiefen der Finsternis.

»Ach, du dickes Ei!« stöhnte Guy. Er hatte recht behalten.

»Hallo?« meldete sich die Stimme erneut. »Warum sind Sie denn zurückgekommen, mein lieber Freund?«

Guy zog vorsichtig die Hand zurück – um die Ratte nicht zu erschrecken – und vergrub sein Gesicht darin. Eine Falle! Die gefaxte Karte war nicht vom el de Nesle abgesendet worden, sondern von – nun, man mußte wahrhaftig kein Genie sein, um dahinterzukommen –, von hier.

»Guy?«

»Ach, lassen Sie mich in Ruhe, Isoud!« rief er gereizt und fragte dann in höflicherem Ton in die Dunkelheit hinein: »Entschuldigung, aber ich frage mich gerade, ob Sie mir vielleicht sagen können, ob das hier das el de Larmes Chaudes ist.«

»Selbstverständlich, mein lieber Freund«, antwortete die Stimme. »Hat man Ihnen das nicht am Empfang gesagt, als man Sie hierhergebracht hat?«

»Ich ...« Guy schüttelte heftig den Kopf; allerdings

eher zu seiner eigenen Genugtuung als aus irgendwelchen anderen Gründen – er wollte einfach feststellen, ob drinnen irgend etwas klapperte. »Leider haben wir die falsche Tür genommen, Isoud«, stellte er schließlich überflüssigerweise fest.

Pursuivant wachte auf, öffnete die Augen und wackelte mit den Zehen. Sie waren immer noch nicht passend. Typisch. Das beschissene Kugellager im rechten Fußgelenk hatte er nur einmal beiläufig erwähnt, na gut, aber auf die Zehen hatte er bereits zig Male hingewiesen, und trotzdem schien ihm nie jemand zugehört zu haben. Sobald er das nächste Mal ins Krankenrevier gebracht werden würde, wollte er darauf bestehen.

»Ich weiß gar nicht, warum ich mir überhaupt solche Mühe gebe.«

Es war die Stimme des Kopftechnikers, und kaum hatte Pursuivant das begriffen, sah er auch schon dessen Gesicht, das mit finsterem Blick auf ihn herabschaute. Er zuckte mit den Schultern, mußte aber feststellen, daß sie nicht mehr da waren; wahrscheinlich wurden gerade die elastischen Aufhänger ausgewechselt.

»Ich meine, warum löffle ich den ganzen Mist nicht einfach da raus«, fuhr der Kopftechniker fort, »und stopfe dann das Loch komplett mit feuchtem Zeitungspapier voll? Wenn einer von denen das nächste Mal eins auf die Fresse kriegt, brauche ich wenigstens nicht anderthalb Stunden lang mit dem kleinen Skalpell herumzufuchteln, um ihn wieder zusammenzuflicken.«

»War's denn so schlimm?« erkundigte sich Pursuivant vorsichtig.

Der Kopftechniker zog eine Grimasse. »Es fehlt nicht mehr viel, dann kommt dieser ganze Schrott hier auf den Müll, und ich setze eine völlig neue Einheit ein. Allerdings wird mir dann dieser bescheuerte Lagermeister die Hölle heiß machen. Als erstes werde ich morgen früh meinen Schwager fragen, ob es in der Dosenfabrik noch ein paar Jobs gibt.«

Er gab dem Hilfsarbeiter ein Zeichen, der das Fließband anstellte, mit dem Pursuivant zur Armabteilung befördert wurde.

»Was zum Teufel hast du denn diesmal damit angestellt?« wollte der Hand- und Armmeister wissen. »Bist du darauf rumgerollt? Oder hast du damit versucht, einen Safe aufzubrechen? Das sind Präzisionsinstrumente, klar?«

»Tut mir leid. Kann ich denn einen neuen haben?«

»Nein. Statt dessen könntest du irgendwann Arthritis kriegen. Habe ich dir nämlich gerade höchstpersönlich eingebaut«, fügte er mit einem bösartigen Grinsen hinzu.

»He, Doktor, das ist aber nicht fair.«

»Das behauptet hier ja auch niemand«, antwortete der Hand- und Armmeister, und als befände er sich in der Ostkurve eines Fußballstadions, ließ er die Schraubenschlüsselknarre wie eine Schnarre kreisen. »Der nächste!«

Eine Dreiviertelstunde später stand Pursuivant ängstlich vor Mountjoys Büro. Er mußte nicht lange darauf warten, um hineingerufen zu werden.

»Laß uns diese Angelegenheit Schritt für Schritt durchgehen«, schlug Mountjoy vor. »Du hast dir also mit deinen Kollegen diesen Verräter Goodlet hinter der Bühne geschnappt, und ihr habt ihn gefesselt. Dann habt ihr ihn allein zurückgelassen, richtig?«

»Ja, Sir.«

»Und dann«, fuhr Mountjoy mit finstrer Miene fort, »hast du ihn eine Viertelstunde später zusammen mit irgendeinem Mädchen den Korridor entlanglaufen sehen.«

»Ja, Sir.«

»Woraufhin er dich getötet hat.«

»Ja, Sir.«

Mountjoy glühte mittlerweile wie ein Leuchtkäfer mit Verstopfungen. »Pursuivant, du übertriffst dich selbst! Dank dir sind sie verschwunden, und zwar alle, ohne auch nur eine einzige Spur zu hinterlassen.«

»Alle, Sir?«

»Der Papst, du Depp! Und der Gegenpapst und ...« Mountjoy ahmte einen einarmigen, nur partiell sehfähigen Mann nach. »Alle haben sich in Luft aufgelöst. Was hast du dir eigentlich dabei gedacht?«

»Nichts, ich bin getötet worden, Sir.«

»Sobald ich mit dir hier fertig bin«, brüllte Mountjoy, »wirst du dir noch wünschen, tot zu sein und ...!« Er brach mitten im Satz ab. Ein paar vereinzelte Funken sprühten ihm aus der Nase und versengten ein paar Haare.

Pursuivant behielt strikt die Habtachtstellung bei, denn aus langer Erfahrung wußte er, daß man mit fest an den Körper gepreßten Armen weniger Angriffsfläche bot.

»Jedenfalls stellt sich nun die Frage, was du dagegen zu tun gedenkst«, meinte Mountjoy zu Pursuivants großer Überraschung.

»Ich, Sir?« Pursuivant begriff sofort, daß er sowieso wieder alles versauen würde. »Ich meine, Sir ...«

»Ja, Soldat, du!« Eine Weile stand Mountjoy völlig regungslos da und sah fast wie eine nachdenkliche Stehlampe aus. Erst als die Tür geöffnet wurde und White Herald hereinkam, entspannte er sich wieder ein wenig. White Herald humpelte – weil höchstwahrscheinlich wieder einmal die Schienbeine in der Größe 63 E ausgegangen waren – und hielt einen Zettel in der Hand.

»Dieses Fax hier ist gerade eingetroffen, Sir. Unterzeichnet mit *F.A.O. stellvertretender Generalmanager.* Ich hielt es für angebracht, es Ihnen lieber sofort zu zeigen.«

Mountjoy riß ihm griesgrämig den Zettel aus der Hand. Kurz darauf fabrizierte er irgendwo tief im Rachen einen unangenehmen Laut, ein bedrohliches Kreischen, ähnlich dem Geräusch einer an einem Kantstein entlangschabenden Radkappe.

»Jetzt sieh dir selbst an, was du angerichtet hast!« polterte er los. »Das hier ist von de Nesle!«

»Sir?«

»Hör endlich auf damit, immer so dämlich ›Sir‹ zu sagen. Er behauptet, alle anderen überwältigt und in sein Verlies gesteckt zu haben.« Mountjoy seufzte. »Tja, da haben wir ein ganz schönes Problem am Hals, wie?«

»Ja, Sir.«

»Ja, Sir ... Und es hat bestimmt nicht viel Zweck, dich loszuschicken, um sie da wieder rauszuholen, oder was meinst du?«

»Nein, Sir. Ähm ... ja, Sir.«

»Nein, Sir! Ja, Sir! Weil du gar nicht weißt, wo du suchen müßtest, nicht wahr? Und wenn doch, dann wärst du immer noch viel zu unfähig, um ... Was ist denn?«

Pursuivant hütete sich davor, sich umzudrehen. Aufgrund der obskuren und komplizierten Verhaltensregeln, denen die Wachmannschaft des els unterlag, wurde das sich Umdrehen in Gegenwart eines Vorgesetzten auf verschiedene, geschickt ausgetüftelte Arten bestraft – fast immer gehörte dazu, daß die betreffenden Übeltäter untereinander einige ihrer Bauelemente austauschen mußten. Als der Neuankömmling zu sprechen begann, erkannte Pursuivant jedoch sofort die Stimme des Kerkermeisters.

»Tut mir leid, wenn ich Sie störe, Boß, aber ich dachte, Sie sollten es wissen«, sagte der Kerkermeister. »Ich habe eben gerade meinen Rundgang gemacht, als mir auffiel, daß in Zelle neunundfünfzig zwei neue Gefangene sind.«

Mountjoys Miene verfinsterte sich. »Zwei *neue* Gefangene?«

»Ja, Boß.«

»Du meinst, jemand ist ins Gefängnis *eingebrochen?*«

»Sieht ganz so aus, Boß.«

Der Hofgeistliche runzelte angestrengt die Stirn und rief so an der Decke interessante kaleidoskopähnliche Lichteffekte hervor. »Zelle neunundfünfzig? Bist du dir ganz sicher?«

»Ja, Boß.«

»Nun, dann sollten wir uns die Sache lieber mal genauer ansehen.«

In die Musikgeschichte ging das Konzert als ein großer Erfolg ein.

»Sein sprühender, ungekünstelter Gesang«, schrieb der Kritiker des *Neuen Theosoziologen,* »verbindet sich auf extravagante Weise mit den ungeahnt detailreichen und dennoch klaren Leitmotiven, die häufig in einen mitreißenden Antagonismus aus Text und Instrumentierung münden, der seine endgültige Apotheose in der semikathartischen Kulmination von *Nelle Dean* findet. De Nesle baut weiterhin auf die feste Grundlage seiner früheren Leidenschaft für das Neostrukturelle; und wenn es ihm gelingt, den trügerischen Verlockungen des nur Schönen zu widerstehen, dann ist er der lebende Beweis dafür, daß solche musikalischen Meisterwerke keine Zufallsprodukte sind.«

Nach Blondels Auffassung hatte es sich bei dem Konzert um nicht viel mehr als um einen gemütlichen gemeinsamen Liederabend gehandelt. Zwar freute es ihn noch immer, daß das Publikum voller Inbrunst die letzte Strophe von *L'Amours Dont Sui Epris* mitgesungen hatte, doch jetzt brauchte er erst einmal dringend eine Dusche und einen Becher heiße Milch.

Deshalb war er um so saurer, die Garderobe leer und völlig unaufgeräumt vorzufinden. Durchwühlt wäre wohl der bessere Ausdruck gewesen. Es sah wie in einem Heuhaufen aus, in dem es jemand schließlich geschafft hatte, eine Stecknadel zu finden.

»Mmmmmmmmmm«, grummelte jemand in einem der beiden Kleiderschränke. Ein Schrank führte direkt in die Vergangenheit, in die Zukunft und in eine erlesene Auswahl der Gegenwart. Das Problem daran war, daß es zu keinem bestimmten Zeitpunkt die Möglichkeit gab herauszufinden, welcher das war.

»Hallo, ist da jemand?« fragte er.

»Mmmmmm.«

»Giovanni? Sind Sie's?«

»Mm.«

»Was, um Himmels willen, machen Sie hier?«

Es ist bemerkenswert, wie schnell man eine neue Sprache lernen kann. Schon bald verstand Blondel herausgewürgte Laute derart fließend, um sofort zu verstehen, daß Giovanni ihm mitzuteilen versuchte, er könne viel besser sprechen, wenn ihm nur jemand die Socke aus dem Mund nähme.

»Ich komme, Giovanni«, antwortete er.

Dann verfolgte er das Geräusch bis zu dem kleineren der beiden Schränke und öffnete die Tür. Drei gefesselte und geknebelte Finanzberater kamen zum Vorschein.

»Mein lieber Freund, was ist denn bloß passiert?« fragte er Giovanni und nahm ihm dabei vorsichtig die Socke aus dem Mund.

Giovanni gluckste, gab ein Geräusch wie eine Feile auf einer Resopalplatte von sich und krächzte: »Finanzamt ...«

»Wie bitte?«

»Ich glaube, die waren vom Finanzamt«, keuchte Giovanni mit heiserer Stimme. »Die haben nach Quittungen oder so was gesucht.«

»Wer?«

»Die Männer, die hier alles durchsucht haben. Wir haben zwar versucht, sie daran zu hindern, aber ...«

Blondel sah sich im Raum um. Jetzt, da er darüber nachdachte, machte der Raum wirklich den Eindruck, als wenn er von oben bis unten durchgefilzt worden wäre. »Wie kommen Sie darauf, daß das Finanzbeamte gewesen sind?«

»Du meine Güte, dann schauen Sie sich doch nur mal hier um!«

Blondel kratzte sich am Kopf. »Das ist allerdings wahr.« Dann fiel ihm etwas ein. »Mein lieber Freund, wo bin ich nur mit meinen Gedanken? Ich werde Ihnen erst einmal die Stricke durchtrennen, die sehen ja furchtbar unbequem aus.«

Kaum waren die Galeazzo-Brüder von den Fesseln befreit, rannte Giovanni quer durch die Garderobe, stellte einen Stahlrohrsessel hochkant hin und angelte mit den Fingern nach etwas in den Beinen. Nach einer kurzen und aufgeregten Suche holte er einige fest zusammengerollte Blätter hervor und schwang sie triumphierend über den Kopf.

»Alles klar, sie haben die Papiere nicht gefunden«, seufzte er erleichtert.

»Ach, und was sind das für Unterlagen?« fragte Blondel.

»Ähm ...«

»Ich glaube nämlich nicht, daß diese Kerle von der Steuerfahndung waren.«

»Ach, meinen Sie?« Giovanni hielt kurz inne. Er stand nur noch auf einem Bein, um sich die Papiere in eine Socke zu stecken. »Wer kann das dann gewesen sein? Die Zollfahndung vielleicht?«

»Mag sein, möglicherweise waren das aber auch die Leute vom Antichristen.«

»Glauben Sie wirklich?«

Blondel hob etwas vom Boden auf und hielt es Giovanni auf der offenen Handfläche entgegen. »Sehen Sie, das ist ein Knopf von einer Uniform. Und schauen Sie hier, das ist das Wappen vom el des Larmes Chaudes. Ich nehme an, die sind bereits hinter uns her.«

»Na, Gott sei Dank!« seufzte Giovanni. »Und ich hatte schon befürchtet, wir wären in echten Schwierigkeiten.« Er setzte sich und streifte das Hosenbein glatt, unter dem die Papiere steckten.

»Wann sind die denn hier weggegangen?« wollte Blondel wissen, wobei er den Knopf in die Luft warf und wieder auffing. »Ich nehme an, das ist noch nicht lange her, richtig?«

»Ich weiß nicht so genau«, antwortete Giovanni. »Vor fünf, vielleicht auch zehn Minuten.«

»Und Pursuivant und Clarenceaux oder irgendeiner von dem Haufen sind es nicht gewesen, oder?«

Giovanni schüttelte den Kopf. »Die hätte ich erkannt. Wie ich schon angedeutet habe, haben die einen wirklich furchterregenden Eindruck gemacht.« Er griff nach seiner Aktentasche und durchstöberte den Inhalt.

»Vor zehn Minuten also, und Pursuivant und Clarenceaux sind nicht dabeigewesen. Also muß es sich um dieses andere Kommando gehandelt haben«, dachte er laut nach. Dann sagte er zu den Galeazzo-Brüdern: »An Ihrer Stelle würde ich mich in den Kleiderschrank begeben, dieses Mal natürlich in den anderen, und zwar sofort.«

»Aber Sie haben doch gesagt …«

»Sofort! Falls es Ihrer Phantasie auf die Sprünge hilft, damit Sie sich vorstellen können, wie sehr wir uns beeilen müssen, bilden Sie sich doch einfach ein, daß gerade ein Ermittlungstrupp der Gewerbeaufsicht die Treppe heraufkommt.«

Kurz darauf wurde die Tür zum Kleiderschrank zugeschlagen. Blondel zählte bis zehn – er hielt es für das beste, den etwas langsameren Galeazzo-Brüdern einen kleinen Vorsprung zu geben –, dann folgte er ihnen; denn sollte er recht behalten, dann gehörten die Gentlemen, die hier bestimmt bald wieder aufkreuzen würden, nicht zu jenen Wesen, die er unbedingt kennenlernen wollte.

Jede militärische und paramilitärische Einheit besitzt irgendeine Elitetruppe, einen handverlesenen Haufen völlig skrupelloser und zu allem entschlossener Berufssoldaten, die nicht viel davon halten, schicke Kapuzenmützen pechschwarz zu färben und Löcher hineinzuschneiden. Das el des Larmes Chaudes bildete da keine Ausnahme. Seine Elitetruppe war das Zeiterfassungskommando, kurz ZK.

Einige Spezialeinheiten werden dazu ausgebildet, unter bestimmten Bedingungen, beispielsweise im Gebirge oder in der Antarktis, operieren zu können. Das ZK wurde dazu gegründet, um in der Zeit eingesetzt zu werden.

Die Soldaten wissen, wie man sich von dem ernährt, was einem die Umwelt bietet, indem sie ungenutzte Gelegenheiten einfangen und am Spieß braten; wie man sich, verkleidet als flüchtige Momente, unmerklich der Zeitlandschaft anpaßt; wie man nichtsahnende feindliche Streitkräfte aus dem Hinterhalt überfällt, indem man sie angreift, bevor deren Soldaten überhaupt geboren worden sind. Durch intensives Training sind sie darin geschult, den oft verheerenden Auswirkungen überstürzter Zeitreisen auf die Verdauung zu trotzen, die nämlich sehr leicht dazu führen können, daß man Speisen verdaut, die man noch gar nicht gegessen hat. Zudem können sie einer Spur in der Geschichte besser folgen als jeder Historiker, dem sämtliche Quellen und Hilfsmittel aller Universitäten dieser Welt zur Verfügung stehen.

Das ZK rekrutiert sich ausschließlich aus zeitlichen Außenseitern – aus Männern also, die auf irgendwelche Weise aus ihrer eigenen Zeit gefallen sind, weil sie nicht zeitgemäß waren; sogenannte Anachronismen, wie man leicht an den Hosen mit Schlag und den schmalen Revers ihrer Kampfanzüge erkennen kann. Folglich ist es kaum überraschend, daß sie unbarmherzig, zu allem entschlossen und notorisch unpünktlich sind.

Von daher ist es nur logisch, daß es das el des Larmes Chaudes für angebracht hielt, das ZK loszuschicken, da bereits genug Unheil angerichtet worden war.

Als sich Zeitsturmbandführer Uhrwerk erst einmal vergewissert hatte, daß sich Blondel nicht unter den Fußbodenbrettern oder in den Sofapolstern versteckte, machte er sich auf die Suche nach der Zeittür. Er war mit den neuesten Detektoren für zeitliche Anomalien (DEFZA) ausgerüstet und brauchte folglich nicht lange, um die richtige Kleiderschranktür ausfindig zu machen. Die Tatsache, daß sie sowieso offenstand und eindeutig ins Nichts führte, trug natürlich das Ihre dazu bei.

»Also, Männer, mir nach!« befahl er mit zackiger Stimme. »Uhrenvergleich!«

Der Zug lachte gehorsam; Zeitsturmbandführer Uhrwerk war schon ein rechter Witzbold.

Zwar war es im Tunnel sehr dunkel, doch ZK-Soldaten sind sowohl mit Weit- als auch mit Rückblick (und nicht etwa mit Vor- und Nachsicht) ausgestattet und können sich, falls erforderlich, allein durch Geräusche zurechtfinden, indem sie auf ihre eigenen gedämpften Flüche horchen, die sie in der Zukunft von sich geben werden, wenn sie sich mit den Zehen an verborgenen Hindernissen stoßen. Kurz davor nahmen sie auch dieses Mal die Fährte auf. Die Abfälle historisch verzerrter und verdrehter Wahrheiten, mit dem bloßen Auge nicht zu erkennen, wurden von den DEFZAs problemlos entdeckt. Der Zug setzte sich rasch in Bewegung.

Zum ersten Mal seit langem wußte Blondel nicht, welchen Weg er als nächstes einschlagen sollte. Seine Urinstinkte rieten ihm, in Richtung des el de Nesle zu gehen, hinter sich die Türen zu verriegeln und Isoud darum zu bitten, einen großen Kessel mit kochendheißem Kartoffelbrei zuzubereiten, um ihn auf die Köpfe der Möchtegernbelagerer zu schütten. Bei Urinstinkten darf man aber nicht vergessen, daß sie nicht immer funktionieren. Wenn Biber und Kaninchen ihr Gehirn benutzen würden, anstatt ihren angeborenen Instinkten zu folgen, wären Pelze sehr viel teurer.

Die Alternative dazu lautete natürlich, es darauf ankommen zu lassen und sie irgendwo in der Zeit abzuhängen; aber das war fast dasselbe, als wollte man einen Fisch ertränken. Die dritte Möglichkeit, nämlich sich dem Feind entgegenzustellen und die ganze Geschichte mit blankem Stahl auszufechten, ließen seine Urinstinkte vergleichsweise intelligent erscheinen.

Während er vor einer Tunnelgabelung stand, zögerte er und versuchte, zu einer Entscheidung zu gelangen. Die rechte Abzweigung führte über das isländische Außenministerium und die Wiedergutmachungsbehörde für die Opfer der Kulturrevolution zum el de Nesle. Links ging es zur KFZ-Zulassungsstelle; er hatte keine Ahnung, was sich dahinter verbarg, aber seines Wissens erging es anderen nicht besser.

Hinter ihm hörte er das Stampfen schwerer Stiefel und das gedämpfte Fluchen von Männern, die aus Fehlern lernten, die sie niemals begehen würden. Er entschied sich für die linke Richtung; Robert Lee Frost wäre stolz auf ihn gewesen.

Um zur KFZ-Zulassungsstelle zu gelangen, muß man einige unerfreuliche Situationen durchstehen, wie ein jeder bestätigen wird, der schon einmal versucht hat, einen Ersatz-Kraftfahrzeugbrief für einen Opel Kadett, Baujahr 1978, zu bekommen. Zunächst einmal muß man an der Behörde für das Kunst- und Kulturerbe aus der Zeit des Langen Parlaments vorbei (auf herumliegende Scherben aus Buntglas achten!), dann beim irischen Postministerium aus der Zeit von 1916 (ein hübscher Knabe namens Guy Goodlet wird geboren, also rechtzeitig ducken) links abbiegen und durch sämtliche Behörden aus der Zeit des spanischen Feudalsystems. Genau an dieser Stelle kann man sich sehr leicht verlaufen. Die Abkürzung durch die Zoll- und Steuerbehörden des späten byzantinischen Reichs ist, nun ja, von geradezu byzantinischer Komplexität, und wenn man nicht aufpaßt, findet man sich im Nu im osmanischen

Arbeitsministerium wieder; was ungefähr dasselbe ist, als wäre man tot, nur lange nicht so geruhsam. Man weiß, daß man sich auf dem richtigen Weg befindet, wenn man auf einen langen Korridor gelangt, den man hinunterlaufen möchte, und feststellen muß, daß man entweder kein Stück mehr vorwärts kommt oder sich sogar leicht rückwärts bewegt. Das heißt nämlich, daß man sich auf dem Territorium der KFZ-Zulassungsstelle befindet.

Die Hauptsache, woran man denken muß, wenn man es erst einmal bis dorthin geschafft hat: *auf keinen Fall auch nur durch eine der Türen zu gehen.*

Blondel blieb stehen, suchte sich aufs Geratewohl eine Tür aus, öffnete sie und fiel hindurch. *Diese Kerle, die hinter mir her sind, wissen bestimmt, was hier gespielt wird,* dachte er. *Bis hierher werden die mich niemals verfolgen.*

Seit Bestehen der Menschheit haben sich die klügsten Köpfe mit der wahren Natur der Zeit beschäftigt; allerdings nur weil nie jemand die Tatsache begriffen hat, daß sie in der Form von zwei sehr verschiedenen Isotopen vorkommt.

Es gibt die Zeit, und es gibt überschüssige Zeit, die sogenannte Überzeit.

Zeit ist die kürzeste Entfernung zwischen zwei Ereignissen. Überzeit ist die landschaftlich reizvollere Strekke. In der Überzeit geschieht alles in derselben Reihenfolge wie in der Zeit, aber die Zeiteinheiten haben verschiedene Größenordnungen. Um es anders auszudrükken: Mit einem in der Überzeit gekochten Drei Minuten-Ei könnte man Stahlblech durchschlagen.

Der Trick dabei ist herauszufinden, welches System bei einer x-beliebigen Gelegenheit in Kraft getreten ist. Es gelten dabei keine festen Regeln, aber hier sind zwei Beispiele angeführt, bei denen man davon ausgehen kann, daß beide Zeitformen im Spiel sind.

a) Öffentlicher Verkehr; jemand, der beispielsweise

zwei Stunden zu früh am Flughafen eintrifft, wird in der Überzeit zwei weitere Stunden warten müssen, weil sein Flugzeug zu spät eintrifft, wohingegen ein anderer, der drei Minuten vor dem Abflug erscheint, in der Normalzeit womöglich feststellen muß, daß das Flugzeug drei Minuten zu früh gestartet ist.

b) Regierungsbehörden; denken Sie einmal darüber nach, welch völlig verschiedene Zeitbegriffe gelten, wenn Sie einerseits etwas von denen wollen und wenn die andererseits etwas von Ihnen wollen. Eine nur wenig bekannte, aber aufschlußreiche Tatsache ist, daß die überzeitlichen Kräfte innerhalb des Bundesfinanzamts in Washington so immens sind, daß sämtliche Uhren im Gebäude von Salvador Dali speziell entworfen werden mußten.

Die Auswirkungen, wenn Zeit und Überzeit miteinander vermengt werden, wurden zum ersten Mal von einer Zeitreiseagentur ausgenutzt, die Pionierarbeit auf diesem Gebiet leistete und es ihren Kunden ermöglichte, erholsame und unbegrenzt lange Ferien in der Vergangenheit oder in der Zukunft zu machen. Zur Durchführung der Zeitreisen buchte diese Agentur eine ganz gewöhnliche Urlaubsreise bei einem ganz normalen Reisebüro. Drei Wochen vor Urlaubsantritt wurden die Pässe zur Verlängerung eingereicht, zwei Tage vor dem Abflugtermin die Reise storniert.

Die Folge, die Pässe zur Verlängerung eingereicht zu haben, war die Schaffung eines starken Überzeitfelds, das sicherstellte, daß die Bearbeitung der Pässe wenigstens vier Monate dauern würde. Die Stornierung der Urlaubsreise durchbrach dieses Feld, und der dadurch freigesetzte ungeheure Druck wirkte sich mit voller Wucht auf die gemeinsame Nahtstelle von Zeit und Überzeit aus und riß Löcher hinein, die groß genug waren, daß Menschen durch sie hindurchschlüpfen konnten. Der Zeitreiseurlaub wurde in der Überzeit verbracht, was bedeutete, daß man sechs Wochen im Florenz der Renaissancezeit verbringen und dennoch rechtzeitig zu Hause sein konnte, um am Morgen nach dem Abflug zur Arbeit zu gehen.

Mit anderen Worten ist das irdische Zeitsystem, das am Nachmittag des fünften Tages durch eine von Gott gegründete Firma namens *Normalzeit* (in den Goldenen Seiten mit dem Zusatz ›preiswert und allzeit bereit‹ verzeichnet) eingeführt wurde, ein klassisches Beispiel für einen ›Hurra-gleich-ist-Wochenende-Job‹ und in sich völlig instabil. Wenn der Mensch im Garten Eden geblieben wäre, wo das Chronometer an einem lauschigen Sommerabend um halb sieben stehengeblieben ist, hätte das keine Bedeutung gehabt. Als Adam aber erst einmal das Paradies verlassen hatte, konnte jedes dramatische Ereignis – ein erfolgreicher Kreuzzug zum Beispiel – stattfinden, wann es wollte, in der Mitte der nächsten Woche zum Beispiel. Oder möglicherweise noch später.

Demgemäß telefonierte Gott am achten Tag mit seinen Anwälten und stellte ihnen alle möglichen Fragen, die mit Produkthaftung zusammenhingen.

Blondel riß entsetzt die Augen auf und grapschte verzweifelt nach dem Türrahmen, um seinen Fall zu bremsen. Das Problem war, daß der Türrahmen nicht mehr vorhanden war.

Was allerdings durchaus einleuchtete; schließlich braucht man in einer Höhle keinen Türrahmen, und in einer solchen war Blondel gerade eindeutig gelandet. In einer kleinen Höhle, die sich direkt zu einer jäh abfallenden Felswand hin öffnete. Also gut.

Vier Sekunden später fand er sich zu seiner großen Erleichterung im Wasser wieder; genausogut hätte er auf einer Klippe, ausgedörrter Erde oder einem dichten Dornbusch landen können. Nachdem er sich wieder an die Oberfläche gekämpft und einen Molch ausgespuckt hatte, trat er für eine Weile Wasser und versuchte herauszufinden, wo er war.

Wie er annahm, befand er sich noch immer in einer Höhle, nur in einer sehr viel größeren Höhle als zuvor. Hoch über ihm war die Decke zu sehen, die geschmackvoll mit Stalaktiten verziert war. Die Felsgrotte, aus der er gerade gefallen war, war nur eine von vielen. An den Wänden lehnten simpel gefertigte Leitern, die zu dem schmalen Strand (oder wie man das auch immer nennen wollte) hinunterführten, der sich um den Rand des Sees zog, in den er gerade gestürzt war.

Außerdem war das Wasser eiskalt.

Mit langsamen Zügen schwamm er ans steil abfallende Ufer und zog sich aus dem Wasser. Während er letzteres tat, bemerkte er direkt vor sich zwei Füße, und blieb lieber dort, wo er gerade war.

Füßen ist es schon immer schwergefallen, bedrohlich auszusehen, diese hier aber schienen den Dreh herauszuhaben. Dabei spielten weniger die Größe oder die ungeheuer bizarre Schnittweise der Nägel eine Rolle, und nicht einmal die unwirtliche Umgebung trug das Ihre dazu bei. Das Gefühl, tief in Schwierigkeiten zu stecken, war rein intuitiv, doch hatte Blondel schon immer eine hervorragend funktionierende Beziehung zu seiner Intuition gehabt. Er blickte nach oben.

Der Besitzer der Füße war nur etwa anderthalb Meter groß und auffällig behaart. Das Wenige, das unter dem dichten Haarwuchs von seinem Gesicht zu erkennen war, hatte ein affenartiges Aussehen, was in erster Linie am kräftigen Unterkiefer lag, der den Eindruck machte, als wäre er zu lange der Sonne ausgesetzt gewesen und dabei geschmolzen. Als wäre das alles nicht bereits unangenehm genug, hielt der Fremde einen schweren Felsbrocken in den Händen, und wahrscheinlich hob er ihn nicht gerade über den Kopf, nur um die Bizepse zu trainieren – zumal letztere alles andere als einen unterentwickelten Eindruck erweckten. Blondel tauchte rasch unter, und kurz darauf schlug der Fels an der Stelle vom

Ufer nieder, an der er sich kurz zuvor aus dem Wasser hatte hieven wollen.

»He! Immer schön langsam!« rief Blondel, als er ein paar Meter vom Ufer entfernt wieder auftauchte.

Der Fremde grunzte zornig und hob den Felsbrocken wieder auf. Alles deutete darauf hin, daß er das, woran es ihm an intellektuellem Format fehlte, durch unermüdliche Ausdauer wettmachen wollte.

Aus den Augenwinkeln heraus bemerkte Blondel eine ähnliche Gestalt, die sich langsam näherte. Dieser Kerl trug eine Steinaxt bei sich, und alles an ihm wies darauf hin, daß er gerade aus einem Schlaf gerissen worden sein mußte, den er dringend benötigt gehabt hätte. Andere folgten ihm. Keine angenehmen Aussichten.

»Entschuldigung«, sagte Blondel so ungezwungen wie möglich, »aber könnte mir einer der Herren vielleicht verraten, wie ich am schnellsten …?«

Etwa einen Meter neben ihm klatschte es laut und beunruhigend auf dem Wasser, und ihm schlug eine Welle ins Gesicht. Wahrscheinlich handelte es sich um den Felsbrocken von vorhin, entweder um den oder um einen anderen. Blondel tauchte erneut unter und kam erst ein ganzes Stück weiter wieder an die Oberfläche.

Es fiel ihm nicht leicht, eine der Situation angemessene Entscheidung zu treffen.

*Falls das hier tatsächlich Höhlenmenschen sind,* sinnierte Blondel, *dann brauche ich nur lange genug abzuwarten, bis sie sich eine Krankheit oder Infektion von mir einfangen, gegen die sie noch nicht immun sind, so daß sie sterben müssen.*

Andererseits hätte dieser Vorgang bis zu seiner erfolgreichen Vollendung eine ganze Menge Zeit beanspruchen können, und das Wasser war unangenehm kalt. Also entschied sich Blondel lieber für die zweite ihm zur Verfügung stehende Möglichkeit und sang *L'Amours Dont Sui Epris*.

Wie Blondel im nachhinein sich selbst eingestehen mußte, war dieser Entschluß für die anwesenden Zuhörer wohl ein wenig zuviel verlangt. Die romanische Tradition von Chansons und Minnegesang – obwohl diese Musikgattung sehr viel leichter anzunehmen ist als viele andere – entspricht nicht unbedingt dem Geschmack von musikalischen Laien. Er hätte wohl lieber mit etwas Bodenständigerem wie *Alle meine Entchen* oder *Dadada* anfangen sollen. Vielleicht wären sie dann auf ihren Plätzen geblieben, doch wie sich die Lage nun darstellte, warfen sie erneut mit Felsbrocken nach ihm.

Nachdem er weitere zehn Meter vom Ufer entfernt wieder aufgetaucht war, versuchte es Blondel einmal mit unorthodoxer Denkweise. Zwar war jetzt eine ganze Menge von diesen Höhlenmenschen da – und einige davon schienen bereits das Grundprinzip der Steinschleuder verstanden zu haben –, doch wenn man es von der positiven Warte aus betrachtete, kam man nicht umhin festzustellen, daß sie keine sehr guten Schützen waren. Folglich hätte es sich durchaus lohnen können, ihnen noch etwa zehn Minuten zu geben, um herauszufinden, ob sie es tatsächlich fertigbrächten, sich durch verirrte Geschosse selbst auszulöschen.

Ein Gefühl extremer Taubheit in den Zehen sprach jedoch entschieden dagegen, und Blondel kam zu dem Schluß, daß es nicht unbedingt die angenehmste Vorstellung wäre, ausgerechnet in diesem kritischen Augenblick einen Krampf zu kriegen und zu ertrinken; folgerichtig suchte er sich den am wenigsten besuchten Teil des Ufers aus und schwamm darauf zu. Gerade als er in die Reichweite der Wurfgeschosse geriet und sich fragte, ob er wirklich die richtige Entscheidung getroffen hatte, kam ihm wie aus heiterem Himmel – aus dem auch eine Menge kleiner Steine auf ihn zuflogen – eine Idee.

Erst an dieser Stelle zu erwähnen, daß Blondel die ganze Zeit einen wasserdichten Walkman mit eingebautem Drucklautsprecher in der Jackentasche bei sich hatte, mag zwar im ersten Augenblick verdächtig nach unaufrichtiger Erzählweise riechen, da sich Blondel jedoch selbst erst gerade daran erinnert hatte, scheint dieses Versäumnis durchaus entschuldbar. Seit ihm das Gerät kurz vor dem Auftritt von den Galeazzo-Brüdern mit feierlicher Miene als Einstiegsprämie für den Abschluß einer Lebensversicherung mit zehn Jahren Laufzeit übergeben worden war, hatte er keinen Gedanken mehr daran verschwendet. Jetzt stellte er fest, daß selbst geschenkte Dinge manchmal sehr praktisch sein können. Er trat Wasser, zog das Gerät aus der Tasche, schaltete es ein und drehte den Lautstärkeregler bis zum Anschlag.

Als zusätzlichen Bonus enthielt das Gerät eine Kassette der Vereinigten Musikkapelle der Königlichen Marine, die den *Ritt der Walküren* spielten – da auf sämtlichen Kassetten, für die man nichts bezahlen muß, stets dasselbe ist, war dies auch nicht anders zu erwarten. Auf jeden Fall funktionierte es. Die Höhlenmenschen ließen ihre vorsintflutlichen Waffen fallen und flohen. Alle bis auf einen, der wie ein Kaninchen reagierte, das vom Scheinwerferkegel eines herannahenden Lastwagens erfaßt wurde. Der Lärm schien ihn regelrecht gelähmt zu haben, die Knie gaben ihm nach, und er ließ sich auf einen ebenso kurzen wie dicken Baumstamm fallen. *Vielleicht mag der arme Kerl keine Musik*, sagte sich Blondel, *aber noch wahrscheinlicher ist, daß er Musik sogar sehr gern mag.*

Dann hievte er sich aus dem Wasser, schüttelte sich und watete am Ufer entlang. Dabei sah er sich vor, dem Höhlenmenschen keinen weiteren Schrecken einzujagen, der, leise wimmernd, mit dem Kopf zwischen den Knien dasaß. Unglücklicherweise entschied sich die Kapelle genau in diesem Augenblick, mit dem *Soldatenchor* aus *Faust* loszulegen, und das schien dem Höhlenmenschen den Rest zu geben. Er taumelte wie wild hin und her und fiel dabei vom Baumstamm, der langsam auf das Wasser zurollte.

Leicht beschämt stellte Blondel die Musik aus und half dem Höhlenmenschen auf die Beine. Dann versuchte er, sich mit Zeichensprachen bei ihm zu entschuldigen. Als auch diese Bemühungen nicht fruchteten, probierte er es auf die herkömmliche Weise. »Komm schon, alter Freund, du gehst jetzt schön artig in deine Höhle zurück, und wir reden nicht mehr darüber.«

Unterdessen rollte der Baumstamm bis an den Uferrand und plumpste schließlich ins Wasser. Blondel fiel auf, daß der Höhlenmensch nicht etwa gelähmt vor Angst war, sondern sich ausschließlich auf den Baumstamm konzentrierte und auf das, was dieser tat.

»Hör mal, ich gebe dir einen Rat...«

»Ra-ra-rat«, stammelte der Höhlenmensch. »*Rat!*«

Er hoppelte zum Wasser und fischte den Baumstamm heraus, schleppte ihn das Ufer hinauf und ließ ihn erneut hinunterrollen. »Rat!« brüllte er.

»O nein! Nicht schon wieder...«, seufzte Blondel. Dann trottete er davon und machte sich wieder einmal auf die Suche nach dem Tunnel.

Wieder im Tunnel, fühlte er sich zwar erleichtert und trocken, doch zugleich hatte er das Gefühl, sich total verlaufen zu haben. Dabei überwog das letzte Gefühl bei weitem, und es wurde auch nicht besser, als er feststellen mußte, daß das Wasser im Höhlensee die Karte zu einem einzigen klebrigen und ekligen Breiklumpen verwandelt hatte. Also mußte er sich erneut auf seine Intuition verlassen und bog folglich links ab.

Nach etwa fünfzig Metern entdeckte er den wunden Punkt an seiner Strategie – ein Trupp schwerbewaffneter Männer kam im Tunnel auf ihn zu. Die Männer schienen hocherfreut zu sein, ihn zu sehen; ein Gefühl, das er nur schwerlich zu erwidern vermochte. Er blieb schliddernd stehen, drehte sich gewandt um und rannte in die Richtung zurück, aus der er gerade gekommen war. Fehler Nummer zwei.

Wenn er nicht so geistesabwesend gewesen wäre, hätte er sich selbst auf sich zurennen sehen können; so aber prallte er mit einer solchen zeitlichen Urgewalt mit sich zusammen, daß seine beiden Körper von der Wucht einige Meter zurückgeworfen wurden. Einen Augenblick lang war er gleich doppelt verblüfft.

»Du dämlicher Kerl!« fauchte er gleichzeitig.

»Paß auf, was du da sagst!«

»Warum paßt du nicht lieber auf, wo du hinrennst?«

»Das mußt du mir ausgerechnet sagen.«

»Hör mal«, sagte sein späteres Selbst, »ich werde von einer Sondereinheit vom Zeiterfassungskommando gejagt und habe jetzt nicht die Zeit ...«

»Ich auch«, unterbrach ihn sein früheres Selbst.

»Aber die sind nicht hinter dir, sondern hinter mir her«, antwortete sein späteres Selbst. »Du rennst direkt auf sie zu.«

»Ich?«

»Ja.«

Der frühere Blondel blickte sein späteres Selbst belustigt an. »Woher willst du das wissen?«

»Weil ich fast direkt in die Kerle hineingelaufen wäre, deshalb«, antwortete der spätere Blondel. »So, und wenn du jetzt nichts dagegen hast, dann ...«

»Bevor oder nachdem du mit mir zusammenprallt bist?«

»Davor. Nein, danach. Hör mal, ist das jetzt so wichtig?«

»Aber das ist doch total verrückt. Das ist einfach unmöglich«, stellte Modell I fest.

»Meinst du?«

»Sicher«, beharrte Modell I, wobei es einen Schritt zurücktrat. »Weil ich ... ähm ... wir gar nicht mit denen zusammengestoßen sein können, weil du mich gerade gewarnt hast, daß sie kommen.«

Modell II versuchte, kurz darüber nachzudenken, kam dann aber zu dem Schluß, daß jetzt nicht der geeignete Zeitpunkt dazu war.

»Hör mal, würdest du mich jetzt …?«

Modell I schüttelte energisch den Kopf. »O nein, du wirst schön hierbleiben. Wenn sich hier einer von uns beiden umdrehen wird, um in die richtige Richtung zu laufen, dann kann ich das genausogut wie du sein.«

Modell II blickte sein Spiegelbild verdutzt an. »Wie kommst du denn darauf?«

»Na ja, zunächst einmal bin ich nicht derjenige von uns beiden, der als erster in sie hineingelaufen ist und sie dadurch hat wissen lassen, wo ich war, stimmt's? Deshalb halte ich es für am besten, sie schnappen dich, damit ich ihnen entwischen kann.«

»Hör mal, das ist doch wohl …«, empörte sich Modell II, dann brach er mitten im Satz ab. »Warum wollen wir nicht zusammen …«

Modell I winkte ab. »Ach, sei nicht albern.«

Das Geräusch stampfender Lederstiefel kam bedrohlich näher. »Aber wenn diese Kerle dich kriegen, dann kriegen die mich auch«, stellte Modell II aufgeregt fest.

»Und umgekehrt.«

»Sollen wir eine Münze werfen?«

»Sehe ich so aus, als wäre ich von gestern?«

»Darum würde ich jetzt allerdings nicht wetten«, antwortete Modell II. »Soweit ich weiß, bist du nämlich nicht nur von gestern, sondern auch von morgen. Aber wir sollten das lieber vertagen und jetzt loslaufen, damit …«

»Wenn wir eine Münze werfen«, fuhr Modell I fort und beachtete sich (selbst) nicht, »dann weißt du, auf welcher Seite sie landet, weil du mein späteres Ich bist und …«

*Das ist doch alles völlig verrückt,* sagte Modell II zu sich selbst (wahrscheinlich handelte es sich dabei um ein drittes Selbst). *Vielleicht versteht man so etwas unter einer gespaltenen Persönlichkeit oder zeitweiliger Schizophrenie.* »Also gut, du hast die Wahl.«

»Jaja«, nörgelte Modell I, »ist doch klar, daß du das sagst, weil du längst weißt, daß ich mich falsch entschieden habe und so...«

Blondel holte tief Luft und schrie »Hinter dir!«, und während sein anderes Selbst den Kopf nach hinten umdrehte, trat er ihm (sich) ins Geschlechtsteil. Dann, während er stöhnend am Boden lag, sprang er über sich selbst hinüber und rannte los.

Direkt in eine herannahende ZK-Patrouille.

Er drehte sich um und floh. Zwar fiel ihm das Laufen bei diesen Unterleibsschmerzen nicht leicht, aber irgendwie schaffte er es. Angst spielte dabei sicherlich auch eine Rolle, vor allem aber das dringende Verlangen, sich selbst wiederzufinden und sich gehörig die Fresse zu vermöbeln.

Etwa fünfzig Meter weiter prallte er erneut mit jemandem zusammen.

»Du schon wieder!« fauchte er im Chor und schwang einen gewaltigen rechten Haken. Seine beiden rechten Fäuste landeten genau im selben Augenblick auf seinen beiden linken Augen, und er sackte k.o. zu Boden.

»Stroh?«

»Nein.«

»Schatten?«

»Nein.«

»Schloß?«

»Nein.«

»Spinnwebe?«

»Das ist eklig.«

Guy schnaufte leise. »Das mag ja sein, aber ist das auch das richtige Wort?«

»Nein.«

»Das hört sich ganz nach einem sehr interessanten

Spiel an«, meldete sich die Stimme aus ihrer angestammten Ecke in der Zelle freundlich zu Wort. »Würde es Ihnen etwas ausmachen, mir die Spielregeln zu erklären?«

Guy blickte in die Richtung der Stimme. Zwar war er auf seine Anpassungsfähigkeit recht stolz, doch die Aussicht, daß der gegenwärtige Zustand noch sehr viel länger dauern könnte, trug nicht gerade zu seiner guten Laune bei. »In Wirklichkeit ist dieses Spiel furchtbar langweilig«, sagte er und fügte nach einer kurzen Pause hinzu: »Saublöd sogar.«

»Ach, Guy, das sind doch keine Gegenstände, auch wenn die Wörter mit einem S anfangen«, protestierte Isoud.

»Also gut«, stöhnte Guy. »Sand vielleicht?«

»Hier ist nirgendwo Sand«, antwortete Isoud.

»Woher wollen Sie das wissen?«

»Sie hat recht«, mischte sich die Stimme schüchtern ein. »Wenigstens ist mir hier noch keiner über den Weg gekommen, bislang jedenfalls noch nicht. Ich kann mich natürlich auch irren.«

»Was wir hier spielen«, erklärte Isoud der Stimme, »ist ›Ich sehe was, was du nicht siehst‹. Dazu denkt man sich dann einen Gegenstand aus und sagt zum Beispiel: ›Und das fängt mit S an.‹ Das ist der einzige Hinweis, den der andere kriegt.«

»Ach, interessant.«

»Auf diese Weise weiß man, daß das Wort mit S anfängt.«

»Entschuldigen Sie, wenn ich etwas langsam bin«, sagte die Stimme, »aber was wäre, wenn das Wort mit einem anderen Buchstaben anfängt? Zum Beispiel mit einem G oder auch mit einem T? Oder darf man sich nur ein Wort aussuchen, das mit S anfängt?«

»Nein, wenn das Wort mit einem G anfängt, würde ich sagen: ›Ich sehe was, was du nicht siehst, und das fängt mit G an.‹«

»Ah ja, jetzt verstehe ich. Darf ich es mal versuchen?« fragte die Stimme.

»Ich bin noch gar nicht fertig«, beschwerte sich Guy und schlug schnell das Wort Steine vor.

»Nein.«

»Das Wort muß aber Steine sein«, widersprach er entschieden. »Hier ist sonst nichts, was mit S anfängt.« Er blickte sich betrübt in der Dunkelheit um. »Hier ist sowieso nichts, was mit irgendeinem Buchstaben anfängt, verdammter Mist!«

»Da irren Sie sich aber gewaltig, Sie alter Besserwisser«, wies ihn Isoud zurecht. »Zum Beispiel gibt's hier Sandstein.«

»Ist das Wort etwa Sandstein?«

»Nein.«

Mit gedämpfter Stimme flehte er zu Gott, ihm Kraft zu geben. »Also gut, Isoud, ich gebe auf. Und jetzt sagen Sie mir endlich, um welches Wort es sich handelt, sonst werde ich noch wahnsinnig.«

»Spannfeder«, antwortete Isoud mit stolzer Stimme.

*»Spannfeder!?«*

»Die Spannfeder im Schloß«, erklärte Isoud. »Ich habe doch gesagt, daß es etwas sehr Pfiffiges ist.«

»Das war wirklich pfiffig von Ihnen, sehr sogar«, pflichtete ihr die Stimme vergnügt bei. »Wenn ich das mal so sagen darf …«

*»Spannfeder!?«* wiederholte Guy ungläubig.

»Ja, Spannfeder. Das Wort gibt es wirklich«, verteidigte sich Isoud.

»Ja, aber man kann sie nicht sehen.«

»Kann man doch.«

»Dann müssen Sie aber unglaublich gute Augen haben«, fauchte Guy, »denn die Spannfeder ist Teil der Mechanik, ergo steckt sie innerhalb des Gehäuses, ergo können Sie das Ding von hier aus nicht sehen, selbst wenn es hier nicht dunkel wie in einem Kohlenkeller wäre, was es zweifellos ist. Ich habe gewonnen.«

»Von mir aus.«

»Im Grunde ...«, setzte die Stimme an. Als sie jedoch bemerkte – offenbar durch eine niedere Form der Telepathie –, daß sie von beiden Kontrahenten finster angeblickt wurde, fügte sie leise »Entschuldigung« hinzu und machte sich wieder daran, Spinnweben zu flechten.

»Ich bin dran«, stellte Guy fest.

»Nein, ich«, widersprach Isoud entschieden. »Sie haben eben betrogen.«

»Ich? Sie haben betrogen«, stellte Guy klar. »Eine Spannfeder gehört zur Mechanik eines Schlosses, da können Sie jeden fragen. Wenn Sie wollen, rufe ich den Wärter. Wenn sich hier jemand mit Schlössern auskennt, dann der.«

»Mit Ihnen spiele ich nicht mehr.«

»Gut.«

Ein Ratte schmiegte sich zärtlich an Guys Hand und war sowohl entsetzt als auch von Grund auf enttäuscht, als die Hand ihr das Genick brechen wollte. Sie zog sich in eine abgelegene Ecke der Zelle zurück und nagte, da Nagetiere nicht weinen können, verlegen an einem Holzsplitter.

»Es könnte natürlich durchaus sein, daß uns irgend etwas Wichtiges hier drinnen entgangen ist«, stellte Guy unverhofft fest.

»Ach ja?« fragte die Stimme erwartungsvoll. »Erzählen Sie.«

Guy griff in die Jacke und suchte nach etwas. Zu seiner großen Erleichterung war es noch da. »Um hier rauszukommen, müssen wir nichts anderes tun, als die Tür zu öffnen, stimmt's?«

»Das wäre bestimmt hilfreich«, pflichtete ihm die Stimme bei. »Aber – und glauben Sie mir, es liegt mir fern, des Teufels Advokat oder so etwas zu spielen – das ist doch praktisch unmöglich?«

»Von wegen«, widersprach Guy entschlossen. »Ich brauche das Schloß bloß aufzuschießen.«

»Du meine Güte!« staunte die Stimme. »Können Sie das denn?«

Guy zog den Revolver aus dem Halfter und machte Stielaugen. Das Licht reichte gerade aus, um zu sehen, daß er geladen war. »Ich wüßte nicht, warum ich das nicht können sollte«, stieß er zwischen zusammengebissenen Zähnen vor. »Alle in Deckung!«

Dann näherte er sich der Tür, ertastete das Schloß, zielte mit nur wenigen Zentimetern Abstand direkt darauf und drückte ab. Der Knall, der den Insassen in der engen Zelle fast das Trommelfell zerriß, hallte nur langsam aus. Von der anderen Seite der Tür hörte man jemanden mit zornig-beleidigter Stimme rufen: »Kannst du nicht aufpassen?« Guy versuchte die Tür zu öffnen. Sie war noch immer verschlossen, allerdings war etwa drei Zentimeter über der Schloßblende ein sauberes Einschußloch zu sehen.

Das Guckloch in der Tür wurde zurückgeschoben und erfüllte (jedenfalls kam es den Anwesenden so vor) die Zelle mit einem blendenden Lichtstrahl.

»Siehst du das?« fragte der Wärter ungehalten.

»Was denn?«

»Das hier ist ein funkelnagelneuer Hut«, fuhr der Wärter fort. »Und jetzt sieh dir das mal an!«

Guy errötete und murmelte verlegen: »Tut mir leid.«

»Kann man sich hier nicht einmal mehr in den Sessel hauen und ein Nickerchen machen, ohne gleich ein Loch in den Hut zu kriegen?« grummelte der Wärter. »Wo soll das bloß noch mal alles enden? frage ich mich.«

»Das ist aus Versehen passiert, ehrlich«, entschuldigte sich Guy.

»Ach so?« Der Wärter schien davon nicht sehr beeindruckt zu sein.

»Ja«, bekräftigte Guy. »Ich... ähm... also eigentlich wollte ich das Schloß treffen und muß es dabei versehentlich« – er schloß die Augen und versuchte, die Schande zu schlucken – »verfehlt haben.«

»Du meinst, du hast danebengeschossen?«

»Ja.«

»Ich verstehe.«

»Schön.«

»Ich wollte schon gerade reinkommen und dir das Ding abnehmen, da Angriffswaffen hier verboten sind«, fuhr der Wärter fort. »Da du allerdings nicht einmal ein Schloß treffen kannst, halte ich das nicht mehr für nötig.« Die Blende vor dem Guckloch wurde zurückgeschoben, und in der Zelle herrschte wieder absolute Finsternis.

Als Guy den Revolver in den Halfter zurücksteckte, stand für ihn endgültig fest, daß er Hüte mehr als alles andere auf dieser Welt haßte.

Blondel öffnete die Augen und orientierte sich. Zu seiner Erleichterung stellte er fest, daß er nicht mehr da war.

Allerdings lagen neben ihm etliche Gestalten, etwa dreißig davon, die ganz den Eindruck erweckten, als hätten sie vor kurzem einem Kampf beigewohnt.

Einer der Soldaten stöhnte auf und hob leicht den Kopf an. Die Anstrengung schien jedoch zu groß, und der Kopf sackte wieder nach hinten.

»He! Was ist hier eigentlich passiert?« wollte Blondel von ihm wissen.

Der Soldat schlug die Augen auf und griff instinktiv nach einem Gegenstand an seiner Seite. Blondel trat mit dem Fuß darauf und lächelte.

»Na, na! Also raus mit der Sprache, was ist passiert?«

»Das sind diese anderen Kerle gewesen.«

»Welche anderen Kerle?«

»Die Kerle, die ein paar Minuten nach unserem Eintreffen hier den Korridor entlanggekommen sind«, antwortete der Soldat. »Wir wollten Sie gerade in Gewahrsam nehmen, Sir, als die hier angekommen sind und angefangen haben, sich mit uns zu streiten. Die haben behauptet, das hier sei ihr Bier und wir sollten uns gefälligst zurückziehen. Wir haben uns das natürlich nicht gefallen lassen. Schließlich ist auf Sie eine Belohnung ausgesetzt worden, Sir.«

»Ach, wirklich?«

»Klar.« Der Soldat grinste. »Denen haben wir es jedenfalls mächtig gegeben«, sagte er und wurde ohnmächtig.

Blondel seufzte. In solchen Augenblicken fragte er sich, warum er sich überhaupt Sorgen machte. Allmählich hatte er nämlich den starken Verdacht, daß er eigentlich gar nichts anderes zu tun brauchte, als nur lange genug abzuwarten, bis sich alle auch ohne sein Zutun gegenseitig niedergemetzelt hätten.

Er stand auf, zählte die reglosen Körper und kam dabei auf eine ungerade Zahl; das gefiel ihm überhaupt nicht.

Von weitem hörte er jemanden schnell laufen.

»Hör mal!« rief er und zeigte in die Richtung, aus der das Geräusch kam. »Du gehst da lang, klar?« Dann nahm er die Beine in die Hand und lief in die andere Richtung.

Er war nicht sehr weit gekommen, als er anhielt; unfreiwillig, denn eine Tür hatte ihm den Weg versperrt.

Blondel rieb sich die Nase und blickte die Tür argwöhnisch an. Etwas sagte ihm, daß das, was ihn auch immer auf der anderen Seite erwarten mochte, nicht unbedingt erfreulich sein mußte. Die Tür machte jedenfalls einen solchen Eindruck.

Hinter sich hörte er Fußschritte, die immer näher kamen. Sie klangen, als rührten sie von den Stiefeln der schwerbewaffneten Soldaten her, die sich kurz zuvor gegenseitig bekämpft hatten und die nun begierig darauf waren, ihre Schmach an einem unbewaffneten und ungeschützten Dritten abzureagieren.

Andererseits war das wahrscheinlich die am wenigsten einladende Tür, die er jemals gesehen hatte, und das trotz seiner großen, ja fast einzigartigen Erfahrung auf diesem Gebiet. Auf ihr stand nicht nur *Kein Zutritt*, sondern auch noch *Ehrlich!*

Blondel hörte Stimmen hinter sich. Obwohl die Soldaten völlig außer Atem waren, schienen sie mit freudiger Erregung darüber zu diskutieren, wer von ihnen welchen Teil von ihm als erster verstümmeln dürfte.

Wann ist eine Tür keine Tür?

Wenn sie ein Krug ist.

Klingt logisch.

»... zusammen mit einem genau austarierten Wertpapierbestand des ›Beaumont Street Gold- und Anlagevermögensfonds‹ und einem angemessenem Barguthaben bei, sagen wir mal, der ›Beaumont Hypothekenbank‹ garantiert das einen maximalen Gewinn, ohne langfristigen Kapitalanlagen unnötigen Schaden zuzufügen. Na, das wäre doch bestimmt was für Sie, nicht wahr?«

»Nein.«

Giovanni seufzte. Es war kalt hier unten im Keller, und er bekam einen Krampf im Bein. Andererseits liebte er jede Herausforderung. »Na schön. Wie wär's denn, wenn man den Hauptteil der Kapitalsumme in konvertierbare karibische Schatzanweisungen zu neuneinhalb Prozent steckt und den Restbetrag über das Anlagekapital des zweiten Kreuzzugs in Wertpapiere zu dreieinhalb Prozent investiert. Sagen Sie selbst, fairer geht's doch nicht, oder? Das ist sicher wie die Bank von England.« Dann fiel ihm das Investitionspaket ein, das er im Jahre 2343 für den Finanzminister ausgearbeitet hatte, und fügte hinzu: »Sicherer sogar.«

»Nein.«

»Zufällig weiß ich von diesem Pferd, das im vierten Rennen in Doncaster läuft. Wenn ich sage ›läuft‹, dann meine ich natürlich in Wirklichkeit ›lief‹. Wenn Sie also wollen, dann ...«

»Nein.«

Es gibt Zeiten, in denen selbst der hartnäckigste Finanzberater einsehen muß, daß es keinen Sinn mehr hat. »Na gut, letztendlich bleibt Ihnen die Entscheidung ganz allein überlassen. Wenn Sie meinen, Sie bräuchten nicht fürs Alter vorzusorgen, dann...«

»Maul halten!« unterbrach ihn der Antichrist.

## 10. KAPITEL

Es regnete. Genauer gesagt, es goß wie aus Kübeln, und noch hatte niemand den Schirm erfunden. Mountjoy, der grundsätzlich auf zeitgemäße Kleidung bestand (›Wenn man in der Renaissance ist, sollte man sich auf wie ein Zeitgenosse anziehen‹), blickte unter der durchweichten Kapuze seiner Mönchskutte hervor und pustete sich einen Regentropfen von der Nasenspitze.

»Er kommt zu spät«, stellte er fest.

»Bei allem Respekt, Sir, aber …«

Langsam drehte der Gegenhofgeistliche den Kopf, blickte seinen Obergruppenführer finster an – wohlgemerkt seinen stellvertretenden Obergruppenführer; er hatte White Herald angefordert, aber offenbar waren dem Wartungslager Kniegelenke der Größe 63 B ausgegangen – und zischte: »Hast du eben was gesagt?«

»Ja, Sir«, antwortete Clarenceaux. »Bei allem Respekt, Sir, aber da wir uns in einer zeitlichen Anomalie befinden, wie kann er da, ich meine … ähm … bei allem Respekt, Sir, aber wie kann er da zu spät kommen? Also, ich meine, also das geht doch …«

Mountjoy ließ Clarenceaux ausreden, ohne ihn zu unterbrechen, da er ein solches Vorgehen für demütigender hielt. »Bist du endlich fertig?«

»Ja, Sir.«

»Dann halt's Maul!«

Clarenceaux formte das Wort ›Sir‹ mit den Lippen und behielt die Habtachtstellung bei. *Ich mag zwar die niederste Lebensform sein, die es gibt,* sagte er sich, *und völlig blöd und nur wenig besser als ein Roboter sein, aber wenigstens besitze ich den Verstand, Ölzeug zu tragen.*

Mountjoy hegte gerade den Verdacht, daß man ihn verladen hatte, als auf der anderen Seite der Brücke eine schmächtige Gestalt auftauchte. Der Mann trug einen Schirm. Typisch!

»Entschuldigung, wenn ich Sie habe warten lassen!« rief Blondel mit singender Stimme, während er sich den beiden näherte, wobei er mit den grünen Gummistiefeln genüßlich in die Pfützen trat. »Ich bin unterwegs aufgehalten worden.« Er nickte zu der Burg auf der anderen Seite des Flusses hinüber. »Der Burgvogt hat sich als ein Fan von mir herausgestellt und darauf bestanden, daß ich auf ein Glas Met blieb. Und man will ja nicht unhöflich sein, nicht wahr?«

Mountjoy funkelte mürrisch, wodurch ein guter Liter Regenwasser aus seiner Kutte verdunstete. »Egal«, knurrte er. »Hauptsache, Sie sind jetzt da.«

»Ja, das bin ich wohl. Aber hören Sie, wäre es möglich, daß wir uns irgendwo ins Trockene zurückziehen? Dieser Schirm gehört nämlich meiner Schwester und ist etwas zu klein für mich.«

Ein Baum in der Nähe schien einigermaßen Schutz zu bieten, und Blondel klappte den Schirm zu.

Wie Mountjoy auffiel, hatte der Schirm eine beigebraune Farbe mit unauffälligen schwarzen Mustern. Auf so etwas standen Frauen also. Vielleicht wäre es ganz interessant, demnächst mal eine genauer kennenzulernen – vielleicht aber auch nicht. Er flackerte kurz in der Kälte auf und räusperte sich. »Also gut, dann lassen Sie uns zum Geschäftlichen kommen, einverstanden?«

»Mit Vergnügen.« Blondel schlug die Klappe einer schmalen Ledertasche, die er an einem Band um den Hals trug, zurück und holte ein kleines Tonbandgerät heraus. »Sie haben hoffentlich nichts dagegen, wenn ich das Gespräch aufzeichne. Mein Gedächtnis ist nämlich längst nicht mehr das, was es mal war.«

»Ganz, wie Sie wollen«, antwortete Mountjoy frostig. »Ich hatte gedacht, wir könnten einander vertrauen, aber wenn Sie meinen, bitte.«

»Ich weiß, ganz schön hinterhältig, wie? Im Grunde ist es auch nicht meine Idee gewesen, sondern die meines Managers. Eigentlich ist er der geborene Unterhändler. Er hat die letzten Tage damit verbracht, Ihrem Chef eine Lebensversicherung aufzuschwatzen.«

Mountjoy legte den Kopf in den Nacken und blickte Blondel über den Nasenrücken hinweg an. »Ohne Erfolg, wie ich vermute.«

»Nicht ganz«, antwortete Blondel schmunzelnd. »Zwar ist es ihm nicht gelungen, Ihrem Boß eine Lebensversicherung anzudrehen, trotzdem hat er es geschafft, mit ihm eine Unfallversicherung abzuschließen. Beim Verlust irgendwelcher Gliedmaßen ist er jetzt voll versichert.«

Nach Mountjoys Dafürhalten war das genug an oberflächlicher Konversation, und er hielt den Zeitpunkt für gekommen, die Karten aufzudecken. »Es dürfte Sie interessieren« – er hielt kurz inne, um sich mit dem Handrücken Regen aus den Augen zu wischen –, »daß wir zur Zeit einige Gäste in unserem el beherbergen.«

»Ach so?«

»Freunde von Ihnen – oder besser: ein Freund und eine Verwandte von Ihnen.« Mountjoy grinste und flackerte dabei stroboskopartig auf (ein toller Trick, wenn man ihn beherrscht; falls man, wie Mountjoy, doppelgesichtig ist, ist das natürlich hilfreich).

Auch wenn Blondel für einen kurzen Augenblick aus der Fassung geraten sein mochte, so erholte er sich doch rasch von dem Anblick. Jemand, der sich auf Anhieb Seiltanzen beibringen kann, sollte erst recht keine Probleme mit rein geistiger Behendigkeit haben.

»Ach, Sie meinen diesen Guy Goodlet und meine

Schwester Isoud. Vielleicht sollte ich Sie lieber vor Isoud warnen, wenn sie nämlich nicht gleich nach dem Aufwachen eine Tasse Tee bekommt, ist sie ungefähr so umgänglich wie eine Wildkatze. Oder haben Sie das schon selbst herausgefunden?«

»La Beale Isoud besitzt durchaus so viel Verstand, um zu begreifen, daß sie sich zur Zeit um dringendere Probleme kümmern muß als um die Frage, wo sie ihre nächste Tasse Tee herbekommt«, antwortete Mountjoy mürrisch.

»Sind Sie sich auch ganz sicher, daß wir von derselben Person sprechen?« Blondel ließ nicht locker. »Etwa diese Größe, aschblondes Haar und süchtig nach kohlehydratreicher Nahrung?«

»Wie mir berichtet wurde«, fuhr Mountjoy unbeirrt fort, »haben die beiden bereits einen Fluchtversuch unternommen, der natürlich kläglich gescheitert ist. Und ich kann Ihnen garantieren, daß sie es nicht sonderlich eilig haben werden, so etwas noch einmal zu versuchen.«

Wie Blondels Mutter immer wieder betont hatte, müsse ein Gentleman stets die Fasson bewahren und höflich bleiben, selbst wenn er von boshaften und unkorrekt gekleideten Ungläubigen in eine von Skorpionen wimmelnde Grube gestoßen werde. Also reagierte er entsprechend gefaßt.

»Sie sind ja ganz schön gerissen, mein Lieber. Wenn ich Sie richtig verstehe, haben Sie es auf einen Geiselaustausch abgesehen, oder?«

»Ja, das war jedenfalls meine Idee dabei.«

»Na gut. Lassen Sie König Richard für den Antichristen frei, und Sie bekommen von mir die beiden Juliusse für Guy und Isoud«, schlug Blondel vor.

»Ganz bestimmt nicht«, widersprach Mountjoy mit unangenehm kichernder Stimme. »Das wäre uns gegenüber völlig unfair, schließlich sind der Papst und der Gegenpapst ein und dieselbe Person.«

»Aber sie tragen verschiedene Hüte«, gab Blondel rasch zu bedenken. »Und Hüte stellen einen gewaltigen Unterschied dar, da brauchen Sie nur meinen Freund Guy zu fragen.«

»Nichtsdestotrotz sind die Bedingungen für uns unannehmbar«, beharrte Mountjoy.

»Wie wär's, wenn ich meinen Manager dazu überrede, einen kostenlosen Radiowecker mit in die Waagschale zu werfen?«

Mountjoys Blick tauchte die nähere Umgebung kurzfristig in tiefe Dunkelheit. »Wenn ich Sie wäre, riete ich Ihrem Freund Galeazzo, von kostenlosen Radioweckern lieber die Finger zu lassen und das Thema insbesondere in Gegenwart meines Herrn nicht anzusprechen.«

Ein absurder Gedanke schoß Blondel durch den Kopf, und er mußte furchtbare Kämpfe mit seiner Motorik durchstehen, um nicht eine alberne Fratze zu ziehen und laut loszulachen. »Wollen Sie etwa damit sagen ...?«

»Kurz bevor das Datum für den Tag des Jüngsten Gerichts festgelegt wurde«, intonierte Mountjoy in der Art des Psalmengesangs, »hat mein Herr auf Geheiß seiner Anwälte eine Haftpflichtversicherung abgeschlossen. Anscheinend hat ihm der Versicherungsmakler bei Abschluß des Vertrags einen kostenlosen Radiowecker angeboten, der hinterher bei einer sehr wichtigen Gelegenheit nicht mehr ausging. Ich bin mir ziemlich sicher, daß er, sobald mein Herr mit Ihnen fertig ist, Master de Nesle, die Angelegenheit mit dem betreffenden Makler ein für allemal klären wird.«

Blondel, der die ganze Zeit die Augen geschlossen hatte, um seine Erheiterung zu unterdrücken, öffnete sie wieder und nickte. »Schön, dann vergessen wir den Radiowecker. Aber finden Sie nicht, daß ein Handel, bei dem Sie mir zwei relativ unbedeutende Zivilisten im Austausch für zwei ranghohe Kleriker und den Antichristen geben, ein wenig, nun ja, sehr einseitig ist, wenn Sie mir dieses kleine Wortspiel verzeihen?«

»Das hängt ganz davon ab. Unbedeutend für uns vielleicht und ganz bestimmt unbedeutend für die Geschichte, aber auch unbedeutend für Sie?«

Blondel runzelte die Stirn und bemerkte etwas aus den Augenwinkeln heraus. »Hallo, ist das nicht mein alter Freund Clarenceaux unter diesem ganzen Ölzeug? Wie steht's, Clarenceaux?«

Clarenceaux, der halb in Habtachtstellung und halb von der Kälte steif gefroren dastand, starrte mit den Augen geradeaus. »Sir?«

»Immer noch so einsilbig?«

»Sir?«

»Schon gut, Clarenceaux. Wenn du artig deine unerschütterliche Haltung beibehältst, wird dir schon nichts passieren. Aber ich warne dich, eine falsche Bewegung, und du riskierst eine dicke Lippe.«

»Das kann ich gar nicht, Sir.«

»Was kannst du nicht?«

»Ein dicke Lippe riskieren. Meine Größe ist nämlich ausgegangen, hat der Lagermeister gesagt«, erklärte Clarenceaux.

»Das tut mir leid für dich«, sagte Blondel mitfühlend und wandte sich wieder an Mountjoy. »Ich sage Ihnen, was ich tun werde, auch wenn ich mir damit selbst das Wasser abgrabe. Sie bekommen von mir die beiden Päpste und den Antichristen, und Sie geben mir dafür den König und Guy. La Beale Isoud können Sie meinetwegen behalten. Einen faireren Vorschlag kann ich Ihnen nicht machen.«

Mountjoy war trotz seiner phosphoreszierenden Gleichgültigkeit geschockt. »Sie würden Ihre eigene Schwester opfern?« staunte er.

Blondel versuchte, möglichst unschuldig dreinzublicken. »Selbstverständlich. Ein Mann ist in erster Linie dem König verpflichtet und gleich danach dessen getreuen Rittern. Schwestern kümmern sich nur um die Wäsche.«

Mountjoys Gedanken drehten sich wie die Walzen eines einarmigen Banditen. Ihm fiel wieder ein, was der Wärter ihm erzählt hatte; dem armen Kerl mußte von der Frau alles mögliche an den Kopf geworfen worden sein, nachdem er ihr die tägliche Essensration gebracht hatte, und er hatte mit der Kündigung gedroht. Das el des Larmes Chaudes hatte aber schon genug Probleme damit, die Lücken im Personal zu schließen, und durfte es auf keinen Fall riskieren, einen weiteren Wärter zu verlieren. »Ich denke nicht im Traum daran«, lehnte er schließlich Blondels Vorschlag ab.

»Schade.« Blondel seufzte. »Na gut, dann unterbreite ich Ihnen jetzt mein wirklich allerletztes Angebot. Sie lassen Richard, Guy und Isoud frei und kriegen dafür Ihren ganzen Haufen zurück und zusätzlich mich.«

»Sie?«

»Gewiß, warum nicht? Sie können mich in ein Archiv Ihrer freien Wahl verfrachten, und ich verspreche Ihnen hoch und heilig, Sie werden nicht einmal wissen, daß ich dort bin.«

Mountjoy schüttelte energisch den Kopf und versprühte dabei Second Head-Regen. »Aber auch nur deshalb, weil Sie wirklich nicht dort sein werden. Schließlich sind Sie schon mal in den Archiven gewesen und konnten fliehen. Wir könnten nachts nicht mehr schlafen. Nein, unsere Bedingungen stehen klipp und klar fest. Goodlet und La Beale Isoud im Austausch gegen meinen Herren und die beiden Exzellenzen. Sonst ...«

»Sonst, was?«

»Sonst werden Ihre Schwester und Ihr Freund schon bald nicht einmal mehr angenehme Erinnerungen für Sie sein, weil sie niemals existiert haben werden. Habe ich mich klar genug ausgedrückt?«

»Völlig, mein lieber Freund«, antwortete Blondel gelassen. »Das bedeutet, daß wir wieder genau an dem Punkt angelangt sind, wo wir angefangen haben.«

»Nicht ganz«, widersprach Mountjoy. »Wenn wir wieder an dem Punkt angelangt wären, wo wir angefangen haben, dann wäre das alles nicht nötig.«

»Wie bitte?«

»Ich habe gesagt, wenn wir wieder an dem Punkt angelangt wären, wo wir angefangen haben, dann wäre nichts ...«

»Nein, da irren Sie sich, Mountjoy«, unterbrach ihn Blondel. »Wenn *Sie* wieder an dem Punkt angelangt wären, an dem *Sie* angefangen haben, dann wäre ich nicht hier. Wir wären dann alle in der Zukunft.«

»Darum geht's doch nicht«, widersprach Mountjoy. »Wenn *wir* wieder an dem Punkt angelangt wären, wo *wir* angefangen haben, dann wären *Sie* zwar nicht hier, aber *wir* wären hier.«

Blondel schüttelte den Kopf. »Aber in dem Fall wären wir dann nicht wir, sondern wir wären Sie.«

»Das habe ich doch gerade gesagt.«

»Nein, Sie haben gesagt ...«

»Moment mal«, mischte sich Clarenceaux unverhofft ein. »Ich glaube, ich weiß, was daran falsch ist. Mountjoy sieht den Verlauf der Ereignisse so, wie sie in der Normalzeit passieren würden, während Mister Blondel die ganze Geschichte aus der Überzeit-Perspektive betrachtet, was logischerweise dazu führt, daß er ...«

Clarenceaux hielt inne. Er hatte dieses schreckliche Gefühl, daß ihn die ganze Welt anstarrte.

»Entschuldigung«, fügte er verlegen hinzu und starb vor Schamgefühl.

»Jedenfalls gehe ich davon aus, daß wir uns einig sind. Hand drauf?«

»Nein, danke.«

»Wie Sie wollen.« Blondel trat unter dem Baum hervor und spannte den Schirm auf. »Also sehen wir uns diese Woche hier wieder, selbe Zeit, selber Ort, in Ordnung?«

»Einverstanden.«

»Dann auf Wiedersehen«, verabschiedete sich Blondel und ging über die Brücke davon.

Etwa eine halbe Stunde später traf ein stark verbeulter roter Kleintransporter ein, las die sterblichen Überreste von Clarenceaux auf und brachte sie ins Depot zurück. Wegen des akuten Mangels an Schamgefühlneuronen im Zentrallager mußten die Schaltkreise abgetrennt und als Ausgleich das Schuldgefühlzentrum doppelt belastet werden; das hatte zur Folge, daß Clarenceaux in den sechs Wochen bis zu seinem nächsten Tod – wo man endlich die Möglichkeit hatte, ihn völlig auseinanderzunehmen und die Reparatur anständig zu erledigen – in gemischter Gesellschaft zum Rülpsen neigte und sich deswegen noch tagelang danach Vorwürfe machte.

Blondel lenkte den Pferdewagen. Das war nicht einfach, da der Einspänner etwa fünfzehn Zentimeter breiter war als der Tunnel, und nur aufgrund der merkwürdigen Verzerrungen, die durch die zeitlichen Anomalien im Zeitfeld hervorgerufen wurden, war er überhaupt in der Lage, mit dem verdammten Ding hindurchzukommen. Das wichtigste war, seinem anderen Selbst, das ihm aus der anderen Richtung entgegenkommen könnte, unter keinen Umständen zu begegnen.

»Alle festhalten!« rief er. »Da vorne kommt unsere Abzweigung.«

Giovanni blickte auf und erkannte einen niedrigen und sehr schmalen Durchgang von der Größe eines Kohlenschachts, über dem ein Schild hing, auf dem in einem roten Kreis mit einer Diagonale ein Pferdewagen auf weißem Feld gemalt war. Obwohl er sich an solche Geschichten längst gewöhnt hatte, schloß er die Augen und duckte sich.

Als sie endlich die Brücke erreichten, war es bereits dunkel, und selbstverständlich regnete es.

Unter einem Baum am Straßenrand auf der anderen

Seite des Ufers beobachtete Blondel Mountjoy, Clarenceaux und natürlich sich selbst dabei, wie sie gerade die Modalitäten der Geiselübergabe festlegten. Wenigstens gab es jetzt glaubwürdige Zeugen, falls es im nachhinein irgendwelche Streitigkeiten bezüglich der Austauschbedingungen geben sollte. Er sprach zu dem Pferd ein paar beruhigende Worte, zog sich die Kapuze über das Gesicht und fragte Marco, ob die Laternen bereitstünden.

Auf beiden Seiten der Brücke warteten nun zwei Pferdewagen im strömenden Regen. Eine Weile geschah nichts. Dann leuchtete auf einem der Wagen eine Laterne dreimal auf, woraufhin auf dem anderen ebenfalls dreimal ein Licht aufflackerte. Der erste Wagen antwortete viermal. Dieses Zeichen ging hin und her.

Für diese Art der Unterhaltung, die bei solchen Anlässen unerläßlich zu sein scheint, gibt es keinen bekannten Grund, und wahrscheinlich beruht dieses Ritual lediglich auf Tradition.

Bis jetzt war Blondel recht gelassen geblieben; als der zweite Wagen aber noch immer keine Anstalten traf, sich in Bewegung zu setzen, machte er sich allmählich Sorgen. Schon bald war er mit den Nerven völlig am Ende, was auch seine unmittelbare Umgebung zu spüren bekam.

»Um Himmels willen, was treiben die da eigentlich?« fluchte er laut. »Marco, Sie alter Einfaltspinsel, sitzen Sie da nicht so untätig rum, und geben Sie noch ein paarmal das Zeichen! Nun machen Sie schon!«

Doch der andere Wagen rührte sich nicht von der Stelle und erwiderte lediglich das Leuchtsignal fünfmal und dann noch ein weiteres Mal auf gut Glück. Blondel, der vor Wut fast platzte, wollte sofort wissen, was das nun wieder zu bedeuten habe.

Marco räusperte sich höflich und antwortete: »Vielleicht wollen die uns daran erinnern, daß das hier eine Einbahnstraße ist.«

Blondel blickte ihn verdutzt an. »Was soll das heißen, eine Einbahnstraße?«

Marco sammelte seine Gedanken und hoffte, sich richtig zu erinnern. »Na ja, das heißt, wenn das hier eine Nord-Süd-Einbahnstraße ist, dann kann man darauf zwar von Norden nach Süden, aber nicht von Süden nach Norden fahren. Wenn es hingegen eine Süd-Nord-Einbahnstraße ist, dann heißt das, man kann von Süden nach Norden, aber nicht von Norden nach Süden fahren. Wenn es eine ...«

Marco mußte plötzlich feststellen, daß ihm irgendwie sein Hut vom Kopf abhanden gekommen und ihm von irgendwem in den Mund gestopft worden war. Er nahm ihn wieder heraus.

»*Ist* das hier denn eine Einbahnstraße, Marco?« wollte Blondel wissen.

»Ja, haben Sie eben nicht das Verbotsschild gesehen? Das hier ist eine West-Ost-Einbahnstraße, das heißt man kann ...«

»Danke, Marco, und jetzt seien Sie ein braver Junge, und essen Sie Ihren Hut auf«, seufzte Blondel und fügte zerknirscht hinzu: »Ganz schön blöd von mir, daß mir das nicht selbst aufgefallen ist.«

Letztendlich ergab es einen Sinn. In diesem ganz bestimmten Zusammenhang ein Durchfahrtsverbot zu mißachten, barg natürlich die ernsthafte Gefahr, mit etwas sehr viel Schlimmerem bestraft zu werden als mit zwei Punkten in der Verkehrssünderkartei.

Blondel sammelte sich, dann gab er dem Pferd ein Zeichen, und der Wagen setzte sich in Bewegung.

»Sie haben sich schon wieder verspätet!« rief ihm Mountjoy mürrisch entgegen. »Sind Sie aufgehalten worden?«

»Nein, ich bin im Verkehr steckengeblieben«, fiel Blondel aus dem Stegreif dazu ein. »Jedenfalls bin ich jetzt hier, und das ist ja wohl die Hauptsache.«

Mountjoy flackerte wie ein tragbarer Fernseher bei

einem Gewitter. Er haßte es, im Regen zu stehen; die Nässe war sehr gefährlich für ihn, und er hatte keine Lust darauf, schon in seinem Alter einen Sicherungsinfarkt zu erleiden. »Können wir dann endlich anfangen?«

»Klar. Sind Sie denn, wie abgemacht, bis auf Ihre beiden Begleiter auch wirklich allein gekommen?« erkundigte sich Blondel mißtrauisch.

»Natürlich«, antwortete Mountjoy gereizt. »Wer wäre denn wohl sonst schon so verrückt, bei diesem Wetter vor die Tür zu gehen? Sind meine Leute hinten auf dem Wagen?«

Blondel nickte. »Wollen Sie die Ware prüfen?« fragte er; auch dieser Satz schien traditioneller Herkunft zu sein.

»Ich vertraue Ihnen«, antwortete Mountjoy. »Ich meine, wenn man einem hinterhältigen Mistkerl nicht mehr vertrauen kann, wem soll man dann noch vertrauen, frage ich Sie.«

»Wie wahr«, pflichtete Blondel ihm bei. »Da Sie aber von einem ganz anderen Schlag sind, wäre ich Ihnen verbindlichst dankbar, wenn Sie die Plane auf Ihrem Wagen kurz anhöben.«

Leise fluchend gehorchte Mountjoy. Kaum fielen auf die aufgedeckte Ladefläche von Mountjoys Wagen die ersten Regentropfen, drückte eine unverkennbare weibliche Stimme sofort ihren Protest aus. Also waren sie wirklich da.

»Gab es irgendwelche Probleme?« erkundigte sich Blondel besorgt.

»Nein, warum sollte es?« fragte Mountjoy mißtrauisch zurück.

»Nun ja, wenn ich meine Schwester irgendwo hinfahren muß, liegt sie mir die ganze Zeit mit Vorwürfen in den Ohren wie ›Solltest du nicht langsam in den dritten Gang schalten, Blondel?‹ oder ›Ich bin mir sicher, wir hätten eben links abbiegen müssen‹. Sie müssen mir irgendwann einmal verraten, wie Sie es geschafft haben, daß sie Ihnen keine Blase ans Ohr gelabert hat. Aber egal, sind Sie bereit, Mountjoy?«

»Ja.«

Mountjoy winkte mit der rechten Hand. Pursuivant und Mordaunt sprangen vom Wagen und zogen zwei anthropomorphische Bündel von der Ladefläche, die mit einem dumpfen Knall auf den Boden schlugen.

»Sehr schön«, drückte Blondel seine Zustimmung aus. »Giovanni, Marco, Iachimo, könnten Sie jetzt bitte unsere Fracht abladen?«

Die Galeazzo-Brüder entluden die Geiseln und setzten sie auf der nassen Straße ab, dann stellten sie jeweils einen kostenlosen Aktenkoffer aus Lederimitat und einen Solarrechner daneben. Die beiden Pferdewagen fuhren ein paar Schritte vor, und die neue Fracht wurde aufgeladen.

»So, das war's dann wohl«, stellte Blondel erleichtert fest. »Es war mir eine Freude, mit Ihnen ...«

*»Ergreift sie!«*

Blondel blickte Mountjoy kurz voller Verachtung an, dann ließ er laut die Zügel krachen. Gleich darauf war der Pferdewagen von dunklen Schatten umgeben; finstere, bedrohlich näher rückende Gestalten, die um so beunruhigender wirkten, als sie mit heruntergeklappten Visieren ...

»Sieh mal, Guy!« schrie er nach hinten. »Hüte! Eiserne Hüte! Unmengen davon!«

Ein lauter Knall ertönte, und gleich darauf war das Geräusch einer an einem Helm abprallenden Kugel zu vernehmen. Eine finstere Gestalt fluchte laut und rannte um ihr Leben; oder zumindest um ihre fünfhundertjährige Garantie auf sämtliche Bauteile und Funktionen. Der Einspänner tat einen Satz nach vorn und rollte hoppelnd davon.

»Verfolgt sie!« brüllte Mountjoy, doch bis auf eine Gestalt, die kopflos umherirrte und gegen alles rannte, was ihr im Weg stand, rührte sich niemand vom Fleck. Später rechtfertigten sie ihr Verhalten damit, daß man unter diesen Dreckshelmen kein Wort verstehe.

Auf der Ladefläche von Mountjoys Pferdewagen erhob eine autoritäre Stimme lautstark Protest, so daß man sie auch ohne Probleme durch eine zwölf Zentimeter dicke Stahlplatte hindurch hätte hören können.

»Und jetzt steh da nicht untätig herum, sondern schnapp sie dir gefälligst!« fügte sie laut kreischend hinzu.

Während der Pferdewagen über die Straße rumpelte, dachte Blondel laut nach: »Weißt du, ganz allmählich hängt's mir zum Hals raus, andauernd irgendwo herumirren zu müssen oder von Leuten verfolgt zu werden. Dir nicht?«

Guy nickte. Sollte der Wagen weiterhin so schaukeln, dann dürfte ihm gleich etwas ganz anderes zum Hals heraushängen. Da er allerdings seit einer Ewigkeit nichts mehr im Magen gehabt hatte, handelte es sich dabei wahrscheinlich um ein rein theoretisches Problem. Dann entdeckte er etwas wie einen Haltegriff und klammerte sich daran fest.

»Aua!« beschwerte sich Marco.

»Tut mit leid«, entschuldige sich Guy und ließ Marcos Ohr wieder los. »Was tuen Sie überhaupt da unten?«

»Ich suche meinen Hut«, antwortete Marco. »Er ist eben runtergefallen, als ...«

»Vergessen Sie das Ding.«

»Aber der ist fast neu«, protestierte Marco. »Mit einer Feder dran und ...«

»Ich habe gesagt, vergessen Sie das Ding!« wiederholte Guy. »Und zwar ein für allemal!«

Als der Pferdewagen viel zu schnell über ein Schlagloch rollte, wurden durch die gewaltige Wucht des Aufpralls sämtliche Insassen in die Luft geschleudert, und gleich nach ihrer Landung krachte es laut, der Wagen geriet heftig ins Schlingern, bis er schließlich jählings zum Stehen kam.

»Die Achse ist gebrochen«, stellte Giovanni mit sachverständigem Blick fest. »Ich wette, jetzt sind Sie bestimmt froh, daß Sie eine Vollkaskoversicherung abgeschlossen haben, Blondel, stimmt's?«

»Ach, jetzt halten Sie den Mund, Giovanni«, zischte Blondel wütend. »Und du auch, Isoud!«

»Ich habe doch gar nichts ...«

»Dann halt dich auch daran!« Blondel sprang wütend vom Kutschbock hinunter. Die Laternen von Mountjoys Wagen waren nicht mehr weit entfernt. »Kommt schon!« brüllte er. »Hier entlang!«

»Und warum da entlang?« fragte Isoud.

»Hör mal ...«

»Meiner Meinung nach sollten wir uns rechts halten.«

*»Hör mal ...«*

»Auf der Karte steht ...«

*»Hier entlang!«*

Schließlich rannten sie los und gingen gerade noch rechtzeitig hinter einem niedrigen Gebüsch in Deckung, bevor Mountjoys mit finsteren Gestalten vollbeladener Wagen herangeprescht kam. Offenbar konnte Blondels Widersacher das Hindernis auf der Straße nicht mehr rechtzeitig erkennen, um anzuhalten, denn es ertönte ein ohrenbetäubendes Krachen.

»Da hat wohl gerade jemand einem anderen böse ein Bein gestellt«, flüsterte Blondel mit schadenfrohem Grinsen.

Finstere Gestalten fielen vom Wagen, Laternen wurden geschwenkt, Mordaunt rutschte im Schlamm aus, stürzte, spießte sich an einer gebrochenen Lanze selbst auf, starb und wurde von Mountjoy bezichtigt, sich nur vor der Arbeit drücken zu wollen. Dann näherten sich die Laternen allmählich dem Gebüsch.

»So ein Mist«, fluchte Blondel. »Kommt schon ...

außer dir natürlich, Isoud. Ich nehme an, du willst in die andere Richtung gehen. Der Rest folgt mir.«

»Verdammter Mist, wohin gehen wir eigentlich?« wollte Guy wissen.

»Natürlich zurück zur Straße«, antwortete Blondel. »Streng doch mal deinen Grips an.«

»Aber ...«

»Und sobald wir dort sind«, fuhr Blondel fort, »werden wir in die entgegengesetzte, also in die verbotene Richtung gehen. Das ist übrigens von Osten nach Westen, falls es Sie interessiert, Marco. Erinnern Sie sich noch? Das ist nämlich eine Einbahnstraße.«

»Welche Zeit haben wir?« fragte Guy.

»Ist doch egal, wenigstens regnet es nicht«, stellte Blondel lakonisch fest. »Kommt schon, ich spendiere euch ein Eis.«

Sie marschierten hurtig auf die Geräuschquelle zu, bis sie ihre Schrittfrequenz nach und nach den äußeren Begebenheiten anpassen mußten und nur noch im Bummeltempo vorankamen; auf einer Kirmes bleibt einem nichts anderes übrig, als herumzubummeln, erst recht dann, wenn es nicht regnet.

»Was ist eigentlich passiert?« wollte Guy wissen. »Ich meine, in der einen Minute rennen wir noch direkt auf diese Straße zu ... und dann ... *peng!* Oder besser«, fügte er mit neu aufkeimender Verwirrung hinzu, »nicht mal *peng*.«

»Seht mal, dahinten ist sogar eine Kapelle«, sagte Blondel, ohne auf ihn einzugehen. »Wahrscheinlich ist die von der Heilsarmee. Ich mag Blasmusik, du auch, Guy?«

»Vermutlich lag das daran, daß das eine Einbahnstraße war«, fuhr Guy fort. »Demgemäß gab es da konsequenterweise dieses Durchfahrtsverbot, was dasselbe wie ›Kein Zutritt‹ bedeutet, und das heißt, daß Einbahnstraßen irgendwie mit dem Zeittunnelnetz verbunden sind. Passiert das immer, wenn man auf einer Einbahnstraße in die falsche Richtung geht oder fährt?«

»Kann sein«, antwortete Blondel. »Ich habe das vorher auch noch nie ausprobiert. Du schon mal?«

»Nein«, räumte Guy ein. »Was meinst du, in welcher Zeit wir hier jetzt sind?«

»Eindeutig im zwanzigsten Jahrhundert«, stellte Blondel mit fachmännischem Blick fest, »und zwar in der zweiten Hälfte. Im zwanzigsten Jahrhundert fällt es einem natürlich etwas schwerer, sich zu orientieren, weil man sich nicht nach der Kleidung richten kann. Die leiden hier andauernd unter einer Krankheit namens Nostalgie. So kann es dir beim Spazierengehen passieren, daß du dir gerade aufgrund der Rocklänge oder der Schulterpolster gesagt hast, jetzt weiß ich endlich, welches Jahr wir haben, und dann entdeckst du an irgendeinem Kino ein nagelneues Elvis-Plakat, und der nächste Hinweis ist ein Toyota, von dem du fast umgefahren worden wärst. Obwohl Autos ein todsicherer Tip sind. Anhand von Autos kannst du die Zeit gewöhnlich bis auf sechs Monate genau bestimmen.« Blondel blieb stehen, musterte einige Autos und nickte. »Neunzehnhundertsechsundachtzig«, legte er sich fest. »Komische Zeit, in der wir da gelandet sind.«

»So?«

»Ja, da ist nichts Besonderes passiert«, erläuterte Blondel. »Vielleicht ist es dir noch nicht aufgefallen, aber wenn man einen Zeittunnel aufs Geratewohl verläßt, kommt man fast immer an einem Ort heraus, wo gerade ein entscheidender Wendepunkt der Geschichte stattfindet.«

»Du meinst wie neulich, als Cäsar den Fluß überquert hat und dabei …«

»Ja, aber red nicht so laut«, unterbrach ihn Blondel in strengem Ton. »Es wäre mir unangenehm, wenn jemand mitbekommt, daß wir schuld daran waren. Trotzdem würde es mich interessieren, warum man andauernd in einem solch entscheidenden Augenblick auftaucht. Vielleicht besitzen solche Momente ein stärkeres Zeitfeld als irgendein durchschnittlicher Donnerstag in Düsseldorf. Soweit ich es beurteilen kann, passiert hier jedenfalls nichts Außergewöhnliches.«

»Na gut, du hast eben was von Eis gesagt«, wechselte Guy das Thema.

Blondel nickte. Er lieh sich von Giovanni fünf Pfund – oder besser, er holte sich die Erlaubnis zur Benutzung von dessen Beaumont Express-Card ein – und machte sich auf die Suche nach einem Erfrischungsstand. Die Galeazzo-Brüder entdeckten einen Stand zum Ringwerfen, und schon bald war abzusehen, daß sie im Nu sämtliche Preise abräumen würden. Guy und Isoud setzten sich unter einen Kastanienbaum.

»So, da wären wir also«, stellte Guy geistreich fest.

»Ja«, antwortete Isoud.

»Ähm … also …«, stammelte Guy, und er hatte dabei das Gefühl, daß es wahrscheinlich nicht nur leichter, sondern auch sehr viel angenehmer wäre, durch hüfthohen Senf zu waten. »Ich meine, na ja, unsere gemeinsame Zukunft. Also, das mit dem Heiraten und so.«

»Ja?«

Wie Guy sich erinnerte, ist es das Vorrecht der Frauen, im Verlauf einer äußerst peinlichen Konversation ausschließlich einsilbige Antworten geben zu dürfen. Plötzlich fiel ihm ein, daß sein Vater wahrscheinlich ein ähnliches Gespräch geführt haben mußte, weil er, Guy, sonst nicht hiersein könnte. Und der Vater seines Vaters mußte auch ein solches Gespräch geführt haben und dessen Vater auch, bis hin zu jener Periode der Menschheitsgeschichte, als es gesellschaftlich üblich war, Mädchen eins mit der Keule über den Schädel zu ziehen und sie an den Haaren hinter sich herzuschleifen. Es grenzte an ein Wunder, daß die Erde überhaupt bevölkert war.

»Verstehen Sie mich bitte nicht falsch, Isoud, aber … also, in gewisser Hinsicht …«

Ihm wurde klar, daß er nicht die geringste Ahnung hatte, was er als nächstes sagen sollte. Als er gerade das Thema wechseln und sich über einen völlig gewöhnlichen Baum auf der anderen Seite der Wiese auslassen wollte, blickte ihn Isoud mit sehnsüchtigen Augen an und hauchte: »Oh, Guy!«

*Na bitte, wieder mal einsilbig. Ich nehme an, sämtliche Zeilen der Braut bei der kirchlichen Trauungszeremonie setzen sich aus einsilbigen Wörtern zusammen. Jedenfalls wäre das nur konsequent.*

»Nun, wie ich schon gesagt habe, Isoud. Sie und ich, also wir ...«

»Küß mich, Guy!«

»Wie?«

»Ich habe gesagt, küß mich«, wiederholte Isoud, wobei sie nur noch ein Hauch ihrer selbst zu sein schien.

Guy wollte sagen: *Moment mal, ich glaube, Sie haben mich falsch verstanden, Isoud. Eigentlich wollte ich Ihnen nämlich sagen, daß wir jetzt, da wir herausgefunden haben, wie flexibel und leicht justierbar die Zeit für uns ist, gar nicht mehr heiraten müssen. Und weil keiner von uns beiden von dieser Idee begeistert ist ...* Da ihm seine Mutter aber beigebracht hatte, nicht mit vollem Mund zu reden, hielt er sich auch daran.

»Hallo, ihr beiden«, platzte Blondel dazwischen und grinste sie über ein bewegliches Hindernis aus weißem Gefrorenen hinweg an. »Habe ich's mir doch gedacht.«

Isoud ließ von Guy ab, der nun wußte, wie sich ein Fels fühlen mußte, wenn überall Napfschnecken an ihm hafteten. Hübsch und artig errötend, murmelte Isoud etwas davon, daß sie mal drüben an dem Stand mit allerlei Krimskrams vorbeischauen wolle, und hüpfte dann – jedenfalls nach Guys Dafürhalten – beinahe wie ein glückstrahlender Elektromagnet davon.

»Hier, dein Eis«, sagte Blondel. »Also hat dir Isoud eben unser Familienalbum gezeigt, wie?«

»Quatsch«, wehrte sich Guy.

Blondel zuckte die Achseln. »Na, wie dem auch sei, auf alle Fälle habe ich damals ganz schön lange gebraucht, um dich zu finden. Ehrlich gesagt, habe ich gar nicht so intensiv nach dir gesucht, da ich andauernd damit beschäftigt war, den Aufenthaltsort des Königs herauszufinden. Aber lieber spät als zu spät, finde ich.«

»He, Moment mal!« empörte sich Guy, und obwohl er sich dabei die ganze Nase mit Eis bekleckerte, schien ihn das nicht im geringsten zu stören. »Willst du etwa damit sagen... du hast mich extra dafür ausgewählt? Ich habe immer gedacht, das Ganze ist reiner Zufall gewesen.«

»Wohl kaum«, antwortete Blondel. »Ich will ja nicht unhöflich sein, aber hätte ich die freie und uneingeschränkte Wahl gehabt, hätte ich mir wahrscheinlich einen Assistenten ausgesucht, der besser schießen kann. Dabei hast du dich nicht einmal schlecht geschlagen«, fügte er hinzu. »Ganz im Gegenteil sogar. Aber du weißt schon, wie ich das meine.«

»Ja, ich verstehe«, log Guy. »Du willst also damit sagen, daß die Geschichte mit Isoud und mir sozusagen vom Schicksal vorbestimmt ist?«

»Wenn du so willst, ja«, antwortete Blondel. »Genau kannten wir natürlich nur das Ende der Geschichte, also mußten wir lediglich den Handlungsablauf ein wenig rekonstruieren. Dein Eis schmilzt übrigens und läuft dir gerade über den Kragen.«

»Wie lange ist das denn schon« – Guy zuckte zusammen; das alles klang so schrecklich nach Hellseherei – »vom Schicksal vorbestimmt?«

»Seit wir die entwickelten Fotos zurückbekommen haben. Das ist nur einer dieser komischen Aspekte daran, wenn man in der Zeitkrümmung lebt. Man kriegt die Fotos Jahrhunderte früher wieder, als sie aufgenommen und zur Entwicklung geschickt worden sind – auch wenn es andersherum meines Wissens wohl üblicher ist. Also wußten wir, daß sich Isoud in dich verknallen würde, und wir brauchten dich nur noch zu finden. Na ja, und ich dachte mir, solange du mir noch als freier Mensch zur Verfügung stehst, könntest du mir natürlich bei der Suche nach Richard behilflich sein.«

»Ich verstehe.«

»Offen gesagt«, fuhr Blondel schmunzelnd fort, »hättest du mal Isouds Gesicht sehen sollen, als ihr zum erstenmal dein Foto vor Augen gekommen ist; ungläubiges Entsetzen ist nichts dagegen. Trotzdem hat sie sich offenbar mittlerweile mit dem Gedanken ganz gut angefreundet, nicht wahr?«

»Danke, zu freundlich von dir.«

»Keine Ursache.«

»Nun ja, das klingt ja alles ganz plausibel, aber das erklärt noch lange nicht, warum du mich aus meinem Jahrhundert geholt hast und ...«

»Weil du kurz davor gewesen bist, getötet zu werden«, unterbrach ihn Blondel. »Erinnerst du dich nicht?«

»Ehrlich?«

»Habe ich dir das nie erzählt? Du hättest keine Chance gehabt, wenn ich nicht ... Na egal, jetzt bist du ja hier. Auf keinen Fall konnte ich es zulassen, daß du vor der Hochzeit getötet werden würdest, das hätte alles total versaut. Unnötig zu erwähnen, daß niemand möchte, daß du nach der Hochzeit getötet wirst.«

»Selbst Isoud nicht?« gab Guy zu bedenken. »Ich glaube noch immer nicht, daß sich ihre Einstellung sosehr geändert hat. Wie ich es sehe, hat sie keine sehr hohe Meinung von mir.«

»Und genau das ist, soweit ich es beurteilen kann, eine Grundvoraussetzung für eine erfolgreiche Ehe«, widersprach Blondel.

Guy dachte darüber nach und ließ sämtliche ihm bekannten Beispiele glücklich verheirateter Paare an seinem geistigen Auge vorüberziehen. Blondel hatte nicht ganz unrecht. Dann fiel ihm etwas ein.

»Und selbst wenn unsere Ehe vom Schicksal vorbestimmt ist, warum hast du dir dann überhaupt die ganze Mühe gemacht, mich zu finden? Wäre ich nicht irgendwann sowieso aufgekreuzt?«

»Wahrscheinlich«, räumte Blondel ein, »aber das hätte eine Ewigkeit dauern können, und ich bin schon immer darauf erpicht gewesen, die Hochzeit so schnell wie möglich über die Bühne zu bringen. Zum einen«, fügte er hämisch grinsend hinzu, »weil ich eine tiefverwurzelte Abneigung gegen Kartoffelbrei habe, aber in erster Linie weil auf einem Hochzeitsfoto, das du noch nicht gesehen hast, der Mann, der die Braut zum Altar führt, Richard Löwenherz ist.«

Guy verschluckte sich an der Eiscreme.

Blondel klopfte ihm auf den Rücken und fuhr fort: »Um nun mein Ziel zu erreichen, mußte ich mehr oder weniger notgedrungen an deinem Schicksal herummanipulieren. Aber das weißt du ja selbst am besten, und ich hoffe nur, du bist mir deswegen nicht böse. Auf jeden Fall wirst du jetzt auch verstehen, was ich damit meine, wenn ich sage, daß ich nicht viel von langen Verlobungszeiten halte. Ach, da ist sie ja schon.«

Isoud kam zurück. In den Händen hielt sie einen Lampenschirm, einen Abflußreiniger und ein Sieb. *Es geht schon los,* sagte sich Guy. In diesem kritischen Augenblick wäre ihm eine Tür mit der Aufschrift *Kein Zutritt* nur recht gewesen.

»Kommt, laßt uns mal einen kleinen Bummel über die Kirmes machen und uns ein wenig genauer anschauen, was hier so alles geboten wird«, schlug Blondel vor. »Ich finde, nach den ganzen Ereignissen der letzten Zeit haben wir uns alle einen freien Nachmittag redlich verdient. Nein, Guy, an deiner Stelle hielte ich mich vom Schießstand fern, dahinten steht ein Mann mit einer Mütze, und ich glaube nicht, daß er ...« Mitten im Satz brach er ab.

»Blondel? Was hast du denn?«

Blondel hatte etwas entdeckt und starrte es mit offenem Mund und schweißüberströmtem Gesicht an.

»Was ist denn, Blondel?« erkundigte sich Guy besorgt.

»Schau doch mal«, krächzte Blondel mit ausgestrecktem Zeigefinger.

Guy folgte mit den Augen der Richtung des Zeigefingers und sah eine von diesen aufblasbaren Gummiburgen, die dazu gedacht sind, daß Kinder auf ihnen herumtollen. Dort herrschte ein reges Treiben, und der Besitzer warf gerade zwei entzückende Gören von der Spielfläche, die mit einem Taschenmesser versucht hatten, die Gummihaut zu durchlöchern.

»Ja und?« fragte Guy.

»Schau doch mal genau hin!« forderte Blondel ihn auf. »Bist du blind, oder was?«

Als Guy genauer hinsah, fiel ihm auf, daß auf der ihm zugewandten Seite der Burg ein Muster aus kleinen Tränen aufgetragen war, und er geriet ins Stutzen.

Blondel stürmte auf die Burg zu. Als der Besitzer ihn auf sich zurennen sah, ließ er von den beiden kleinen Jungen ab und gaffte ihn an. Ein Polizist kam gerade aus dem Bierzelt und wischte sich mit dem Handrücken Schaum vom Mund. Guy warf Isoud einen entschuldigenden Blick zu und lief Blondel hinterher.

»He, Sie da!« wies der Gummiburgbesitzer Blondel zurecht. »Sie dürfen da nicht rauf, das ist nur für Kinder erlaubt!«

Blondel stand jetzt vor dem aufblasbaren Gummitor. Die Musik, die gerade aus den Lautsprechern schallte, brach mittendrin ab, und gleich darauf erklang ein neues Lied. Guy erkannte die Melodie sofort; er hatte sie in letzter Zeit häufig gehört.

Blondel wartete das Vorspiel ab und zählte die Takte bis zum Einsatz der Stimme mit. Dann sang er:

*»L'amours dont sui epris*
*Me semont de chanter;*
*Si fais con hons sopris;*
*Qui ne puet endurer …«*

Der Polizist blieb wie angewurzelt stehen und ließ die Arme sinken. Es war völlig still, nur Blondels gewaltige Stimme stieg zum Himmel auf und breitete sich in alle Richtungen aus, bis die ganze Welt von ihr erfüllt zu sein schien.

*»A li sont mi penser*
*Et seront a touz dis;*
*Ja nes en quier oster …«*

Guy fühlte sich wie ein Taucher, der sich verschätzt hat und nicht mehr länger den Atem anhalten kann, obwohl er noch weit von der Oberfläche entfernt ist. Die Luft um ihn herum schien sich unerträglich zu verdichten und ihn regelrecht zusammenzupressen, bis er das Gefühl hatte, daß ihm der Brustkorb und der Schädel eingedrückt wurden. Und dann sang irgendwo tief aus dem Innern der aufblasbaren Gummiburg eine Stimme:

*»Remembrance dou vis*
*Qu'il a vermoil et clair*
*A mon cuer a ce mis*
*Que ne l'en puis oster …«*

Die Stimme klang wie eine Alarmsirene mit Bronchialproblemen. Dennoch war es das schönste Geräusch, das Blondel oder Guy oder Isoud oder selbst die Galeazzo-Brüder (die beim Einsetzen der Musik gerade kurz davor gewesen waren, dem Dorfpfarrer eine ›Sterbeversicherung mit Sitzplatzgarantie im Himmel‹ anzudrehen) jemals in ihrem Leben gehört hatten.

Als die Stimme verstummte, setzte Blondel wieder ein. Und seine Stimme klang so erfrischend wie die erste Knospe im Frühling, die erste Schneeflocke im

Winter und der erste Regentropfen nach einer langen Trockenzeit zugleich. Er sang:

*»Plus bele be vit nuls*
*De le nors ne de vis;*
*Nature ne mist plus*
*De beaute en nul pris*
*Por li maintaindrai l'us*
*D'Eneas et Paris,*
*Tristan et Pyramus*
*Qui ameraient jadis.«*

Und es war, als sänge die ganze Welt, die gesamte Menschheit aus acht Jahrhunderten mit, die plötzlich ihren Fehler einzusehen und heilfroh zu sein schien, daß sich nun alles wieder zum Guten gewendet hatte:

*»Or serai ses amis*
*Or pri Deu de la sus*
*Qu'a lor fin soie pris.«*

Giovanni kämpfte mit den Tränen und griff nach seinem Taschentuch. Er weinte aus purer Freude; er dachte an die königlichen Tantiemen.

Apropos königlich; plötzlich entwich die Luft aus der Burg, und sie sackte in sich zusammen. Wie aus dem Nichts tauchte mittendrin ein Mann auf. Ein hagerer Mann, geblendet vom Tageslicht, das er seit achthundert Jahren nicht mehr gesehen hatte. Ein Mann, der einen steifen Rücken hatte und eine Ratte streichelte. Ein Mann, dem Unrecht zugefügt worden war und der nun sein Recht einfordern wollte.

»Mein lieber Freund!« begrüßte er Blondel erfreut. »Das war wirklich furchtbar anständig von dir, aber du hättest dir wirklich nicht diese viele Mühe machen sollen. Weißt du, ich bin mit meinem Tunnelbau prima vorangekommen. Trotzdem« – er hielt inne, atmete die klare Luft ein und saugte das Sonnenlicht auf, bis er davon zu glühen schien – vielen Dank, mein lieber Freund.«

Blondel kniete nieder, und als er »Euer Majestät« sagte, rannen ihm Tränen übers Gesicht, die wie die aufgemalten Tränen an den Wänden der Gummiburg aussahen. »Euer Majestät, das war nicht der Rede wert.«

Der König umfaßte mit seinen steifen Händen Blondels Schultern und zog ihn daran hoch. Das Tageslicht schien ihm keine Schwierigkeiten mehr zu bereiten, und er sah sogar ganz wie ein Mensch aus, dem nie wieder etwas Schwierigkeiten bereiten könnte.

»Also gut, dann wollen wir mal«, sagte er.

# 11. KAPITEL

Aufgrund der unermüdlichen Bemühungen der Zeitwächter sind Zeitstürme heutzutage natürlich sehr viel seltener, als sie es in fünfhundert Jahren sein werden, und im selben Maße, wie die Bedrohung schwand, die sie darstellen werden, wird die Menschheit das fast unbeschreibliche Chaos vergessen, das sie verursachen werden, und sie wird sogar versäumen, wenigstens die grundlegendsten Vorsichtsmaßnahmen zu treffen – wie zum Beispiel sich Name und Geburtsdatum unauslöschlich auf die Stirn zu tätowieren.

In einem Zeitsturm geschehen Ereignisse, die unter normalen Umständen nacheinanderfolgend passiert sind oder passieren werden, plötzlich gleichzeitig. Mit anderen Worten: Menschen werden geboren, leben ein langes und erfülltes Leben, schließen dynamische Lebensversicherungen ab, heiraten, geben für Teppiche ein kleines Vermögen aus, bekommen Kinder, altern in Würde und sterben, und das alles zu ein- und derselben Zeit. Bäume sind gleichzeitig Buchen, Eichen und Bleistifte. Sämtliche Wochentage finden gleichzeitig statt. Die Laufzeit von Lebensversicherungen endet mit Zahlung der ersten Prämie, so daß der Versicherungsbetrag im selben Augenblick in voller Höhe fällig ist. Die Preise für Weine aus besonders guten Jahrgängen stürzen tief in den Weinkeller. Die Relativitätstheorie, die Gesetze der Thermodynamik und selbst Ladenschlußzeiten haben keinerlei Bedeutung mehr. Mit dem Rauchen aufzuhören, fällt zwar leichter als gewöhnlich, ist aber völlig sinnlos.

Die Auswirkungen eines solchen Zeitsturms sind derart verheerend, daß sie ausnahmslos irreparabel sind; und mit einiger Erleichterung konnte die Caernarfon Castle-Kommission berichten, man könne es praktisch als erwiesen ansehen, daß keins der erwähnten Beispiele einer derartigen Katastrophe stattgefunden habe.

Wenn jemand erst einmal in einen solchen Zeitsturm geraten ist, kommt er niemals wieder heraus; und jeder, der diesem Phänomen ausgesetzt ist, muß materiellen Ruin, unheilbare seelische Schäden und einen kostenlosen digitalen Stereo-Radiowecker erleiden.

»Um Himmels willen, wo sind wir?!« schrie Guy.

Auch wenn er es nicht wollte, anscheinend bestand seine einzige Rolle in diesem Leben darin, diese Art von Fragen zu stellen; als würde er von irgendeinem unsichtbaren Geschichtenerzähler als Lückenbüßer mißbraucht.

»Ich weiß es nicht!« brüllte Giovanni zurück. »Finden Sie wirklich, daß das noch eine Rolle spielt?«

*Nein, eigentlich nicht,* gestand sich Guy im stillen ein. *Wahrscheinlich spielt sowieso nichts mehr eine Rolle oder wird jemals wieder eine Rolle spielen. Ich meine, so ist es doch, oder?*

Eine schwache Stimme in seinem Hinterkopf pflichtete ihm bei: *Ja, genauso ist es.*

Zeit und Raum sind natürlich eng miteinander verknüpft. Genannt sei hier nur ein grundlegendes Beispiel: Aufgrund tektonischer Verlagerungen sind die verschiedenen Landmassen nicht mehr dort, wo sie einst waren, und die Leute, die in wertvolle Baugrundstücke investierten, die sich auf dem Landstreifen befanden, der England und Frankreich miteinander verband, haben es schon lange aufgegeben, die Repräsentanten der Beaumont Street-Immobilien, die ihnen dieses Bauland verkauft hatten, zur Rechenschaft zu ziehen, und starben.

Mit anderen Worten: Wo man ist, hängt stark davon ab, wann man ist. Wenn man allerdings mitten in einem Zeitsturm von solchem Ausmaß steckt, daß achthundert Jahre Geschichte wie die Zudecke auf dem Bett der Kausalität zurückgeschlagen werden, ist die ganze Angelegenheit nur noch von rein intellektuellem Interesse, und die einzig wichtige Frage, die sich einem stellt, lautet dahingehend, ob dieser Zustand jemals aufhört oder nicht.

»Was war das?« kreischte Guy pflichtbewußt.

»Siebzehnhundertneunundachtzig«, brüllte Giovanni unter einem Baumstamm hervor. »Haben Sie das nicht erkannt?«

Der gewaltige Schatten, der kurzfristig die Sonne verdeckt hatte, verschwand in der Ferne, wurde zu einem kleinen grellen Fleck auf der Sonnenoberfläche und explodierte wie ein Feuerwerk. Etwa fünfzehn Sekunden später war von weitem ein leises Ploppen zu hören.

»Schade«, sagte Giovanni. »Wir haben in dem Jahr höllische Geschäfte gemacht, ich meine während der Französischen Revolution.«

»Aha«, stellte Guy fest. Er horchte, und ihm fiel auf, daß ein gewisses Geräusch nicht mehr da war. Es war eine ganze Weile zu hören gewesen und immer lauter geworden, was ihm arge Kopfschmerzen bereitet hatte. Falls es nach Guys Erfahrung überhaupt etwas gab, das dem Geräusch auch nur im weitesten Sinne ähnelte, dann hatte es sich wie eine riesengroße Filmrolle angehört, die rückwärts durch den Projektor gezogen worden war.

Er hob den Kopf und blickte sich nach allen Seiten um. Die Erdoberfläche hatte sich merkwürdig verändert.

Das alles mußte sehr schnell vor sich gegangen sein. Eben hatten da noch König Richard und Blondel gestanden, und im Hintergrund waren die in sich zusammensackende Gummiburg und einige Dorfbewohner zu sehen gewesen, und im nächsten Augenblick – nun, danach hatte es unzählige nächste Augenblicke gegeben. Die Kunst hatte darin bestanden, nicht von ihnen getroffen zu werden, während sie voneinander abgeprallt und kreischend durch die Luft geschwirrt waren. Was die Landschaft anging, so hatte sie sich irgendwie in Nichts aufgelöst. Es war, als ob (und der Bibliothekar von Guys dürftigem Phantasiearchiv kicherte hysterisch, als er die Anfrage für diesen Vergleich erhielt) die Welt ein riesiges pastellfarbenes Gemälde wäre, das gerade unter den Wasserhahn gehalten wurde; erst verliefen alle Farben, dann wurden sie einfach weggespült.

»Giovanni, sind Sie noch da?« erkundigte sich Guy ängstlich.

»Das kommt ganz darauf an, welche Kriterien man als Maßstab dafür nimmt«, antwortete Giovanni.

»Wie meinen Sie denn das?«

Zur Veranschaulichung steckte Giovanni Mittel- und Zeigefinger in Guys Augen.

»Jetzt hören Sie doch mal endlich damit auf, immer in Rätseln zu reden, und beantworten Sie einfach meine Frage, Giovanni. Sind Sie noch da oder ...«

»Dann haben Sie das eben nicht gemerkt?«

»Was?«

»Oder das?«

*»Was?«*

»Oder« – Giovanni grunzte vor Anstrengung – »das hier?«

»Würden Sie jetzt bitte aufhören, so ein dummes Zeug zu reden und mir ...?«

Giovanni ließ das Messer fallen und antwortete: »Ein Teil von mir ist hier und ein Teil von Ihnen auch. Der Rest ...«

Beide duckten sich instinktiv, denn es gab drei laute Explosionen, als die Hauptfaktoren der Industriellen Revolution mitsamt ihren Wurzeln ausgerissen und in die Luft geschleudert wurden. Gesprächsfetzen flatterten herab und legten sich, noch leise brabbelnd, rings um sie. Zum Wohl von Guys geistiger Gesundheit unterhielten sie sich nicht in Sprachen, die er verstand.

»Schon gut, vergessen Sie's. Aber würde es denn die Sache irgendwie erleichtern, wenn ich nicht wissen wollte, was hier vor sich geht?«

Giovanni zuckte die Achseln. »Nein. Passiert ist folgendes: Der historische Teil von Ihnen und mir ist sozusagen verdampft. Alles, was von uns noch da ist, ist das, woraus...« Während Giovanni kurz darüber nachdachte, flatterte ein Splitter des Nordamerikanischen Bürgerkriegs wie ein Ahornsamen herab und blieb in seinem Haar stecken. »Na ja, eben das, woraus Sie wirklich bestehen, nehme ich an«, stellte er wenig überzeugend fest. »In Ihrem Fall heißt das Neugier, Angst und ein gewisses Maß an übertriebener Skepsis. In meinem Fall ein starker Selbsterhaltungstrieb, gepaart mit einem extrem ausgeprägten Geschäftssinn. Haben Sie eigentlich eine Ahnung, wie sich das Ganze hier auf die Wechselkurse auswirkt?«

»Ja aber...«

»Sag ich's doch«, stellte Giovanni süffisant fest. »Gleich als ich Sie das erstemal gesehen habe, war mir klar, daß Sie ein typischer Ja-aber-und-dann-drei-Auslassungspunkte-Vertreter sind. Ich hingegen bin eher der Packen-wir's-an-Typ.«

Doch Guy hörte ihm nicht mehr zu. Er blickte nach oben, und er beharrte darauf, daß das, was er da sah, der Himmel war, auch wenn dort gerade der größte Film aller Zeiten lief.

Er begann weit entfernt in der Zukunft und verwendete eine riesige Palette an Bildaufteilungstechniken, wie es sich kein sterblicher Regisseur in seinen kühnsten Träumen hätte vorstellen können. Es gab Billionen winzig kleiner Bildausschnitte, die jeder für sich ein Teilstück eines Gesamtbilds darstellen sollten, das nach Guys Vermutung die Welt war. Und jedes einzelne Aufnahmeteam hatte denselben vermeintlich künstlerisch anspruchsvollen Stil angewandt, bei dem die Kamera die Handlung durch die Augen des Helden hindurch verfolgt. Um alles noch verwirrender zu gestalten (obwohl Guy etliche Leute kannte, die das ›ganz toll‹ gefunden hätten; allerdings trugen diese Leute auch zerschlissene Wolljacken und rauchten Pfeife), lief der Film rückwärts.

Guy sah sich nach Giovanni um, aber der war nicht mehr da. In der Dunkelheit machte er eine kleine Gestalt ausfindig, die im verschwommenen und kahlen Vordergrund vorbeimarschierte. Die Gestalt trug eine Fackel in der Hand und hatte eine Art Tablett vor dem Bauch hängen. Mit widerwilliger Bewunderung erkannte Guy, daß sie Popcorn verkaufte.

Die Filmhandlung ging in atemberaubendem Tempo weiter; und obwohl die Stimmen derart schwach waren, daß er sie praktisch nicht hören konnte, hatte er das Gefühl, dem Inhalt auch so gut folgen zu können. Da war der sechste Weltkrieg; dann die Gründung der Vereinigten Staaten von Ozeanien und der Eurasischen Volksrepublik; die Fußballweltmeisterschaft 2120; die Macclesfield Raketen-Krise; die Wiedereinsetzung der Jakobiner; der Fünfte, Vierte und Dritte Weltkrieg; die Berliner Mauer; der Zweite Weltkrieg …

»Ey, das bin ja ich!« rief Guy erstaunt. Dann verwandelte sich der Bildausschnitt, den er gerade betrachtet hatte, in eine dunkle Fläche, und er hatte keine Lust mehr zum Hinsehen.

Der Film jedoch lief weiter und wurde immer schneller, da eine der beiden Spulen größer als die andere wurde, so daß die Entdeckung von Amerika und die Zurückeroberung von Spanien ineinander überzugehen schienen und aus Apachen im Nu Mauren wurden. Die Mauren verwandelten sich unter den Mauern Konstantinopels in Türken, dann fielen Mongolen über die Steppen Rußlands her, und danach belagerten die Sarazenen Antiochia …

Plötzlich blieb der Film stecken, als hätte sich in der Zuführung des Zeitprojektors ein dickes Haar verfangen; und wie es anscheinend in solch einem Fall immer passiert, riß der Film, und kleine Rauchschwaden stiegen auf …

»Zufrieden?«

»Schon gut«, grummelte eine Stimme aus dem Innern der Gummiburg heraus, »es gibt keinen Grund, solch ein Theater darum zu machen.«

»Dann komm raus.«

Die Gummiburg erbebte beunruhigend. Eins der kleinen Kinder, das noch wenige Minuten zuvor auf ihr herumgetollt war, ließ die Eistüte fallen und begann zu schreien.

»Können wir uns nicht wie vernünftige Erwachsene darüber unterhalten?«

»Nein.«

»Wie wär's mit einem Schiedsgerichtsverfahren?«

»Nein.«

»Sollen wir eine Münze werfen?«

»Nein.«

Die Burg wand sich leicht, wie eine schlechtgelaunte Python. »Bis einer dreimal gewonnen hat, ja?« fuhr die Stimme hoffnungsvoll fort. »Du kannst sogar eine von deinen Münzen nehmen.«

»Nein.«

»Hör mal, das hat wirklich nichts mit dir persönlich zu tun, es ist nur …«

König Richard hob erneut das Schwert und zeigte mit der anderen Hand vor sich auf den Gummiboden. Er lächelte, aber dieses Lächeln hatte mit Fröhlichkeit und Gutmütigkeit ungefähr soviel zu tun wie eine Schreckschußpistole mit einer Haubitze.

»Das … das würdest du nicht …«, stammelte die Burg und schlackerte dabei wie ein mit Zinnen versehener Wackelpeter.

»Du wirst schon sehen.«

»Aber die Archive zu öffnen ... du hast ja keine Ahnung ... Tausende von Jahren ... die passen einfach nicht rein ...«

König Richard riß das Schwert beidhändig hoch und ließ es über dem Kopf kreisen. Dann brachte er es in einer Kreisbewegung nach unten, wobei ein Teil aus dem Himmel herausgeschnitten worden sein mußte. Sekundenbruchteile bevor das Schwert den Boden durchstoßen hätte, bremste er den Schlag ab und geriet dabei selbst arg ins Wanken. Die Burg entspannte sich ein wenig.

»Sehr komisch«, stöhnte sie, und ihre Stimme verriet, daß sie kurz vor einem hysterischen Anfall stand. »Ich wußte doch, daß du es niemals ... Nein!«

Das Schwert schwang sich erneut in die Lüfte.

*»Also gut!«*

Und wo vorher eine Gummiburg gestanden hatte, befand sich nun ein riesiger Torbogen, und dahinter wanden sich kilometerweit Zinnenkränze und bis in die Wolken ragende Wachttürme und Brustwehren und Burggräben und Burghöfe und ...

Und das Tor stand offen.

Etwas fiel aus dem Nichts herab und landete zu Richards Füßen. Es war ein kleiner Messingschlüssel zu einem Sicherheitsschloß, der mit einem zerrissenen Gummiband an ein gammeliges Stück Karton geknotet war. Auf den Karton hatte jemand geschrieben: *el des Larmes Chaudes, falls Rezeption nicht besetzt ist, Schlüssel in Zimmer 47 abgeben.*

Guy hob den Kopf und orientierte sich.

Etwa fünfzig Meter hinter ihm lag das ausgebrannte Wrack seines Flugzeugs. Irgendwie mußte er es geschafft haben, aus diesem Ding herausgekommen zu sein, bevor es in die Luft geflogen war. Ganz schön beeindruckend; eine Schande, daß er nicht die leiseste Ahnung hatte, wie ihm das gelungen war.

Genausowenig wußte er, wo er sich befand. Vermutlich in Frankreich; was bedeutete, daß seine Schwierigkeiten damit noch lange nicht vorüber waren. Mit Sicherheit wäre es eine gute Idee, irgendwo hinzurennen.

»M'sieur!«

Er schaute in die Richtung der Stimme und kam sich ziemlich dämlich vor, als er antwortete: »Was ist denn?«

»M'sieur!« zischte die Stimme erneut. »Allez! Allez vite!«

*Ah ja, Beeilung! Beeilung schnell! Genau das, was ich mir gerade gedacht habe, Miß. Aber in welche Richtung?*

Die Sprecherin der Stimme trat hinter einem Dickicht hervor, und Guy entspannte sich ein wenig; schließlich war es nicht sehr wahrscheinlich, daß die Deutschen siebzehnjährige französische Mädchen in die SS rekrutierten, so daß es sich vermutlich um eine Einheimische handelte, die ihm freundlich gesinnt war.

»Hallo, ich glaube ... ich glaube, ich habe mir den Schädel gestoßen.«

Das Mädchen eilte zu ihm herüber, packte ihn am Arm und schleppte ihn hinter das Gebüsch. *Sehr zweideutig das Ganze,* sagte er sich, *aber wahrscheinlich versteckt sie mich gerade nur vor einer deutschen Patrouille. Ah ja, da kommen ja schon die Deutschen. Lieber nicht reden, solange die noch da sind.*

Als die Soldaten verschwunden waren, half ihm das Mädchen erneut auf die Beine – gerade als er sich einigermaßen wohl gefühlt hatte, aber so sind Frauen nun einmal – und schleppte ihn in einen kleinen Wald. Er folgte dem Mädchen und gab sich redlich Mühe, so wenig wie möglich über die eigenen Füße zu stolpern, bis sie zu einer kleinen Hütte gelangten. Im Fenster brannte Licht. Das Mädchen blieb stehen und warf einen kleinen Stein gegen die Scheibe.

»He, lassen Sie das, Sie könnten die Scheibe einschlagen.«

»Tais-toi, idiot!« zischte das Mädchen (natürlich handelte es sich dabei um ein Zischen allererster Güteklasse, da es im Französischen sehr viel mehr Zischlaute gibt als in den meisten anderen Sprachen). Das Licht ging aus, und die Tür wurde geöffnet.

*Wahrscheinlich will uns der Hausbesitzer einen Denkzettel verpassen.*

»Isoud«, flüsterte eine Stimme in der Dunkelheit, »c'est toi?«

»Si. Gerade angekommen.«

Guy merkte, daß er irgendwie zum Haus geschleppt wurde. Plötzlich tauchte ein junger Mann auf und stützte ihn auf der anderen Seite. Hagerer Typ, hellblondes Haar, Schnäuzer.

Dann schloß der Mann die Eingangstür, und das Mädchen zog die Rollos herunter.

»Etes-vous blessé, m'sieur?« fragte der junge Mann – sind Sie verwundet, Sir? *Ach so, ich verstehe, ob ich okay bin?*

»Mir geht's gut«, antwortete Guy. »Ich glaube, ich habe mir nur den Kopf gestoßen und ...« Dann fiel er in tiefen Schlaf.

Als er wieder aufwachte, erfuhr er, daß der Name des Mädchens Isoud und der ihres Bruders Jean lautete und daß beide bei der Résistance waren. Das Mädchen war sehr hübsch und erinnerte ihn an jemanden, aber ihm fiel um alles in der Welt nicht ein, an wen ...

Aus dem Tor ritt ein gewaltiges Heer.

Darunter befanden sich Ritter, Knappen, Krieger, Landsknechte, Hellebardiere, Kanoniere, Bogenschützen, Armbrustschützen, Arkebusiere, und irgendwo ganz hinten bildeten Pursuivant, Clarenceaux, Mordaunt und White Herald mit fest geschlossenen Augen die Nachhut. Bei jeder militärischen Streitkraft gibt es einen speziellen Truppenverband, dessen einzige Aufgabe darin besteht, sich im Falle eines Hinterhalts krampfhaft in die Seite zu fassen, überzeugend zu schreien und vom Pferd zu fallen. Das ist zwar ein Scheißjob, aber irgendwer muß ihn ja erledigen. Arme Teufel.

An der Spitze des Heers ritt eine Gestalt, die in einer pechschwarz glänzenden Rüstung steckte. Wie es der Gestalt überhaupt gelingen konnte, nicht vom Pferd zu fallen, bleibt am besten der Phantasie überlassen.

Der schier endlose Zug kam zum Stehen, und zwei Trompeter traten vor, um die Verhandlung mit einer Fanfare zu eröffnen. Eine ziemlich verwirrte Sonne glitzerte auf unzähligen pechschwarzen Speerspitzen. Hinter dem Antichristen saßen zwei identisch aussehende Gestalten reglos in ihren Sätteln und blickten zu Boden. Die einzige Möglichkeit, in diesem Stadium gleichzeitig materialisiert zu bleiben, bestand darin, absolut still zu sitzen und nur alle zehn Minuten einmal kurz Luft zu holen.

»So, da wären wir ja alle«, stellte der Antichrist fest.

Richard (der sich von irgendwoher eine recht beeindruckend wirkende Uniform besorgt hatte; wahrscheinlich von einem Waffenschmied mit einem Rüstungsschnelldienst, der sich in einem Zeitsturm verfangen hatte) klappte das Visier hoch und lächelte.

»Du mitsamt deinen siegreichen Horden«, fuhr der Antichrist fort und zählte sie an den fünf Fingern seiner Hand ab, »und ich mit meinen zehntausend geschlagenen, aber noch immer hochmotivierten Geisterkriegern. Eine echte Überraschung, findest du nicht?«

Richard lächelte weiterhin und sagte keinen Ton.

»Hübsches Feuerwerk hast du da eben abgezogen«, sagte der Antichrist mit unverhohlener Anerkennung. »Sieht ganz so aus, als hättest du dort die Zeit um – na, mal sehen – um acht-, neunhundert Jahre zurückgedreht. Toller Trick. Und jetzt hast du gewonnen.«

Richard nickte. »Anscheinend.«

»Also?«

»Also was?«

Der Antichrist beugte sich auf dem Sattel ein Stück vor; und zwar sehr vorsichtig.

Es entstand ein langes vielsagendes Schweigen. Die Natur wartete. Die Zeit horchte.

»Ähm ...«, stammelte Richard verlegen.

Erneut beugte sich der Antichrist auf dem Sattel ein Stück vor, und zwar noch vorsichtiger als zuvor, und sagte: »Entschuldigung, aber ich habe das eben nicht richtig verstanden. Um die Wahrheit zu sagen, bin ich auf dieser Seite etwas taub. Kannst du das noch mal wiederholen?«

König Richard entwickelte plötzlich ein brennendes Interesse für die Fußkappen seiner kettengepanzerten Strumpfhose.

Skeptisch zog der Antichrist eine Augenbraue hoch und fuhr fort: »Ich meine, du mußt doch einen verdammt guten Grund für das alles gehabt haben, nicht wahr? Warum hast du sonst die Zeit um achthundert Jahre zurückgedreht, gedroht, die Archive zu öffnen und das el des Larmes Chaudes in die Knie zu zwingen? Oder besser, in das Knie. Also stell einfach deine Bedingungen, und wir können endlich weitermachen.« Er hielt kurz inne. »Womit auch immer.«

Im Kopf des Königs schien irgend etwas Kompliziertes Gestalt anzunehmen.

»Wenn du mich kurz entschuldigen würdest«, sagte er schließlich – anscheinend sprach er zu seiner kettengepanzerten Strumpfhose –, »dann möchte ich mich mit meinen Begleitern kurz beratschlagen. Ich muß mir erst mal selbst über alles klarwerden. Einverstanden?«

»Geht in Ordnung«, stimmte der Antichrist zu. »Laß dir bloß Zeit.«

Richard trat zwei Schritte zurück und steckte gleich darauf mit Blondel und Guy die Köpfe zusammen. Sofort strömten wie von einem Magneten angezogene Eisenspäne die Galeazzo-Brüder herbei.

»Schnell«, zischte Richard, »laßt euch etwas einfallen.«

»Was denn?«

»Irgendwas, was ich denen sagen kann«, flüsterte Richard. »Irgendwelche Forderungen oder so was in der Richtung. Beeilung!«

Für eine Weile herrschte betretenes Schweigen.

»Wie wär's mit ...«, setzte Guy schließlich an. »Nein, das wäre nichts ...«

Fünf Stimmen versicherten ihm eifrig, daß er bestimmt eine gute Idee habe und er sie ihnen nur erzählen müsse. Nach eingehender Beratung wurde Guys Vorschlag schließlich einstimmig angenommen.

Kurz darauf trat Richard wieder vor.

»Fertig?« erkundigte sich der Antichrist.

»Ja«, sagte Richard, wobei er sich hilfesuchend nach hinten umblickte. »In gewisser Weise ... ja. Fertig.«

»Und?«

»Nun, wir verlangen – und wir werden keine abschlägige Antwort akzeptieren, also kein Nein, nur ein Ja ...«

»Ja?«

»Wie bitte?«

»Du wolltest gerade irgend etwas von mir verlangen.«

»Ach ja, stimmt. Wir bestehen darauf, daß du ... ähm ...«

»Ja?«

»Unternimm endlich etwas dagegen, daß es im Dezember nicht immer so früh dunkel wird«, stieß Richard hervor. Das Visier war ihm dabei heruntergeklappt, wodurch seine Stimme stark gedämpft worden war. Offensichtlich hatte er dennoch keine Eile, etwas dagegen zu unternehmen.

Der Antichrist blinzelte mit den Augen. »Einverstanden.«

»Ich meine, das ist wirklich eine Schande«, grummelte Richard.

»Da stimme ich dir völlig zu«, log der Antichrist. »Und was genau sollen wir nun tun?«

»Wie bitte?«

»Na, mit den langen Winterabenden«, fuhr der Antichrist mit vorgetäuschter Geduld fort. »Ich meine, willst du mehr Sonne im Winter haben? Dadurch würden zwar diese schönen Kornkreise versaut, aber was soll's? Oder möchtest du im Sommer lieber weniger Tageslicht haben, was ...«

»Das ist doch wohl eher dein Problem«, unterbrach in der König rasch. »Unternimm einfach was dagegen, klar?«

»In Ordnung.«

»Gut, das war's dann.«

Der Antichrist beugte sich noch weiter vor, bis er mit den Rippen fast auf den Ohren des Pferdes lag. »Wie? Das soll schon alles gewesen sein? Kürzere Winterabende?« fragte er ungläubig. »Dieses ganze Theater hast du nur dazu veranstaltet, um kürzere Winterabende zu kriegen?«

Giovanni drängte sich vor. »Nun machen Sie schon«, forderte er Richard auf und stieß ihm dabei kräftig in die Seite. »Sagen Sie's ihm. Erzählen Sie ihm von der Kalenderreform.«

»Ach ja!« Richard gab sich mit leicht gekünstelter Stimme überrascht. »Das hätte ich ja fast vergessen. Aber sagen Sie's ihm lieber«, bat er Giovanni verzweifelt.

Zwar hatte Giovanni das Gefühl, sein Gaumen bestehe aus Leder, dennoch gab er sein Bestes, als er sagte: »Wir verlangen, daß irgendwas mit dem Kalender unternommen wird. Ich meine, das Ding ist die reinste Schande.«

»Recht hat er!« dröhnte Richard durch das Visier hindurch. »Ein Skandal ist das!«

»Geradezu infam«, stimmte Blondel zu.

»Unerhört!«

»Und wir lassen uns das nicht mehr länger bieten!«

»Das kannst du wohl laut sagen, Guy.«

»Wir sind doch nicht ...«

»Ruhe!«

»Wie bitte?«

»Ist ja gut«, besänftigte der Antichrist die aufgebrachten Gemüter. »Und jetzt sagt mir endlich, worum es überhaupt geht.«

»Ich meine«, fuhr Giovanni fort und erweckte dabei den Eindruck, als hätte jemand seine Zunge mit dem Schlüssel aufgezogen, »einige von deinen Monaten sind einunddreißig Tage lang, andere dreißig und einer sogar nur achtundzwanzig. Überleg doch nur mal, was für ein Chaos das bei den Uhren verursacht.«

»Bei den Uhren?«

»Ja, du hast mich schon ganz richtig verstanden«, fauchte Giovanni. »Kalenderuhren. Wie soll so eine dämliche Maschine wissen, welcher Monat achtundzwanzig Tage hat und welcher ...«

»Und dann gibt es noch diese Schaltjahre«, mischte sich Blondel unterstützend ein. »Ich nehme an, da hat mal jemand eine ganz besonders tolle Idee gehabt.« Zwar hatte er sich redlich Mühe gegeben, in seinem Stimmenrepertoire einen rüden Tonfall zu entdecken, was ihm aber letztendlich nicht gelungen war.

»Also gut, kürzere Winterabende und eine Kalenderreform«, faßte der Antichrist zusammen. »Ich sehe da kein Problem. Ich meine, es könnten ein paar Schwierigkeiten auftreten, wenn wir dazu die Mondumlaufbahn leicht korrigieren müssen, aber wenigstens soll später niemand behaupten können, wir hätten es nicht versucht. Bist du dir sicher, daß es nicht noch etwas anderes gibt, Richard? Etwas«, zischte er bösartig, »das fast genauso wichtig ist?«

»Nun ... ähm ...«

»Ich meine«, krächzte der Antichrist mit unangenehm schriller Stimme, »wenn du alles das« – er deutete zum Horizont – »dem Boß erklären mußt und ihm sagst, du hättest das ganze Theater nur veranstaltet, um den Kalender in Ordnung bringen zu lassen und um im Dezember eine Extrastunde vor der Verdunkelung zu bekommen, dann, so fürchte ich, könnte er schon ziemlich sauer reagieren, oder meinst du nicht?«

Wie aufs Stichwort verdunkelte sich der Himmel, und die Wolken zogen sich wie gewaltige Augenbrauen zusammen. Der Antichrist grinste breit übers ganze halbe Gesicht.

»Ich meine, jemand da oben könnte sehr viel weniger tolerante Ansichten darüber haben als ich«, fuhr er hämisch fort. »Worte wie ›Aufrührer‹ oder ›Unruhestifter‹ könnten fallen und das …«

*HALT'S MAUL!*

»Wer hat das gesagt?« fragte Guy; schließlich sollte ihm später niemand den Vorwurf machen können, er habe seine Aufgabe als Fragesteller nicht ernst genug genommen.

*ICH, DU WITZBOLD.*

»Wie kriegst du das hin, ohne dabei die Lippen zu bewegen …?«

*UND WAS DICH ANGEHT, SO SOLLTEST DU LIEBER AUFHÖREN, SO DÄMLICH ZU GRINSEN.*

Der Antichrist blickte zum Himmel empor und sackte in sich zusammen. Dann glitt er wie ein öliger Regentropfen vom Pferd.

*DU SOLLTEST DICH WAS SCHÄMEN, DICH DERART AUFZUSPIELEN! UND BEVOR DU NOCH MEHR UNHEIL ANRICHTEN KANNST, LASS UNS ENDLICH DIESEN MIST DA UNTEN IN ORDNUNG BRINGEN, UND DANACH WILL ICH NIE WIEDER ETWAS DAVON HÖREN, IST DAS KLAR?*

»Aber ich …« Der Antichrist klammerte sich verzweifelt an der Stelle in der Luft fest, wo eben noch sein

Pferd gestanden hatte, bevor es vom Blitz getroffen worden war und sich in nichts aufgelöst hatte. Das, so fiel ihm ein, war eindeutig ein Hinweis. Ein verdammt guter Hinweis sogar.

Guy beugte sich vor und flüsterte Giovanni ins Ohr: »Ist das etwa das, was man den *Deus ex machina* nennt?«

»An Ihrer Stelle würde ich das lieber nicht fragen«, flüsterte Giovanni zurück.

»Na gut, dann verraten Sie's mir eben nicht«, antwortete Guy beleidigt. »Wenn mir hier keiner sagen will, was hier vorgeht, dann macht doch alle, was ihr wollt! Ihr könnt mir alle mal den Schuh aufblasen!«

Am Himmel bauschten sich gewaltige Kumuluswolken auf.

»Und für dich da oben gilt das auch!« schrie er wutentbrannt.

Plötzlich war er allein da. Doch handelte es sich dieses Mal nicht um einen erneuten Zeitrutsch oder dergleichen; es lag einfach daran, daß alle rasch zu der Überzeugung gelangt waren, daß es sehr viel vernünftiger wäre, woanders zu sein.

WAS HAST DU GESAGT?

»Ich habe die Schnauze voll!« brüllte Guy. »Ich will nach Hause! Und ich lasse mir nie wieder von irgend jemandem etwas sagen!«

Für eine ganze Weile herrschte absolute Stille. Einige Meter links von Guy begann ein kleiner Dornbusch leicht zu brennen.

DU WILLST DIR ALSO NIE WIEDER VON JEMANDEM ETWAS SAGEN LASSEN?

»Ja, und ich mache da nicht mehr länger mit, kapiert?« Er drohte dem Himmel mit geballten Fäusten; erst als er merkte, wie lächerlich er aussehen mußte, ließ er die Hände sinken und jammerte: »Wenn du einen Hut trügst, dann …«

NA GUT.

»Wie bitte?«

*ICH HABE GESAGT, NA GUT. DU WILLST WISSEN, WAS HIER VORGEHT, UND ICH WERDE ES DIR JETZT ERZÄHLEN. BIST DU BEREIT?*

»Na ja, ich … ähm …«

*AM ANFANG SCHUF …*

»Er schläft«, sagte Blondel.

»Gut«, antwortete Isoud, die gerade mit viel Kraftaufwand gekochte Kartoffeln zerstampfte. »War das wirklich nötig, ihm solch einen kräftigen Schlag zu verpassen?«

»Wenn er sich einbildet, daß er eine Gehirnerschütterung hat, dann …«

»Er hat eine Gehirnerschütterung.«

Blondel schenkte sich ein Glas Wein ein und hielt es gegen das Licht. »Dann laß es mich anders ausdrücken. Wenn er sich einbildet, er hätte sich die Gehirnerschütterung beim Aussteigen aus dem Flugzeug geholt, dann wird er sich nicht wundern, daß er sich an nichts mehr erinnern kann. Besser geht's nicht« fügte er hinzu. »Santé.«

Isoud schüttete etwas Milch in die Kartoffeln. »Weißt du, er kommt mir viel netter vor als früher.«

»Das liegt bestimmt daran, daß er sich wegen seiner Gehirnerschütterung nicht richtig ausdrücken kann«, wandte Guy verschmitzt lächelnd ein. »Mir ist längst aufgefallen, daß ihr Frauen auf solche bewußtlose Typen steht. Ich nehme an, das kehrt die Versorgungsinstinkte in euch hervor. Möchten Sie auch etwas trinken, Sir?« fragte er den Mann, der in einer dunklen Ecke des Zimmers saß.

»Nein, vielen Dank, aber für mich ist das nichts«, antwortete der Mann. »Nun, das wär's dann wohl für heute, oder was meinst du, mein Junge?«

»Mehr oder weniger, ja«, stimmte Blondel ihm zu. »Ach, und vielen Dank, daß Sie uns hier abgesetzt haben. Dadurch wird für Guy und Isoud alles sehr viel leichter.«

»Keine Ursache«, winkte Richard ab. »Letztendlich müssen die selbst wissen, was sie aus ihrem Leben machen.« Er zuckte mit den Achseln und fügte schmunzelnd hinzu: »Ganz im Gegensatz zu uns.«

»Ah ja, schön. Danke auch«, sagte Guy.

*HAST DU JETZT DIE GRUNDSÄTZLICHE IDEE VERSTANDEN, DIE DAHINTERSTECKT?*

Guy rieb sich die Augen. »So einigermaßen jedenfalls. Nur ...«

*MMM?*

»... nur diese Stelle mit dem Wal ist mir noch schleierhaft. Ich meine, ich habe mich das schon oft gefragt. Weißt du, so wie ich es immer verstanden habe, können Wale keine Menschen verschlingen, weil sie diese komische Barten – oder wie diese Dinger heißen – im Rachen haben. Wie kann es dann angehen, daß ...?«

*DAS IST NUR SO EIN ... EIN DINGSBUMS.*

»Dingsbums?«

*NA, FÄNGT MIT M AN. METRONOM, NEIN, METAPHER. GENAU, DAS IST EINE METAPHER.*

»Aha.« Guy dachte kurz nach. »Und so was ist erlaubt?«

*ABER SICHER. EINE METAPHER IST EINE VÖLLIG LEGITIME BILDHAFTE ÜBERTRAGUNG.*

»Gut, gut, ich wollte damit auch nur zu verstehen geben, daß ich ...«

*WAS HÖRST DU DIR DENN LIEBER AN, EINE NETTE GESCHICHTE MIT EINEM HAPPY-END UND EINEM STARKEN BEZUG ZUR TIERWELT ODER EINE DREISTÜNDIGE REDE, GESPICKT MIT METAPHYSISCHEN FACHAUSDRÜCKEN WIE KONTRAINTUITIONISMUS ODER NEOTRANSSUBSTANTIATION? MANCHMAL KANN MAN ES DEN MENSCHEN ABER AUCH NIE RECHT MACHEN.*

»Danke schön«, sagte Guy. Im Zweifel solle er einfach nur ›Danke schön‹ sagen, hatte ihm sein Mutter geraten, das verstünden alle. »Ähm, ich ...«

*WAS DENN NOCH?*

»Tut mir leid, und ich will auch wirklich nicht unhöflich erscheinen, aber ich …«

*BEVOR DU FRAGST, HIER EINE ANDERE METAPHER.*

»Wieso denn? Ich …«

*PASS AUF, WAS GANZ LOGISCHES. ALSO, SELBST WENN MAN IN DER LAGE GEWESEN WÄRE, EINEN HIMMELHOHEN TURM ZU BAUEN, HÄTTEN SICH DIE MENSCHEN DAZU DOCH AUF IRGENDEINE WEISE MITEINANDER VERSTÄNDIGEN MÜSSEN, DENN WIE HÄTTEN SIE IHN SONST ERRICHTEN KÖNNEN? DENK MAL DRÜBER NACH. MAN HÄTTE EINE GRUPPE GEBRAUCHT, DIE DAS FUNDAMENT AUSHEBT, EINE ANDERE, DIE MIT DEM LOT …*

»Nein, ich wollte dich eigentlich fragen, wer …«

*ACH, VON WEGEN ›LOT‹. KENNST DU DIE GESCHICHTE VON LOTS WEIB?*

»Jaja, ich kenne das alles und finde das auch ganz prima, ich …«

*HEISST DAS, IN WIRKLICHKEIT GLAUBST DU ALLE DIESE GESCHICHTEN …?*

»Ja! Was ich dich fragen wollte, ist …« Guy sammelte sich innerlich, was ihm sehr viel leichter fiel, als er es sich vorgestellt hatte, dann sagte er: »Du bist gar nicht Gott, stimmt's?«

Ein leises Rascheln war zu hören, als sich jemand in dem noch immer brennenden Dornbusch bewegte und fragte: »Wie bist du darauf gekommen?«

Ein kleiner weißer Gnom mit einer Glatze und angesengten Augenbrauen kroch aus dem Busch, klopfte sich den Staub ab und streckte Guy eine rußige Hand entgegen.

»Ich bin Melroth der Polarstern«, stellte er sich vor. »Schön, dich mal persönlich kennenzulernen, Guy. Jetzt weißt du auch«, fügte er hüstelnd hinzu, »warum Engel immer Weiß tragen. Asbest.«

»Ich hoffe, du bist nicht sauer.«

»Kein Stück. Ich bin heilfroh, endlich aus dem Ding raus zu sein.« Der Dornbusch fiel zu einer weißen

Staubwolke zusammen. »Aber egal, wo waren wir eben stehengeblieben?«

»Na ja, eigentlich will ich wissen, ob du ... Ich meine, kann ich wirklich davon ausgehen, daß du im Besitz aller Vollmachten bist ...?«

Melroth blickte ihn geistesabwesend an, dann zuckte er leicht zusammen. »Du mußt schon entschuldigen, aber ich bin mit meinen Gedanken manchmal ganz woanders. Hier, mein Ausweis.« Er zeigte Guy eine kleine Plastikkarte mit einem unscharfen Foto, das halb von einem roten Stempel verdeckt wurde. Das reichte, um Guy davon zu überzeugen, daß der Ausweis echt war.

»Er konnte leider nicht selbst kommen«, fuhr Melroth fort. »Ich weiß, eigentlich wäre das seine Aufgabe gewesen, aber so einfach ist das nicht. Er kann nun mal nicht allgegenwärtig sein, nicht wahr? Na ja, eigentlich kann er das natürlich schon, aber ...«

»Danke schön«, sagte Guy artig. »Aber jetzt zu diesem Zeit-Thema.«

»Ja?«

»Findest du nicht, wir sollten ...«

»Wart mal eine Sekunde«, unterbrach ihn Melroth. Er schaute auf seine Uhr und machte auf einem Klemmbrett ein paar Notizen. Das Klemmbrett war aus glühendem Gold und aus dem Nichts erschienen, und dennoch handelte es sich eindeutig um ein Klemmbrett. Plötzlich hatte Guy das Gefühl, etwas sehr Grundsätzliches über das Wesen der Zeit verstanden zu haben.

»Fertig, schieß los«, forderte Melroth ihn auf.

»Zeit«, sagte Guy und holte tief Luft, »ist im Grunde ein ziemliches Durcheinander, nicht wahr?«

»Na ja, ich weiß nicht recht«, reagierte Melroth unentschlossen, »aber in gewisser Weise hast du wohl recht.«

»Wäre es denn nicht viel einfacher, wenn es nur noch eine Sorte Zeit gäbe?« fuhr Guy fort, und er sprach langsam, damit sich Melroth Notizen machen konnte.

»Eine, die alle Menschen verstehen können. Mit Stunden, Minuten und Sekunden und wo alles nacheinander passiert und dann nie wieder. Wo es keine Archive, keine Zeitmanipulationen und all das gibt. Keine Zeitreisen, keine Zeitstürme, einfach nur Zeit.« Nach einer Pause fügte er hinzu: »Ich bin mir sicher, das würde alles für euch und auch für uns sehr viel leichter machen.«

Nach langem Schweigen kratzte sich Melroth schließlich an der Nase, dann sagte er: »Interessante Idee, aber nein, würde nicht funktionieren, schon wegen Behördenträgheit. Außerdem würden das die Gewerkschaften niemals hinnehmen. Dann gibt es vertragliche Verpflichtungen. Die Aufwandskosten für ein solches Großprojekt wären viel zu hoch, zumal wir unter Budgetkürzungen leiden. Mhm ...«

»Bist du dir sicher?«

»Es besteht kein Bedarf. Die öffentliche Meinung spricht gegenwärtig auch dagegen. Wir haben es in der Vergangenheit schon mal versucht, und es hat sich als nicht durchführbar herausgestellt. Von hochqualifizierten Spezialisten erstellte Forschungsberichte haben das bewiesen. Zudem sprechen verfassungsrechtliche und andere nicht näher zu bestimmende Gründe dagegen.«

»Ach, wirklich?«

»Hör zu« – Melroth schrumpfte sichtbar zusammen, und die Ärmel seiner Robe rutschten ihm noch tiefer über die Handgelenke –, »du bist bei weitem nicht der erste, der so etwas vorschlägt, verstehst du? Es ist nur so ...«

»... daß jemand vor langer Zeit Mist gebaut hat, und jetzt will das niemand zugeben, stimmt's?« half Guy ihm auf die Sprünge.

Melroth nickte.

»Schön, dann ist es doch egal. Keiner weiß was davon, also braucht auch keiner jemals etwas davon zu erfahren. Du brauchst einfach alles nur... irgendwie wieder in Ordnung zu bringen, und das war's schon. Verstehst du, was ich meine?«

Melroth blickte ihn skeptisch an. »Hältst du das für gut?«

»Ja.«

»Mhm.«

Guy quetschte den letzten Tropfen Entschlossenheit aus der schwammartigen Masse, in der sich sein restlicher Verstand befand. »Ich meine, die Gelegenheit ist günstig, und du solltest sie nutzen. Denk mal drüber nach.«

»In Ordnung.«

»Ich weiß, das ist leichter gesagt als getan ...« Guy riß die Augen auf. »Was hast du eben gesagt?«

»Ich habe gesagt, in Ordnung«, wiederholte Melroth. »Zufrieden?«

»Ja, das ist ... das ist wirklich prima«, stammelte Guy überrascht. »Danke schön.«

»Ich will damit sagen«, fuhr Melroth nervös fort, »daß wir durchaus darauf hören, was die Bewohner, ich meine, was die Normalsterblichen uns erzählen. Das landet nicht einfach alles irgendwo in einem großen Schuhkarton. Na ja, nicht ganz. Jedenfalls müssen wir den etwa einmal im Monat ausleeren, und dabei fällt natürlich das ein oder andere heraus. Wir heben das dann aber auf und lesen uns auch durch, was da steht, und ... ich meine, es gibt durchaus eine Reaktion unsererseits. Ganz bestimmt.«

»Das klingt ja wirklich sehr beruhigend«, seufzte Guy.

»Schön, dann verstehen wir uns ja richtig.«

»Absolut.«

»Tja, dann muß ich wohl ...« Melroth zögerte. Heutzutage passiert es nur noch sehr selten, daß ein Engel etwas tun muß, was er noch nie zuvor getan hat, und er war ziemlich nervös. Schließlich schloß er die Augen und holte tief Atem. »Danke.«

»Keine Ursache«, antwortete Guy, »stehe zu jeder Zeit zur Verfügung.«

»Jeder was?«

»Zeit.«

»Ach so«, seufzte Melroth, »*die* alte Geschichte.«

Ein Handwagen bewegte sich langsam durch eine unendliche kahle Landschaft.

Gezogen von einem einbeinigen, einarmigen und halbgesichtigen Humanoiden, der trotz seiner beschränkten Mittel sein Bestes gab.

In dem Handwagen lag ein buntbemalter großer Gummisack, dahinter gingen ein paar Männer, die Kisten trugen.

Die Beamten der Zentralregierung können aus naheliegenden Gründen nicht den Arbeitsplatz verlieren, aber man kann ihnen ein anderes Arbeitsfeld zuweisen, ihnen Überstunden streichen, sie degradieren und – in extremen Fällen – versetzen.

Von den Mitarbeitern des el des Larmes Chaudes waren etwa neunzig Prozent in die Behörde für Landschaftspflege versetzt worden, wo sie von nun an Sterne blankpolieren und nach interstellaren Konferenzen Schwarze Löcher gründlich saubermachen mußten. Sie hatten es gut getroffen.

»Chef?«

Der Antichrist blickte sich nach hinten um und erkannte unter Tonnen von Akten und einer Schreibmaschine Pursuivant.

»Was willst du?«

»Was genau werden wir machen, wenn wir erst mal dort sind?«

»Halt's Maul!«

»Ja, Chef.«

Die nächste Viertelstunde, während Mordaunt (wahrscheinlich mit Absicht) die Kiste fallen ließ, in der sich das Faxgerät befand, und Mountjoy über das Spiralkabel des Ventilators stolperte, sagte niemand einen Ton. Dann sahen sie es; es lag jetzt ausgestreckt vor ihnen wie ein aufgebauschter Himmel.

»Ach, du dicke Scheiße!« stöhnte Pursuivant.

»Damit eins klar ist«, fauchte der Antichrist und ließ vor Wut die Deichsel los, die ihm auf den großen Zeh knallte, »so etwas will ich ab sofort nicht mehr hören! Außerdem, finde ich«, fügte er niedergeschlagen hinzu, »sieht es doch gar nicht so schlimm aus.«

»So?«

»Ja.«

»Na denn.«

Papst Julius hatte es natürlich leicht gehabt. Da er de facto ein unheilbares zeitliches Paradoxon gewesen war, hatte er einfach aufgehört zu existieren. Schwein gehabt.

Sie hatten bereits eine ganze Weile am Eingang gewartet, als endlich der Hausmeister mit drei großen Dosen blauer Farbe und sechs Pinseln in den Händen herauskam. Er grinste wie eine rissige Wand.

»Ach, da sind ja die Jungs, die so gern das Blaue vom Himmel herunterlügen.«

Die anderen beachteten ihn nicht.

Mit einem unangenehmen Kichern, das noch am ehesten einem verstopften Abflußrohr glich, knallte er ihnen die Sachen vor die Füße und sagte: »Dann legt mal los, Jungs. Und paßt mir bloß auf die Stellen an den Rändern auf. Dort sitzt ziemlich viel Schimmel. Wahrscheinlich müßt ihr den erst mal abkratzen und dann die Löcher zuspachteln, bevor ihr anfangen könnt.«

Der Antichrist antwortete nicht. Irgendwo auf der anderen Seite dieses Anwesens vergnügte sich der Rest seiner einstigen Untergebenen mit freizeitähnlichen Arbeiten, indem sie hier und da mal etwas Glitzerkram an einen Stern klebten und hin und wieder einen Roten Zwerg polierten. Falls ihm jemals wieder dieser verdammte de Nesle in die Hand fallen sollte, dann… Jedenfalls gäbe das ganz schön Ärger.

Der Hausmeister übergab ihnen die Schlüssel zu dem winzigen Schuppen, der für die nächste … für eine lange Zeit ihr neues Zuhause sein sollte, und verschwand kichernd in der unendlichen Weite. Die Männer vom el standen reglos da und starrten mit offenen Mündern auf den Horizont; ähnlich wie der spanische Konquistador Cortés den Pazifik angegafft hätte, wenn ihm gerade gesagt worden wäre, er müsse zu Fuß nach Hause gehen.

»Na, dann wollen wir mal«, unterbrach der Antichrist die ehrfürchtige Stille. Er nahm sich ein Taschentuch und hielt es zwischen den Zähnen fest, während er mit der Hand in die Ecken Knoten machte. Dann setzte er es sich auf den Kopf. »Je eher wir anfangen, desto …«, begann er, doch seine Stimme schien vor der schier unermeßlichen Weite zu kapitulieren, die sich vor ihnen ausbreitete. »Was soll's?«

Dann begannen er und die anderen damit, den Himmel zu streichen.

Das Geschworenenzimmer des Vereinigten Weltgerichtshofs.

»Und für wen ist das Hühnerklein?« rief der Obmann. Elfhundertachtundneunzig Geschworene schüttelten der Reihe nach den Kopf; dann stieß jemand den elfhundertneunundneunzigsten an, der die ganze Zeit aus dem Fenster geschaut hatte. Der Mann drehte sich um, sammelte sich und sagte: »Entschuldigung, aber ich war gerade mit meinen Gedanken ganz woanders.«

»Gut, aber Sie sollten es essen, solange es noch heiß ist«, riet ihm der Obmann.

Die Umgangsformen, die sich im Verlauf der letzten achtzig Jahre im Geschworenenzimmer entwickelt hatten, waren, gelinde gesagt, äußerst eigenartig. Nur Mr. Troon und Mrs. Cartagena stammten noch von der ursprünglichen Geschworenenliste, alle anderen gehörten bereits der zweiten, dritten oder sogar vierten Generation an. Falls Mr. Troon sterben sollte – und er lag bereits seit sechs Monaten im Koma, der alte Mistkerl –, wäre zwar niemand mehr da, der die ursprünglichen Zeugenaussagen gehört hatte (Mrs. Cartagena hatte nach eigenem Bekunden während des gesamten Verlaufs des Prozesses stets geschlafen), doch war das völlig belanglos. Ob der Angeklagte schuldig oder unschuldig war, war mittlerweile sowieso eher eine Glaubensfrage, was allerdings weniger daran lag, daß die Geschworenen verschiedenen Glaubensgemeinschaften, sondern vielmehr verschiedenen Sippen angehörten. Die Hintergründe für die zunehmende Verhärtung der Positionen lassen keine einfache Erklärung zu; doch im Grunde fing alles damit an, daß jede Weiterführung der Beratungen Zeitverschwendung war, solange sich die Macdonalds weigerten, neun ihrer ursprünglichen zwölf Sitze abzutreten, und die Battistas an ihrem Recht festhielten, sich als erste belegte Brötchen aussuchen zu dürfen.

Stephen Ogilvy der Dritte (soweit sich alle erinnern konnten, war das Amt des Obmanns in der Ogilvy-Familie weitervererbt worden) klopfte mit dem Griff eines Messers energisch auf den Tisch und wurde dafür mit dem üblichen Schweigen belohnt.

»Also gut«, sagte er, wie es bereits vor ihm sein Vater und dessen Vater gesagt hatten, »sind die Anwesenden zu einem Urteil gekommen?«

Elfhundertneunundneunzig Stimmen antworteten ihm, und läuteten somit die Essenszeit ein. Am hinteren Tischende verkündete die Gerichtshebamme, daß soeben ein Neugeschworenes geboren worden und in die Liste eingetragen sei.

Unterdessen lagen die Galeazzo-Brüder in einer Kellerzelle regungslos auf ihren Pritschen und dachten verbittert über die Tatsache nach, daß sie längst ihre Zeit abgesessen hätten und bereits seit zweiundsiebzig Jahren freie Menschen gewesen wären, wenn man sie von vornherein für schuldig befunden hätte. Doch hatte jemand gleich zu Beginn des Prozesses geäußert, daß bei einer Anklage wegen unrechtmäßigen Herummanipulierens am Zeitgefüge die Interessen der Justiz nur dann gewahrt werden könnten, wenn sichergestellt werde, daß die Nichtverhängung einer Strafe wirklich der Schwere des Verbrechens entspräche.

»So, das war's«, seufzte Blondel erleichtert.

König Richard lächelte ihn an und bürstete sich Konfetti aus den Haaren. »Jedenfalls bist du sie jetzt los, mein Sohn.«

Blondel nickte. »Das war aber auch ein hartes Stück Arbeit. Haben Sie sich schon entschieden?«

»Wozu?«

»Was Sie als nächstes vorhaben.«

»Ich denke, ja«, antwortete der König. Er setzte sich an einen der Tische und beobachtete, wie die Hochzeitslimousine auf dem Kopfsteinpflaster der Dorfstraße holpernd davonfuhr. »Ich habe in der Zeitung eine Anzeige entdeckt, in der eine kleine Tierhandlung in Poitiers zum Verkauf angeboten wird, und mich schon darauf gemeldet. Allmählich halte ich es nämlich für angebracht, mich irgendwo niederzulassen und Ratten zu züchten.« Er blickte in seine Brusttasche, gab einen gurrenden Laut von sich und fügte hinzu: »Findest du nicht auch, George?« Zwei kleine braune Augen erwiderten seinen Blick.

»Kann man denn mit Ratten Geld machen?« erkundigte sich Blondel neugierig.

»Nein, aber was soll's?« antwortete der König.

»Das ist wohl wahr«, pflichtete Blondel ihm bei. »Auf alle Fälle haben wir diese Feier überstanden, und ich kann mir endlich diesen dämlichen Kragen aufknöpfen.« Er lächelte, setzte sich auf die Tischkante und öffnete den Kragen.

König Richard schenkte sich den restlichen Champagner ein und fragte: »Und was ist mit dir, mein Sohn? Hast du schon irgendwelche Pläne?«

Blondel schüttelte den Kopf. »Mit dem Leben verhält es sich nun mal so, daß es …«

»Ja?«

»… na ja, daß es eben eine furchtbare Menge davon gibt, und das letzte, was ich will, ist, zeit meines Lebens daran beteiligt zu sein. Ich meine, warum sollte man nicht schon zu Lebzeiten mit normalen Lebensgewohnheiten brechen können?«

Richard seufzte. »Ich glaube nicht, daß du von dir behaupten kannst, nie daran beteiligt gewesen zu sein, Jack. Im Gegenteil, mehr als alle anderen sogar.«

»Sicher, aber das ist ja nun aus und vorbei. Schließlich ist alles, was ich an der Weltgeschichte verpfuscht habe, gestrichen worden, und zwar ratzekahl. Und das heißt, ich bin ein – wie nennt man das doch gleich? – ein Anathema. Doch bleibt es auch dabei, solange ich noch hier bin? Ich bin mir da nicht sicher.«

»Wie kommst du darauf?« fragte Richard.

Unter der Zeltplane, die fast über den ganzen Dorfplatz gespannt worden war, übergab sich im Schatten eines krummen Maulbeerbaums ein kleines Kind, das die Aufregung offenbar nicht verkraftet hatte.

Blondel lag nun mit dem Rücken auf dem Tisch und musterte seine Fingernägel. »Denken Sie doch mal drüber nach, Richard. Sie waren nur das Opfer. Ich bin derjenige gewesen, der das ganze Chaos erst verursacht hat. Ich bin es gewesen, der überall umhergezogen ist und *L'Amours Dont … L'Amours …* Dingsbums die ganze Zeit gesungen hat.«

»*L'Amours Dont Sui Epris*«, half ihm Richard.

»Genau, so heißt das Ding. Ich habe sogar schon vergessen wie es geht, dieses *L'Amours Dont …* ach, ist auch egal, wie das Lied heißt, denn gemocht habe ich es sowieso nie sonderlich.«

»Im Ernst?«

»Ja. Dieser Teil in der dritten Strophe. *Dam dam dadam …* Wie geht das noch mal? Können Sie sich an die Melodie erinnern?«

Richard schüttelte den Kopf. »Tut mir leid.«

»Ach, zum Teufel damit, schließlich ist es nur ein Lied, und nicht mehr. Eines Tages wird jemand ein anderes schreiben, nehme ich an. Jedenfalls hatte ich immer das Gefühl, daß es mit *Ma Joie Me … Me …* also, mit diesem anderen Lied überhaupt nicht zu vergleichen ist.«

»Welches Lied meinst du denn, Jack?«

»Ich kann mich nicht mehr daran erinnern.«

Für eine Weile saßen die beiden schweigend da, und während Richard in Gedanken versunken war und Blondel ins Leere starrte, machten sich die letzten Verwandten und Freunde auf den Nachhauseweg. Ein Hochzeitsgast eilte herbei und teilte ihnen mit, er sei von einem Grünen-Wahlhelfer aufgehalten worden, der ihm stundenlang etwas von gefährdeten Seevögeln vorgefaselt habe. Als man ihn darauf hinwies, daß er die Hochzeitszeremonie und den anschließenden Empfang verpaßt habe, stampfte er wütend davon.

»Was soll's?« seufzte Blondel irgendwann.

»Was soll's?« stimmte ihm Richard zu, dann fuhr er fort: »Sag mal, bist du eigentlich irgendwann schon einmal darauf gekommen, daß du der reichste Mensch aller Zeiten wärst, wenn du für deine geleisteten Überstunden Lohn nachfordern würdest?«

»Nein.«

»Na gut«, seufzte Richard und nickte ein.

Blondel lag noch eine Weile schweigend da und blickte auf die fernen Zinnen des el de Nesle. Obwohl er sich an keine Einzelheiten erinnern konnte, schwante ihm, dort vor ewiglanger Zeit gewohnt zu haben. Und während ihm dieser Gedanke durch den Kopf schoß, hatte er das Gefühl, jemanden in einem der vielen kleinen Türme ein Lied singen hören zu können, das er von früher kannte.

*»L'amours dont sui epris*
*Me semont de chanter;*
*Si fais con hons sopris;*
*Qui ne puet endurer.*
*Et s'ai je tant conquis …«*

Blondel seufzte und stand schmunzelnd auf. Am Fuß der Festung materialisierte eine niedrige Tür und öffnete sich.

Er spazierte hindurch, die Hände in den Taschen, und sang.

HEYNE BÜCHER

# Terry Pratchett

»Pratchetts Romane - der Stoff, aus dem Kultromane gewoben sind.« PUBLISHERS WEEKLY

»Wirklich witzige Bücher sind rar. Und diese Romane sind nicht nur geistreich, sondern auch wunderbar erzählt. Terry Pratchett ist der Douglas Adams der Fantasy.« THE GUARDIAN

Von Terry Pratchett sind im Heyne-Taschenbuch erschienen:

**Das Licht der Phantasie**
06/4583

**Das Erbe des Zauberers**
06/4584

**Die dunkle Seite der Sonne**
06/4639

**Gevatter Tod**
06/4706

**Der Zauberhut**
06/4715

**Pyramiden**
06/4764

**Wachen! Wachen!**
06/4805

**MacBest**
06/4863

**Strata**
06/4911

**Die Farben der Magie**
06/4912

**Eric**
06/4953

**Trucker**
06/4970

**Wühler**
06/4971

**Flügel**
06/4972

**Die Scheibenwelt**
06/5123

**Die Teppichvölker**
06/5124

Wilhelm Heyne Verlag
München

# ALAN BURT AKERS

**Die Saga von Dray Prescot -**
**der größte Zyklus im Programm**
**HEYNE SCIENCE FICTION & FANTASY**

Dray Prescot, Offizier und Zeitgenosse Napoleons, verschlug es einst auf den tödlichen Planeten Kregen. Da tauchen gegen Ende des 20. Jahrhunderts geheimnisvolle Kassetten auf, und es gibt keinen Zweifel: Dray Prescot lebt...

... und wird weitere unglaubliche Abenteuer zu bestehen haben, bis sein tausendjähriges Leben abgelaufen ist.

**Die Intrige von Antares**
06/4807

**Die Banditen von Antares**
06/5137

Als Originalausgaben bei Heyne

Wilhelm Heyne Verlag
München